사상 최고의 그놈

사 상 최 고 의 그 놈 1

초판 1쇄 찍은 날 | 2015년 2월 02일
초판 1쇄 펴낸 날 | 2015년 2월 10일

지은이 | 꿈꾸는 이
펴낸이 | 서경석

편 집 장 | 권태완
편집책임 | 나정희
편   집 | 최고은
디 자 인 | 신현아

펴낸곳 | 도서출판 청어람
등록번호 | 제387-1999-000006호
등록일자 | 1999. 5. 31
어람번호 | 제11-00013호

주소 | 경기도 부천시 원미구 부일로 483번길 40 서경B/D 3F (우) 420-822
전화 | 032-656-4452 팩스 | 032-656-4453
http://www.chungeoram.com
E-mail | chungeorambook@daum.net

ⓒ 꿈꾸는 이, 2015

ISBN 979-11-04-90084-6 04810
ISBN 979-11-04-90083-9 (SET)

1

사상
최고의
그놈

꿈꾸는 이 장편 소설

도서출판 청어람

Contents

1화

이상한 놈을 만났다

새벽이다.

시끄러운 알람 소리에 저절로 눈이 떠졌다. 이제 고단한 하루의 시작이다. 졸린 눈을 비비며 학교로 향했다. 어제 다 못 찾은 자료도 찾아야 하고 시험 준비도 마저 해야 한다. 도서관 자리 경쟁은 피 튀기게 치열하다. 아니, 지들이 언제부터 공부를 그렇게 했다고……. 평소에는 텅텅 비어 있는 도서관이 시험 때만 되면 아주 난리가 아니다. 평소에나 좀 그럴 것이지, 왜 시험 때만 되면 벼락치기를 하느라고 나처럼 순수하게 장학금을 노리는 학생에게 피해를 주느냐 말이다!

도서관에 들어서자마자 나는 매의 눈으로 빈자리를 찾아다녔다. 어디 보자…… 있다! 아싸! 역시 일찍 나온 보람이 있구나. 나는 우사인 볼트에 빙의해서 전속력으로 질주했다. 그런데…… 나보다 한발 먼저 한 남학생이 그 자리에 앉는 것이 아닌가! 아니, 뭐 이런! 하지만 너무 빨리 달려가던 나는 속도를 제어하지 못하고 그 남학생의 등짝에 코를 박는 불상사를 맞이했다.

쿵.

"아야야……."

코끝이 찡할 정도로 느껴지는 통증에 나도 모르게 신음이 튀어 나오는 걸 얼른 입을 막아 소리를 죽였다. 찌릿찌릿. 주변의 시선이 잠시 내게 머물다 사라져 간다.

"괜찮아요?"

내게 등짝을 내어준 그 남학생이 나를 돌아보며 물었다.

헉! 이거 뭐야. 사람이야? 사람 맞아? 우리 학교에 이런 애가 있었나? 그 남학생은 웬만한 여자들은 명함도 못 내밀 정도로 아름다운 얼굴을 가지고 있었다.

뭐지? 우리 학교에 연극영화과가 있나? 아닌데. 그럼 얜 뭐지? 뭔데 저렇게 쓸데없이 빛나는 외모를 장착하고 있는 거지?

내 머릿속에 수많은 물음표를 띄워놓고 있는 탓에 그 남학생은 내가 어디 아프다고 생각했는지 이리저리 살펴보기 시작했다.

"어디 다치지는 않은 것 같은데…… 진짜 괜찮아요?"

"네? 아…… 네…… 괜찮습니다. 본의 아니게 실례를 했네요. 그만 가볼게요."

얼른 정신줄을 챙기고 돌아서는데 그 남학생이 또 내게 말을 걸었다.

"혹시 이 자리 필요해요?"

"네?"

"아니, 너무 전력질주를 해오기에 물어본 거예요. 난 있어도 그만 없어도 그만인데 비켜줄까 해서."

뭐야, 얘는. 별 필요도 없으면서 쓸데없이 왜 일찍 나와 있는 거야? 그래, 그럴 거면 나 줘. 난 필요해! 필요하다고!

그러나 그 말은 차마 내 입 밖으로 나오지 못했다.

"뭐…… 필요하긴 하지만…… 그래도 그쪽이 먼저 자리에 앉았으니 할 수 없죠. 됐어요, 다른 자리 찾아볼게요."

"다른 자리 없을 텐데요."

알아, 알아. 나도 알아! 그냥 넘어가! 넘어가라고, 이 자식아!

"그…… 래요? 그럼 뭐 할 수 없죠. 식당 가서 앉아 있던가, 벤치에 앉아서 하던가, 제가 알아서 할 테니 신경 쓰지 말아요."

난 도망치듯 그 자리를 빠져나왔다.

뭐야, 진짜…… 오늘 운수가 별로인가 보다. 하는 수 없이 밖에 있는 벤치에 앉아 오늘까지 제출인 리포트를 쓰게 됐다. 아흑! 어제 알바타임을 연장하는 게 아니었는데! 그놈의 정이 문제야, 정이! 사장님이 하도 사정하는 바람에 새벽까지 연장근무를 하고 나니 잠도 모자라고 리포트도 못 쓰게 됐다.

그러나 주머니는 두 배로 두둑하다! 그래, 그러면 된 거야. 됐지, 뭐. 시골에 계신 부모님은 하루 벌어 하루 먹고 살기 바쁘니 난 모든 것을 내 힘으로 해결해야만 한다.

생활비도 학비도 모두 말이다. 이미 두 번을 휴학했고, 올해가

마지막이다. 올해만 지나면 난 드디어 졸업을 할 수 있고 취업 전
선에 뛰어들 수 있다! 그러기 위해선 반드시 이번에도 장학금을 타
야 한다. 안 그러면 여름방학을 지옥 같은 알바로 하얗게 불태워야
하기에 나는 이를 악물고 리포트 쓰기에 집중했다.

"다 했어요?"

응? 누구지? 나는 누군가 내 등 뒤에서 말을 거는 것을 듣고 뒤
를 돌아보았다. 으왓! 눈부셔! 뭐야, 왜 사람한테 빛이……. 자체발
광판이라도 들고 다니나?

"어? 아까 도서관……."

"맞아요."

아까 도서관에서 봤던 그 남학생이었다. 내가 자기를 알아보자
그 녀석이 갑자기 이를 드러내 보이며 환하게 웃었다. 으…… 저거
뭐야, 저거 뭐야, 저거 뭐야!

아무래도 내 시력에 문제가 생긴 것 같다. 초절정 꽃미남인 것이
사실이긴 하지만 그렇다고 사람한테 빛이 뿜어져 나오는 건 말이
안 되는 거잖아.

"지금도 자리 필요해요?"

"네? 아, 다 하셨어요? 그럼 그 자리 저 주시는 거예요?"

"아닌데요."

너 뭐니? 줄 것도 아니면서 물어보긴 왜 물어봐?

"옆자리가 비어서요. 혹시 몰라 가방도 놓고 책도 펴놓고 왔는
데 그쪽 찾아다니느라 한참 걸렸어요."

"절 왜 찾으셨는데요?"

"하도 비장한 얼굴로 자리를 탐내기에 웃겨서요."

웃겨? 넌 내가 웃기니? 얘 뭐지? 아까부터 뭐지?

내가 또 잠시 허공에 떠다니는 물음표를 지워 버리는 동안 그 녀석은 나를 보며 키득거리다가 결국 시원하게 웃음을 터뜨렸다.

"푸하하하! 나 진짜 그쪽 같은 사람 처음 봐요."

"제가 뭘 어쨌다고 이러세요?"

"표정으로 말을 하고 있잖아요. 어떻게 저럴 수 있지? 신기하네."

그래, 실컷 구경해라. 뭐, 닳는 것도 아니고.

"아무튼 고맙습니다. 자리 챙겨주셔서요."

나는 얼른 흩어진 종이들을 정리해서 가방에 집어넣고 도서관으로 향하려 했다. 그런데 그놈이 내 가방끈을 잡고 놔주지 않는다.

"……?"

"나한테 고마워요?"

"……네, 심히 고맙네요. 초면인데."

"고마우면 밥이라도 사야 하는 거 아닌가?"

헐…… 이거였어? 참나…… 생긴 건 멀쩡하게 생겨가지고 돈이 없니? 그렇다고 피 같은 내 돈을 뜯어먹으려 들어? 이야…… 세상 참 무섭네. 역시 사람은 외모로 판단하면 안 되는 것이야!

"……나중에 살게요, 지금은 좀 바빠서."

내가 눈빛으로 은근하게 놓으라는 압박을 가했지만 그 녀석은 오히려 잡은 손에 힘을 더 주고 있었다.

"나중에 언제?"

오호라. 시간, 날짜 다 토하고 가라 이거지? 나 오늘 임자 제대로 만났네.

"……시험 끝나면."

"그래요? 알았어요."

그러더니 녀석이 내게 손을 내민다.

이건 뭐지? 돈으로 달라는 거야? 아니, 내가 밥 산다고 했잖아! 했어, 안 했어! 사람 말을 그렇게 못 믿나? 넌 대체 어떤 세상에 살다 온 거야?

내가 멀뚱히 그 손을 쳐다보고만 있으니 또 녀석의 웃음보가 터졌다.

"큭큭큭. 아, 미치겠네. 진짜 웃겨. 휴대폰 달라고요, 휴대폰."

"네? 아…… 휴대폰. 여기…….."

난 얼떨결에 그에게 내 휴대폰을 넘기긴 했지만 손이 떨어지기가 무섭게 금방 후회했다.

가만. 내 전화번호까지 따고 나면 밥 살 때까지 들들 볶이는 거 아니야?

"자, 이제 내 번호는 그쪽에, 그쪽 번호는 여기에 저장했어요. 이름은 뭐라고 적을까요?"

"이름이요?"

"그쪽 이름. 그걸 알아야 저장을 완료하죠."

"……리아예요."

"리아? 이름은 예쁘네요."

이름은? 이름은? 이름은 예쁘네요? 너 그거 무슨 뜻이야, 무슨 뜻이냐고! 이거 왜 이래, 나도 어디 가서 인물 하나는 안 빠지는 여자야! 와…… 자기 잘생겼다고 남은 싹 무시하는 거야?

"하…… 하…… 그래요? 고마워요……."

아…… 이놈의 소심 트리플 A형……. 결국 속에 있는 말 한마디 꺼내보지도 못했다.

"네, 이름 정말 예뻐요. 리아…… 어감도 좋고. 아, 성은요?"

"……."

그 질문엔 쉽게 대답을 할 수가 없었다.

이름만 얘기하면 상관이 없는데 성까지 말하고 나면 십중팔구 같은 소리를 해대기 때문이다.

내 이름은 이리아. 어릴 때부터 이름을 얘기하면 아이들이 이리 와, 이리 와, 하면서 놀려댔다.

아, 징말이지 우리 아빠는 왜 내 이름을 리아로 지은 거야!

"이……."

"이? 아~ 이씨구나. 그럼 이리아? 품! 이리아, 이리 와~"

역시. 예상을 벗어나질 않는구나. 아, 진짜. 아빠 미워!

"그만 놀리고 이건 좀 놓죠? 제가 좀 시간이 없어서요."

"아, 미안해요. 가보세요."

나는 저만치 걸어가다가 다시 뒷걸음질을 쳤다. 가만 생각해 보니 나만 신상 다 털리고 저 녀석에 대해선 이름도 모르잖아.

"저기요!"

"네, 왜요?"

그 녀석이 눈을 들어 나를 바라보는 순간 또 주변이 환해지면서 온통 꽃밭으로 보이는 진기한 현상이 일어났다.

아 나, 진짜…… 안과를 가든가 해야지.

"저기…… 제가 가만히 생각해 보니까…… 그쪽 이름을 들은 기억이 없어서요."

"이안. 이안이라고 부르면 돼요."

이안. 이안? 하이고! 너도 무슨 연예인 코스프레하냐? 에릭, 카이…… 뭐, 그런 거야? 가지가지한다.

"하…… 하…… 이…… 안이요? 이름 참…… 멋지네요."

"그래요? 미국에선 흔한 이름인데?"

엥? 미국? 웬 미국? 설마 미쿡에서 와써염…… 이런 거야?

"미국이요? 한국 사람 아니에요?"

"아~ 한국이 태생인 건 맞는데 입양됐어요. 풀 네임은 이안 맥스웰."

맥스웰이라. 캔커피네. 넌 이름이 캔커피면서 날 이리 와라고 놀린 거야? 이런 캔커피가!

"아…… 그러시구나. 아무튼 알았어요. 자리는 고마우니 나중에 꼭 밥은 살게요."

"그래요."

난 서둘러 그 자리를 벗어났다. 남들은 멋진 남자를 만나면 심장에 무리가 온다는데 난 아닌가 보다. 심장은 멀쩡한데 시력이 안 좋아지는 걸 보니.

도서관에 들어가 아까 그 녀석이 앉아 있던 자리를 확인한 나는 재빨리 자리를 차지하고 앉아 그 녀석의 것으로 보이는 가방과 책을 옆으로 밀어놓고 시험 범위를 다시 한 번 확인했다.

다행이다. 이번에도 무난히 장학금을 받을 수 있을 것 같다. 그래도 아는 길도 물어가라 하지 않았던가. 나는 성실히 학생의 본분에 충실하며 이미 알고 있는 것들을 재차 확인하고 있었다.

이제 남은 리포트는 이번 주말까지만 쓰면 되니까 오늘의 할 일은 무조건 자료 수집이다. 전공서적은 너무 비싸서 중요한 것만 사고 나머지는 도서관에서 대체하거나 학과 친구들에게 빌려 복사를 하곤 했다. 그렇지만 이것들이 툭하면 비싼 전공서적과 학생증을 맡기고 학교 근처 주점에서 외상으로 술을 마셔대는 통에 그마저도 녹록지 않았다.

그런데 아까 그 캔커피 녀석이 내 자리를 맡아두느라 펼쳐 놓은 책이 바로 지금 당장 내가 필요한 책인 것을 알게 됐다. 하지만 주인도 없는데 마음대로 빌려볼 수는 없기에 그 녀석이 올 때까지 기다려 보기로 했다. 짐은 다 두고 갔으니 때 되면 오겠지.

잠시 후, 내 시야에 여전히 자체발광을 하면서 걸어오는 그 녀석이 보였다. 싱긋 웃으며 내 옆자리에 앉더니 내가 필요한 그 책을 펼쳐 보기 시작했다.

아 씨…… 어떡하지? 얘도 지금 이걸 보는데 빌려달랄 수도 없고…… 잠깐, 이거 빌려달라고 하면 또 밥 사라는 거 아니야? 음…… 안 되겠어, 얘는 패스하자. 배보다 배꼽이 더 크겠다.

한숨 쉬고 자리에서 일어나려는데 웬 여학생이 캔커피를 들고 우리 쪽으로 걸어와 조심스럽게 녀석에게 커피를 내밀었다. 아, 웃겨라. 캔커피한테 캔커피를 마시라고 주다니…… 딱이네. 하지만 녀석은 웃는 낯으로 거절하는 듯 보였다. 응? 왜? 아니, 왜? 공짠데? 그냥 받지, 마시기 싫으면 나나 주던가.

이후로도 여학생들의 행렬은 끊이지 않았다. 커피는 물론이고 비타민에 자양강장제에 샌드위치에 참 종류도 가지가지였다.

그런데 이 녀석, 이상하다.

개중에 꽤 예쁜 여학생도 있었는데 한결같이 웃는 낯으로 거절을 했다. 참 특이하네…… 난 없어서 못 먹는데……. 그나저나 하도 여학생들이 들락거리는 통에 신경이 쓰여서 도무지 집중이 되지가 않았다. 마침 한 시간만 있으면 알바 시간이기도 해서 난 그냥 바깥바람이나 쐬다가 알바하러 가야겠다, 생각하고 가방을 챙겼다.

옆자리에 앉아 조용히 책만 보고 있던 녀석은 내가 부스럭거리자 나를 한 번 쳐다보더니 가방을 챙기기 시작했다.

응? 얘도 그만 가려나? 하긴, 내가 알 게 뭐야.

난 마지막 볼펜 한 자루까지 꼼꼼하게 챙기고 도서관을 나섰다.

오랜만에 한가롭게 캠퍼스를 거닐다가 아무 데나 자리를 잡고 앉아 오가는 사람들을 구경했다.

"뭐 해요?"

이 목소리. 몇 번 안 들어도 이젠 누군지 알겠다. 이안 캔커피.

"그냥요, 그러는 그쪽은 뭐 해요?"

"이안."

"아, 네, 이안. 이안은 뭐 하러 여기 왔어요?"

"난 지금 리아 따라다니는 중이에요."

뭐지, 뭐지, 뭐지? 얘 뭐지? 얘 왜 이러지? 남자 꽃뱀인가? 나 돈 많게 생겼나? 아닐 텐데. 그럼 얜 뭐지?

"왜요?"

"재밌어서."

넌 내가 재밌니? 그렇구나. 아니, 왜? 도대체 왜?

"아…… 하…… 하…… 그래요? 그것참…… 뭐라 딱히 할 말이 없네요."

"말 안 해도 상관없어요, 얼굴에서 다 드러나니까. 말했잖아요, 리아 같은 사람 처음 본다고. 내가 무슨 독심술사가 된 것 같은 느낌이랄까?"

그러더니 녀석이 가방에서 주섬주섬 무언가를 계속 꺼내놓기 시작했다.

"자, 이거 마셔요."

캔커피다! ……근데 이걸 왜 주지?

"아까 먹고 싶어 하는 것 같아서. 오는 길에 매점 보이기에 하나 샀어요."

"뭐…… 고맙습니다."

"그리고 이거, 이거, 이것도, 아! 이것도. 다 드세요."

녀석은 내게 샌드위치와 자양강장제와 비타민, 초콜릿까지 건네 주었다.

아니, 얘 진짜 왜 이래? 너 왜 이러니? 나한테 뭘 바라니?

"바라는 건 없고, 그냥 주고 싶어서 주는 거예요. 계속 먹고 싶다고 했잖아요."

뭐, 여자애들이 하도 왔다 갔다 해서 안 보려야 안 볼 수가 없었는데 점심도 거르고 있다 보니 사실 좀 먹고 싶은 생각이 있긴 했었다. 그렇다고 이걸 다…… 가만, 가만, 쟤 방금 내가 속으로 생각한 말에 대답한 거야? 응? 뭐지? 내가 나도 모르게 생각만 해야 하는 걸 말로 했나?

"그건 아니고 얼굴에 다 보여요. 말 안 해도 다 알 수 있다니까. 큭큭."

또다! 또 대답했어! 얘 뭐지? 뭐지? 진짜 뭐지? 외계인이야? 나 잡아가려고 온 거야? 영화나 다큐멘터리에서 본 것처럼 막 실험하고 그러려는 거야? 그래?

나는 아무래도 안 되겠어서 슬금슬금 도망갈 기회를 노렸다. 아무래도 이 캔커피 같은 녀석이랑 더 이상 엮이면 안 될 것 같았다.

"어디 가려고요?"

헉. 들켰다…….

"음…… 아니 그게…… 알바가 있어서."

"알바? 아, part time job!"

때아닌 본토 발음에 난 흠칫했다. 아…… 이놈의 영어 울렁증…….

"나 따라가도 돼요?"

"저기, 이봐요."

"이안."

"후…… 그래요, 이안. 미안한데 나 오늘 그쪽…… 아니, 이안

처음 본 사람이거든요? 나한테 왜 이러는지 알지도 못하겠고 알고 싶지도 않지만 좀 불편하고 부담스러우니까 그만 좀 하실래요? 제가 웬만해선 처음 본 사람한테 이런 말까진 하고 싶지 않았는데 이안이 자꾸 따라다니니까 하는 말이에요. 기분 나빴다면 사과할게요, 하지만 딱 여기까지. 더는 안 돼요."

난 숨도 안 쉬고 내 할 말을 다 했다.

떨면서 말한 거 티는 안 났겠지? 이 정도면 이제 알아들었겠지? 그러나 녀석은 얼굴색 하나 변하지 않고 시원하게 웃어 젖혔다.

"하하, 알겠어요. 처음 본 사람인 게 문제라 이거죠? 그럼 앞으로 매일 보면 상관없겠네요."

헐…… 너 미친 거니? 아니, 뭘 어떻게 들으면 그 말이 그렇게 들리니? 외국에서 살다 와서 완곡한 거절이란 표현을 모르니? 그런 거야? 아…… 돌겠네.

"우리, 친구 안 할래요? 나하고 리아."

녀석이 또다시 내게 이를 드러내 보이며 웃었다.

얼씨구? 이번엔 눈꼬리까지 접고 있네. 눈부셔, 눈부셔, 지나치게 눈부셔. 정말 쓸데없이 눈부셔! 그런 건 너 좋다는 여자애들한테 가서 날리라고! 난 좀 빼줘!

"친…… 구…… 는 좀……."

"그럼 애인할까요?"

애 뭐래니? 누가 누구랑 뭘 해?

"저기요, 아니, 이안. 우리가 언제 봤다고 애인을 해요? 그리고 지금 그런 식으로 얘기하는 건 정말 현실성 없게 들리는 거 알아요? 아는 거라곤 이름밖에 없는데 무슨…….”

그렇지, 잘한다. 나도 할 땐 할 말 하는 여자야! 어디서 누굴 가지고 놀려고 들어!

“아~ 듣고 보니 그렇긴 하네요. 난 이안 맥스웰. 한국 나이로 25세. 사는 곳은 샌프란시스코. 한국에서는 여의도에 거주하고 있고, 별생각 없었는데 현재 양부모님이 그래도 모국을 보고 오라고 하셔서 경제학과 교환학생으로 온 지 이제 겨우 두 달째. 형제 없고, 양친은 두 분 다 아주 건강하세요.”

너 뭐 하니. 누가 물어봤니? 누가 궁금하대?

“아하…… 그러시구나…… 상세한 설명 대단히 고마워요. 그럼 전 이만.”

난 아무래도 이상한 이놈과 이제 한시도 같이 있고 싶지가 않아졌다. 나한테 뭘 바라는 건지 확실히 알 수는 없지만, 계속 싱글거리면서 따라다니는 모양새로 보아 친구도 없고 성격도 이상한 것 같다.

“리아!”

난 듣지 않으려고 애를 쓰며 전속력으로 달려갔다.

쟤 이상해, 쟤 이상해, 암만 봐도 이상해.

숨이 턱에 걸리도록 알바하는 곳에 도착한 나는 헉헉 숨을 몰아쉬며 생수 한 병을 단번에 들이켰다.

“리아 왔어? 오늘은 일찍 왔네. 손님도 아직 없으니까 잠깐 쉬고 있어. 참, 어제 고마웠다. 네 덕분에 손님들이 아주 좋아했어.”

“뭘요.”

내가 하는 알바는 학교 근처에 있는 작은 라이브 카페에서 노래를 하는 일이다. 어려서부터 동네 가수 났다고 어른들이 동전 하나씩 쥐어주면 난 신나게 노래를 불러 젖혔다고 한다.

역시, 난 어려서부터 수요와 공급의 원칙을 제대로 숙지하고 있었나 보다. 다른 알바보다 이 일은 일도 편할뿐더러 페이도 어마어마했다. 힘들게 쟁반 들고 몇 시간씩 날라봐야 이 일 한 시간 하는 것의 반밖에 되질 않았다. 그만큼 이 일은 나에게 꿈의 알바였다. 그러니 취업 전까지는 뼈를 묻는 각오로!

시간이 조금 지나니 삼삼오오 손님들이 모여들기 시작했고, 워낙 규모가 작은 가게라 그런지 제법 자리가 많이 찼다. 사장님이 시간이 됐다며 손짓을 하자, 나는 원형의 작은 무대에 올라가 피아노 건반 앞에 앉았다.

"안녕하세요, 즐거운 시간 되시길 바랍니다. 신청곡은 메모지에 적어서 올려주시면 됩니다. 그럼 첫 곡은……."

순간, 내 정면으로 보이는 가게 문이 열리면서 하얀 빛이 뿜어져 나왔다.

설마, 설마, 설마! 이런, 역시나…… 그 이상한 캔커피 외계인이다! 어디 숨을 데 없나? 없겠지? 아 참, 나 일하는 중이지……. 진짜 쟤 뭐야? 왜 자꾸 따라다녀? 난 너 싫어. 싫다고! 난 좀 더 정상적인 인간을 만나고 싶다고! 너 같은 외계인이 아니라, 아~주 평범한 인간을 원해, 인간!

"리아! 뭐 해!"

사장님이 당황한 듯 바에서 크게 손을 흔들어댔다.

"아! 네! 그럼 첫 곡 바로 들려 드릴게요."

난 저 캔커피 외계인에게서 시선을 거두고 눈을 감았다.

눈 감으면 안 보이니까 상관없겠지.

몇 곡의 신청곡이 들어오고 부르는 사이에 이제 마지막 한 곡만 남겨놓고 있었다. 사장님이 메모지를 들고 오는 걸로 보아 마지막 곡도 신청곡으로 때우면 될 것 같다.

응?

난 한쪽 눈썹을 올리고 메모지에 적힌 제목을 보다가 나도 모르게 캔커피 외계인을 눈으로 찾았다. 있다! 한쪽 구석에서 하얀 이를 드러내며 내게 손을 흔든다. 그도 그럴 것이 메모지에 적혀 있던 제목은,

—San Francisco

후…… 그래, 부르지, 뭐. 샌프란시스코. 왜, 고향 생각나디?

난 다시 눈을 감고 피아노를 치며 노래를 시작했다.

If you' re goin' to San Francisco

샌프란시스코에 가게 되면

Be sure to wear some flowers in your hair

머리에 꼭 꽃을 꽂으세요.

If you' re goin' to San Francisco

샌프란시스코에 가게 되면

You're gonna meet gentle people there

평화로운 이들을 만날 거예요.

그동안 별생각 없이 불렀던 노래인데 가만히 가사를 생각해 보며 부르니 저 캔커피 녀석과 딱 어울리는 노래다.

샌프란시스코에 가면 머리에 꽃을 꽂아? 그렇지, 미친 거지. 우리나라에서는 머리에 꽃 달면 바로 미친 거야. 네가 그런 데서 살다 왔으니 제정신이 아닌 게로구나. 음, 이제 알았어. 저놈은 미친 캔커피 외계인이야.

드디어 알바하는 시간이 끝났다. 가방을 챙기고 홀을 둘러보니 캔커피의 모습은 보이지 않았다.

휴…… 다행이다. 십에 갔나 보다.

사장님께 인사를 하고 밖으로 나왔다. 왠지 모르게 정신없는 하루였던 것 같아서 오늘 일정을 모두 마친 나는 이 평온한 시간을 즐기며 전철역을 향해 천천히 걷고 있었다.

"다 끝났어요?"

오 마이 갓. 신이시여! 제가 대체 뭘 잘못했기에 이런 시련을 주시나이까. 이 자식은 집도 없나? 볼일 다 봤으면 빨리빨리 기어들어 갈 것이지 왜 자꾸 따라다녀, 귀찮게.

그러나 면전에 두고 차마 그런 말을 내뱉을 수는 없기에 난 생긋 웃으며 뒤를 돌아보았다.

윽. 눈부셔! 넌 뭐니? 밤이 되면 더 빛이 나는 거야? 반딧불이냐?

"이안 아직 안 갔어요?"

"말했잖아요, 리아 따라다닐 거라고."

그래, 그랬지. 그런데 설마 했지.

"이제 다 끝났으니 난 집에 갈 거예요. 설마 집까지 따라올 건 아니죠?"

"가도 돼요?"

넌 내 말을 콧구멍으로 듣니? 내가 언제 집에 오라고 했지? 와도 된다고 그 비슷한 말이라도 한 건가? 아닌데. 아닌데. 절대 아니거든!

"당연히 안 되죠! 어딜 여자 혼자 사는 집에 들어오려고 그래요?"

"아~ 혼자 사는구나. 예상외의 수확이다."

헉! 미쳤어, 미쳤어! 혼자 산다고 말하면 어떡해! 쟨 인간이 아니야, 잊었어? 외계인이잖아! 벽도 뚫고 들어올지 몰라! 어떡하지?

"아하하! 리아 표정 크크크. 안 가요, 걱정 말아요. 초대해 주면 또 몰라도."

초대? 누가. 내가? 너를? 왜? 어째서? 절대 그럴 일 없으니 꿈 깨시고 집에나 가, 이 캔커피야!

"그래요, 그럼 잘 가요."

난 서둘러 전철역 계단을 내려갔다. 저 이상한 놈 때문에 오늘 신경 소모를 너무 많이 한 것 같다. 빨리 집에 가서 쉬고 싶은 생각뿐이다. 플랫폼에서 전철이 들어오는 요란한 벨소리가 울렸다.

엇! 저거 놓치면 10분은 더 기다려야 하는데! 아, 나 오늘 왜 이렇게 뛸 일이 많은 거야. 또다시 전속력으로 계단을 내려가 몸을 던지다시피 전철 안으로 뛰어들었다.

아싸! 탔어! 이제 집에 가서 쉬는 일만 남은 거야. 후후.

"그렇게 좋아요?"

난 고개를 획 돌려 소리가 나는 쪽을 바라보았다. 빙그레 미소 지으며 나를 바라보는 녀석의 얼굴이 어쩐지 무서워지기 시작했 다. 정말 이상한 놈을 만난 것 같다.

슬금슬금 뒷걸음을 쳤다. 저 쓸데없이 빛나는 외모를 가진 녀석 때문에 전철 안의 모든 시선이 우리를 향하고 있는 게 느껴진다. 한 데 저 눈치를 밥 말아 먹은 녀석은 그것도 모르고 자꾸만 말을 건다.

"리아, 여기가 더 넓은데 왜 자꾸 안쪽으로 들어가요?"

대답하지 말자. 난 리아가 아니야, 리아 아니에요. 누구세요? 모 르는 사람이다…… 모르는 사람이다…….

"리아, 리아, 리아, 리아, 이리아."

저 끈질긴 놈. 아주 징글징글하다.

"저기요……."

"이안, 이안이라고 불러줘요. 리아가 불러주는 이름이 너무 듣 기 좋으니까. 노래하는 목소리만 좋은 게 아니라 말하는 목소리도 아주 예쁜 거 알아요?"

"감사해요, 아니지! 아니, 그게 아니고 이안, 설마 지금 여기 있 는 게 나 따라온 건 아니죠? 이안도 집에 가는 거 맞죠?"

"응, 갈 거예요. 리아 바래다주고 나서."

이건 또 뭔 소리야. 설마 집을 알아내려는 속셈인가? 그래서 뭐 어쩌려고?

"뭐 어쩌려는 거 아니고 그냥 늦었으니까 에스코트해 주는 거예요."

헉! 이 자식…… 또 내 생각에 대답했어. 어쩌지? 생각을 하지 말아야 하나? 아니, 아니, 그전에 얘 진짜 뭐지? 왜 이러지? 하는 수 없다. 내리는 역에서 아닌 척 가만히 있다가 문이 닫히려는 순간 튀어 나가야겠다.

[이번에 내리실 역은 개봉, 개봉역입니다. 내리실 문은 왼쪽입니다.]

왼쪽이라고 했지? 그럼 난 오른쪽에 설 테다. 어떠냐! 이래도 내 생각을 읽을 수 있을까? 후후후…….

나는 이안의 얼굴을 마주 보며 살짝 미소 지었다. 오늘 처음 그에게 제대로 된 미소를 보여줘서 그런 건지 그의 눈이 아주 조금 커지다가 다시 원래대로 돌아왔다. 그리고 뒤이어 예의 그 시원한 미소를 내게 보냈다.

드디어 문이 열렸다. 나는 사람들이 빠져나가는 것을 무심하게 쳐다보다가 문이 닫히려는 순간 재빠르게 튀어 나갔다.

후후…… 봤지? 나 100미터 15.6초에 끊는 여자야.

"내릴 역이라고 미리 말을 하지 그랬어요, 그럼 그 앞에 서 있었을 텐데."

"꺄악!"

너무 놀라서 나도 모르게 비명에 가까운 소리를 질렀다. 갑작스럽게 소리를 지른 탓인지 녀석도 꽤 당황한 듯 보였다.

"……리아? 왜 그래요?"

왜 그러겠니. 왜 그러겠어? 너 같으면 안 놀라겠니? 애 떨어질 뻔했어, 이 자식아! 아니, 다른 건 귀신같이 알아들으면서 이건 왜 못 알아듣지? 이상하네? 좀 약했나? 그럼 나도 확실하게 텔레파시를 보내봐? 대놓고 말하는 것보다 편하긴 하겠네.

"리아, 괜찮아요?"

안 괜찮아, 하나도 안 괜찮아. 너 땜에 심장마비 올 뻔했어! 난 너 싫어, 부담스러워, 제발 가! 가! 그냥 가! 우린 그냥 어쩌다 우연히 도서관에서 만난 아주 먼지 같은 인연일 뿐이야! 그러니 제발 난 신경 쓰지 말고 가란 말이야! 너 싫다고, 너 싫어. 난 인간을 사랑할 거야. 반딧불이나 캔커피나 외계인은 꺼져!

나는 그를 뚫어지게 바라보며 대놓고 텔레파시를 보냈다.

그래, 이 정도면 알아들었겠지? 내가 좀 너무했나? 아니야, 아닐 거야. 초면에 들이대는 네가 나쁜 거야. 어? 그런데 이 녀석…… 웃는다. 그것도 아주 해사하게.

"리아, 내가 잘생긴 건 나도 알지만 이렇게 사람들 많은 데서 그렇게 대놓고 바라보면 쑥스럽잖아요."

뭐? 애 뭐래니? 이런 캔커피가! 그거 아니야! 아니라고!

"앞으로 얼마든지 보여줄 테니까 그만 보고 가요. 집이 어느 쪽이에요?"

야! 너 내 말 안 들려? 내 텔레파시가 부족한가?

"안 가요?"

"네? 가, 가요."

이런 젠장…… 아무래도 난 이 이상한 놈에게서 벗어날 수가 없나 보다. 역에서 조금 떨어진 곳에 있는 낡은 다세대주택, 그 꼭대기에 있는 옥탑방이 현재 나의 거주지다. 결국, 캔커피 외계인 혹을 달고 집까지 와버렸다.

"……다 왔어요. 저기가 우리 집이에요. 됐죠? 이제 가세요."

"그래요. 참, 리아 이거 필요하죠?"

녀석은 가방에서 아까 내가 침 흘리던 전공서적을 꺼내 내밀었다.

"어? 어떻게 알았어요?"

"그렇게 쳐다보면서 눈을 빛내는데 어떻게 몰라요. 모르는 게 이상하지."

아니야, 넌 너를 모르는구나. 너 이상해, 충분히 이상해.

"이게 필요한 거 보니 경제학과겠네요."

"네? 아, 맞아요. 그러고 보니 아까 이안도 경제학과라고 하지 않았어요? 그런데 그동안 왜 못 봤지?"

"별로 안 다니고 싶은데 부모님 성화에 다니는 거예요. 사실 그동안 학교 몇 번 안 나왔어요."

"그럼 안 되죠! 부모님이 피 같은 돈으로 보내주신 건데!"

난 나도 모르게 감정 이입이 되어서 캔커피에게 속내를 드러냈다.

아주 복에 겨워 죽는구만. 난 누가 내 학비 다 대주고 다니라고 하면 신으로 떠받들 거야!

"그런가요? 난 그냥…… 다 아는 걸 또 하려니 재미가 없어서."

잘났다. 너 좋겠다.

"뭐, 어쨌든 고마워요. 사는 걸 봐서 알겠지만 사례를 충분히 할 형편은 못 되니까 너무 큰 걸 기대하지는 말아요. 밥은 학교식당, 이거에 대한 보답은 캔커피 하나. 됐죠?"

"Deal!"

아, 씨…… 왜 자꾸 영어야. 나도 영어 만점 받았거든? 혀가 안 돌아가서 그렇지. 부럽다, 이 자식아.

"그…… 래요, 그럼 잘 가요."

나는 어색한 손 인사를 끝으로 계단을 올라갔다. 집에 들어가자마자 문단속을 철저히 하는 것도 잊지 않았다.

설마 진짜로 벽을 통과해서 들어온다든가 하진 않겠지? 하하. 날도 안 더운데 벌써 더위 먹었나. 그럴 리가 없잖아. 그래도 혹시나 하는 마음에 쉽게 잠이 들 것 같시가 않나.

2화
그놈의 덫에 걸리다

띠디디디. 띠디디디.

다음 날 아침. 시끄러운 알람 소리가 내 머리를 울리자 무의식적으로 끄고 다시 이불 속을 파고들었다. 다음 알람이 울릴 때까지만⋯⋯ 아주 조금만⋯⋯ 더 자고 싶다. 그런 생각을 하면서 무거운 눈꺼풀을 억지로 뜨지 않았다.

⋯⋯이런, 늦었다!

어제 밤새도록 천장과 벽에서 혹시 그놈이 튀어나오지는 않을까 하는 망상에 시달리느라 늦게 잠이 들었었다. 덕분에 나는 오늘도 지각을 면하기 위해 필사적으로 달리는 중이다. 간신히 교수님이 출석을 부르기 시작한 때에 강의실에 도착한 나는 내 쪽으로 손을 흔드는 진경이를 발견하고 서둘러 자리에 앉았다.

"야, 너 왜 이렇게 늦었어? 얼마나 조마조마했는데. 저 교수님한 테는 대출도 못 한단 말이야."

"말도 마, 어제 웬 이상한 놈을 만나서……."

"거기 두 사람 조용!! 강의실에서 잡담할 거면 나가!"

윽…… 나름 속삭인다고 한 건데 노인네 귀도 밝네.

"죄송합니다."

내가 마지막에 '놈'이란 단어를 언급해서인지 진경이는 궁금증 을 참지 못하고 다이어리에 글을 써서 내게 슬쩍 내밀었다.

—놈이라니? 너 나 모르게 소개팅했어?

—소개팅은 무슨. 그런 거 아니야.

—그럼 뭐야? 너 소개팅할 생각 있으면 나한테 말하라고 했잖아! 너 소개 시켜 달라는 사람이 지금 얼마나 많은데.

—그럴 시간 없어. 일단 나중에 얘기하고 수업 좀 듣자. 넌 시험 준비 안 해?

—흥이다!

진경이는 입을 비쭉 내밀고 토라진 척을 했지만 난 속지 않는다. 네가 어디 한두 번이어야 속아주지. 열심히 메모를 해가며 수업을 듣는 내내 진경이가 자꾸 옆구리를 쿡쿡 찌르긴 했지만 개의치 않 고 수업에만 집중했다. 교수님이 나가자마자 진경이는 하이에나처 럼 내게 달려들었다.

"이제 말해봐, 불어! 너 어제 누구 만난 거야?"

넌 왜 이렇게 남의 일에 관심이 많니……. 별수 없이 난 어제 그 이상한 놈을 만난 이야기를 털어놓았다. 흥미진진하게 이야기를 듣고 있던 진경이의 눈이 마지막으로 그놈의 이름을 말하는 순간 눈알이 빠질 정도로 커졌다.

"이안 맥스웰?"

"어, 너 누군지 알아?"

"지금 우리 학과뿐만 아니라 이 학교에서 이안을 모르는 사람이 어디 있어! 너 몰랐어? 내가 전에 얘기했잖아, 엄청난 킹카가 교환 학생으로 우리 과에 왔다고!"

"그랬나?"

난 별로 관심이 없는 얘기는 흘려듣는 편이라 들었어도 까먹은 모양이다.

"얘가, 얘가, 지금 무슨 소릴 하는 거야? 지금 이안 노리는 애들이 한둘이 아니야! 그런데 그 이안이 네게 말을 걸어? 게다가 집까지 쫓아와? 대박이다! 너 이거 다른 여자애들이 알면 아마 널 죽일지도 몰라."

"뭐? 왜?"

"왜긴 왜야. 그 찬란하고 빛나는 이안한테 말 한마디 못 붙이고 떨려 나가는 애들이 한둘이 아닌데, 듣자 하니 이 학교 여학생 중 절반은 고백했는데 다 차였다더라. 그런데 그런 이안이 너한테는 먼저 말을 건 것도 모자라 따라다녔다며? 역시…… 남자들은 예쁘면 다 되는구나. 흑……."

이건 또 뭔 소리야. 얘도 뭐 잘 못 먹었나?

"뭐…… 딱히 못생겼다고 생각하진 않지만, 그렇다고 내가 그렇게 눈에 띄는 미인은 아니잖아."

"야!"

진경이는 느닷없이 귀가 찡 울릴 정도로 소리를 질러댔다.

"아우, 깜짝이야. 넌 왜 갑자기 소릴 질러?"

"너 지금 누구 약 올려? 너 같은 애가 안 예쁘다고 하면 나 같은 사람은 나가 죽으라는 거야? 우와, 있는 것들이 더 하다더니 아주 염장을 질러라, 질러! 너 우리 엄마 웨딩숍 하는 거 알지? 우리 저번에 MT 가서 찍은 사진을 보고 너 좀 데려오라고 하루가 멀다 하고 얘기하셔!"

"날 왜?"

"왜긴 왜야! 모델 좀 써보려는 거지! 근데 넌 수업 끝나자마자 알바한다고 도망가기 바쁘잖아!"

모델? 음…… 그런 건 생각도 안 해봤는데…… 돈도 주나?

"진경아, 그거 모델 해주면 수고비도 주신대?"

"응? 글쎄…… 전문 모델이 아니라서…… 그래도 아마 줄걸?"

"얼마나?"

"넌 지금 그게 문제야? 이안이 널 찍은 게 문제지."

뭔 소리야…… 난 돈이 더 중요해! 그 캔커피 외계인 따위 내가 알 게 뭐야.

"진경아, 혹시 얼마나 주실 건지 좀 물어봐 줄 수 있어? 마침 주말에 하는 알바는 이제 끝났거든. 주중만 아니면 괜찮아."

"그래? 잠깐만……. 어, 엄마! 저번에 엄마가 말한 내 친구 있잖

아. 응, 이리아. 걔 모델 하면 얼마 줄 거야? 뭐? 알았어. 한번 데리고 갈게. 응.”

“뭐라고 하셔?”

“하루 찍는 데 10만 원이래.”

10…… 10만 원……! 옷 몇 번 갈아입고 사진 몇 방 찍으면 10만 원! 잡자! 잡아야 한다! 이게 웬 떡이냐! 음…… 그렇지만 너무 내가 목매는 거처럼 보이진 말자. 없어 보이니까.

“그럼…… 이번 주말에 구경도 할 겸 한 번 가볼까?”

“그래, 그러자. 계집애, 내가 그렇게 가자고 할 때는 들은 척도 안 하더니 돈 준다니까 오냐?”

“아니, 뭐…… 꼭 그렇다기보다…….”

그래! 그래! 돈 준다니까 간다, 뭐! 너도 돈 없이 살아봐, 나처럼 안 되나.

“밥 먹었어?”

응? 어디서 환청이…… 진경이가 갑자기 남자 목소리를 내네?

“꺅! 이안이다!”

난데없이 진경이가 수선을 떨기 시작했다. 나는 등골이 서늘해지는 것을 느끼며 천천히 뒤를 돌아보았다.

으윽. 이 눈부심은…… 캔커피 군.

“리아, 수업 이거 말고 또 있어?”

“네? 아니요, 오늘은 이거 하나만…….”

“Okay, 그럼 이 시간 이후는 비었다는 거지? 나가자.”

“네? 아니, 난 친구랑…….”

나는 진경이에게 구원의 눈빛을 보내봤지만 이 원수 같은 것이 엄마 미소를 지으며 손을 흔들고 있는 게 아닌가.

"친구분은 내가 나중에 따로 리아랑 같이 대접할게요."

"어머, 저한테까지…… 고마워요."

이 캔커피가! 누가 누굴 대접해! 왜! 어째서! ……그런데 공짜냐? 그나저나 진경이 저것은 나한테는 버럭쟁이면서 이 캔커피 외계인한테는 왜 저리 나긋나긋해? 나한테 그렇게 했어봐! 내가 너 밥을 사줘도 몇 번은 더 샀을 거다!

나는 도살장에 끌려가는 소처럼 질질 끌려갔다. 지나치는 여학생들의 눈초리를 보아하니 조만간 난 이 학교 공공의 적이 될 것이 확실했다. 몇몇 용기 있는 여학생들이 이 캔커피에게 인사를 하며 일은제를 했시반 이 녀석은 눈길도 주지 않았다.

"잠깐만요! 이거 좀 놓고 가요!"

건물을 빠져나오면서 난 결국 참지 못하고 그놈의 손을 뿌리쳤다.

"저기요, 내가 웬만해서는 이렇게 남한테 함부로 안 하거든요? 그런데 그쪽은 정말 사람 신경 긁는 데 탁월한 재주가 있네요. 아니, 진짜 왜 이래요? 난 그쪽 부담스러워서 싫어요, 싫다고요. 한국말 몰라요?"

그러자 녀석의 입꼬리가 슬쩍 위로 올라갔다.

"어제 내가 매일 얼굴 보여주겠다고 한 건 잊은 건가?"

"잊은 게 아니라 내가 그걸 원치 않는…… 잠깐. 그러고 보니 아까부터 왜 반말해요?"

"내가 더 나이 많으니까."

"스물다섯이라면서!"

"그런데?"

"나도 휴학 두 번해서 스물다섯이거든요!"

"그래? 그럼 리아도 반말해."

뭐지, 이 쿨 함은…… 쏘 쿨인데? 아니, 지금 그게 문제가 아니지.

"난 절대 그쪽한테 말 놓을 생각 없으니까 그쪽도 나한테 말 놓지 말아요. 괜히 친한 척하지 말란 말이에요."

"친하다는 기준이 뭐지?"

몰라서 물어? 넌 친한 사람 없니? 하, 없구나. 없으니 이러지.

"진짜 몰라서 물어요? 아무 때나 전화해도 상관없고, 서로 속내를 털어놓을 수 있고, 나한테 문제가 생기면 마치 자기 일처럼 나서주는 것 등등, 이런 거잖아요."

"그래? 알았어, 그럼 그렇게 할게."

뭣…… 이라?

"나도 아무 때나 전화하고 속내도 털어놓고 만일 리아에게 무슨 일이 생기면 내 일처럼 나서줄게."

……얘 뭐 하자는 거지? 이런 먹지도 못할 캔커피가!

어느새 우리 주변으로 사람들이 몰리고 있었다. 생각보다 이 캔커피가 이 학교에서 유명인사이긴 한가 보다.

아니, 근데 난 왜 여태 몰랐지? 이렇게 눈에 띄는 애를. 미리 알았으면 피해 다니는 건데. 난 가늘고 길게 살고 싶은 사람이야, 제발 날 좀 내버려 둬!

"저…… 이안? 미안한데 난 좀 가봐야 할 데가 있어서."

"어디? 같이 가."

넌 눈치 없니? 너 피하는 거잖아, 몰라? 정말 몰라? 좋아, 이렇게 나오겠다면 나도 생각이 있어!

"화장실…… 좀."

아, ……말해놓고도 민망해. 정녕 방법이 이것밖에 없단 말인가!

"아, 미안. 내가 눈치가 좀 없지?"

"알면 됐어요. 그럼 다음에 봐요."

쌩하니 돌아서서 냅다 달려야 하는데, 그런데…… 걸음을 뗄 수가 없다. 이 망할 캔커피 외계인이 또 내 가방끈을 붙잡았나 보다.

"또 왜요."

"가방 주고 가라고. 화장실 들어갈 때 불편하잖아. 남자들이 여자 화장실 앞에서 여자친구 가방 들고 서 있는 거 은근히 부러웠거든."

나 원, 별게 다…… 부럽…… 아니지, 어째서? 왜? 저 정도면 골라 먹는 재미가 있을 텐데 뭐가 부러워? 내가 영 마뜩잖은 얼굴로 가방끈을 꽉 잡고 놓지 않자 녀석은 내게 가까이 다가와 조용히 속삭였다.

"……어딜 도망가려고. 티를 내질 말던가."

헉! 들킨 거야? 그런 거야? 그런 거였어. 이왕 들킨 거 그냥 튈까? 아, 에제 다 해본 거지. 이 자식한테는 뭘 해도 안 먹혔지.

하는 수 없이 터덜터덜, 녀석과 한가롭게 캠퍼스를 거닐 수밖에 없었다. 한참을 걸어 다니는 통에 나는 발바닥과 다리가 심하게 아파왔다.

"이안, 우리 언제까지 이렇게 계속 걸어야 해요?"

"왜? 다리 아파?"

"좀…… 그러네요."

"그래? 그럼 저기 가서 좀 앉아 있을까?"

난 오아시스를 만난 기분으로 얼른 벤치에 가서 자리를 잡고 신발을 벗었다. 아침에 늦어서 급한 대로 생각 없이 그냥 현관에 놓인 걸 신고 나왔는데 굽이 낮아도 구두는 구두이기에 오래 걷는 건 무리였다.

"아…… 이제 살 것 같다."

"걷는 거 싫어하나 봐."

"싫은 건 아니지만 구두 신고 오래 걷는 건 피곤해요. 그런데 특별히 어디 갈 것도 아닌 것 같은데 왜 이렇게 학교 안을 빙빙 돌아요?"

"궁금해?"

설마…… 궁금하면 500원? 하기만 해, 하면 죽일 테다.

"궁금하면……."

"스톱! 거기까지! 무슨 철 지난 개그를 하려고 그래요?"

"어? 아닌데 궁금하면 가르쳐 주겠다는 얘기였는데?"

이런…… 낚였어.

"그래요, 그럼 무슨 대단한 이유가 있는지 들어나 봅시다."

"소문나라고."

"무슨 소문이요?"

"리아랑 내가 사귄다는 소문."

이건 또 무슨 귀신 씻나락 까먹는 소리지? 누가 누구랑? 내가 미쳤니? 돌았니? 너랑은 절대 그럴 일 없거든?

내가 어이없어하는 동안에도 녀석은 내게 시선을 떼지 않고 빙글빙글 웃기만 하다가 결국 소리 내어 크게 웃음을 터뜨렸다.

"푸하하, 아~ 리아, 진짜…… 크크크. 표정 하나는 예술이다. 아무리 봐도 안 질려, 어떡하지?"

"내 얼굴이 어떻기에 그래요?"

"방금 무슨 생각했는지 맞혀볼까?"

"해보세요, 언제부터 내 허락 받고 했다고."

"이건 무슨 개소리야, 내가 미쳤냐? 돌았냐? 너랑 사귀게? 맞지?"

뭐지? 이서 뭐지. 얘 초능력 있나 봐. 진짜 외계인이야?

"뭐…… 대충은 맞는데 그게 중요한 게 아니라 대체 무슨 생각으로 그래요?"

"음. 일종의 방패로 쓰려고 한다고 할까? 여기 와서 한시도 혼자 편하게 쉰 적이 없어. 어딜 가나 여자들이 따라다녀서."

예~ 그러시겠죠. 왜 안 그렇겠습니까. 그런데 잠깐! 방패라니?

"누구 하나 확실하게 사귀는 사람 있다고 하면 더 이상 안 들러붙을 것 같아서."

"그럼 차라리 진짜 누구 하나 골라서 사귀면 되잖아요."

"귀찮아."

헐. 나보고 그 말을 믿으라고? 너 어제 생각 안 나니? 치매니? 단기기억상실증이야? 내가 싫다고 그리 얘기 했건만 죽자고 따라

다니더니 이제 와서 뭐가 어쩌고 어째? 넌 아무리 봐도 이상해. 정상이 아니야.

"이상해 보인다는 거 나도 알아. 그런데 사실인 걸 어떡해? 게이는 아니지만 여자들에게 별로 관심이 없어. 재미없잖아. 늘 똑같은 말에 지들 관심사만 얘기하고, 맞장구쳐 줘야 하고, 비위 맞춰야 하고. 나 그런 거 딱 질색이야."

"이안을 보면 절대 안 그럴 것 같은데, 오히려 여자들이 목매서 잘해주지 않아요?"

"처음에야 그렇지. 하지만 나중에는 다 똑같아져. 자기한테 관심이 없냐, 사랑하지 않는 거냐, 다른 여자가 생긴 거냐, 블라블라블라. 결국 자기들이 못 견뎌서 가버려. 나 여태까지 만난 여자들한테 다 차였어."

그렇겠지. 나 같아도 차겠다. 평생 얼굴 뜯어먹고 살 것도 아닌데 외모는 잠깐이야. 성격과 매너가 좋아야지. 아! 생활력도 강해야 해.

"그것참…… 안됐네요."

"아니, 괜찮아. 좋아서 사귄 것도 아니었으니까. 별로 상관없어."

"그래서 결론은 다 귀찮으니까 나보고 애인 행세를 해달라, 이건가요?"

"맞아."

"왜 하필 나예요?"

"리아는 재밌으니까."

내가? 난 머리털 나고 그런 소리 처음 듣는데.

"진짜 재밌어. 너 같은 애는 진짜 처음이야. 속마음이 이렇게 얼굴에 다 드러나다니, 아무리 봐도 질리지가 않아."

그러셔? 참나, 사람 가지고 노는 방법도 가지가지네. 넌 내가 그렇게 우스워? 그럼 난 뭐 연애도 하지 말라는 소리야? 하긴, 시간이 없어서 소개팅도 못 한다만. 그래도! 네 애인도 아니고 애인 행세 해줄 정도로 내가 성격이 좋지가 않아!

"미안하지만, 못 들은 걸로 할게요. 난 시간이 별로 없는 사람이라 그쪽이랑 노닥거릴 여유가 없어요."

"뭐가 그렇게 바쁜데?"

"장학금 타려면 공부도 해야 하고, 알바도 해야 하고, 집안일도 혼자 나 해결해야 하니까 난 한가하게 남들처럼 대학의 낭만이니 뭐니 그런 거 몰라요. 딴 데 가서 알아보세요."

난 가방을 챙겨 들고 재빨리 일어섰다. 이만큼 얘기했으니 이제는 알아들었겠지. 아디오스. 굿바이. 사요나라. 짜이찌엔.

"수고비 줄게."

응? 나도 모르게 고개가 휙 돌아갔다. 아, 좀 천천히 돌릴걸. 이놈의 본능이.

"수고비요?"

"그래, 이것도 일종의 알바라고 생각하면 편할 거 아니야."

"얼마나요?"

"얼마면 될 것 같은데?"

너 나랑 스무고개하니. 남자가 쩨쩨하게 굴지 말고 좀 시원하게 쏴봐. 나한테 선택권을 준 걸 후회하게 만들 테다. 싫으면 말고. 나도 아쉬울 거 하나도 없다 이거야.

"음…… 시간당 10만 원. 그거면 할게요. 절충 없어요."

어때, 그건 안 되겠지? 그럼 이제 진짜 꺼져 줄래? 아까부터 날 보는 여자들의 시선이 심히 부담스럽기 짝이 없거든.

"좋아, Deal!"

"뭐라고요? 진짜?"

너무 황당한 터라 생각할 겨를도 없이 입 밖으로 튀어나왔다.

"진심이라고 했잖아."

"아니, 그렇다고 고작 애인 대행하는 데 시간당 10만 원을 써요?"

"상관없어, 귀찮은 게 더 싫어. 대신 지금 하는 알바는 그만둬."

"네? 왜요?"

"그 시간엔 난 혼자 있어야 하잖아. 앞으로 잘 시간 빼고는 나 혼자 두지 마."

애 뭐래니, 너 돈이 그렇게 많니? 이야~ 나 올해 안에 집 사겠네.

"그건 곤란해요. 진짜 애인도 아니고 애인 대행하는데 내 사생활도 없이 살라는 말이에요?"

"그것도 그렇겠네. 음…… 그래도 그 알바는 그만둬. 환경이 좋지가 않아. 술 취한 사람들이랑 시비가 붙을 수도 있고. 그럼 이렇게 하지. 특별한 일이 없는 한 학교에 나와 있는 시간부터 집에 갈 때까지. Ok?"

"잠깐! 잠깐만요!"

녀석이 왜 그러냐는 눈으로 나를 빤히 바라본다.

윽! 눈부셔, 왜 자꾸 빛을 뿜어내고 난리야! 이제 적응할 법도 한데. 아니지, 저건 절대로 적응 못 해.

"이안, 오전 강의 있는 날은 집에 갈 때까지 거의 열 시간이에요. 그럼 하루 백만 원이라고요, 알고 있어요? 그렇게 지불할 능력은 되면서 얘기하는 거예요?"

"그럼 내가 거짓말하는 걸로 보여?"

"솔직히 믿기 힘든 얘기잖아요."

"계약서 작성할까?"

"계약서?"

"정식으로 계약서 작성하고 계약금 선불로 지불하고 시간당 계산한 것은 월말 결산. 어때?"

난 뭐라고 대답해야 할지 몰라 잠시 머뭇거릴 수밖에 없었다. 눈빛을 보아하니 진심인 것 같은데 정말 그렇게 돈이 많나? 혹시 재벌 2세야? 이러다가 나 드라마에 나오는 것처럼 얘네 부모님 앞에 끌려가서 돈다발로 맞는 거 아니야? 물도 뒤집어쓰고. 음…… 그거 괜찮네. 그때 되면 먹고 떨어지지 뭐.

"무슨 생각이 그리 많아? 그냥 알았다고 하면 될 걸 가지고."

저 싸가지 캔커피가 내게 핀잔을 준다. 칫! 입에 금 수저 물고 태어나니 아주 신간 편한가 봐. 없이 살아봐! 세상이 온통 불신으로 가득 찰 거다.

"좋아요, 그럼 계약금은 얼마나?"

"천."

천? 천? 설마 천 원은 아니겠지. 그럼…… 천…… 만 원…… 천만 원?

"혹시 재벌 2세예요?"

"그건 왜 물어?"

"돈을 물 쓰듯 쓰려고 하니까 궁금해서요."

"재벌 2세라……. 우리 집이 부자인 건 맞지만 재벌 2세라고 하면 좀 자존심 상하네. 난 내가 재벌이야."

"고작 스물다섯인데?"

"나에 대해서 궁금해?"

어! 궁금해. 궁금해. 아주 궁금해 미치겠어. 500원 줄 테니까 빨리 불어! 라고 하고 싶지만 그랬다간 이 외계인이 나한테 더 들러붙을 것 같다.

"아니, 뭐, 별로……."

"시간은 많으니까 천천히 얘기해. 난 리아에 대해 궁금한 게 아주 많거든."

"하하, 지나친 관심은 사양할게요."

"어째서?"

"그다지 친하지도 않고 본 지 얼마 되지도 않은 사람에게 사생활을 속속들이 파헤쳐지고 싶은 사람이 어디 있겠어요."

"여기."

캔커피 녀석이 엄지로 자신을 가리키며 말했다. 네, 네, 그러시겠죠. 당신은 사람이 아니니까. 캔커피에 외계인에 반딧불이잖아!

"그건 됐고, 계약 만료는요? 만료도 없이 그냥 해요?"

"좋은 질문이네. 계약 만료는 내가 싫증날 때까지."

"뭐에 싫증이 나요?"

"너. 이리아."

아~ 그러니까 나를 장난감처럼 혹은 애완견처럼 데리고 놀다가 싫증나면 버리시겠다? 나야 돈만 받으면 상관없긴 하다만 그 태도가 영 마음에 안 드네.

"이렇게 하는 건 어때요? 계약 만료 조항은 하나. 이안이 싫증날 때. 둘. 서로에게 진심으로 좋아하는 사람이 생겼을 때. 셋. 이안과 나 둘 중 누구라도 연애 감정이 생겼을 때."

"좋아, 의외로 똑똑하네."

의외로? 의외로? 이 싸가지 캔거씌가! 너 그거 부슨 뜻이야! 왜 이래, 나 경제학과 2년째 수석이야!

"은근히 기분 나쁘게 말하는 거 혹시 알고 있어요?"

"그랬나? 기분 나빴어? 그럼 사과할게. 미안."

역시 쏘 쿨…… 부럽다, 이 자식아.

우리는 그 자리에서 계약서를 작성하고 지장까지 찍은 뒤 이안이 내 계좌번호를 가져갔다. 3분도 되지 않아 진짜로 내 통장 잔고의 0 자리 단위수가 달라져 있었다. 난 그제야 계약연애를 실감하고 혹시 내가 지금 잘못하고 있는 것은 아닌지 망설였지만, 지금 내게 있어서 가장 중요한 건 돈이었기에 그런 생각들은 사뿐히 날려 버렸다.

―연애 계약서. 이안 맥스웰과 이리아는 다음의 조항을 충실히 이행한다. 이안 맥스웰을 갑이라 칭하고 이리아를 을이라 칭한다.

1. 갑은 을에게 계약금과 시간당 10만 원을 지급한다.

2. 갑은 을에게 지나친 애정 표현을 삼간다.

3. 남에게 보여주기 위한 데이트 비용은 전부 갑이 부담한다.

4. 을은 갑에게 충실한 연인으로 보이기 위해 모든 노력을 아끼지 않아야 한다.

5. 둘 중 누구라도 진짜 연애 감정이 생기면 그 즉시 이 계약은 무효로 돌아간다.

6. 둘 중 누구라도 진심으로 다른 사람을 사랑하게 되면 역시 계약은 무효화된다.

7. 갑이 을에게 더 이상 계약을 이행하지 않아도 상관없다고 느낄 시(싫증이 나면) 계약은 무효화된다.

8. 계약이 무효화되더라도 을은 이미 지급받은 계약금과 보수를 환불할 의무가 없다.

나는 계약서를 읽고 또 읽으며 어디 빠진 구석이 없는지 다시 한 번 살펴보았다. 하긴, 뭐 상관있나. 저 여덟 번째 조항이 있는 한 내게 두려울 것은 없다!

"다 읽었어?"

"네."

"빠진 건 없는 것 같아?"

"일단은요."

"그럼 부족한 건 나중에 생각나는 대로 추가하기로 하고…… 데이트하자."

"벌써요?"

"계약서도 썼고 계약금도 지불했으니 남은 건 계약 이행뿐이잖아."

그래, 그렇겠지. 돈 줬으니 돈 값 하라 이거지? 오냐, 해주마.

"알았어요, 뭐 할 건데요?"

"단 거 먹으러 가자."

"단 거? 단 거 좋아해요?"

"항상 입안이 써서 단 걸 좋아해."

그러냐, 육십도 되기 전에 틀니 하겠구나.

"뭐, 아무려면 어때요. 가요."

"리아."

"왜요?"

"그런데 존댓말 계속 할 거야?"

"그냥 뭐랄까…… 어색해서?"

"우리 이제 사귀는 사이인데 말 편하게 해. 억울하다는 얼굴로 꼬박꼬박 존대하니 웃기기는 하지만."

네가 존대를 할 생각은 아예 안 한 거냐. 그래! 내가 못 할 줄 알고?

"정 그렇게 원한다면…… 이제부터 말 편하게 할게. 앞으로 잘 부탁해, 이안 캔커피."

"캔커피?"

그 녀석이 의아하다는 얼굴로 내게 물었다.

"맞잖아, 너 성이 맥스웰이라며. 맥스웰 하우스 캔커피, 몰라?"

내 말에 녀석이 배를 잡고 웃어댄다.

"푸하하, 그래서 캔커피라고? 그게 나름 애칭이야? 좋아, 맘에 들어. 캔커피, 큭큭."

애칭이 아니라 놀린 거거든? 넌 그래도 좋니? 참 좋겠다, 쿨해서.

"그럼 난 리아를 뭐라고 부르지?"

한참을 웃어대던 녀석이 내게 질문을 해왔다.

뭘 뭐라고 불러, 그냥 이름 부르면 되는 걸 가지고. 아니다. 사실 난 네가 그냥 날 잊어줬으면 좋겠어. 미안. 돈은 받았으니까.

"그냥 이름 불러요."

"왜? 나도 리아를 애칭으로 부르고 싶은데."

"됐으니까 얼른 가기나 해요."

캠퍼스를 걸어가는 내내 주위의 따가운 시선을 느끼면서도 난 굴하지 않았다. 왜냐! 돈이 있으니까. 까짓것 소문 좀 나면 어때, 결혼하는 것도 아니고 대학 시절 잠깐 연애한 거 가지고 트집 잡을 사람 있으면 이 세상 모든 사람들 중 털어서 먼지 안 나는 사람 누가 있어? 맘대로 씹고 떠들어라. 그러는 동안 내 통장 잔고는 쉴 틈 없이 올라갈 거다.

"그렇게 좋아?"

"좋지, 그럼. 천만 원이 뉘 집 개 이름도 아니…… 응? 잠깐, 내가 무슨 생각 하는지 알아?"

"리아는 속마음이 얼굴에 그대로 나타난다니까. 착하게는 살겠네. 어디 가서 사기 쳐도 안 먹힐 거야."

내가 그런가? 나 그런 소리 처음 듣는데? 나름 포커페이스라고 자부하며 살았는데 왜 이 녀석은…… 하긴, 넌 인간이 아니니까. 샌프란시스코? 웃기고 있네. 넌 외계인이야!

"리아라는 이름도 한자 뜻이 있어? 한국 이름들은 대부분 뜻이 따로 있던데?"

"아, 내 이름은 그냥 한글 이름이에요, 아니! 한글 이름이야."

"한글 이름도 보면 뜻이 있더라고. 가람은 강, 누리는 세상, 뭐, 이런 식으로. 미국식 이름은 별 뜻이 없어. 마트에 가면 이름 짓기 책자가 있는데, 거기서 보고 대충 짓는 게 대부분이거든. 그래서 한국에 와서 사람들이 자기 이름들을 소개할 때 좀 신기하다는 생각이 들었지."

"그렇게 따지면 우리 아빠가 참 아메리칸 스타일이네. 아무 생각 없이 지으셨으니까."

"리아는 이름이 마음에 안 들어? 난 귀여운데."

녀석은 뭐가 문제냐며 나를 빤히 쳐다봤다.

그러지 마! 제발 날 그렇게 보지 말라고 눈부셔! 선글라스를 하나 장만하던지 해야지, 원.

"우리 아빠는 원래 아들을 원하셨다나 봐. 애가 없이 오래 지내다가 백일기도까지 해서 엄마가 임신을 하셨는데 딸인 거지. 실망한 아빠가 출생신고를 하러 가셨는데, 라디오에서 아리랑이 나오더래. 그래서 이 아리랑이라고 지으려다가 그건 좀 너무했다 싶으셨는지 이 아리라고 적으셨대. 그런데 이아리도 영 어감이 이상해서 뒤집어보니 리아, 음. 요 정도면 괜찮네 하고 지으셨대. 참나, 자식 이름을 그렇게 성의 없이 짓는 아빠가 세상에 또 있을까?"

"아마도 리아의 그 이상한 부분은 아버지를 닮은 것 같다."

누가. 내가? 이상해? 다른 사람은 몰라도 네가 그렇게 얘길 하면 안 되지! 이상한 걸로 따지면 네가 초울트라 캡숑 짱이야! 몰라? 정말 몰라?

"아! 저기 들어가자."

어느새 학교 밖으로 나온 우리들은 학교 근처에 새로 생긴 카페로 들어갔다. 들어가자마자 달콤한 냄새가 진동을 했다. 주머니 사정상 외식을 즐기지도 않았지만, 이런 가게가 있다는 걸 처음 알았다.

아, 나도 이런 가게 하나 갖고 싶다. 좀 더 작아도 괜찮은데. 내가 좋아하는 커피를 내리고 디저트도 팔고, 좋아하는 음악을 틀어놓고 손님을 맞이하는 한가로운 하루…….

"뭐 먹을래?"

한참 상상의 나래를 펼치고 있는데 불쑥 녀석이 끼어들었다.

"난 잘 몰라서…… 그냥 이안 먹는 걸로."

"그래, 알았어. 저쪽에 가서 앉아 있을래? 내가 주문해서 가져갈게."

빛이 잘 드는 창가 자리에 앉으려다가 방향을 틀어 제일 구석 자리에 앉았다. 혼자라면 몰라도 저 눈에 띄는 자식과 창가에 오붓하게 앉아 있으면 가게 안이고 밖이고 다 시선 집중이 될 테니 그것만은 피하고 싶었다.

잠시 후 그놈이 가지고 온 쟁반 위에는 보기만 해도 단내가 날 것 같은 각종 케이크와 커피 두 잔이 있었다. 그중 제일 눈에 띄는 건 금방이라도 캐러멜 시럽이 뚝뚝 떨어져 내릴 것 같은 케이크였다. 단 걸 그다지 즐기지 않는 나는 보기만 해도 속이 느글거렸다.

"이안, 다 먹어요. 난 됐으니까."

"어? 왜 다시 존대야?"

"후우, 이안만 반말하는 게 억울해서 해보려고 했는데 역시 체질에 안 맞아요. 친한 사이가 아니면 나보다 어린애들한테도 존대하거든요. 뭐든 적당한 거리 유지. 그게 내 신조예요. 이안은 이안 마음대로 해요, 뭐가 어쨌든 이제부터 내 고용주니까."

그래, 고용주와 고용인. 너와 나의 관계는 딱 거기까지. 알았어? 죽있다 깨어나도 너와 내가 그 이상 엮일 일은 없을 거야.

"마음대로. 난 존대가 영 불편해서."

"편한 대로 해요."

"그러지."

녀석은 시큰둥하게 대답하곤 케이크를 한입 베어 물었다. 으으, 달아. 보기만 해도 달아.

"리아는 정말 안 먹어?"

"아, 난 별로. 그냥 커피나 마실게요."

난 손을 뻗어 커피잔을 잡았다. 그러나 생크림이 하늘 높은 줄 모르고 올려져 있는 커피를 보고 입맛이 떨어져 도로 내려놓을 수밖에 없었다.

"왜?"

이안이 이상하다는 눈으로 날 쳐다봤다. 참나, 그렇게 단 걸 먹을 때는 커피는 블랙으로 먹는 게 정상 아니야? 넌 그 커피가 넘어가니? 이상해, 이상해, 아무리 봐도 이상해. 역시 정상이 아니야.

"이안은 왜 그렇게 단 걸 좋아해요?"

"몰라, 어릴 때부터 이랬다나 봐. 미국 부모님도 이상하다고 생각했는지 병원에 데려간 적이 있었는데 애정 결핍의 한 종류라고 하더래. 정작 난 별로 그런 거 못 느끼는데 말이지."

"양부모님이 그래도 신경 많이 써주시나 봐요."

"좋은 분들이셔. 여기 한국에 오게 된 것도 내 모국을 보고 느끼고 오라나 뭐라나, 당사자인 나는 별로 모국에 대한 애정 같은 게 없는데."

"아! 혹시 생모를 찾는다거나……."

"필요 없어, 관심도 없고. 못 키울 사정이 있으니까 그런 거였겠지. 이제 와서 찾는다고 달라질 것도 없으니 난 그냥 이대로 모르는 채 사는 게 좋아. 찾았는데 못 살고 있으면 마음이 안 좋고 잘살고 있으면 그건 또 그거대로 기분이 상할 거 아니야."

역시 쿨. 쏘 쿨.

이안은 쉴 틈 없이 케이크를 입에 넣고 우물거렸다.

잘생긴 놈은 저렇게 먹어도 멋지구나. 다른 남자 같았으면 게걸스럽게 먹는다고 핀잔이라도 줬을 텐데, 저놈의 캔커피 외계인은 입을 한껏 벌리고 먹어도 화보가 따로 없네. 오늘 이 집 장사 잘 되겠어.

아닌 게 아니라 제일 구석 자리에 앉아 있는데도 가게 안의 시선은 종업원까지 포함해서 모두 우리를 향하고 있었다.

에휴…… 그렇지…… 자체발광 외계인인데, 어딜 가도 튀겠지.

가게의 특성상 손님의 대부분이 여자 손님들이었는데, 그들 모두가 이안을 넋 놓고 쳐다보다 이내 내게로 시선을 돌리며 시기와 질투의 시선을 거침없이 보내왔다.

"다 먹었으면 나가요."

"그럴까?"

우리는 다시 거리로 나왔다.

하…… 이 녀석과 계약을 맺은 뒤 한 시간도 안 지났는데 벌써 심신이 지친다. 참자, 참자, 참아야 하느니, 벌써 등록금은 해결됐고, 나만 참으면 편안한 생활이 기다리고 있다.

"이제 뭐 할까?"

"조금 있으면 알바하러 갈 시간이에요."

"내가 그만두라고 했을 텐데."

"그만두더라도 사람 구할 때까지는 해주는 게 인지상정이에요. 그런 것도 몰라요?"

"그런 건 내 알바가 아니지. 넌 내 고용인이니 내 말을 들어야 해."

뭐, 이런…… 그래, 생각해 보니 넌 처음 봤을 때부터 남의 사정 따위는 안중에도 없었지.

"그럼 말이라도 하게 해줘요."

"전화로 해."

"어떻게 사람이 그래요? 적어도 얼굴 보고 갑자기 그만두게 되어서 죄송하다고 얘기하고 그동안 일한 페이도 정산해서 받아와야죠."

"얼마야."

"에? 뭐가요?"

"얼마냐고, 받을 페이가. 내가 줄 테니 리아는 그냥 나랑 있어."

허, 이놈 보소. 이 정도면 중증인데, 나 그냥 받은 거 다 토해내고 도망가야 하는 거 아니야?

"가긴 어딜 가. 리아는 아무 데도 못 가."

엄마야! 또 내 생각에 대답했어! 그러지 마, 그러지 마, 너 무서워질라 그래.

"안 잡아먹을 테니 너무 무서워하진 말고."

꺅! 너 뭐야, 너 뭐야, 너 뭐야! 너 진짜 외계인이야?

결국 완강하게 버티는 내 의사와는 전혀 상관없이 캔커피 외계인은 내가 일하는 라이브 카페로 앞장서 갔다.

"뭐 해? 안 가?"

"지금…… 같이 가려고요?"

"응."

"나 혼자 가면 안 돼요?"

"안 돼."

"왜요?"

"심심해."

아, 진심 때리고 싶다. 하는 수 없이 난 이 고집불통 캔커피 외계인을 달고 라이브 카페로 갈 수밖에 없었다.

"사장님, 저 왔어요."

"오, 리아 일찍 왔네? 잠깐 저쪽에 앉아 있어."

"아니…… 저 드릴 말씀이……."

"응? 왜? 가불해 줘?"

내가 급할 때마다 두말없이 도와주시던 사장님이었기에 난 더더욱 입이 떨어지지가 않았다.

"리아 오늘부터 여기 안 나올 겁니다."

헉! 야, 이 자식아! 그걸 네가 말하면 어떡해!

"진짜야? 리아 그만두려고? 이렇게 갑자기……."

"네…… 그렇게 됐어요, 죄송합니다."

"아쉽다. 리아만큼 예쁘고 노래 잘하는 사람 찾기 힘든데."

"죄송해요, 대신 급하게 필요하실 때 불러주시면 언제든지 달려올게요."

"누구 맘대로."

이안이 코웃음을 치며 대꾸했다.

넌 그냥 좀 가만히 있으면 안 되겠니? 응? 그렇게 꼭 대못을 박아야 시원해?

사장님은 그제야 이안을 쳐다보고 내게 속삭였다.

"그런데 저 잘생긴 친구는 누구야? 혹시 리아 애인이야?"

"애인은 무슨…… 아니…… 읍!"

나는 말을 이을 수 없었다. 이 망할 놈의 캔커피 외계인이 내 입을 틀어막고 나 대신 청산유수로 대답을 했다.

"네, 제가 이리아 남자친구입니다. 우리 리아가 사장님 좋다고 말을 많이 하긴 했지만 그래도 전 남자친구 입장에서 여자친구가 술 마시는 분위기인 곳에서 노래하는 게 영 불안해서요. 우리 리아가 좀 예뻐야죠."

우리 리아? 너 미쳤니? 이야~ 너 혀에 꿀 발랐구나. 무슨 거짓말을 그렇게 천연덕스럽게 해?

난 본의 아니게 녀석의 손아래 버둥거리며 연신 아니라고 외쳤지만 사장님은 워낙 눈에 띄는 이 녀석이 그렇게까지 말하니 쉽게 수긍하는 눈치였다.

"그래, 하긴 자주는 아니지만 가끔씩 진상 부리는 손님들이 있었어. 그럴 때마다 내가 리아한테 얼마나 미안했는데."

난 간신히 녀석의 손아귀에서 벗어나 사장님에게 말을 할 수 있었다.

"아니에요, 사장님 덕분에 그동안 정말 편하게 일 잘 했어요."

"그렇게 생각해 주니 고맙긴 한데, 이걸 어쩌지? 네가 이렇게 갑자기 그만둘 줄 모르고 네 월급 안 챙겨놨는데, 계좌번호 남겨놓고 가. 내일 내가 은행 가는 대로 보내줄게."

"정말 고맙고 죄송합니다."

"아니야, 그런데 리아. 잠깐만."

사장님이 나를 가까이 오라며 손짓했다. 무슨 일인가 싶어 귀를 기울이니 사장님은 내 귀에 대고 조용히 말을 했다.

"어디서 저런 킹카를 잡았어? 온몸에서 귀티가 철철 넘치는데? 리아 걱정 많이 하는 거 보니 이제 고생 덜 하겠네. 잘됐다."

"아하하…… 뭐, 그런가요."

사장님! 사장님이 몰라서 하는 소리세요. 쟤요, 사람 아니에요.

외계인이 확실하다고요!

결국 사장님의 축하까지 받으며 밖으로 나온 나는 이안을 잠시 쏘아본 후 안녕을 고했다.

"자, 그럼 오늘 내 알바를 마지막으로 오늘 일정은 다 끝났으니까 여기서 헤어지죠. 난 이쪽, 이안은 저쪽. 오케이?"

"벌써?"

벌써라니, 넌 무슨 말을 그렇게 무시무시하게 하니. 난 지금 심신이 아주 고단하단다.

"우리가 계약을 한 이유는 이안에게 불나방처럼 달려드는 여자들을 원천봉쇄하기 위한 거였잖아요? 이제 하루 일정이 끝났으니 난 내 집으로, 이안은 이안 집으로 돌아가면 누구 만날 일도 없으니 된 서 아니에요?"

이안은 내 말을 듣고 나서 잠시 생각하는 듯하더니 갑자기 나를 똑바로 쳐다보며 씨익 입꼬리를 올렸다.

아, 진짜 쓸데없이 잘생겼다. 정말 써먹을 데라고는 하나도 없구만.

"그럼, 나 집까지 데려다줘."

뭐래니? 네가 애니? 애야? 왜! 내가 집도 찾아줘야 해?

"집에 가는 길에도 여자들이 달려들지 모르잖아, 안 그래? 길에서 헌팅 당하는 것도 무시 못 해."

아, 그러십니까. 그러시겠지요. 그렇게 빛을 뿜어대고 다니시니 당연한 거 아니겠습니까, 이 반딧불이야!

나는 짧은 한숨을 내쉬고 이안을 따라갈 수밖에 없었다. 잠시 후 도착한 이안의 집은 한눈에 봐도 비싸 보이는 한강 주변의 고급 오피스텔이었다.

"자, 됐죠? 그럼 난 갑니다."

"잠깐 차나 한잔하고 가."

내가 미쳤니? 내가 왜 남자 혼자 사는 집에 들어가? 널 어떻게 믿고? 내가 그렇게 쉬워 보여?

"한 시간만 있다가 가. 혼자 있으니 심심해서 그래. 페이는 더블로 지급하지."

"그럴까요, 그럼?"

난 자존심 따위 버린 지 오래다.

이안의 집은 탁 트인 거실에 통유리로 되어 있어 한눈에 한강이 들어오는 것이 그야말로 절경이었다. 아직 시간이 좀 이르긴 하지만 밤에 야경을 보면 더 멋질 것 같았다.

"있고 싶으면 더 있다가 가도 돼. 밤에 보면 더 멋지거든."

또 내 생각을 읽었는지 이안이 냉장고에서 주스를 꺼내면서 말했다.

"아니, 뭐…… 됐어요. 너무 늦으면 집에 가기 힘드니까."

"늦어도 괜찮아, 이따가 바래다줄게."

"그럴 거면 뭐 하러 날 여기까지 끌고 왔어요? 아까 그냥 거기서 찢어지면 될 걸 가지고. 또 집에 돌아오는 길에 여자들에게 둘러싸이려고 그래요?"

"차 가져가지 뭐."

뭣이라, 차? 차가 있었더냐? 그런데 멀쩡한 차를 놔두고 왜! 왜!

어째서!

"마셔."

그가 내민 컵을 들고 한 모금 마시던 나는 미간을 찌푸렸다. 오렌지주스인 줄 알았는데 아니네.

"이거 뭐예요?"

"망고주스."

달아! 달아! 달다고! 난 말없이 컵을 내려놓고 일어섰다.

"집 구경 좀 해도 돼요?"

"얼마든지."

역시 쿨하게 대답하는 이안을 뒤로하고 난 그의 집을 탐험했다.

욕실, 침실, 다용도실, 서재, 드레스룸 등등, 쭉 둘러본 나는 모든 십에 다 있는 것들이 이 집에는 없다는 것을 깨달았다.

"이안, 그런데 왜 집에 TV가 없어요?"

"재미없어."

"혼자 있으니 심심하다면서요? 보통은 그럴 때 TV 시청이 최고인데."

"난 별로. 네가 훨씬 재밌어."

그러냐. 이 기회에 TV 하나 장만해라. 내가 나의 하루를 영상으로 찍어서 보내주마. 물론, 돈 받고.

"이안은 내가 어디가 그렇게 재밌어요? 하고많은 여자들 중 왜 하필 나를 골랐어요?"

난 처음부터 궁금해 마지않던 질문을 그에게 쏟아내었다. 별 생각 없이 나른하게 커다란 소파에서 뒹굴던 그가 몸을 일으켰다.

"궁금해?"

"궁금한 걸로 따지면 수도 없이 많지만 제일 궁금한 건 그거에요. 그저 재미있다는 이유 하나만으로 그렇게 큰돈을 쓴다는 건 말이 안 되잖아요."

"그래, 말이 안 되는 일이지."

"그러니 이제 말해봐요. 왜 날 선택했어요?"

이안은 소파의 등받이에 턱을 괴고 나를 빤히 쳐다보았다.

왜, 왜? 말을 하라고, 말을…… 그렇게 쳐다보지만 말고! 그런 건 너 좋다는 여자애들한테 가서 하란 말이야!

"나도 몰라."

하하, 헛웃음만 나오는구나. 물어본 내가 잘못이지.

"나도 내가 왜 이런지 몰라, 왜 너를 택했는지. 왜 너만 보면 웃음이 나는지. 왜 네 얼굴만 봐도 네 생각이 다 읽히는지 나도 정말 몰라. 그래서 알아보려고, 이제부터."

가지런한 이를 고스란히 드러내며 환하게 웃는 그의 얼굴이 그 어느 때보다도 환하게 빛이 났다. 그 환한 미소를 보며 내 머릿속에 든 생각은 단 한 가지였다.

때가 됐군. 이제 밤인가? 반딧불이 활동 시간이다.

"음, 뭐, 아무렴 어때요. 그쪽은 재미있어서 좋고, 난 돈 벌어서 좋고. 서로 손해 보는 거 없으니 된 거죠."

"리아."

"왜요."

"원래 그래?"

난 이안이 묻는 말에 대답을 할 수가 없었다.

하…… 그렇게 앞뒤 다 자르고 말하면 나보고 무슨 수로 알아들으란 말이야!

"좀 질문을 디테일하게 해줄래요? 무슨 말인지 못 알아듣겠어요."

"원래 그렇게 속에 있는 말 담아두고 사는 거냐고. 하고 싶은 말 제대로 하는 게 거의 없잖아."

"아니거든요? 나도 할 때는 해요."

"그게 언젠데?"

"잘 기억을 못 하나 본데 나 이안 어제 첨 봤을 때 분명 부담스럽다고 했어요. 오늘도 마찬가지고요. 싫다고, 부담스럽다고 분명히 얘기했는데도 듣지 않은 선 이안이삲아요."

"아～ 그건 그러네. 신기하게."

이안은 팔을 뻗어 내게 소파에 앉으라고 손짓했다. 오래 걸어 다녀 그런지 다리가 아픈 터라 마지못해 앉기는 했어도 최대한 멀찍이 떨어져 앉았다.

"그런데 리아는 내가 왜 싫어? 다른 여자들은 다 나한테 말이라도 붙이려고 애를 쓰는데."

몰라서 묻니? 너 이상해, 완전 이상해. 정상이 아니야.

"후우…… 이안, 이안이 정말 끝내주게 잘생긴 건 인정하지만 모든 여자가 다 이안을 좋아할 거라는 생각은 오만 아니에요?"

"아니, 꼭 그런 생각을 하는 게 아니라 난 리아가 날 좋아해 줬으면 하거든."

"어째서요?"

"보고 있으면 질리지 않을 것 같아서."

이거 봐, 이거 봐, 이게 정상인이 할 소리냐고.

내가 어이없어 말을 못 하고 있는 동안 이안의 입이 다시 열렸다.

"내가 과연 어제 리아를 처음 봤을까?"

씨익 입꼬리를 끌어 올리는 그의 모습에 난 어쩐지 등골이 서늘해지는 것을 느꼈다.

뭐지, 저 사이코패스 같은 대사는? 설마 날……. 에이, 아닐 거야. 아닐…… 거야. 겁먹지 마. 침착해야 해. 침착하자. ……어쩌지? 침착이 안 돼!

"그럼, 어제 날 처음 본 게 아니란 소리예요?"

나는 내 목소리가 떨리고 있지는 않은지 생각할 겨를도 없이 궁금증을 참지 못하고 물을 수밖에 없었다.

"정답. 그럼 질문. 내가 리아를 처음 본 건 과연 언제일까?"

그걸 알면 내가 물어봤겠니. 너, 사람 약 올리는 게 취미야?

"모르니까 물어보는 거잖아요."

"궁금해?"

이걸 그냥 확! 저 웃는 낯을 확 밀어버리고 싶다.

"궁금해요. 가르쳐 줄래요?"

"가르쳐 주면 리아는 내게 뭘 해줄 건데?"

허~얼 별꼴을 다 보겠네. 가르쳐 주기 싫음 말던가. 나도 뭐, 별로 아쉬울 건 없다 이거야. 없지 않잖아. 아아아아, 궁금해 죽겠네!

"이것도 거래를 하자는 건가요?"

"OK. 역시 경제학과라 머리는 잘 돌아가네."

"거래라는 건 상대방이 원하는 것을 가지고 있을 때 성립이 되는 것도 알죠. 하지만 난 이안이 가지고 싶어 할 만한 게 없어요. 이미 눈치챘겠지만 난 가진 게 별로 없는 사람이거든요."

이안은 날 물끄러미 바라보았다.

왜 저러지? 내 얼굴에 뭐 묻었나?

"노래해 줘."

"네?"

"노래해 달라고. 리아 그걸로 part time job 했었잖아."

"그거랑 이거랑 지금 무슨 상관인데요?"

"오직 나만을 위해서 노래해 달라고. 단, 이번엔 눈 감지 말고 나를 보면서 해줘. 그럼 가르쳐 주지."

너 혹시 그거 아니? 진상 스킬로만 따지면 내가 이제껏 만난 그 어떤 진상 손님보다도 네가 한 수 위라는 거.

"좋아요, 그렇게 해요. 리퀘스트 있어요?"

"저번에 했던 거."

"샌프란시스코?"

"응."

너 머리에 꽃 달고 싶니? 그 머리에 꽃 달란 노래 어지간히 좋아하는구나. 하긴 조만간 그럴 것 같다. 어딜 봐도 정상은 아니니까.

난 그가 원하는 대로 그의 눈을 똑바로 바라보며 노래를 불렀다.

If you're going to San Francisco

Be sure to wear some flowers in your hair

If you're going to San Francisco

You're gonna meet some gentle people there

노래가 계속될수록 이안의 눈을 바라보고 있는 것이 점점 힘들어졌다. 나를 바라보는 이안의 시선은 부담스러울 정도로 나를 숨막히게 만들었다. 게다가 늘 노래할 때 눈을 감는 버릇이 있었던지라 난 나도 모르게 눈을 감아버리고 말았다. 아차 싶어 다시 눈을 뜨려는 순간! 무언가 촉촉한 것이 내 입술에 닿는 것이 느껴졌다.

헉! 이거…… 뭐지?

난 너무 놀라 노래를 멈추고 눈을 떠버렸다. 눈앞에 빛나는 미소를 장착한 이안의 얼굴이 있었다.

"눈 감지 않기로 했잖아. 계약 위반이야."

다시금 다가오는 그를 있는 힘껏 밀어버리고 난 그의 집을 뛰쳐나왔다.

뭐야, 뭐야, 이거 뭐야, 이거 뭐냐고! 나 방금 첫 키스한 거야? 그것도 캔커피 외계인이랑? 으아악! 안 돼, 안 돼! 이럴 순 없어. 내 첫키스 돌려줘, 돌려달라고!

나는 엘리베이터에서 내리자마자 정신없이 전철역까지 달려갔다.

저 자식 뭐야, 대체 뭐냐고! 어느 날 갑자기 하늘에서 뚝 떨어진 것처럼 내 앞에 나타나서 나한테 왜 이러는 거야! 부모님 말씀 틀린 거 하나도 없어. 낯선 사람은 무조건 경계해야 한다고 했는데! 그놈의 돈 몇 푼에 홀랑 넘어가서 이런 꼴을 당한 거야. 이제 어쩌지? 어쩌지? 다시 토해낼까?

별별 생각들로 머리가 꽉 들어차 몇 번씩이나 발을 헛디뎌 넘어질 뻔한 나는 주위를 둘러보고 그 캔커피 외계인이 있나 없나 살펴보았다.

이쪽? 없고. 저쪽? 없고. 반대쪽? 없어. 하늘? ……바보냐…… 있을 리가 없지. 좋아, 일단 따라오지 않은 게 확실해. 그럼 계약서를 다시 살펴봐야겠어.

나는 가방에 고이 모셔놓은 계약서를 다시 한 번 살펴보다가 회심의 미소를 지었다.

우후후…… 역시, 내 기억이 잘못된 게 아니었어. 넌 이제 끝이야, 이 캔커피 외계인아!

계약연애 조항 제2항. 갑은 을에게 지나친 애정 표현을 삼간다. 또 8항. 계약이 무효화되더라도 을은 이미 지급받은 계약금과 보수를 환불할 의무가 없다. 아주 분명하게 적혀 있었으니까.

안녕, 굿바이, 사요나라, 아디오스. 우리 다시 보지 말자. 돈은 유익하게 잘 써줄게.

난 좀 전의 황당하고 기분 나쁜 기억을 휙휙 날려 버리고 다시 씩씩하게 집으로 향했다.

그래, 까짓 첫 키스가 대수더냐. 언제 해도 할 건데. 사실 그동안 안 한 것도 천연기념물이었지.

통장을 끌어안고 전에 없이 편안하게 잠을 자고 일어난 나는 그 어느 때보다도 활기차게 하루를 시작했다.

"기분 좋아 보이네? 이안이랑 사귀니까 그렇게 좋니?"

하늘로 날아갈 것만 같은 좋은 기분에 진경이가 찬물을 확 끼얹었다.

"뭐? 누가 누구랑 사귀어?"

"너랑 이안. 학교에 소문 다 났어."

아 참, 그랬지. 그 계약연애의 궁극적인 목적은 바로 이거였으니까.

"헛소문이야."

"헛소문이라고? 지금 이안한테 사실 확인하러 줄서는 여자애들 안 보여?"

"응? 어디어디?"

진경이가 가리킨 곳을 쳐다보니 이안은 족히 스무 명은 되어 보이는 여학생들 사이에서 또 쓸데 없이 빛나는 미소를 날리며 서 있었다.

참, 저것도 병이다, 병.

"하여간 아니야, 그냥 헛소문이야."

"무슨 소리야? 여자애들 말이 이안이 너랑 사귄다고 제 입으로 얘기했대."

뭣이라? 이것이 감히…….

나는 날 부르는 진경이를 뒤로하고 또다시 빛의 속도로 이안에게로 달려갔다.

"이안!"

내가 부르는 소리를 들었는지 이안이 나를 향해 손을 흔들며 환하게 웃고 있었다.

으윽! 저리 치워! 눈부시다고!

"이안, 잠깐 나 좀 봐요."

"알았어, 잠깐만. 여기 아가씨들, 미안해요. 여자친구가 부르니 가봐야겠어요."

친절한 인사말까지도 잊지 않은 이안은 내가 이끄는 대로 학교 구석진 곳에 있는 계단 밑으로 갔다.

"자, 여기라면 이 시간엔 거의 아무도 안 와요. 이안, 나랑 사귄다고 얘기하고 다녀요?"

"응."

난 이안에게 계약서를 들이밀며 당당하게 말했다.

"여기, 2항하고 8항 보이죠? 우리 계약은 어제 이후로 무효예요, 무효!"

이제 진짜 끝이야, 이 쓸데없이 빛만 내뿜는 외계인아!

"어디 그것 좀 줘봐."

이안은 내게 손을 내밀었다. 아마도 이 계약서를 말하는 것이겠지. 내게 계약서를 건네받은 이안은 피식 웃으며 다시 돌려주었다.

"그러니까 리아 말은 지금 2항, 지나친 애정 표현을 삼간다가 문제라는 말인가?"

"당연하죠. 어제 이안이 분명히 내…… 웅얼웅얼…… 했잖아요!"

"뭐? 안 들려."

"내 입술에 분명히…… 웅얼…… 한 거 맞잖아요."

"글쎄, 잘 안 들려서 무슨 소린지 모르겠네."

이 재수 없는 캔커피 외계인은 입가에 싱글싱글 미소를 띠면서도 끝까지 오리발이었다.

너 일부러 그러는 거 다 알거든? 너 지금 몰라서 이러는 거 아니잖아! 이게 진짜, 해보자는 거야? 좋아, 그래. 이게 마지막이야. 이 말 한마디면 끝나는 거야. 떨지 마, 떨지 마, 할 수 있어.

어차피 쪽팔릴 거 한 방에 보내 버리자 생각하고 또박또박 힘주어 말했다.

"어제 이안이 내가 노래할 때 눈 감았다고 분명히 키스했잖아요. 그러니 명백한 2항 위반이에요. 이제 계약은 무효고 우리가 더 이상 엮일 일은 없다는 얘기, 맞죠?"

"내 기억에는 어디에도 키스한 기억은 없는데 말이지."

"지금 나랑 장난해요? 남의 첫 키스를 홀랑 가져가 놓고! 앗…… 이건 아니고! 물론, 첫 키스는 절대 아니지만, 그래도 기분 상…… 아니, 나 지금 뭐래니?"

이안은 피식피식 바람을 새어 내보내다가 기어이 웃음을 터뜨리고야 말았다.

"푸하하, 아~ 진짜 미치겠네. 그걸 또 첫 키스라고 치고 있는 거야?"

"말…… 말이 헛나간 거예요! 첫 키스 아니에요! 나도 나름 인기도 많고…… 음…… 경험도 많아요, 이거 왜 이래요!"

"그래, 그래, 그렇다고 해줄게."

해줄게? 해줄게? 은근히 기분 나쁘네.

"……하여간 우리 계약은 어제부로 끝이니까 이제 쓸데없는 소리 하고 다니지 말아줘요. 부탁이에요."

난 이제 할 말은 시원하게 다 끝냈으니 미련 없이 돌아섰다. 그런데 갑자기 뒤에서 확 잡아당기는 손길이 느껴지더니 어느새 벽을 등지고 이안의 팔에 갇혀 있는 나를 발견할 수 있었다.

"……뭐 하는 짓이에요?"

"가긴 어딜 가, 얘기 아직 안 끝났는데."

"난 끝났어요. 그러니 좀 비켜줘요."

이안의 표정이 순식간에 변했다. 어느새 입가에 걸려 있던 빛나는 미소가 사라지는가 싶더니 점점 싸늘한 표정으로 내 눈을 바라보았다.

"내가 어제 한 행동이 지나친 애정 표현이라고 했던가? 내 기준으론 아무리 생각해도 아닌데 말이지."

"……내, 내 기준으론 그래요!"

"그래? 내 기준으론 말이지……."

이안의 얼굴이 점점 가까이 다가왔다.

왜, 왜, 뭐 하려고…… 왜 이래, 왜 이래, 미쳤어?

난 눈을 질끈 감고 고개를 돌렸다. 그러나 이안의 손이 내 턱을 잡아 돌리더니 아주 찰나의 시간 동안 입을 맞추고 떨어졌다.

"무슨 짓이에요!"

"무슨 짓이냐고? 현장검증까진 못하더라도 어제 일을 재현해 볼 순 있잖아. 그대로 했을 뿐이야. 이게 어디가 과도한 애정 표현이지? 이건 그냥 인사 아닌가? 내 기준에선 인사야."

"어쨌든 키스는 키스잖아요! 내 기준에선 명백하게 과도한 애정 표현이에요."

"그래?"

"당연하죠."

난 슬금슬금 도망갈 타이밍을 노리려고 이안의 팔 사이를 힐끗 쳐다봤다.

살짝 허리를 숙이고 빠져나가면 될 것 같은데, 또 잡힐 것 같단 말이지. 저 건물만 돌아 나가면 사람들 많으니까 어떻게든 되겠지? 좋아, 한번 해 보는 거야. 체력장 때 쟀던 기록을 최대한 단축시켜 봐. 올림픽에 출전하는 마음가짐이면 못 할 게 어디 있어! 가자, 해 보자, 하나…… 둘…… 셋!

난 머릿속에서 시뮬레이션한 대로 나를 가두고 있는 이안의 팔 사이를 허리를 숙여 빠져나간 다음 미친 듯이 앞만 보고 달려갔다. 뒤에서 쫓아온다는 느낌을 확인할 겨를도 없이 오로지 눈앞에 보이는 저 모퉁이만 돌면 된다는 생각에 아마 숨도 안 쉬고 달렸던 것 같다. 다행히 건물을 돌아 나오자마자 몇몇 학생들이 보였다.

헉, 헉, 다행이다. 설마 사람 많은 데서 이상한 짓 하진 못할 테니까.

"겨우 여기 오려고 그렇게 죽자고 뛰었어?"

헉! 그래, 그렇겠지…… 역시나 쫓아왔구나. 하지만, 괜찮아. 너여기서 아까처럼 그랬다간 바로 인증샷 찍혀서 신고당할걸? 해봐,

해봐, 해볼 테면 해봐!

난 비장한 각오를 다지며 뒤를 돌아 그를 바라보았다.

"아무래도 사람 없는 데서 얘기하자니 내가 많이 불리한 것 같아서 말이죠."

"그래서 사람 많은 데로 온 거다, 이건가? 말을 하지 그랬어, 얼마든지 응해줬을 텐데."

뭐라고?

난 이해할 수 없는 이안의 말에 눈만 멀뚱멀뚱 뜨고 바라보았다.

"풋, 이해하기 어려운 모양이네. 그럼 하던 얘기 마저 해볼까? 내 기준에서 어제한 것과 방금 한 것은 절대 키스가 아니야. 말했잖아, 그건 그저 평범한 인사 같은 거라고. 진짜 키스는……."

별안간 이안의 손이 내 뒷목에서 느껴졌다. 그는 나를 엄청난 속도로 끌어당기더니 거칠게 입을 맞추기 시작했다. 정말이지 찰나의 순간이었다. 이안의 얼굴이 가까워진다고 느끼는 순간, 난 있는 힘껏 소리를 지르려고 해봤지만 그 소리는 밖으로 나오지 못하고 그대로 묻혀 버렸다. 이안의 것으로 추정되는 말캉한 것이 내 입안을 들쑤셔 놓고 있었다. 촉촉하고 따뜻하고 말랑말랑한 무언가는 내 입안 구석구석을 제집처럼 드나들고 있었다.

얼마나 그렇게 있었는지 가늠도 하지 못할 정도로 난 거의 혼이 나갈 지경이었다. 만족할 줄 모르는 이 캔커피 외계인은 나를 삼켜 버릴 기세로 놔 주지 않았다.

제발 이제 그만! 숨을 쉴 수가 없어.

내 애처로운 생각을 들었을 리 만무하지만 그 생각을 하자마자 이안이 내게서 떨어졌다. 난 지금 내 표정을 볼 수는 없어도 이제까지 살면서 가장 화가 난 것으로 미루어보아 아마도 아주 죽일 듯한 얼굴로 그를 노려보고 있을 거라는 것을 믿어 의심치 않았다.

"……무슨 짓이야, 이 변태 외계인아!"

캔커피에 반딧불이에 변태 외계인인 녀석은 다시 입가에 찬란한 미소를 떠올리며 내게 말했다.

"가르쳐 준 거야, 아주 친절하게. 내 기준에서는 이런 게 키스라고."

나는 부들부들 떨리는 몸을 간신히 추스르며 힘겹게 입을 열었다.

"……좋아, 그럼 이걸로 완전하게 우리 계약은 무효가 되겠네. 더 이상 우리 보지 말자."

그의 대답도 확인하지 않고 나는 발을 떼었다. 한시도 그와 같이 있고 싶지 않다는 마음이 너무 컸기에 어서 이곳을 벗어나서 저 녀석이 없는 곳으로 가고 싶다는 생각만이 머리에 가득 차 있었다.

그러나 뒤를 돌아선 순간, 내 생각이 크게 잘못되었다는 것을 여실히 깨달을 수밖에 없었다. 얼마나 오랫동안 키스를 한 것인지, 아니면 저 변태 외계인의 유명세 때문인지는 몰라도 어마어마한 인파가 몰려들어 주변을 둘러싸고 있었다. 순간 머리가 핑 돌 정도로 어지러움을 느끼고 휘청거리는 나를 이안이 잡아주었다. 그를 거부할 기운도, 정신도 없는 내게 팔을 두르더니 나지막이 속삭였다.

"원하는 대로 계약은 파기. 물론 계약금 따위 돌려줄 필요도 없어. 하지만 이거 어쩌나? 이제 굳이 내가 말하지 않아도 리아랑 내가 뜨거운 연인이라고 다들 알고 있을 테니 말이야."

온몸의 피가 거꾸로 치솟다가 한순간에 땅으로 스며드는 느낌이었다. 보지 않아도 알 수 있었다. 지금 내게 핏기라고는 하나도 남아 있지 않을 것이라는 걸.

당했다!

난 이제 이 캔커피 반딧불이 변태 외계인에게 벗어나기 힘들 것 같은 불길한 예감에 사로잡혔다.

대체 나한테 왜 이래, 왜 이러느냐고! 내가 너한테 뭘 잘못했니, 난 그저 돈이 필요한 가난한 고학생일 뿐이었다고!

"좋든 싫든 이제 리아하고 나는 공식적인 커플이야."

나는 로봇처럼 뻣뻣하게 굳은 몸을 가까스로 움직여 이안의 얼굴을 보았다. 지금 그가 어떤 표정을 하고 있는지가 미칠 듯이 궁금했기 때문이다. 이안은 내가 지금까지 보아왔던 그의 모습 중에서 가장 눈부시게 빛을 뿜으며 웃고 있었다.

그래, 이런 표정으로 말을 하고 있구나. 참, 눈부시기도 하지. 내속은 썩어 문드러지는데!

"이런, 강의 시간 늦었네. 우리 아예 들어가지 말까?"

······강의? 무슨 강의? ······맞다! 내가 지금 이럴 때가 아닌데! 이 이상한 놈하고 엮여서 되는 일이 하나도 없어! 전공수업인 데다 귀신같이 대출을 잡아내는 깐깐한 교수님인데!

난 주변의 부담스러운 시선을 피하려 바닥만 쳐다본 채 힘겹게 한 발을 떼었다.

"어디 가려고? 늦었다니까. 그냥 나랑 놀자. 심심해."

너 맞고 싶니? 지금 나한테 그 말을 하는 저의가 뭐니? 내가 지금 한가하게 너랑 놀고 싶겠니?

이를 앙다문 채 땅바닥만 바라보고 있는 나를 물끄러미 바라보던 이안은 내 손을 잡아끌며 어디론가 걸어가기 시작했다.

"놔요! 이거 놓으란 말이에요!"

"존대했다가 반말했다가 또 존대하네. 하나만 정해서 하지? 참고로 난 리아가 날 편하게 대하는 걸 선호한다고 밝히는 바야."

"이거 놓으라고요!"

난 거세게 그의 손을 뿌리쳤다. 순간 내 얼굴이 후끈거리는 열기가 느껴지는 걸 보아하니 아마도 화가 너무 난 나머지 얼굴이 상기되어 있는 것 같았다.

"지금 나랑 뭐 하자는 거예요? 이안, 지금 정상 아닌 거 알아요? 돈이 그렇게 넘쳐 나면 제발 그 돈 싸들고 병원 좀 가봐요! 엄한 나 붙들고 이러지 말고!"

"리아."

"왜요!"

"우리 집 갈래?"

"내가 머리에 총 맞았어요? 미쳤다고 거길 또 가요?"

"그럼 리아 네 갈까?"

애 뭐래니, 애 뭐래니, 애 뭐래니! 넌 대화라는 게 뭔지는 알고 있는 거야? 미치지 않고서야 어떻게 나한테 이런 말을 해? 오늘 확실해졌어. 그동안 긴가민가했는데 넌! 그냥 외계인도 아니야, 정신병자 외계인이야!

"내가 왜 이러는지 궁금하지 않아?"

어! 이젠 안 궁금해! 그딴 거 하나도 안 궁금해! 알게 뭐야! 그러니까 그냥 좀 꺼져 줄래? 네 머릿속에서 날 지워! 그냥 싹 지워!

"리아 넌 내가 태어나서 처음으로 관심을 가진 인간이야. 그러니 네가 날 책임져야겠어."

난 슬금슬금 뒷걸음질치기 시작했다. 이놈은 뭔가 이상해, 정상이 아니야. 너 정상 아니라고! 여태 아무도 말 안 해주디? 꼭 내 입으로 말해야겠니?

"난 지극히 이성적이고 지극히 정상이야. 도망가지 마, 리아."

으악! 으악! 너 방금 내가 생각한 거에 대답한 거 맞잖아! 너 이상해, 이상해, 이상하다고!

내게서 어떤 대답도 얻지 못한 이안은 크게 한숨을 쉬며 머리를 쓸어 올렸다.

젠장, 이 와중에도 저놈이 잘생겨 보인다니, 하긴 저 외모면 깔깔이를 입혀도 간지 날 거야.

"좋아, 그럼 이렇게 하지. 리아가 원하는 대로 계약은 없던 걸로 해. 그 대신……."

"그 대신, 뭐요?"

"나랑 놀아줘."

"뭐라고요?"

"내가 부르면 언제든지."

"하!"

난 나도 모르게 코웃음을 쳤다.

"이거 보세요, 이안. 남자랑 여자랑 시도 때도 없이 만나서 노는 걸 뭐라고 하는지 알아요?"

"몰라, 관심 없어."

"연애한다고 하는 거예요, 연애!"

"그래, 그럼. 그거 해, 연애."

도무지 말이 통해야 뭘 해먹지, 내가 미쳤다고 너랑 진짜 사귀겠니?

"이안이 자기 입으로 지극히 이성적이라고 했으니 그럼 물어볼게요. 내가 이안과 진짜 연인이 되어야 하는 이유를 구체적으로 말해볼래요?"

"난 키도 크고 잘생겼지."

"인정. 하지만 부담스러워요. 난 깎아놓은 꽃미남보다는 훈남 스타일을 선호해요. 또 뭐 있어요?"

"리아가 좋아하는 돈이 많아."

"참나, 그건 확인 불가능한 일이잖아요."

"이리 와, 이리아."

그가 이를 고스란히 드러내며 또 눈부시게 웃었다.

넌 이 와중에도 내 이름 가지고 놀고 싶니?

그가 나를 데리고 간 곳은 은행이었다.

아니, 통장 잔고 확인해 줄 거면 길거리에 널리고 깔린 게 ATM기인데 뭐 하러 힘들게 여기까지 와? 성격 이상해. 하긴, 얘가 이상한 게 뭐 한두 가지여야지. 이젠 놀랍지도 않다.

그가 창구에 대고 뭐라고 하는 것 같더니 곧 지점장이란 사람이
뛰어나와 허리를 숙여 인사하고 우리를 VIP룸으로 안내했다.

"저기…… 이안. 난 안 갈래요. 생각해보니까 이안이 얼마를 가
지고 있던 내가 알 바가 아니잖아요."

"리아가 궁금하다고 했잖아. 날 믿어, 리아. 리아에게 나쁜 일은
없을 거야."

글쎄다. 네가 제일 못 믿을 놈이기는 하다만 그래도 이번이 아니
면 내가 언제 은행 VIP룸을 볼까 싶어 구경삼아 따라나섰다.

이 상황은 뭐지?

그저 말없이 따라가 처음으로 본 은행 VIP룸은 소파부터가 바
깥에 놓인 싸구려 등받이 없는 의자와 확연히 차이가 있었다. 집기
들이 하나같이 고급스러운 것은 물론이고, 하다못해 벽지까지도
비싸 보였으며 문을 닫으니 방음까지 되는 것 같았다.

"여기, 차 좀 준비해 줘요. 미스터 맥스웰은 생크림 얹은 모카커
피 맞으시죠? 여기 아가씨는……."

"전 그냥 아메리카노로 주세요."

지점장이 고개를 끄덕이자 여직원이 발 빠르게 밖으로 나갔다.
몇 분도 채 지나지 않아 김이 모락모락 나는 커피 두 잔이 우리 앞
에 놓여 있었다. 지점장은 연신 땀을 닦으며 이안에게 쩔쩔매고 있
는 것처럼 보였다.

"별일 아니니까 긴장하지 마세요. 지금 당장 회수하려고 온 거
아니고 그냥 잔액 확인만 하러 온 겁니다."

"아, 그러신가요? 다행입니다. 며칠 있으면 본사에 실적보고 올

리는데 지금 가져가시면 저희가 좀 곤란해져서요. 그럼 잠시만 기다리십시오. 보기 좋게 정리해서 가져오겠습니다."

계속해서 알 수 없는 대화가 오고 가더니 지점장은 A4 용지에 깔끔하게 정리된 서류를 들고 다시 우리 앞에 앉았다.

"여기 있습니다."

이안은 펜을 달라고 하더니 온통 도표와 글자, 숫자가 섞여 있는 그 서류 안에서 숫자 몇 개에만 동그라미를 치더니 그 종이의 맨 밑에 꽤 단위가 큰 숫자를 적어서 내게 보여줬다.

"이게 뭐예요?"

"다른 건 볼 거 없고 그 맨 밑에 있는 숫자만 봐."

"이게 뭐냐고요."

"확인하고 싶다며, 내가 돈 많은 거."

응? 이게 다 네 돈이라고?

난 순간 덜덜 떨리는 손을 티가 안 나게 하려고 종이를 잡은 손에 힘을 꽉 주었다. 천천히 오른쪽에서부터 0 단위를 세어갔다. 일, 십, 백, 천, 만, 십만, 백만, 천만, 억, 십억…… 0 단위 자릿수만 10억! 게다가 앞자리 수는 7!

70억이 훌쩍 넘는 이 숫자가 정말 네 돈이라고?

난 말도 못 하고 눈만 동그랗게 뜬 채 이안을 쳐다보았다. 지점장은 이안이 나가보라고 손짓하자, 여기가 무슨 이안 사무실도 아닌데 자리를 비켜주었다.

"전부 내 돈. 부모님 돈을 받아 쓴 게 아닌 순수한 내 돈. 됐어, 이제?"

"이게…… 다 진짜 이안 거라고요?"

"응."

매력 있다, 너! 완전 매력 있어, 매력이 그냥 흘러넘치네. 하지만 말이야, 그건 네 돈이지 내 돈이 아니잖아? 내가 너랑 사귄다고 해서 그 돈이 내 돈이 되는 건 아닐 거 아니야. 그냥 남의 돈일뿐이지.

"리아 줄게."

환청이 들리네. 이리아! 너 아무리 돈이 좋아도 남의 것을 탐내면 어떡해! 하도 돈벼락 맞는 꿈만 꾸다 보니 이젠 환청까지 들리는구나.

"그거 전부 리아 준다고. 이제 나랑 놀아줘."

"이걸 다?"

"전부 다."

"왜요?"

"리아가 원한다면 다 줄 수 있어. 대신 나하고만 놀아."

"이걸 다 주면 이안은요?"

"설마 그게 전부라고 생각하는 건 아니겠지? 정확한 금액을 확인한 적이 없어서 잘 모르겠네. 리아가 원한다면 지금 당장 확인하고 내 전부를 털어줄게."

이거 뭐지? 나 떠보는 건가? 놀리는 건가?

"떠보는 것도 놀리는 것도 아니야. 주고 싶어서 주는 거야."

"저기, 이안."

"왜?"

"만약 내가 이걸 받고 갑자기 사라지면 어쩌려고 그래요? 돈도

그 놈의 덫에 걸리다 *79*

잃고 사람도 잃는 거잖아요."

이안의 입꼬리가 귀까지 갈 기세로 올라갔다.

"리아는 아무 데도 못 가. 아직도 날 몰라?"

암요, 알지요. 알고말고요. 그대는 천하무적 축지법까지 쓰는 캔커피 외계인이시지요. 제가 잠시 깜박했네요.

"그럼 이 돈 한 푼도 빼지 말고 내 통장으로 고스란히 넣어줘요. 그럼 놀아줄게요. 아주 질리도록."

그래, 어디 한번 해봐. 설마 진짜로 하는 건 아닐 거 아니야. 어디서 사기를 치려고! 진짜로 하면 그건 정말 미친놈이지.

나는 어디 한번 해볼 테면 해 보라는 눈빛으로 턱을 치켜들었다. 70억이 넘는 돈을 나에게 주겠다고? 제정신이야? 그런다고 내가 홀랑 넘어가서 꼬리라도 칠 줄 알아? 이거 왜 이래, 사람 잘못 봤어. 나 이래 봬도 산전수전 다 겪은 사람이야. 그런 황당무계한 거짓말에 놀아날 사람이 아니라고.

이안은 나를 한번 쳐다보더니 알 수 없는 미소를 지으며 일어나 문을 열고 누군가를 불렀다. 1분도 되지 않아 아까의 그 지점장이 다시 들어왔다.

"더 필요한 것 있으십니까, 미스터 맥스웰?"

"통장 하나 개설해 주세요."

"아, 그러신가요? 잠시만요. 김 대리! 여기 신규개설 서류 좀."

잠시 후 지점장 앞에 서류들이 도착했다.

"어떤 통장으로 해드릴까요?"

"일반 입출금 통장이면 됩니다. 그렇지, 리아?"

왜 나한테 물어봐? 이젠 그런 것도 나랑 상의하려고? 좀 참아줄래? 난 나만 신경 쓸 테니, 넌 너만 신경 쓰라고. 들러붙지 좀 말란 말이야.

또 피식 바람을 새어 내보내던 이안은 다시 지점장에게로 시선을 돌렸다.

"그냥 그렇게 해주세요."

"아, 네. 알겠습니다. 그런데 이미 입출금 통장은 가지고 계신데 왜 또 다른 통장을⋯⋯."

"이번엔 제 거가 아니라 이 아가씨 이름으로 해주세요."

"나요?"

나도 모르게 입 밖으로 말이 튀어나왔다. 지금 이 상황은 뭐지? 왜 뜬금없이 통장을 만들어주겠다는 거지?

"아, 그러십니까? 그럼 거기 여자분 여기에 성함하고 주소, 주민번호⋯⋯."

"이안, 나 이 은행 통장 이미 있어요."

"그래? 그럼 잘됐네. 지점장님, 제 앞으로 되어 있는 자금 모두 이 아가씨 통장으로 옮겨주세요."

"네?"

"예?"

나와 지점장이 동시에 소리쳤다.

"아⋯⋯ 미스터 맥스웰? 전부 말씀이십니까?"

"네, 전부. 한 푼도 빼지 말고."

저⋯⋯ 저게 진짜야? 정말로 나한테 다 주는 거야? 너 정말 미친 거야?

지점장은 약간 곤란한 표정을 짓더니 조심스럽게 이안에게 말했다.

"죄송합니다만 현금은 상관이 없는데 저희 은행 쪽에서 가입하신 펀드와 CD 관련 파생상품들은 직접적인 양도는 불가능합니다. 그걸 현금으로 전환하신 뒤에야 타인의 계좌로 이체가 가능한데…… 지금 당장은 어렵습니다. 상품에 따라서 3일에서 일주일 정도 걸립니다."

"지금 순수한 현금은 얼마나 됩니까?"

"바로 운용 가능하신 현금은, 보자…… 1억 4천 8백 2십 6만 4천 3백 7십 5원이네요."

"그래요? 생각보다 얼마 안 되는군요."

이안이 뭔가 마음에 들지 않는다는 듯 미간을 찌푸리자 지점장이 크게 당황하며 변명을 늘어놓았다.

"아…… 저, 그게 지난번 제가 말씀드렸을 때 알아서 하라고 하셔서 다음 달 만기인 단기 투자 상품에 하나 더 투자를 하는 바람에 이렇게 됐습니다. 만기가 짧은 거라서 다음 달이면 다시 현금화하실 수 있는 금액이 3억가량 더 생기십니다."

"그렇군요."

이안은 다시 내게로 시선을 돌리며 느릿느릿 입을 떼었다.

"리아, 이렇다는데 어떻게 할까? 지금 얼마 안 되지만 일단 이거라도 받고 다음 달 만기 상환 되는대로 순차적으로 받을래? 아니면 나중에 한 번에 몰아서 줄까?"

나는 이안의 눈을 뚫어지게 쳐다보았다.

진심이다! 이 자식, 진심이야! 나한테 준다고? 저걸? 아무 조건 없이? 아 참, 아무 조건이 없는 건 아니었지. 놀아달라고 하긴 했구나.

"그럼 나중에 한 번에 주는 걸로……."

"아니, 아니! 지금, 지금. 그거면 돼요! 다른 거 필요 없어요, 딱 그거면 돼요!"

난 다급하게 소리쳤다.

그래, 저거면 돼. 저거면 되는 거야. 솔직히 70억은 너무 부담스럽잖아? 그 돈 받고 저 자식이 뭘 시킬 줄 알고. 그리고 1억이 조금 넘는 돈이라면 그것도 큰돈이지만 그래도 현실적이야. 나중에 내가 빌어서 토해내기도 쉽잖아. 어차피 이 세상 논 놓고 논 먹기인데 종잣돈이 없어 그렇지, 나도 돈만 있으면 불리기 쉬울 거야. 그러자고 경제학과까지 들어왔잖아? 게다가 사람 마음이 언제 바뀔지도 모르는데 내일 지나고 나서 저 자식 마음 바뀌기 전에 준다고 할 때 얼른 받는 거야! 까짓, 그래. 놀아줄게. 원하는 대로 시소도 타주고 그네도 밀어주지 뭐! 이건 엄연히 그냥 받는 게 아니라 빌리는 거야, 아주 잠깐 동안만.

난 어색한 미소를 지어 보이며 지점장에게 내 계좌번호를 적어 주었다. 잠시 후 돌아온 지점장의 손에는 내 계좌번호가 적힌 입금 확인증이 들려 있었다.

"자, 여기 있습니다. 이리아 씨 통장으로 전액 이체시켰으니 확인해 보세요."

─148,264,375원

이게 꿈이야, 생시야. 내 평생 통장에 이렇게 많은 돈이 찍히는 날이 올 줄은…… 아니, 그전에 난 이런 숫자가 있는지도 몰랐어. 고맙다, 캔커피야. 너 복 받을 거야. 넌 아마 대대손손 잘살 거야. 원하는 대로 어디 한번 신나게 놀아보자꾸나!

"맘에 들어?"

"……염치없지만…… 네, 그래요. 너무 좋아요. 지금 같아선 이 안에게 머리카락을 다 뽑혀도 화 안 날 것 같아요."

그 소릴 들은 이안이 내 머리카락에 손을 댔다.

"아니, 아니, 진짜로 그러라는 게 아니라! 와, 사람이 왜 그래요? 그 정도로 고맙고 기분 좋다는 말이잖아요."

이안은 멀뚱히 나를 쳐다보다가 폭소를 터뜨렸다.

"푸하! 뭐야, 진짜 내가 머리라도 뽑으려고 한 줄 알았어? 리아 보기보다 순진하네. 난 그냥 머리에 뭐 붙어 있어서 떼어주려고 한 것뿐이야."

난 순간 민망해져 얼른 고개를 돌리고 나가자고 채근했다.

"이제 볼일 다 끝난 거죠? 나가요. 아침부터 뛰어다녔더니 배고 파요. 오늘은 내가 쏠 테니까 이안 먹고 싶은 건 뭐든지 말해요, 내 가 다 사줄게요."

"단거."

참…… 그랬지. 넌 설탕별 외계인이었지.

"그래요, 그럼. 저번에 거기로 가면 되죠?"

난 앞장서 나가면서 나도 모르게 계속 얼굴에 피어나는 웃음을 참을 수가 없었다. 속물이라 욕해도 좋다. 그깟 욕 좀 먹으면 어떤가. 욕 몇 마디 듣고 억대가 들어온다면 난 영혼이라도 팔 수 있다. 이거면 등록금 때문에 두 번이나 휴학할 일도 없었을 거고, 여름에 찌는 듯한 더위에 사우나 같은 옥탑방을 얻지 않아도 됐을 거고, 취업이 될 때까지 뭐로 버티고 사나 하고 걱정하지 않아도 된다. 허리 때문에 만년 고생하시는 우리 부모님들도 돈 걱정 안 하고 수술시켜 드릴 수 있고, 비닐하우스 천막도 땜질 안 하고 새 걸로 갈아드릴 수 있고, 비가 새는 천장 수리도…… 아니다, 아예 집을 사드리면 되겠다. 시골 집 해봐야 얼마나 한다고. 그래! 집부터 사드리자. 후후후.

"그렇게 좋아?"

이안이다. 난 이제 놀라지 않을 거야. 네가 캔커피면 어떻고, 반딧불이면 어떻고, 외계인이면 어때. 다 괜찮아졌어. 음…… 신문에 날 정도로 범죄자만 아니면 되지 뭐. 설마 저렇게 눈에 띄는 외모로 무슨 범죄를 저지르겠어? 숨만 쉬고 다녀도 사람들이 다 쳐다보는데, 안 그래?

"좋아요, 너무 좋아요."

"그래? 리아가 좋으니 나도 좋아."

이안이 찬란한 미소를 짓고 있다. 아, 눈부시다. 넌 천사야, 천사일 거야. 내가 어린 나이에 나쁜 마음 안 먹고 고생고생하면서 사는 걸 보고 불쌍해서 하늘에서 내려주신 수호천사일 거야.

"앞으로 매일 내가 이안 단거 많이 사줄게요."

"그게 얼마나 된다고 나한테까지 쓰려고. 됐어, 리아나 써."

"그런데 이안은 뭐 해서 이렇게 돈을 벌어요? 부모님 도움도 안 받는다면서요."

"궁금해?"

응! 응! 궁금해! 다른 건 몰라도 이거 하나만큼은 엄청 무지 몹시 궁금해!

이안은 입꼬리를 씨익 끌어 올리더니 내게 손을 내밀었다.

"먼저 나랑 놀아주면."

난 이안이 내민 손을 멀뚱히 바라보기만 하고 있었다.

"……저, 이안?"

"왜."

"설마 지금 나보고 이 손을 잡으라는 건 아니겠죠?"

"왜 아니야, 맞아."

이안은 우물쭈물하고 있는 나를 보며 뭐가 그리 웃긴지 싱글싱글 웃고 있었다.

"왜, 무슨 문제 있어?"

"음…… 그게, 이안이랑 손잡고 다니면 사람들이 다 쳐다볼 거 아니에요."

"알아, 그러라고 잡는 거지."

"저기요, 이안. 나요 이 돈 진짜 고마워요. 잘 쓸게요, 그리고 꼭 갚을게요. 나 그렇게 염치없는 사람 아니에요. 이안이 무슨 생각을 가지고 나에게 이런 호의를 베푼 건지는 모르겠지만 지금 나에게 정말 필요한 돈이에요. 이 돈 이자까지 쳐서 갚지는 못하겠지만 원금만큼은 꼭 갚을게요. 약속해요."

이안은 내 얘기를 듣는 내내 뭐가 마음에 안 드는지 점점 미간에 주름을 깊게 잡고 있었다.

"그래? 난 그냥 준 건데, 그렇게 갚고 싶으면 갚아."

갚는다는데 얘는 뭐가 불만인지 모르겠다. 보통은 안 갚는다고 그래야 저러지 않나?

"고마워요. 사실 그냥 받기엔 너무 부담스러운 금액이잖아요. 백만 원도 아니고 1억이 넘는 돈인데……."

"그럼 준 게 아니라 빌려준 거로 하자 이거지?"

"네. 그게 편해요."

"그럼 써."

넌 뭘 자꾸 쓰래, 참 글로 남기는 거 좋아하는구나.

"차용증…… 같은 거요?"

"응, 갚는다며. 리아 입으로. 그런데 난 사람의 말은 믿지 않아, 언제든지 변하는 게 사람 마음이니까. 리아가 진심으로 나에게 갚고 싶다고 하면 그걸 내가 믿게 해줘야 하지 않겠어?"

"그러네요. 그럼 잠깐만요, 저번에 갔던 케이크 가게 가서 이안이 먹고 있는 동안 난 차용증 쓸게요. 괜찮죠?"

"좋아."

이안은 오늘도 변함없이 보기만 해도 달 것 같은 케이크만 골라 입에 집어넣고 있었다. 난 대충 종이에 이것저것 끼적여 보고 다시 다른 종이에 깔끔하게 옮겨 적었다.

"이안, 이거 좀 봐줘요. 이렇게 하면 될 것 같아요?"

이안은 케이크를 우물거리며 내게서 종이를 가져갔다.

　—차용증.

　이안 맥스웰은 이리아에게 금일 일금 148,264,375원 차용해 주었다. 원금에 대한 이자는 없는 것으로 하고 기한은 따로 두지 않는다. 다만 1년 안에 이안 맥스웰이 원할 경우 원금을 분리 상환할 수 있으며 현금이 없을 시 부동산이나 부동자산, 유동자산을 통틀어 대체상환할 수 있다.

　이안은 한쪽 눈썹을 치켜 올렸다.

　"왜…… 뭐가 마음에 안 들어요?"

　그가 내게 손짓으로 펜을 달라는 것처럼 보였다. 나는 얼른 볼펜을 집어 그의 가늘고 긴 손가락 사이에 끼워주었다. 이안이 종이에 무언가를 끼적거리는가 싶더니 이내 무심한 듯 내게 휙 던져주었다. 나는 이안이 던져 준 종이를 받아 들고 다시 읽어보았다.

　—차용증.

　이안 맥스웰은 이리아에게 금일 일금 148,264,375원 차용해 주었다. 원금에 대한 이자는 없는 것으로 하고 기한은 따로 두지 않는다. 다만 1년 안에 이안 맥스웰이 원할 경우 원금을 분리 상환할 수 있으며 현금이 없을 시 부동산이나 부동자산, 유동자산을 통틀어 대체상환할 수 있다. 이자가 없는 대신 원리금을 상환할 때까지 이리아는 이안이 부르면 언제든지 달려와야 한다. 시간과 날짜, 장소에 상관없이 모든 약속의 우선권은 이안 맥스웰이 가진다. 또한 사회적, 도덕적으로 물의를 일으키지 않는 한도 내에서 이리아는 이안이 시키는 일은 무조건 따른다. 위의 조건을 따르지 않을 시 이안 맥스웰은 언제든지 이리아에게 원리금 일시상환을 요구할 수 있다.

허…… 이놈 봐라.

그러니까 네가 부르면 자다가도 튀어나가야 하고, 부모님 칠순잔치를 하다가도 네가 부르면 한복 입은 채로 뛰어오라는 얘기지? 게다가 시키는 건 뭐든지 무조건…… 윽, 사회적, 도덕적 물의가 없었으면 오해할 뻔했네. 뭐, 알았다. 알았어. 까짓 그쯤이야, 웃으면서 해주지. 해봐야 식모살이밖에 더 하겠냐.

나는 웃으며 이안에게 고개를 끄덕였다.

"좋아요, 이 정도는 충분히 할 수 있어요. 당장 갚으라는 것도 아니고 무상으로 기한 없이 빌려주는데 이 정도도 못 할까 봐서요? 이안이 시키는 대로 할게요."

이안이 나를 보면서 알 수 없는 미소를 떠올렸다. 그러면서도 쉴 틈 없이 케이크를 구겨 넣고 있는 이안의 입가에 갈색 캐러멜 시럽이 묻어 있었다. 나는 말을 할까 말까 망설이다가 결국 신경이 쓰여서 이안에게 말을 걸었다.

"이안, 여기 뭐 묻었어요."

"여기?"

이안이 손으로 반대쪽 입가를 쓱 문질렀다.

"아니, 거기 아니고 반대쪽."

이안이 다시 반대쪽 입가에 손을 올리려다가 씨익 입꼬리를 올리더니 내게 그 빛나는 얼굴을 들이밀었다.

"리아가 닦아줘."

얼굴 가득 장난기가 가득한 이안은 어서 닦아달라며 나를 채근하고 있었다. 난 저 빛나는 얼굴을 들이받고 싶은 충동을 참아내며 떨리는 손으로 냅킨을 들어 이안의 입가에 가져갔다. 그러나 이안은 슥 내 손을 피하더니 도리질을 하는 것이 아닌가.

너 누구 똥개 훈련시키니? 닦아달라며!

"리아 손으로 닦아줘."

아니, 왜? 에잇, 화장실 좀 다녀올까? 대장균 좀 묻혀주랴? 하지만 난 채무자, 넌 채권자. 그래, 우린 상하 관계로 묶여 있지. 그래, 원하는 대로 해주마. 단거 좋아하는 너에겐 많이 짤 거다.

나는 손을 들어 이안의 입가에 묻어 있는 시럽을 닦아냈다. 그 순간, 이안의 손이 내 손을 휘어잡더니 시럽이 묻은 내 손가락을 입안으로 가져갔다.

쪽!

으으, 더러워, 더러워! 뭐 하는 짓이야!

나는 황급히 그에게서 내 손을 가져와 물수건으로 닦아내고 누가 본 사람이 없는지 주위를 둘러보았다. 오 마이 갓! 가게 안의 모든 사람들의 시선이 나를 향해 있었다.

봤네, 봤어. 봤구나. 대부분, 아니, 가게 안의 모든 여자들의 시선은 나에게 부러움과 시기와 질투가 공존하는 눈빛을 부담스러울 정도로 보내고 있었다.

"이안!"

"왜?"

왜라니, 왜라니, 왜겠니!

"사람 많은 데서 뭐하는 짓이에요?"

"그럼 사람 없는 데서 해? 그럼 리아 겁먹을 텐데?"

아…… 그러네. 그건 그래. 그나마 여기에서 했으니 망정이지 밀폐된 공간에서 했으면 넌 아마 공포영화의 한 장면을 마주했을 거야. 비명을 지르며 칼을 꽂는 여주인공을 실시간으로 확인했겠지.

"다 먹었다, 이제 나갈까?"

이안이 일어서며 내게 고개를 숙이더니 귀에 대고 작은 목소리로 속삭였다.

"리아 손가락…… 엄청 달아."

헉! 너 뭐야, 너 뭐야!

나는 새빨개진 얼굴을 들키지 않으려 고개를 숙이고 손으로 마른세수를 한 다음 이안을 따라나섰다.

아…… 앞으로의 생활이 참…… 걱정스럽다.

3화
계약연애

삐리리리리리! 삐리리리리리!

휴일 아침부터 내 전화가 요란하게 울리기 시작했다.

누구지, 이 시각에…… 설마? 난 쿵쾅거리는 심장을 부여잡고 전화기 수신 창을 확인했다. 다행이다. 캔커피 외계인이 아니구나.

"여보세요? 진경이니?"

[야! 너 왜 전화를 이제 받아!]

"아우, 깜짝이야, 왜? 무슨 일인데?"

[너 오늘 우리 엄마 샵에 가기로 했잖아. 지금 메이크업 팀이랑 사진작가가 다 와 있다는데?]

"뭐?"

이게 무슨 소리지? 어떻게 된 일이지? 난 그때 분명 구경하러 간다고 했었는데?

[우리 엄마가 너 온다니까 아예 빼도 박도 못 하게 사진부터 찍으려고 만반의 준비를 갖췄나 봐. 빨리 준비해. 나 지금 너희 집 앞으로 가고 있어.]

"진짜야?"

[그래! 내가 너 때문에 팔자에도 없는 기사 노릇을 하고 있으니 빨리 나와, 이 계집애야!]

버럭. 진경이 얘는 도대체가 그냥 말하는 법이 없다. 서둘러 세수하고 머리는 대충 물만 묻혀서 부스스한 부분만 정리하고 집을 나섰다.

그래, 놀면 뭐 해. 한 푼이라도 벌어야지! 그래야 얼른 돈도 갚고 자유의 몸이 되는 거야!

집 앞에 나가 보니 진경이의 차가 나를 기다리고 있었다. 투덜대는 진경이의 잔소리는 늘 있는 것이니 그냥 그러려니 넘기고 진경이 어머니가 기다리고 있다는 웨딩샵으로 출발했다. 난생처음 가 본 웨딩샵은 순백의 드레스들의 향연이었다.

모든 여자들의 로망이 가득 담긴 드레스들을 돈까지 받고 입게 되다니, 난 한순간에 피곤함은 싹 잊고 드레스를 입어보기 시작했다. 두 명의 헬퍼가 달라붙고 메이크업 아티스트까지 총동원되니 마치 신데렐라가 된 기분이 아닐 수 없었다.

"어머, 너무 예뻐요."

"세상에! 피부 톤이 깨끗해서 누드 톤으로만 했는데도 정말 화사하다."

사람들의 찬사를 받긴 했어도 난 내 모습을 보질 못하니 내가 지금 어떤 모양새로 있기에 저렇게 난리들인가 싶어 궁금하기도 했지만 빨리 나오라며 채근하는 사진작가 때문에 거울도 보지 못하고 촬영을 시작했다.

"자, 모델분! 긴장하지 말고 자연스럽게! 부케는 잘 보이도록 살짝 옆으로…… 그렇지! 고개 살짝만 돌려볼래요? 좋아요!"

사진작가는 나에게 이것저것 주문하면서 사진을 찍기 시작했다. 처음엔 약간 긴장한 탓인지 몸이 뻣뻣하게 굳었지만 머릿속으로 계속해서 10만 원의 주문을 외우니 어느새 편안하게 촬영을 할 수 있었다. 몇 번이나 드레스를 갈아입었는지 기억도 안 날 즈음에 진경이가 내게 휴대폰을 들고 왔다.

"야, 캔커피 외계인이 누구야? 아까부터 자꾸 전화 오고 문자 오고 난리 났어. 너 나 모르게 연애하니?"

응? 캔커피가 왜…… 헉! 촬영에 정신이 팔려서 깜박하고 있었다. 그 캔커피 설탕별 외계인 전화는 무조건 받아야 하는데!

"이리 줘봐."

다행히 잠깐의 휴식시간이 주어진 터라 나는 잽싸게 통화버튼을 누르고 이안이 받기를 기다렸다. 달칵. 받았다!

"여보세요? 저기, 미안해요, 내가 사정이……."

[어디야.]

낮게 깔린 목소리. 화났나?

"어, 음…… 같은 과 친구 중에 진경이라고 알죠? 지난번에 나랑 같이 있던……."

[어디냐고.]

진짜 화났나? 전화 좀 안 받은 거 가지고……아니, 안 받은 게 아니라 못 받은 건데!

"여기 청담동 G─웨딩샵인데……."

[거기서 뭐 해.]

"웨딩촬영을……."

[뭐? 왜?]

아, 깜짝이야. 얘, 왜 이래? 왜 소리를 지르고 난리야.

"아니, 친구 어머님이 하는 웨딩샵인데 하루 모델 해달라고 해서요."

[아, 그런 거야? 난 또…….]

너 설마 내가 결혼이라도 하는 줄 안 거야? 왜 이래! 아직 연애 한 번 못 해본 처녀한테!

"아무튼 지금 바쁘니 끊어요, 이따가 전화할게요."

[이따가 언제.]

그렇지, 그냥 안 넘어갈 줄 알고 있었단다.

"이제 마지막 촬영이라니까 아마 한 30분쯤?"

[청담동이라고?]

"네."

뚝. 응? 뭐야? 끊은 거야? 아니, 뭐 이런 개 매너가! 그러나 나는 흥분할 겨를도 없이 다시 사진작가에게 불려갔다.

"자, 이번엔 행복한 표정으로. 모델분 뒤돌아서 고개만 틀어요. 아니, 너무 틀었어. 그렇지, 딱 좋아!"

쉴 새 없이 눌리는 셔터 소리를 들으면서 난 이게 내 천직이 아닐까 싶을 정도로 빠져들고 있었다. 평소에 잘 쓰지 않는 근육들을 써야 하니 힘들긴 했지만, 그까짓 거 10만 원을 번다는데 무슨 대수라고. 세상에 이렇게 편한 직업이 다 있다니……. 하지만 이건 안 되겠어, 젊음은 잠깐이잖아? 나이 먹으면 이 짓도 못 해먹어. 그러니 벌 수 있을 때 바짝 벌자!

난 얼굴에 쥐가 나도록 웃으며 카메라를 응시했다. 마침내 촬영이 모두 끝나고 진경이 어머니에게 극찬을 받은 후 드레스룸으로 가서 일단 높은 굽의 신발부터 벗어놓았다.

아이고, 발이야, 저게 몇 센티야? 15센티미터는 되겠네. 저건 구두가 아니야, 흉기지.

저려오는 발바닥을 주무르고 기지개를 쭉 켜는데 낯익은 인영(人影)이 샵 안으로 들어왔다.

"꺄악! 이안이다!"

진경이의 수선으로 샵 안에 있는 모든 사람들의 시선이 이안을 향했다. 특히나 사진작가와 진경이의 어머니는 마치 모세의 기적을 본 사람들처럼 홀린 듯 그를 향해 걸어가고 있었다. 뭐라고 말을 붙이려는 것 같아 보였지만 이안은 그저 희미한 미소만 보인 채 계속 샵 안을 두리번거렸다.

아…… 나를 찾는 중이구나.

난 다시 신발을 신고 그를 향해 손을 흔들었다.

"이안!"

내가 부르는 소리를 들었는지 그와 눈이 마주쳤다. 아주 찰나의 시간이긴 했지만 그의 눈이 잠깐 커졌다가 원래대로 돌아왔다. 잠시 멈칫하던 그의 걸음이 똑바로 나를 향해 직진하고 있었다.

"여기까지 뭐 하러 왔어요? 끝나면 바로 전화한다고 했잖아요."

"심심해서."

그렇지, 넌 항상 심심하지.

"잠깐만 기다려요, 이거 갈아입고요."

"알았어."

난 얼른 커튼을 치고 들어가서 옷을 갈아입으려 했지만 진경이 어머님의 다급한 목소리에 다시 내려왔다.

"잠깐! 잠깐만 기다려!"

"왜 그러세요?"

"너 이 남자 모델이랑 아는 사이니?"

"남자 모델? 누구…… 아! 이안이요?"

"이안? 어머, 이름도 멋지구나."

"이안은 모델 아니에요. 저랑 진경이랑 같은 학교 다니는 학생이에요."

그러고 보니 진경이는 어디 있지? 나한테 묻기 전에 진경이한테 먼저 물어도 되셨을 텐데. 주위를 살피던 내 눈에 거의 넋이 나간 채로 의자에 앉아 이안의 뒷모습을 응시하는 진경이의 모습이 보였다. 맛이 갔네. 저러니 대답을 못 했겠지.

"진짜? 아니, 너네 학교에 무슨 금광 있나 보다. 너도 있고 저 남자도 있는 걸 보니."

"아니, 뭘 또 그렇게까지……"

"리아, 너 저 사람이랑 딱 한 필름만 찍어주면 안 돼? 턱시도 입히고 찍고 싶어서 그래. 네가 부탁 좀 해봐."

나는 이안에게 무언가를 부탁할 입장이 아니었기에 진경이 어머님의 제안이 참으로 난감했다. 그러나 주저하던 나를 한 방에 불식시킨 진경이 어머님의 말은 그야말로 신의 한수라고 할 수 있었다.

"저 친구 모델비도 당연히 챙겨줄 거고 오늘 네 일당도 더블로 줄게, 부탁해. 응?"

더블! 20만 원? 20만 원!

"이안! 나랑 사진 한 번만 찍어줘요!"

그래, 까는 거야! 막 깔아! 철판 깔아!

하지만 나의 제안에도 이안의 표정은 여전히 심드렁했다.

"싫어, 귀찮아."

"아, 그러지 말고 좀 찍어줘요. 턱시도 한 번 입고 찍어주면 내가 오늘 하루 종일 놀아줄게요."

"하루 종일?"

"네."

"하루 종일이 아니라 밤새도록. 밤새도록 같이 있자고. 그럼 찍지."

넌 나랑 밤새도록 뭐 할 게 있다고 그러니, 참 나.

"어디서요?"

"우리 집."

"우리가 밤새도록 할 게 뭐가 있어요?"

"난 잘 거야."

"그럼 나는요?"

"구경해."

할 말이 없다. 그래, 내가 너를 사람으로 대하고 있는 게 문제야. 넌 사람이 아닌데, 내가 왜 자꾸 그 사실을 잊는 걸까, 이 설탕별 외계인아!

"알았어요, 알았으니까 빨리 옷 갈아입어요."

나는 이안을 탈의실로 밀어 넣고 그가 나오기만을 기다렸다. 잠시 후 그 자리에 있던 우리 모두는 자체발광 외계인의 진수를 볼 수 있었다.

단정하게 뒤로 넘긴 머리, 쌍꺼풀 진 큰 눈, 베일 것같이 오똑한 코, 여자도 아닌데 선홍빛 입술에 날렵한 턱 선까지. 턱시도를 입은 그의 모습은 신이 창조한 최고의 예술작품을 보는 듯했다.

오 마이 갓. 신이시여. 어쩌자고 저런 괴물을 만들어내셨나이까. 지금 저걸 어떻게 사람이라고 할 수 있을까요. 저건 사람의 탈을 쓴 반딧불이잖아요!

게다가 필 충만해진 사진작가 덕분에 30분이면 끝날 줄 알았던 사진 촬영은 두 시간을 넘기고서야 끝이 났다. 진경이 어머님은 미안한 마음에 넉넉하게 알바비도 챙겨주시고 식사 대접도 하겠다고 하셨지만 캔커피 외계인의 쿨한 거절에 입맛만 다실 수밖에 없었다. 난 웨딩샵을 나오자마자 작은 소리로 이안에게 물었다.

"식사 대접하신다는데 굳이 거절할 게 뭐 있어요? 그냥 밥만 먹고 나오면 되는데."

"먹고 싶었어?"

"배도 고프고…… 공짜잖아요."

"넌 내가 돈 줬는데도 왜 그렇게 공짜를 밝혀?"

"그거 내 돈 아니잖아요, 다 갚아야 내 돈이지."

이안은 피식 웃더니 내 머리를 헝클어뜨리려고 정수리까지 손을 댔다가 다시 거두었다.

왜 저러지? 뭐 잘못 먹었나?

난 거리를 걸어가면서 아무 생각 없이 쇼윈도를 바라보다가 어디서 많이 본 여자가 서 있는 것을 발견했다.

어? 설마 저게 나야? 곱게 세팅해서 말린 머리는 탐스럽게 옆으로 늘어져 있었고, 아무리 옅은 화장이라고는 하나 전문가의 손길이 느껴지는 풀 메이크업은 이목구비를 더 또렷하게 살려주고 있었다. 그동안 내가 예쁘다는 생각을 단 한 번도 하지 못했는데 쇼윈도에 비친 내 모습은 내가 봐도 반할 정도로 예뻤다.

"그만 좀 보지? 너 나르시스트야?"

아, 저 캔커피. 그래, 내가 너랑 같이 다니고 있다는 것을 잠시 잊었구나. 미안하게 됐습니다. 어디 제가 감히 반딧불이에게 비하겠나이까, 네 앞에서는 슈퍼모델이 와도 오징어로 보일 텐데.

"그런 거 아니거든요?"

"아니긴 뭐가 아니야, 넋을 놓고 쳐다보던데."

그래! 인정! 인정한다, 이 자식아. 그냥 좀 넘어가 주면 어디 덧나니?

"그런데 이안, 여기 뭐 타고 왔기에 그렇게 빨리 왔어요?"

"차 타고."

그렇지, 차를 타고 왔겠지. 내가 지금 그걸 물었을까? 차 타고 왔냐고, 이 자식아! 이안은 나를 보고 또 피식 웃더니 킥킥거리며 대답했다.

"내 차 타고 왔다고. 아, 진짜 몇 번을 봐도 웃기네."

"그럼 그 차는 어디 있어요?"

"주차장에."

제발 부탁인데 그 앞뒤 다 자르고 반 토막만 말하는 거라도 고쳐 줄 순 없겠니? 난 너랑 대화를 하면 자꾸 맥이 끊겨서 진이 빠져.

"큭큭, 저 위에 웨딩샵 근처 주차장에 있어."

이안은 뭐가 그리 재밌는지 계속 웃으면서 걸어가고 있었다.

"근데 지금 우리 어디 가요?"

"전철역."

"전철을 타려고요?"

"전철역에 전철을 타러 가지, 그럼 구경하러 가?"

"멀쩡한 차를 두고 왜 전철을 타고 가요?"

하…… 만난 지 얼마 되지도 않았는데 벌써 지친다. 왜 이 캔커피 외계인과는 대화가 안 되는 걸까.

"별생각 없이 미국에서 타던 차를 가져왔는데 여기 사람들이 자꾸 쳐다봐서 잘 안 타. 저건 그냥 뒀다가 나중에 사람 시켜서 가져오지 뭐."

"그러니까 이안 말은 사람들이 쳐다보는 게 싫어서 자기 차를 놔두고 대중교통을 이용하는 거다, 이 말이에요? 내가 제대로 들은 거 맞아요?"

"맞아."

아, 뭐 이런. 넌 걸어 다닐 때 사람들이 쳐다보는 건 괜찮고 차창 밖의 사람들이 널 보는 건 싫으니? 이해 안 돼, 이해 안 돼, 이해 안 돼. 난 널 절대로 이해 못 해.

"이안, 내가 생각하기에 이안은 이안이라는 그 자체로 충분히 튀어서 어딜 가도 사람들이 다 쳐다보거든요? 나라면 차라리 썬팅한 차 안에서 사람들의 시선을 차단하겠어요."

"그래? 그럼 차 타러 가."

쿨…… 쏘 쿨. 아니, 이렇게 금방 포기할 거면서 넌 정말 왜 그러니? 난 도무지 이해를 못 하겠다.

잠시 후 주차장에서 이안의 차를 확인한 나는 사람들이 왜 그토록 부담스러울 정도로 이안의 차를 봤다는 것인지 이해할 수 있었다.

"……마이바흐?"

"어? 아네. 이건 주문 제작이라 한 번에 알아보는 사람은 자동차 마니아들뿐인데."

"이거 진짜…… 마이바흐예요?"

"응."

"마, 말도 안 돼……."

나의 드림 카 마이바흐! 내가 너를 실물로 보게 될 줄 몰랐구나! 나는 이산가족을 만난 것처럼 이안의 차를 끌어안고 쓰다듬어 보았다. 차에 대해서 잘 알지는 못하지만 이것만은 확실히 알고 있다.

전체 공정을 수작업으로 하루 세 대 정도만 생산하며 제작 기간은 5~6개월에 달하고, 일반인에게는 공개하지 않는 차. 철저하게 돈 있는 사람만 상대해서 타는 것만으로도 돈 많다는 티를 낼 수 있는 차, 마이바흐! 게다가 이제는 단종되어 사고 싶어도 살 수 없다!

"뭐 해?"

"감격스러워서요."

"뭐가?"

"죽기 전에 꼭 한 번 타고 싶은 차였는데 그나마도 단종되어서 이젠 내게 기회가 없겠구나…… 하고 생각했거든요. 그런데 꿈의 차가 지금 내 눈앞에 있잖아요."

난 연신 마이바흐를 쓰다듬으며 대답했다. 언젠가 나도 떵떵거리며 잘살게 된다면 이 차에 온 가족을 다 싣고 전국일주하는 게 꿈이었는데. 내 차가 아니면 어때, 죽기 전에 만져 봤으니 나 오늘 이 손 안 씻을 거야.

"타기나 해."

이안은 시큰둥하게 툭 던지고 먼저 차에 올라탔다.

나는 떨리는 손으로 마이바흐의 문을 열었다.

마이바흐 사마, 미천한 것이 발을 올리겠나이다. 가는 길까지 부디 잘 부탁합니다. 당신의 능력을 보여주세요. 듣자 하니 타도 탄 것 같지 않은 승차감에, 앉으면 1분 안에 잠이 든다지요? 조심스럽게 안으로 들어가 앉아보니 내부는 더 놀라웠다. 아! 이 고급스러움을 어쩔…… 흑…… 마이바흐 사마! 마이바흐 사마!

이안의 집에 도착할 때까지 내내 내 머릿속에는 오직 한 단어만이 가득했다. 마이바흐 사마! 마이바흐 사마! 마이바흐 사마! 찬양하라, 마이바흐 사마!

"큭큭큭, 킥킥킥킥, 풉! 푸하하! 아, 미치겠네, 리아. 리아. 리아."

앤 또 왜 이래, 왜 남의 이름은 자꾸 부르고 난리야.

"아, 정말…… 이리아, 이리 와."

이안은 두 팔을 한껏 벌리고 나에게 오라고 말했다. 이건 또 뭐 하자는 시츄에이션인지.

"뭐 어쩌라고요."

"한 번만 안아보게."

"거절합니다. No thanks네요."

"그러지 말고 이리 와, 이리아."

"싫어요, 징그럽게 왜 이래요?"

"너무 귀여워서 그래. 진짜 널 어쩌면 좋지? 이 차가 그렇게 맘에 들어?"

맘에 들지 그럼. 안 들겠니? 지나가는 사람 붙들고 물어봐, 이 차 싫다는 사람이 어디 있겠어.

"그럼 줄까?"

"……나랑 장난해요?"

"내가 언제 리아에게 장난한 적 있던가? 난 처음부터 계속 진심이었는데."

하긴 그렇지, 넌 진심이었지. 그 진심이 환장할 정도로 황당무계한 것이 문제지.

"필요 없어요, 나중에 돈 벌어서 내가 살 거예요."

"이거 단종됐는데? 마이바흐라는 차종 자체가 이제 안 나와."

알아, 알아! 나도 알아! 그냥 좀 넘어가라고!

"됐어요, 이거 보아하니 10억은 될 텐데 이거까지 받으면 나 이안하고 노예계약을 맺어야 할지도 몰라요.”

“노예계약?”

“그렇잖아요, 사고 싶어도 이제 살 수 없는 차. 전 세계적으로 몇 대 없는 차. 마니아들 사이에서 아마도 가격은 계속 오르겠죠. 소장 가치만으로도 엄청난 금액일 텐데 이걸 날 주겠다고요? 난 뭐 평생 일도 안 하고 이안만 따라다니란 소리예요?”

“리아, 이 차 가져.”

“네?”

“이 차 가지라고, 줄게.”

너 어디 아프니? 방금 내 말 못 들었니? 이게 무슨 희귀우표 한 장도 아니고 차라고, 차! 그것도 엄청 비싼 차! 가지고만 있어도 재테크가 될 차라고!

“알아, 이 차의 가치는 누구보다 내가 잘 알아. 내가 직접 주문했고 내가 원하는 대로 옵션까지 달았으니까.”

“그럼 더 얘기할 것도 없네요. 이안을 위해 만들어진 차잖아요.”

“이 차 싫어? 맘에 안 들어?”

맘에 들고 안 들고가 어디 있어! 이 차는 차가 아니야. 신이란 말이야. 마이바흐 사마! 마이바흐 사마!

“줄게, 리아에게.”

난 더 이상 이안에게 놀림당하는 기분이 싫어서 그를 쏘아보았다. 그러나 그는 내 눈을 똑바로 바라보며 찬란한 미소를 입가에 띠었다.

“줄게. 그러니까 해, 그거.”

"뭘 하라는 말이에요?"

"하자고, 그 노예계약."

이안은 내게 이 말도 안 되는 제안을 더없이 진지하게 하고 있었다.

"저기, 이안? 잠깐만요."

나는 손을 뻗어 그의 이마에 대보았다.

"뭐 해?"

"아무래도 열 있나 싶어서요."

"내가?"

"제정신으로 그런 말을 할 리가 없잖아요."

이안은 나를 물끄러미 바라보며 미소 지었다.

"……신기해."

"뭐가요."

"내가 누군가를 가지고 싶다는 생각은 태어나서 처음이야."

헉! 너 지금 뭐라고 했니? 난 얼른 양팔로 내 가슴을 가리고 마이바흐 문짝에 등을 기대었다.

"크크크크, 하하하하, 푸하하하! 아, 미치겠다, 정말. 리아, 무슨 생각 한 거야?"

"아니, 날 가지고 싶다고…… 했잖아요."

"엉큼한 생각은 내가 아니라 리아가 하고 있잖아. 난 그런 뜻으로 얘기한 게 아니야."

"그럼 무슨 생각으로 말한 건데요."

난 이상하게 기분이 나빠져서 톡 쏘듯 얘기했다. 저 변태 외계인이 그런 뜻이 아니라고 얘기하면 마음이 놓여야 하는 게 맞는데 왜 살짝 기분이 나쁘지? 뭐야, 내가 그 정도로 매력이 없어? 이거 왜 이래! 이래 봬도 나 소개시켜 달라는 남자가 줄 서 있댔어! 물론 진경이가 하는 말이라 신빙성은 떨어지지만……. 아무튼! 나도 나름 잘나가는 여자라 이거야!

"글쎄, 물론 리아는 아주 귀엽고 매력 있지만 지금 나는 리아를 그런 식으로 생각하는 게 아니라, 뭐랄까, 좀 더 애완동물에 가까운 느낌이야. 주인을 보면 반가워서 꼬리 치고 달려오는 그런 애완동물로 키우고 싶다는 마음이 더 커."

뭣이라? 그러니까 너는 네 말에 무조건 복종하는 애완동물이 필요하다, 이 말이야? 그래서 그 노예계약인지 뭔지 하자는 거야? 이젠 듣다듣다 별소리를 다 듣겠네.

"됐어요, 패스! 못 들은 셀로 할게요. 더 이상 기분 나빠지고 싶지 않아요."

"기분 나쁘라고 한 소리 아닌데."

그렇겠지, 넌 그냥 별 뜻 없이 한 말이겠지. 넌 남의 입장은 전혀 고려하지 않는 변태 외계인이니까!

"알았어요, 그 얘기는 이제 그만하고 집에나 가요. 놀아달라면서요."

"그럼 그냥 줄게."

"아, 진짜! 그만하라고요!"

난 버럭 신경질을 내며 이안을 돌아보았다. 그런데 이안은 내 손을 잡아 펴더니 그 위에 마이바흐의 키를 올려놓고 손가락을 접어주었다.

"미안, 화나게 하려던 건 아니야. 처음부터 그냥 줄 생각이었어. 가져, 리아."

이거 뭐지, 이거 뭐지, 이거 뭐지? 얘 왜 이러지? 그러지 마, 너 진짜 무서워지려고 그래.

"됐다니까요."

난 다시 이안에게 돌려주려 손을 뻗었지만 이안은 받을 생각도 하지 않았다.

"왜? 그렇게 가지고 싶어서 침까지 흘려놓고."

"침은 누가! 아니거든요?"

"알았어, 발끈하기는. 이리 와서 앉아봐. 시운전해야지."

시…… 운전? 솔깃하다. 음, 그래, 가지는 거는 말고 한 번만 운전이라도 해 보는 건 괜찮지 않을까? 마이바흐 사마! 제가 감히 운전대를 잡아도 되겠나이까?

나는 꿀꺽 침을 삼키고 고개를 끄덕인 후 이안과 자리를 바꿔 앉았다. 시동을 걸고 이제 출발하는 것만 남았다.

10초…… 20초…… 30초…….

"안 가고 뭐 해?"

결국 이안이 먼저 침묵을 깨고 말을 걸었다.

"아니, 저, 그게……."

"혹시 면허가 없어?"

"아니거든요! 당당히 1종 면허거든요!"

"그런데 뭐가 문제야. 빨리 출발해. 한 바퀴 돌고 와서 뭐 좀 먹으러 가자."

"알았어요."

10초…… 20초…… 30초…….

"뭐 해?"

난 식은땀을 뻘뻘 흘리며 울상을 지을 수밖에 없었다.

"흐아앙, 나 장롱면허예요."

"뭐?"

이해를 하지 못한 이안이 내게 다시 되물었다.

"장롱면허라고요. 면허 딴 지 5년인데 한 번도 운전을 해본 적이 없어요. 그런데 내 첫 운전을 하는 차가 마이바흐 사마라니! 나 못해! 안 돼! 마이바흐 사마에게 몹쓸 짓을 하게 될지도 몰라! 흑흑……."

결국 운전대에 고개를 파묻고 힌심한 나를 자책하고 있는데 이안이 슬며시 내 머리카락을 치워내고 토닥여 주었다.

"그냥 차일 뿐이야, 사람이 아니라고. 혹시나 가볍게 긁히거나 부서진다 해도 형태가 있는 것들은 언젠가는 그렇게 되게 마련이야. 그러니 겁먹지 말고 한 번 해봐."

이안은 부드럽게 내게 말하며 안심시켜 주었다.

이안, 너 그거 아니? 너를 만난 이후 처음으로 네가 사람 같은 말을 했다는 거.

난 이안의 말에 용기를 얻어 다시 한 번 시동을 걸었다. 그러나 역시……. 난 감히 마이바흐를 운전할 깜냥이 되지 못했다. 이안은 그런 나를 보더니 조수석 문을 열고 차를 빙 둘러 다시 운전석으로 와 문을 열었다.

아, 이제 끝이구나. 안녕…… 내 사랑 마이바흐. 잠깐이지만 즐거웠어, 널 잊지 못할 거야.

내가 내리자마자 이안이 그 자리에 다시 올라타더니 갑작스럽게 내 허리를 잡아 끌어당겼다.

"아악! 뭐 하는 거예요!"

이안은 나를 운전석에 다시 앉혔다. 정확하게 말하자면 운전석에 앉은 자신의 무릎 위에 나를 앉혔다. 참으로 민망하기 그지없는 자세에 나는 몸을 일으키려고 애를 써보았지만 이안이 내 허리를 꽉 붙잡고 있는 통에 전혀 움직일 수가 없었다.

"왜 이래요!"

"리아 운전시켜 주려고."

"네?"

"발은 내가 알아서 밟을 테니까 리아는 앞에 보고 운전대만 잡아. 가속페달이나 브레이크는 신경 쓰지 말고. 위험하면 내가 브레이크 밟으면 돼. 그냥 앞만 봐."

마이바흐가 서서히 움직이기 시작했다.

"어…… 어? 어떡해…… 움직여, 움직인다!"

"쉬, 조용히. 운전대를 잡은 사람이 너무 시끄러우면 차가 놀라. 그냥 부드럽게 움직여, 알았지?"

이안은 나를 달래가며 조금씩 속도를 높였다. 그러나 나는 도무지 마음이 편해지지가 않아 운전대를 꺾는 방향도, 속도도 엉망이어서 이리저리 차가 확확 꺾여 돌아갔다. 보다 못한 이안이 내 손 위에 자신의 손을 얹더니 부드럽게 유영하듯 운전대를 움직였다.

"긴장하지 말고 이렇게…… 그렇지, 잘하고 있어. 돌릴 땐 한 번이 아니라 시간을 두고 천천히. 응, 그렇게 미리부터 돌릴 준비를 하는 거야. 서둘면 안 돼. 잘하고 있어."

조금씩 긴장이 풀려가면서 마이바흐도 아까보다는 한층 부드럽게 움직이고 있었다.

아! 마이바흐 사마…… 절 죽여주세요. 제가 워낙 못나서 마이바흐 사마의 옥체를 상하게 했을지도 몰라요. 그러나 걱정 마세요, 제가 나중에 최고급 엔진오일을 넣어드릴게요.

이젠 제법 운전에 익숙해져 가고 있는데도 이안은 내게서 손을 떼지 않았다. 하지만 운전에 정신이 팔려 조금이라도 이안에게 시선을 돌리거나 신경을 쓰는 날엔 이 아름다운 마이바흐 사마가 잘못될까 봐 그저 묵묵히 이안의 아파트로 돌아올 때까지 운전에만 집중했다. 드디어, 전진주차이긴 하지만 평행선에 맞게 주차까지 완벽하게 해놓고 나는 뛸 듯이 기뻐 고개를 돌렸다.

"이안! 봤어요? 내가 주차까지 완벽하게……."

하지만 나는 말을 끝까지 이을 수가 없었다. 이 빌어먹을 캔커피 설탕별 변태 외계인의 얼굴이 너무나 가깝게 있었기 때문이다. 그제야 난 아직도 이안의 오른손에 내 오른손이 잡혀 있고 그의 왼팔에 내 허리가 잡혀있다는 것을 깨달았다.

갑자기 숨이 턱턱 막히고 심장이 쿵쾅거리기 시작했다.

어쩌지? 계속 이 민망한 자세를 고수해야 하나? 이 캔커피가 풀어줄 때까지? 그게 언제일 줄 알고? 움직여도 되나? 이제 운전 다 끝났으니까?

나는 살짝 몸을 비틀어 이안의 품에서 빠져나오려고 시도해 보았다. 역시…… 이안의 팔은 꿈쩍도 하지 않는다. 손이라도 빼보려고 자유로운 왼손으로 이안의 손을 치우려 했다. 그러나 이안은 그마저도 허락하지 않았다. 자유로웠던 왼손마저 이안의 커다란 오른손 안에 같이 갇혀 버렸다. 이제 옴짝달싹할 수 없는 상황에서 난 차마 이안의 얼굴을 보지도 못하고 정면만 응시한 채 말했다.

"저기…… 이안? 이제 다 끝났으니 좀 놔줄래요?"

그러자 이안은 고개를 숙여 내 어깨에 턱을 올리며 대답했다.

"싫어."

낮게 깔린 이안의 목소리는 내 귓가를 파고들어 심장을 쫄깃하게 만들었다. 누가 들어도 멋진 목소리이겠지만 나에게 이 캔커피 외계인의 목소리는…… 공포다.

"그럼 지금 어쩌자는 거예요? 이러고 밤새요?"

"아니."

아, 나 진짜…… 난 네 속을 알 수가 없구나. 알 길도 없다. 너 왜 이러니? 진짜 나에게 원하는 게 뭐야!

"이 차 가진다고 약속해."

"뭐라고요?"

"주고 싶어서 그래. 나보다 이 차를 더 사랑해 줄 것 같은 주인에게 보내주는 거야. 이 차한테도 그게 더 낫지 않겠어?"

그건 그렇지. 너에겐 한낱 차에 불과하겠지만 나에게 마이바흐 사마는 신이자 오랜 꿈이니까. 그래도…… 그럴 순 없…… 아 씨, 갖고 싶다! 미치게 갖고 싶다! 마이바흐 사마, 저에게 오시렵니까?

정말 저에게 와주시렵니까? 평생 무릎 꿇고 경건한 마음으로 세차를 해드리겠습니다. 정녕 이 미천한 것의 소유가 되어주시렵니까, 마이바흐 사마!

"가져가겠다고 할 때까지 이거 안 놔줄 거야."

으…… 어쩌지? 어떡하지? 하아, 나는…… 내가 이렇게 의지가 약한 인간이라는 것을 오늘 처음 알았다. 빛나는 외계인만큼이나 찬란하게 빛나는 이 마이바흐를 거부할 권리가 내게 어디 있단 말인가.

"알았어요, 가질게요."

"OK. Deal!"

마침내 이안의 손이 풀어지자 나는 얼른 차 문을 열고 뛰어나왔다.

미쳤어, 미쳤어, 미쳤어! 아무리 생각해도 저 자식은 미친 거야. 미치지 않고서야 어떻게 눈 하나 깜빡 안 하고 저런 차를 주겠다고 얘기를 해?

이안은 차에서 내리면서 내게 차 키를 쥐어주고는 내 손을 꼭 잡은 채 자신의 아파트로 올라갔다.

"도망 안 가니까 이것 좀 놓고 가요."

"싫어."

그래, 네가 뭔들 좋겠니. 오냐, 그래. 돈도 주고 차도 줬는데 이깟 손쯤이야.

이안의 집에 들어가자 그는 내게 손을 내밀었다.

"또 뭐요?"

"차용증."

"차용증? 아! 그거 집에 있는데……."

"그래? 그럼 할 수 없지. 새로 쓰지 뭐."

이안은 서랍을 뒤적여 나와 하나씩 나눠 가진 차용증을 들고 나오더니 그곳에 뭔가를 추가해서 적어 넣었다.

"자, 이거 읽어보고 똑같이 한 장 더 적어서 지장 찍고 사인해."

음? 뭐라고 쓴 거지?

—차용증과 양도계약서.

이안 맥스웰은 이리아에게 금일 일금 148,264,375원 차용해 주었다. 원금에 대한 이자는 없는 것으로 하고 기한은 따로 두지 않는다.

다만 1년 안에 이안 맥스웰이 원할 경우 원금을 분리상환할 수 있으며 현금이 없을 시 부동산이나 부동자산, 유동자산을 통틀어 대체상환할 수 있다. 이자가 없는 대신 원리금을 상환할 때까지 이리아는 이안이 부르면 언제든지 달려와야 한다. 시간과 날짜, 장소에 상관없이 모든 약속의 우선권은 이안 맥스웰이 가진다.

또한 이안 맥스웰은 마이바흐의 소유권을 이리아에게 양도한다.

금전적인 보상은 따르지 않을 것이나 대신 사회적, 도덕적으로 물의를 일으키지 않는 한도 내에서 이리아는 이안이 시키는 일은 무조건 따른다. 예외도 없고 반항도 할 수 없다. 또한 이안 맥스웰은 이리아에 대한 소유권을 주장할 수 있다. 위의 조건을 따르지 않을 시 이안 맥스웰은 언제든지 이리아에게 원리금 일시상환을 요구할 수 있다.

응? 이게 뭐야? 예외도 없고 반항도 할 수 없다? 이리아에 대한 소유권을 주장해?

"이안, 이건…… 마치…….."

"노예계약이지."

이안이 하얀 이를 드러내 보이며 환하게 웃고 있었다.

으악, 눈부셔! 너 치아 미백했니…… 아, 내가 지금 그런 생각 할 때가 아닌데!

"아니, 잠깐만요. 사실 지난번 차용증만 해도 난 꼼짝 못 하고 앞으로 이안이 시키는 대로 해야 하는데 굳이 이럴 필요까지 있어요?"

"리아가 먼저 노예계약 한다고 했잖아, 마이바흐 가져가면."

"내가 언제요! 그건 자꾸 이안이 준다고 하니까 이거 받으면 난 평생 이안만 따라다니는 노예계약이라도 맺어야 하는 거 아니냐고 한 거지!"

"그게 그거잖아."

와…… 애 봐라. 사람 잡겠네. 그게 어떻게 그런 말이니! 넌 가정 몰라? 가정? 영어에도 있잖아, If! 아이! 에프!

"후…… 어쨌든 난 이런 계약서에는 지장 못 찍어요. 나중에 수틀려서 이안이 장기매매라도 하지 않으리란 보장이 없잖아요."

"그건 사회적, 도덕적 물의에 해당하는 거라 그런 짓은 안 하지. 거기에 똑똑히 명시되어 있잖아."

"아, 몰라요. 그렇든 아니든 난 못 찍으니 그런 줄 알아요."

"거기 맨 밑에 읽어봐."

응? 맨 밑?

—위의 조건을 따르지 않을 시 이안 맥스웰은 언제든지 이리아에게 원리

금 일시상환을 요구할 수 있다.

이런 치사한 캔커피가!

"게다가 그건 새로 적은 조항이 아니라 지난번 차용증에 적혀 있던 거야."

"그래서 뭐예요, 지금 당장 토해내라, 이 말이에요?"

"원하신다면."

치사한 놈. 줄 땐 언제고. 알았다, 알았어. 내 더럽고 치사해서 준다, 줘!

난 휴대폰으로 폰뱅킹 계좌이체를 시도했다. 그런데 왜 돈이 이 거밖에 없지? 아…… 엄마한테 일단 수술비하라고 6백만 원 보냈 었지? 어디서 났냐고 하기에 알바비 모은 거랑 가불 좀 했다고 했 는데…… 거기다 이번 달 월세 30만 원…… 에이 씨! 안 되겠다.

"저기, 이안. 지금 조금, 아주 조금 모자란데 일단 이거 받고 나 머지는 나중에 줄게요."

"거기 분명히 일시상환이라고 되어 있지 않아?"

알아, 알아! 안다고! 치사하게…… 엄마한테 좀 있다가 줄걸. 수 술비 다시 달라고 해? 아니지, 만날 골골대고 살아서 허리라도 빨 리 펴고 살게 해준 건데. 잘했어, 잘한 거야.

"그럼 일단 있는 돈만 이체하고 나머지 채워 넣을 때까지만 그 제안 수락할게요."

"그럼 그렇게 해. 난 아무래도 상관없어."

이안은 소파에 앉아 내게 손가락을 까딱거렸다.

"왜요?"

"이리 와."

똥개 훈련시키는군. 난 뚜벅뚜벅 걸어가서 이안의 앞에 섰다.

"왔어요. 그다음엔 뭐 할까요? 손이라도 얹어드릴까요?"

"아니."

"그럼 뭐 하라고요."

"노래해 줘."

넌 무슨 애가 나만 보면 노래해 달래. 그럼 최소한 노래방이라도 가서 하라고 하던지. 아니면 건반이나 기타라도 주던가. 여기가 무슨 K팝스타나 슈퍼스타 K 오디션장이냐. 매번 무반주로 부르게?

"리퀘스트."

"샌프란시스코."

내 이럴 줄 알았지. 넌 아는 노래가 그거 하나니? 그거 하나야? 하긴 그거처럼 너한테 어울리는 노래가 없기는 하다만…… 진짜 꽃이라도 있으면 뽑아서 꽂아주고 싶다.

난 오기가 발동해 이번에는 두 눈을 부릅뜨다 못해 눈알을 부라리며 이안에게 노래를 불러주었다. 노래하는 내내 뭐가 그렇게 웃긴지 피식피식 웃던 이안은 노래가 끝나자마자 소파에 얼굴을 묻고 신나게 웃어댔다.

"키키키킥…… 크크크크, 풉…… 하하하하!"

"……그만 좀 하죠?"

"아, 미안. 너무 웃겨서. 역시 리아는 날 실망시키지 않아, 최고야!"

그 최고라 함은 내가 노래를 잘한다는 뜻일까, 아니면 최고로 웃긴다는 뜻일까. 아마도 후자겠지. 나도 알아.

"하여간 뭐, 즐거웠다니 다행이네요. 이제 또 뭐 할까요? 아까 밥 먹는다고 하지 않았어요?"

"아, 그렇지. 우리 뭐 먹을까?"

뭘 물어봐, 지는 또 단거 먹을 거면서.

"집에 밥은 있어요?"

"아니."

그럴 줄 알았지, 나도 예의상 한 번 물어본 거야.

"그럼 나가요?"

"음……."

이안은 나를 한 번 쳐다보고 씩 웃더니 부엌을 가리켰다.

"리아가 만들어 줘. 먹을 만한 걸로."

"에에?"

어이쿠! 이런 횡재가! 너 나에게 독살당하고 싶은 게로구나. 이렇게 아니라 약국을…… 아, 약국에서 독극물 안 팔지. 게다가 저 놈은 사람이 아니니까 독극물을 먹어도 살아날 거야.

"요리는 할 줄 알아?"

"알죠, 당연히! 자취 경력이 몇 년인데!"

난 휘적휘적 부엌으로 가 냉장고 문을 열었다.

하아, 내 이럴 줄 알았지. 있는 거라곤 설탕 가득한 도넛, 초콜릿 가득한 도넛, 초코 시럽, 캐러멜 시럽, 생크림, 버터, 달걀. 이게 전부였다.

넌 이걸 가지고 요리하라는 소리가 나오니? 나와? 이걸로 만들

수 있는 게 뭐가 있을까? 응? 양심이 있으면 말 좀 해봐!

"……여기 있는 걸로 뭘 하라고요?"

"요리."

자식. 여전히 쿨하구나. 난 찬장을 열어 프라이팬을 발견하곤 일단 기름을 두른 후 그나마 요리 재료에 적합한 달걀 하나를 깨서 넣었다.

어디 보자, 소금이…… 아니지! 쟨 설탕별 외계인이잖아? 설탕, 설탕…… 여기 있다!

잠시 후 김이 모락모락 나는 정체불명의 요리를 들고 이안에게 다가갔다.

"자, 먹어봐요, 요리."

이안은 내가 들고 온 접시 위에 놓인 정체불명의 그것을 뚫어져라 바라보고 있었다.

"먹고 죽는 건 아니겠지?"

"아마 아닐걸요."

바라는 바이긴 하다만 설마 그걸 먹는다고 죽기야 하겠니.

"그럼 어디……."

이안은 내가 만든 그것을 한입 베어 물었다. 순간 그의 일그러진 표정을 본 것은 착각이 아닐 것이다.

그렇지, 사람이 먹을 만한 음식은 아니니까. 그렇지만 나도 최선을 다했다, 뭐. 설탕 듬뿍 넣었으니까 많이 먹어 외계인아.

이안은 표정이 영 좋지 않았지만 그래도 내가 만들어 온 것을 꾸역꾸역 다 먹어치웠다.

응? 생각보다는 괜찮았나 보지?

이안은 다 먹은 후 내게 망고주스 한 잔을 가져다 달라고 부탁했다.

넌 그걸 먹고 또 단 게 먹고 싶니? 참, 식성 특이해. 아무튼 시키는 대로 망고주스를 꺼내어주자 이안은 벌컥벌컥 들이켜고 난 뒤 나를 쳐다보았다.

"태어나서 처음 먹어본 맛이었어."

"그거 욕이에요, 칭찬이에요?"

"글쎄. 어떨 것 같아?"

"아무리 좋게 들으려고 해도 칭찬으로는 안 들리네요."

"뭐, 좋을 대로 생각해. 그럼 내 차렌가?"

이안은 벌떡 일어나더니 성큼성큼 걸어가서 냉장고 문을 열어 그 안에 있던 모든 음식들을 끄집어냈다.

"뭐 하는 거예요?"

"얻어먹었으니 나도 답례를 해야지. 리아는 거기 앉아서 기다려."

뭐? 네가 뭘 만들어주겠다고? 아니, 싫어. 사양할게. 네가 내게 복수를 하려는 모양인데 나 그렇게 호락호락하지 않아. 가뿐하게 무시해 주겠어.

"뭐 하고 있어? 가서 앉아 있으라니까."

"그냥 여기서 구경할게요."

"그러던가."

이안은 내게 무심하게 고개를 돌리고 하던 일을 계속했다.

이봐, 이 캔커피 반딧불이 설탕별 변태 외계인아. 네가 음식에 무슨 장난을 칠 줄 알고 내가 저쪽에서 기다리겠니. 지켜보고 있다. 허튼수작하지 마.

이안은 찬장 맨 위에서 식빵을 꺼냈다.

응? 식빵이 있었어? 그리고 냉동실에서 무언가를 꺼내는데 아마도 밀가루 같아 보였다. 엥? 저런 것도 있었단 말이야?

이안은 능숙하게 계란을 풀고 밀가루를 섞고 버터를 녹이는 등 마치 요리사에 빙의한 것처럼 빠르게 손을 놀렸다. 설탕 범벅인 도넛들을 잘게 부숴 밀가루 반죽 안에 넣고 식빵 사이에 치즈와 햄도 끼워 넣었다.

잠깐! 저 치즈와 햄은 어디 있었던 거야? 내가 봤을 땐 온통 도넛 상자들뿐이었는데. 상자 밑에 깔려 있었나?

잠시 후 식빵은 밀가루 옷을 두껍게 입고 프라이팬 위에 올라가 있었다. 그러고 나서 접시에 보기 좋게 올린 후 캐러멜 시럽을 지그재그로 뿌린 다음 이안은 그것을 내게 내밀었다.

"먹어 봐. 몬테크리스토야."

"몬테크리스토?"

나는 고개를 갸웃거리며 물었다.

몬테크리스토라고 한다면 소설 제목이자 주인공 이름 아닌가? 몬테크리스토 백작.

"어서 한입 먹어봐."

나는 못 미더운 기색을 감추지 않고 천천히 한입 베어 물었다. 처음 바삭한 식감과 달리 안은 촉촉하고 부드러웠다. 내 입에 조금

단것이 흠이긴 했지만 그래도 이안이 만들어준 이 몬테크리스토라는 이름의 정체불명의 빵 요리는 꽤나 맛있었다.

"……맛있네요."

"그렇지?"

이안이 흡족한 듯 나를 바라보며 해사하게 웃고 있었다.

으읏, 야! 눈부셔! 그러지 말란 말이야. 아무래도 나 이러다 눈이 멀 것 같아.

"몬테크리스토라는 이름은 내가 지은 게 아니야. 유명한 패밀리 레스토랑에서 이미 같은 이름으로 판매되고 있는 요리지."

이게? 진짜?

"겉은 바삭하고 속은 부드럽지? 두 얼굴을 가진 샌드위치라고 해서 몬테크리스토라고 이름을 붙인 거래."

그래, 아는 거 많아서 참 좋겠다. 아는 게 많으니 먹고 싶은 것도 많겠구나.

"음…… 진짜 맛있긴 하네요. 잘 먹었어요."

"그럼 이제 밥값해."

"설거지할까요?"

"그런 거 말고."

"그럼 뭐 해요?"

"이리 와."

이안이 또 양팔을 벌리고 찬란한 미소를 내게 보였다.

얘는 아까부터 왜 자꾸 못 안아서 난리야.

"……꼭 가야 돼요?"

"차용증."

치사한 놈. 나는 힘겹게 걸음을 떼어 이안의 앞에까지 갔다. 그러나 도저히 더 이상은 다가갈 수 없었기에 걸음을 멈추고 이안을 바라보려 할 때에 이안의 손이 내 팔을 낚아채서 그의 품에 나를 가두어 버렸다.

쿵. 쿵. 쿵. 쿵.

요란하게도 심장이 울린다. 이건 내 것인가 아니면 이안 것인가. 잘 모르겠다. 그는 나를 품에 안고 조심스럽게 머리를 쓰다듬고 있었다. 그의 손길이 닿을 때마다 내 심장이 미친 듯 요동을 친다. 이 줏대없는 심장은 대체 뭐야.

"리아."

"네."

"머리 빗겨줘도 돼?"

"마음대로 하세요."

이안은 나를 소파로 데려가 앉히더니 빗을 꺼내 들고 부드럽게 빗질하기 시작했다. 얼마나 시간이 지났을까. 통유리로 환하게 들어오던 빛이 오렌지 빛으로 변해가고 있었다.

"……얼마나 더 할 거예요?"

"왜, 힘들어?"

"힘든 건 아니지만…… 이안은 이게 재밌어요?"

"응."

특이한 놈.

이안은 별안간 빗질을 멈추더니 등 뒤에서 나를 꼭 껴안았다.

헉! 이 자식이! 너 지금 백허그한 거야? 어디서 본 건 많아가지고, 야! 예고 없는 백허그는 여자들이 질색한다는 거 몰라? 배를 집어넣을 시간은 줘야 할 거 아니야!

이안은 내 맘을 아는지 모르는지 그렇게 꼼짝 않고 있다가 내 정수리에 코를 묻더니 쪽! 소리 나게 입을 맞췄다.

뭐야, 뭐야, 얘 지금 뭐 한 거야! 너 제정신이야? 미쳤니? 아, 좀 떨어져!

"리아……."

난 대답하지 않았다. 지금 입을 열었다간 아무래도 고운 말이 튀어나갈 것 같지가 않았다.

"리아한테서는 항상 단내가 나."

단내? 달콤한 냄새? 그럴 리가. 난 단거 별로 먹지도 않는데?

"게다가……."

이안은 한 손으로 내 턱을 잡아 자신의 쪽을 보게 했다.

"리아의 입술은 내가 먹었던 그 어떤 것보다도 달았어."

이건 대체 무슨 소리지 하고 생각할 겨를도 없이 이안의 입술이 내 입술 위로 포개져 왔다. 꿀을 찾아 꽃에 스트로를 꽂는 나비처럼 이안의 말캉한 것이 내 입을 가르고 들어왔다.

이건…… 뭐지……? 난 내 의지와 상관없이 스르르 눈을 감아버렸다. 이안의 키스는 이상할 정도로 나를 붕 뜨게 만들고 있었다. 나의 변화를 눈치챘는지 이안이 잠시 멈칫하더니 다시 내 입속을 헤집어놓기 시작했다.

나직하게 속삭이는 이안의 목소리는 내 귀를 타고 전신을 휩쓸었다.

"내 이름…… 불러줄래?"

이안이 키스를 멈추고 나를 그윽한 눈으로 바라보며 물었다.

이름…… 네 이름…… 이안 맥스웰이잖아. 불러달라고, 너를?

그제야 난 이안의 눈을 똑바로 바라보고 활짝 웃어주었다. 이안도 내 눈을 맞추고 찬란하게 웃고 있었다. 오렌지 빛 노을을 뒤로한 이안의 모습이 빛나기 시작했다.

그래, 불러줄게. 아주 원없이 불러줄게.

"이안 맥스웰 캔커피 반딧불이 설탕별 변태 외계인아! 너 한 번만 더 말도 없이 이러면 나한테 죽을 줄 알아!"

이게 날 뭐로 보고! 뭐, 잠깐 나도 좋긴 했지만, 아니! 아니, 아니! 단언코 아니! 난 너에게 반하지 않았이! 넌 아니야, 넌 아니라고! 난 인간이 좋아! 사람이 좋다고, 사람이 좋아! 사람이! 넌 인간이 아니잖아! 인간이 아니란 말이야!

난 결단코 너에게 반하지 않을 거야!

나는 독하게 그놈에게 말을 퍼붓고 도망치듯 그의 집을 나왔다.

문득 후환이 두려워졌다. 이걸 빌미로 시도 때도 없이 불러대면 어떡하지?

4화
일생에 도움 안 되는 그놈

　하지만 나의 걱정과는 달리 그날 이후, 이안은 별다른 용무가 없지 않는 한 내게 따로 연락을 하지는 않았다. 덕분에 편안한 생활을 하고 있는 중이다.

　"리아, 너 이안이랑 헤어졌어?"

　난 진경이의 얼굴을 쳐다보며 고개를 갸웃거렸다.

　"사귄 적이 없는데 그건 또 무슨 소리야."

　"전교생이 다 알 정도로 그렇게 공개적으로 키스를 해놓고 사귀는 게 아니라고? 그걸 나보고 믿으라는 소리야?"

　"믿든 말든 난 상관없는데 제발 이안이랑 나랑 엮지 좀 말아줄래? 머리 아프다."

　"……진짜야? 너 진짜 아니야?"

"아니라니까! 몇 번을 말해!"

"아우~ 지지배. 성깔 하고는……. 야, 그럼 잘됐다. 너 주말에 시간 좀 있어?"

주말? 혹시 알바인가? 난 눈이 번쩍 뜨여서 진경이에게 애교 섞인 목소리로 매달렸다.

"어머, 진경이 내 단짝친구! 우리 진경이가 또 나를 필요로 하면 언제든지 상시 대기하는 거 알면서."

"……지랄이다. 네가 언제? 항상 요리조리 도망가기 바쁘면서."

"그건 알바 때문이잖아. 미안해, 친구야. 그런데 주말은 왜? 어머님이 나 또 필요하대?"

진경이는 이 상황에서도 알바 타령을 하는 내가 기막혔는지 헛웃음을 한번 짓고는 다시 내게 속삭였다.

"음…… 이런 말 하기는 좀 그런데……."

"뭔데, 빨리 얘기해."

"너 소개팅 한 번만 좀 해주라."

아, 진짜 맥 빠지게…… 뭐야, 그런 거였어? 어쩐지 자꾸 저 재수 없는 캔커피 얘기를 자꾸 묻더라니.

"그런 거라면 됐어."

"야! 친구 좋다는 게 뭐야! 한 번만 나가줘!"

"웃기시네! 그 한 번이 지금 열 번이 넘었거든? 너 내가 모를 줄 알아? 너 말이야, 주변 사람들한테 나 팔고 이것저것 챙긴 거 다 알아. 원피스에, 가방에, 지갑에, 아주 골고루 챙겼더라?"

"헉! 너 그거 어떻게 알았어?"

"어떻게 알기는. 당연한 거 아니야? 네가 주선한 자리 나가서 번 번이 퇴짜 놓고 오니까 당사자들이 지 입으로 얘기하더라. 돈 쓴 값은 해야 하지 않겠냐고. 넌 내가 무슨 장사 밑천이냐?"

"미안, 나도 잘난 친구 둔 덕 좀 보려고 그랬지."

그래, 이런 나라도 잘났다고 치켜세워 주는 친구는 너 하나니까 그냥 넘어가 줄게, 이럴 줄 알았냐? 흥이다! 넌 알바 자리만 아니 면 내 친구 목록에서 아웃이야, 아웃!

"아무튼 그런 자리 이제 만들지 마. 맘에도 없는 상대하고 같이 차 마시고 밥 먹는 거 못 할 짓이더라."

"이번 딱 한 번만! 진짜 마지막이야. 맹세할게, 응? 친구야~"

"넌 어디서 그렇게 남자들이 줄줄이 굴비처럼 엮여 나오니? 그 럴 시간 있으면 공부나 해. 너 이번에도 학사경고 받으면 졸업 못 하는 거 아니야?"

"진짜…… 남의 아픈 곳에 아주 소금을 쳐라! 하여간 그런 건 내 가 알아서 할 테니 넌 눈 딱 감고 이번 한 번만 나가줘, 응? 진짜 마지막! 맹세할 수 있어!"

"진경이 너, 이번엔 대체 뭘 챙겨 받기로 했기에 이렇게 끈질겨? 싫다고 했잖아, 뭘 받기로 했는지는 몰라도. 아! 이미 받았을지도 모르겠네. 당장 돌려주고 없던 일로 해."

"그런 거 아니라니까!"

진경이가 벌떡 일어서며 억울하다는 눈초리로 버럭 소리를 질렀 다.

"야, 야! 앉아! 애가 왜 이래? 창피하게……."

"우리 오빠야."

"뭐?"

"너 소개팅시켜 달라고 부탁한 사람이 우리 오빠라고."

"음, 그러니까 아는 오빠가 아니라 네 친오빠라고?"

"그렇다니까."

진경이 앤 또 뭐야. 아, 요새 나한테 진짜 마가 끼었나.

진경이가 심심할 때마다 수시로 얘기했던 그 친오빠라는 인간은 툭하면 여동생을 골려먹기 좋아하고 사람 만나는 거보다 집에 처박혀 컴퓨터 프로그램 만드는 것만 좋아하는 사람이라고 하지 않았던가? 그런 방구석 폐인을 나에게 떠넘기려고 하는 거야?

……너 진짜 내 친구 맞나.

아무리 오빠라고 해도 그걸 자칭 타칭 베스트프렌드라는 나에게 떠넘겨야 하겠니? 네가 인간이야? 아니, 요새 내 주변에 왜 이렇게 인간 같지 않은 것들이 많지?

"가볍게 패스해 주겠어."

"어우, 야, 그러지 말고 한 번만, 딱 한 번만. 나 안 그러면 오빠한테 죽어."

"그건 또 무슨 소리야."

"지난번 너 우리 엄마 가게에서 촬영한 화보 카달로그 나왔거든. 아무 생각 없이 들춰보다가 딱 너한테 꽂혀서 그날부로 엄마를 들들 볶더니 결국 내 친구라는 걸 알고 그때부터는 나만 못살게 굴어. 너 나 다크서클 내려온 거 보여? 너 소개시켜 주기 전까진 잠도 안 재우겠대. 나 좀 살려주라. 만나서 거절을 하더라도 네가 해야지, 내 말은 도통 안 들어."

정말 환장하겠네. 이걸 죽여, 살려.

"……밥 사."

"응?"

"술도 사."

내 말이 무슨 뜻인지 알아들었는지 진경이가 내 목을 끌어안고 연신 뽀뽀를 해대었다.

"아유~ 요 귀여운 것! 착한 것! 예쁜 것!"

"됐어! 떨어져! 너 약속해, 이번이 진짜 마지막이야!"

"오케이, 오케이! 걱정하지 마."

퍽이나! 내가 한두 번 속았어야지. 에휴, 그래도 뭐 공짜밥이랑 술 획득! 간만에 포식할 수 있겠다. 후훗!

일요일 아침 일찍 눈이 떠진 나는 점심때 진경이의 오빠와 소개 팅을 하기로 한 터라 꽃단장까지는 아니더라도 적어도 깔끔하게라 도 보이려고 일단 샤워부터하고 머리를 감았다. 그 사람이 알고 있 는 내 모습은 전문가의 손을 거친 후 웨딩드레스를 입고 찍은 사진 속 여인이니 지나친 괴리감이 오면 실망하지 않겠는가. 물론 거절 하기 위해 나가는 자리이긴 하지만 그래도 뭐…… 나 좋다는 사람 을 만나러 나가는 게 약간 기분이 좋아지는 것은 사실이다.

진경이가 지금껏 얘기했던 오빠의 이미지를 떠올리면 썩 좋은 인상은 아니었지만 그래도 친한 친구의 오빠이니 최대한 예의를 갖추는 게 맞는 일이겠지. 거절한 이후에 생기는 불상사는 진경이가 알아서 하겠지, 뭐.

화장대에 앉아 스킨로션만 바르고 그다음에 뭘 해야 하나 멍하니 앉아 있다가 이것저것 시도해 보고 역시 마음에 들지 않아 다시 박박 지우고는 가볍게 립글로스만 발랐다. 화장도 해본 사람이 해야지 영 못 해먹겠네. 아니, 다른 여자들은 어떻게 그렇게 섬세한 화장을 할 수 있는 거지? 이거야 원, 손이 떨려서 제대로 그릴 수가 없는데. 음, 요새 고기를 못 먹어서 그런가.

하긴 그 이상한 설탕 좋아하는 외계인 덕분에 그동안 너무 단것만 먹었어. 그 자식은 분명 40도 되기 전에 당뇨로 고생할 거야, 틀림없어. 흥이다! 평생 팔에 주사기 꽂고 살아라! 아우 씨…… 내가 왜 또 재수 없는 외계인 생각을 하고 있지?

훠이! 훠이! 저리 가!

화장을 했다 지웠다 머리를 묶었다 풀었다 별짓을 다 하다 보니 어느새 약속 시각이 코앞까지 다가와 있었다. 난 하는 수 없이 그냥 머리를 하나로 질끈 묶고 집을 나섰다. 나름 원피스를 차려입었으니 성의 없어 보이지는 않겠지?

아슬아슬하게 약속 시각에 맞춰 도착한 나는 카페에 들어서자마자 주위를 두리번거렸다.

이놈의 지지배가 지 오빠 소개시켜 줄 거면 같이 나오든가 아님 핸드폰 사진이라도 보여줬어야지, 달랑 이름 하나 알려주고, 내가 누군 줄 알고 찾아! 혼자 있는 남자…… 혼자 있는 남자…… 저기 있다!

"저…… 혹시 진경이 오빠 맞으세요?"

일상에 도움 안 되는 그놈 131

자리에 앉아 커다란 카메라를 만지작거리고 있던 그가 고개를 들어 나를 보았다.

헉! 뭐지? 진경이랑 전혀 안 닮았는데? 분명히 쌍둥이라고 했는데? 잘 못 찾은 건가?

"나와 주셔서 감사합니다. 진경이 오빠 김진혁이라고 합니다."

아, 맞구나. 응? 그런데 혹시 배다른 남매? 아니지, 내가 남의 집을 또 콩가루로 만들고 있네. 이러지 말자. 상상의 나래는 이제 그만.

"네, 저도 반가워요. 말씀 많이 들었어요."

"그래요? 아마 좋은 소리는 아니었을 거라 예상은 합니다만 이렇게 만났으니 좋게 봐주십시오."

오올…… 매너도 짱인데? 난 자리에 앉아 재빠르게 그를 스캔했다. 진경이도 못생긴 얼굴은 아니지만 그렇다고 미인이라고 할 수는 없는 얼굴이라 별 기대를 안 했는데 진경이 오빠라는 이 사람은 친남매가 맞나 싶을 정도로 굉장히 호남형이었다. 짙은 눈썹 밑으로 자리 잡은 외꺼풀의 커다란 눈, 깎아놓은 것 같은 높은 코, 다부진 입술. 게다가 얼굴은 전체적으로 각이 졌으면서도 완벽한 조화를 이룬 탓인지 부드럽고 서글서글한 인상을 주고 있었다.

아니, 이런 사람이 방구석 폐인이라고?

"아, 참. 제 소개를 안 했네요. 저는……."

"압니다, 이리아 씨. 굳이 소개하시지 않아도 제 동생을 통해서 기본적인 정보는 입수했습니다."

"아, 그런가요?"

"처음부터 이런 말 하긴 좀 뭐하지만 전 이리아 씨에게 아주 관심이 많습니다. 계속 알아가도 될까요?"

"그 말씀은 앞으로도 저를 계속 만나고 싶다는 말씀이신가요?"

"그렇습니다."

어…… 이러면 안 되는데, 물론 아주 멋진 사람처럼 보이긴 하지만 죄송해요. 전 지금 한가하게 연애나 할 상황이 아니에요. 저요, 소녀가장…… 아니, 소녀라고 하기엔 나이가 좀 먹었구나. 처녀가장이거든요. 거기다가 아주 이상한 외계인까지 들러붙어 있어요. 뭘하더라도 일단 그걸 먼저 치워야…… 아흑, 내 팔자에 무슨 연애야.

"죄송하지만……."

"대답은 나중에 듣겠습니다. 일단 식사부터 하시죠."

저기, 저기요, 여보세요? 왜 제 말을 안 들으세요? 요즘 내가 마가 낀 게 틀림없나 보다. 만나는 사람마다 속속 저렇게 자기 할 말만 해대는 걸 보니.

"뭐 드시겠습니까?"

그가 내게 메뉴판을 내밀었다. 나는 짧은 한숨 한 번 쉰 후에 메뉴판을 쭉 훑어본 후 간만에 칼질이나 한번 해볼까 해서 스테이크 정식을 골랐다. 잠시 후 직원이 주문을 받으러 오자 진혁이 능숙하게 주문을 했다.

"안심스테이크 정식 둘이요. 리아 씨, 고기는 어느 정도로?"

"아, 전 웰던이요."

"소고기는 약간 덜 익혀 먹어야 부드럽습니다."

"그건 아는데 핏물이 보이면 전 이상하게 비위가 상해서……."

"그러신가요? 그럼 웰던 하나, 미디움 하나로 해주십시오."

식사를 하는 내내 진혁과 나누는 대화는 놀라울 정도로 즐거웠다. 내 기분을 살피며 대화를 이끌어가는 진혁이 진경이에게 들었던 오빠라는 사람과는 심하게 차이가 있었다. 언제나 자신을 무시하고 폭언을 서슴지 않으며, 한 번 방구석에 처박혀 뭘 만들기 시작하면 보름 이상 밖으로 나오지도 않는다는 진경이 오빠라는 사람은 생긴 것도 물론이거니와 매너 또한 완벽했다.

"리아 씨, 이거 좀 드셔보세요."

"네?"

진혁이 내 눈앞에 자신의 고기 한쪽을 잘게 잘라 내밀었다.

"이 정도면 핏물도 보이지 않고 적당히 부드러울 겁니다. 일단 드셔보세요."

그가 내 접시에 고기 한 조각을 올려놓았다. 난 어색하게 웃으며 그가 준 고기를 포크로 찍어 입에 넣었다.

아, 이거구나. 고기야, 고기야, 소고기야, 이것이 너의 진정한 맛이로구나. 내가 그동안 너를 아주 질긴 놈으로만 여겼었구나. 미안하다. 내가 너의 진가를 몰라줬었구나.

"괜찮으시죠? 리아 씨가 먹는 것보다 훨씬 낫지 않나요?"

나는 고기를 우물거리면서 대답을 하기가 좀 민망해서 가볍게 고개를 끄덕였다. 그런 내 모습을 본 진혁은 씨익 웃어 보이더니 내 접시와 자신의 접시를 바꿔놓았다.

"어, 어, 왜 이러세요?"

"제 걸로 드십시오. 리아 씨 처음 만난 건데 맛있는 거 먹여주고 싶어요."

"아니, 전 괜찮은데……."

"제가 괜찮지 않습니다. 성의라고 생각하고 드세요."

할렐루야! 내가 오늘 진정한 매너남을 만났구나! 그래, 남자가 이 정도는 돼야지. 그동안 진경이가 소개시켜 줬던 수많은 찌질이들에 비하면 이 사람은 킹카 중의 킹카인데 걘 왜 그렇게 제 오빠를 싫어하는 걸까?

"참, 그런데 그 카메라는 뭐예요?"

난 식사가 거의 끝나갈 즈음 진혁의 옆자리에 놓인 커다란 카메라를 가리키며 물었다. 분명히 컴퓨터 프로그래머인가 그런 거 하는 사람이라고 했는데 난데없이 카메라라니?

"아, 이건 제 취미입니다. 혹시 진경이에게 말씀을 들으셨을지 모르겠지만 저는 사람을 만나는 것을 좋아하지 않습니다. 사람을 만나는 일은 제게 있어서 보안프로그램을 하나 푸는 것보다도 어려운 일이거든요. 시끄럽고, 끝없이 상호작용을 해주어야 관계를 이어갈 수 있는 그런 것보다 전 혼자 시간이 날 때마다 사진을 찍고 현상하고 감상하는 일이 더 좋습니다. 무엇보다 조용하니까요."

"그런데 왜 저를……."

"리아 씨는 예외입니다."

"어째서요?"

"첫눈에 반했으니까요. 식상하긴 하지만 지금 제 입에서 나올 수 있는 말이 그것밖에는 없군요. 짧은 제 어휘력이 참 안타까울 따름입니다."

"죄송하지만 저는 그다지 조용한 성격도 아니고……."

"알고 있습니다."

응? 진경이 이것이 벌써 다 불었나?

"전 사진을 보면 다는 아니어도 피사체가 어떤 마음으로 사진을 찍었는지 조금은 알 수 있습니다. 제가 본 리아 씨의 사진은 매우 아름다웠고, 무엇보다도 열심히 하겠다는 마음이 크게 느껴졌습니다. 전문 모델도 아니고 그저 단기 아르바이트일 뿐인데 그렇게 성심성의를 다하는 사람은 드뭅니다. 대부분 시간 때우고 일당만 챙겨가기 급급하거든요. 저는 자신의 일을 소홀히 여기고 제 몫을 다하지 않는 인간을 매우 싫어합니다. 그래서 진경이가 제게 욕을 좀 많이 먹었죠, 하하."

이제야 진경이가 자기 오빠를 그렇게 싫어하던 것이 이해가 갔다.

지지배야, 네 오빠 말이 다 맞거든? 내가 봐도 넌 좀 심해. 나한테 이런 오빠 있었으면 난 떠받들어 모시고 살았을 거야! 오빠한테 잘하라고 잔소리 좀 해야겠다. 하지만 여기까지. 진혁 씨, 미안해요. 내가 지금 연애할 상황이 아니랍니다.

"좋게 봐주셔서 감사하지만……."

"대답은 좀 더 만나보시고 결정하는 게 어떻겠습니까?"

하여간 이놈이고 저놈이고 내 말을 들어주는 놈은 하나도 없네.

짧은 소개팅이 끝나고 데려다주겠다는 진혁을 한사코 거절한 나는 홀로 지하철에 올라탔다. 처음 만났는데 집까지 알려주긴 부담스러웠고, 잘 알지도 못하는데 내가 사는 모습을 속속들이 들키는 건 더 싫었기 때문이다.

사귈 것도 아닌데, 뭐. 진경이 면은 서게 한 번 봤으니 그걸로 된 거야.

그나저나 진경이 오빠 생각보다 대단한 것 같다. 순수하게 자력으로 만든 컴퓨터 프로그램을 대기업에 팔고 굳이 남의 밑에서 일하지 않아도 혼자서 1인 창업 소프트웨어 사장이라니. 혹시 나중에 빌게이츠나 스티브 잡스처럼 전 세계적인 갑부가 되는 거 아닐까?

"그 사람 맘에 들어?"

"맘에 들고 말고 할…… 꺄악!"

딴생각에 빠져 있다가 나도 모르게 대답을 하며 뒤돌아본 순간, 그곳에 있어서는 안 되는 녀석의 모습이 보이자 비명을 질렀다.

"이…… 이안? 왜 여기 있어요?"

"리아 따라다녔지."

"인제부터요?"

"아까 집 앞에서부터."

"왜요?"

"심심해서."

물어본 내가 미쳤지, 저 이상한 캔커피한테 나올 말은 언제나 뻔한데.

"봤어요?"

"봤어."

"어디서부터 어디까지?"

"처음부터 끝까지."

하아, 정말 스토커가 따로 없다. 그래도 사람은 역시 적응의 동물인 게 확실하다. 아직까지 깜짝깜짝 놀라기는 하지만 그래도 이

전처럼 공포스럽지는 않을 걸 보니 말이다.

"아, 됐고! 나랑 좀 떨어져 있어요. 아는 척하지 좀 말아요. 이안 통장으로 있는 돈 다 넣었고요, 모자라는 돈은 일해서 갚을 테니 이제 그만 좀 해요."

"아~ 그거? 내가 다시 리아 통장에 넣었는데."

"뭐라고요?"

뭐지? 얘 진짜 뭐지? 너 혹시 나 옭아매려고 일부러 돈 준 거 아니야?

"빙고. 바로 그거야. 리아는 절대 날 벗어날 수 없어."

오우, 다른 건 몰라도 이것만큼은 적응이 안 되네. 너 내가 생각한 거에 대답 좀 하지 마! 무섭단 말이야!

"진짜 왜 이래요? 나 이안 좀 무서워지려고 그래요. 다시 보낼 테니까 그런 줄 알아요."

"해봐, 결과는 똑같을 테니. 나도 똑같이 해줄게."

"이안!"

지하철 안의 사람들이 모두 우리를 쳐다봤다. 안 그래도 눈에 띄는 녀석과 함께 있는데 게다가 소리 높여 티격태격하고 있으니 어쩌면 당연한 결과였다.

"나한테 바라는 게 정확히 뭐예요?"

"놀아줘."

이걸 그냥, 확! 너 왜 나한테 이래…… 너 좋다는 여자들 많잖아. 얼핏 봐도 열 트럭은 나오겠더라. 제발 그리로 가주면 안 되겠니?

"나 말고 다른 사람 없어요? 친구도 없어요?"

"없어. 리아뿐이야."

"그럼 좀 사귀던가요."

"싫어, 귀찮아."

"나는 안 귀찮고요?"

"리아는 괜찮아, 재밌으니까."

이걸 좋아해야 해, 말아야 해…….

[이번 역은 개봉, 개봉역입니다. 내리실 문은…….]

엇! 내려야지! 근데 이놈은? 아마도 따라 내리겠지.

"집에 가려고?"

"네."

"갈 데가 그렇게 없어? 화창한 일요일인데?"

헐…… 그걸 네가 얘기하는 선 좀 아니지 않니? 그건 내가 너한테 해주고 싶은 말이거든?

"따라오지 말아요."

난 이안을 돌아보지도 않고 혼자 뚜벅뚜벅 걸어갔다. 내가 이렇게 말해도 당연히 따라오겠지만 말이라도 해야 속이 풀릴 것 같았다.

"나도 리아 집 가보면 안 돼?"

뭐래니, 애 뭐래니, 너 미쳤니? 들어오긴 어딜 들어와!

"리아도 우리 집 왔으니까 나도 리아 집 가야 공평한 거 아닌가?"

내가 언제 너희 집 가보고 싶다고 말한 적 있니? 네가 막무가내로 끌고 간 거잖아, 이 자식아!

난 아무 대답 없이 그저 내 갈 길만 묵묵히 가고 있었다. 상대해 봤자 나만 피곤해지니 관두는 게 낫겠다 싶어 집으로 가는 발걸음을 재촉했다.

드디어 집에 도착! 옥탑으로 가는 철문을 열고 들어서려는데 커다란 손이 나타나 내 앞을 가로막았다.

"뭐예요? 치워요."

"나도 데려가."

"싫거든요?"

"데려가."

"글쎄, 싫다고요!"

"안 데려가면 여기서 키스해 버린다."

헐…… 가지가지한다. 하지만 이놈은 진짜 할 놈이지. 동네 창피해서 이사를 가던지 해야지, 원……. 그런데 돈이…… 아악! 짜증 나.

"5분 만이에요, 딱 5분. 나 시간 잴 거예요."

"알았어."

누추한 내 옥탑방에 들어선 그 캔커피 외계인은 신기하다는 눈으로 이곳저곳 만져 보고 살펴보기 시작했다.

"큭큭, 오지 체험 같아."

저걸…… 아…… 참자, 참아야 하느니라. 딱 5분 5분만 참자.

녀석은 좁아터진 옥탑방의 탐험을 모두 마쳤는지 이내 내 방 침대에 털썩 걸터앉았다.

"거기 앉으면 어떡해요?"

"그럼 어디 앉아."

"바닥에 앉아요, 바닥에!"

"다리를 펼 수가 없잖아."

그래, 우리 집 좁아터져서 너같이 긴 다리 외계인이 다리를 둘 곳이 없다는 거 나도 알아. 그래도 외간 여자 침대에 그렇게 막 걸터앉는 건 좀 아니지 않니?

"어차피 5분 있다 나갈 건데 앉긴 뭘 앉아요. 그럼 그냥 서 있어요."

"뭐 먹을 거 없어?"

"없어요."

"커피도?"

"없어요."

"주스도?"

"없어요."

나도 나지만 너도 참 너다. 딱 보면 몰라? 너한테는 아무것도 주기 싫다는 말이잖아. 그냥 나가, 제발 나가!

"물은?"

"없어요."

"하나도?"

"하나도! 있어도 이안한테 줄 건 없어요."

"그럼 할 수 없네."

이안이 침대에서 일어나 내게로 다가왔다.

"리아를 먹는 수밖에."

저기…… 지금 내가 잘못 들은 거라고 누가 좀 말해줘.

먹겠다니! 먹겠다니! 날 먹겠다고? 너 그거 무슨 뜻이야, 무슨 뜻이냐고!

"나가요, 당장."

나는 파르르 떨리는 입술을 들키지 않으려 이를 악물고 이안에게 말했다. 그러나 그는 내게 오는 걸음을 멈추지 않았다. 점점 뒤로 물러서던 나는 더 이상 물러설 곳이 없어지자 고개를 돌려 버렸다.

흠칫. 순간 다가온 그의 손길에 내 몸에 바들바들 떨려온다. 이안은 손을 뻗어 내 턱을 잡아 그를 똑바로 바라보게 만들었다. 이안의 미소는 여전히 눈부시도록 찬란하게 빛이 났지만 지금 내게 전혀 도움이 되지 않았다.

"……나가요."

"싫은데."

"대체 나에게 왜 이러는지 이유라도 말해줄 수 있어요? 난 분명 그날 도서관에서 이안을 처음 봤어요. 설마 첫눈에 반한 거라는 말도 안 되는 이유를 들먹일 거라면 씨도 안 먹힐 테니 그만두고요."

"내가 왜 이러는지 정말 몰라?"

"몰라요, 알면 내가 이러고 있겠어요? 난 이안처럼 속마음을 읽는 재주 따위는 없단 말이에요."

이안은 내 턱을 잡은 손에 힘을 풀고 삐져나온 머리카락을 귀 뒤로 부드럽게 쓸어 넘겨주었다.

"그럼 얘기해 줄게, 리아……."

그가 내 이름을 부를 때면 숨이 턱턱 막혀오는 것을 느낀다. 얘는 대체 내게 뭘 바라는 것일까.

이안은 내 손을 잡아 침대 한 귀퉁이에 앉히고 이야기를 시작했다.

"난 친부모가 누군지 알 수 없는 아이었어. 병원 기록조차 남아 있지 않은 상태에서 어느 복지관 앞에 버려져 있었지. 그래도 운이 좋았는지 아이가 없는 부호의 집으로 해외 입양된 덕분에 어릴 적부터 부족한 것 하나 없이 자랄 수 있었어."

"아…… 그, 그래요?"

"그렇게 불쌍한 얼굴로 안 봐도 돼. 양부모님은 가슴으로 낳은 아이라며 나에게 사랑을 아끼지 않으셨으니까. 게다가 말을 하기 시작한 두 돌 무렵부터는 나를 다른 아기들과 확연하게 다르다고 여기셨는지 각종 영재교육을 체계적으로 받게까지 하셨어. 덕분에 난 남들이 하이스쿨에 입학할 나이에 월반을 거듭해서 대학에 입학했지."

진짜? 예전에 우리나라에서도 그런 사람 하나 있다고 들었는데. 그런 사람이 정말 있긴 있구나.

그러나 정작 이안은 그 어떤 것에도 흥미를 보이지 않았다고 한다. 새로운 것을 시작하면 잠깐 관심을 보이는 듯했으나 무엇을 하든 얼마 되지 않아 전문가를 넘어설 수준까지 되어버리니 이내 흥미를 잃어버리고 또 새로운 것을 찾는 일상의 반복이었단다.

"내가 그나마 가장 오랫동안 재미를 느꼈던 것은 주식 투자였어. 그건 교과서로 배울 수 있는 것도 아니고 사람의 심리 상태나 시장의 변화, 국제 정세 등 변수가 끊임없이 도사리고 있는 부분이 있었으니 그것만큼은 흥미를 잃지 않고 오랫동안 매달려 있을 수 있었지. 꽤 재미있었거든."

난 잠자코 그의 말에 귀를 기울였다. 대체 나에게 왜 이렇게 집착하는지 아직 한마디도 나오지 않았지만 재촉한다고 될 일이 아니었으니 그저 그의 말을 기다릴 수밖에 없었다.

"그런데 말이지, 단돈 1,000달러로 시작한 투자가 곧 천문학적인 숫자로 변해 버리니 그마저도 흥미를 잃게 되더라고."

하여간 얘는 뭔 말을 해도 참 재수가 없어. 분명 사실만을 말하는 걸 텐데 은근히 기분 나빠지는 이 기분은 뭐지? 에라이, 그러니까 되는 놈은 뭘 해도 다 된다는 논리구나.

어쨌든 그 어느 것 하나 빠지는 구석이 없는 자신의 아들이 무기력하게 있는 것을 보다 못한 맥스웰 부부는 반강제적으로 한국에서 지내볼 것을 권유했다고 한다. 모국에 가서 또래들과 어울리기도 하고 하다못해 연애라도 하면서 좀 더 활력 있게 살기를 바랐던 것 같다.

말하자면 남들처럼 친구들과 같이 놀러 다니고 그 나이에 걸맞은 사고도 쳐보고 여자친구랑 불같은 연애도 해보고, 아마도 그런 것들을 말한 것이었겠지.

"하지만 선택의 여지 없이 한국에 오자마자 귀찮은 일의 연속이었어. 미리 살 집을 구해놓은 부모님 덕에 발품은 팔지 않아도 됐지만 쓸데없이 학교 입학 신청까지 해놓은 터라 팔자에도 없는 학생 신분으로 돌아가게 됐으니 말이야. 게다가 가는 곳마다 여자들이 소리를 지르며 따라붙으니 여간 곤혹스러운 일이 아닐 수 없었어. 미국에 있을 때는 백인이 아닌 동양인이라서 특이해 보여 그런다고 생각했는데 한국에 와서 보니 꼭 그런 것만은 아닌 것 같더라고. 오히려 정도가 점점 더 심해졌으니 말이야. 일단 부모님 성화에 학교에 다니기는 했지만 수업은 거의 안 듣고 사람들의 눈을 피해 쉴 곳만 찾아다녔지. 그러다 체육관 뒤 창고의 사이에 인적이 드물고 딱 한 사람 누워서 쉴 수 있는 공간을 발견해서 그날부터는 시간이 날 때마다 그곳에 가서 혼자만의 일광욕을 즐기고 있었어."

그의 말 마지막 부분에 내 눈이 번쩍 뜨였다. 그곳은 나도 아주 잘 알고 있는 곳이었기에.

"그런데 어느 날부턴가 이상한 여자가 나타났어. 처음엔 날 찾아온 광팬인 줄 알고 귀찮아하며 몸을 숨겼지만 그런 게 아니라는 걸 금세 알아차렸지. 그 여학생은 커다란 나무 밑에 쭈그리고 앉아 혼잣말만 계속 해대는 거야."

그의 입가에 서서히 미소가 스며든다. 그리고 그가 말하는 여학생은 분명 나를 지칭하는 것이었다. 머릿속에서 시시때때로 그곳을 찾아 주절대던 기억이 새록새록 되살아난다.

"아니, 내가 말이야, 졸린 눈 부릅뜨고 쓴 노트를 그렇게 홀랑 빌려 달라고 하면, 어? 어? 안 줄 수는 없지만 그래도, 어? 어? 사람이 양심이 있으면 밥은 안 사더라도 제때 돌려줘야 할 거 아니야, 안 그래? 너희들이 생각해도 그렇지 않니? 내가 무슨 대필하러 학교 다니는 것도 아닌데 말이야. 아으! 열받아!"

속은 뒤집어지는데 차마 대놓고는 못 하니 그렇게라도 해야 화가 좀 가라앉을 것 같았다. 그러다 보니…… 아니, 잠깐. 그런데 그 추한 걸 이안이 봤단 말이야?

이안은 엷은 미소를 띤 채 계속 말을 이어갔다.

"그 여학생은 한참을 앉아서 누군가와 대화하다가 사라졌지. 그래서 난 그 여학생이 돌아간 뒤 그곳에 가서 대체 뭘 보고 그렇게 열을 내며 얘기를 한 건지 확인해 봤어. 그런데 정말 황당하게도 그곳엔 작은 구멍과 그 구멍 사이로 쉴 새 없이 들락거리는 개미들 뿐이더라고."

그러니까 넌 그게 좋았다는 거니? 말이 돼? 정말 취향 한번…… 아니다, 말을 말자. 앤 정상이 아니잖아.

"처음엔 황당했지. 뭐야, 개미하고 얘기한 거야? 하하! 재밌네. 웃기는 여자야. 처음엔 그저 그것뿐이었어. 하지만 그 후로도 그 여학생은 틈만 나면 그곳으로 와서 개미들에게 신세 한탄을 하고 갔지. 때로는 웃고, 때로는 울고, 또 어떨 땐 화를 내고, 짜증을 부리고, 또 어떤 날은 무슨 재미있는 일이 있었는지 신나게 박장대소를 하며 고소하다는 듯 말할 때도 있었어. 하루가 지나고 이틀이 지나고 또 하루가 지나자 언제부턴가 난 그녀를 기다리기 시작했어. 미처 내가 인식하지도 못한 채 말이야. 심지어 비가 오는 날도 우산까지 쓰고 그곳으로 가 몸을 숨기기까지 했으니 말 다 한 거 아닌가?"

이안은 남의 시선을 받는 것은 익숙해도 본인이 누군가에게 관심을 가지는 일은 없었다고 주장했다. 빛이 날 정도로 찬란한 외모 덕에 미국에서도 사귀자고 들이대는 여자들은 많았지만 몇 번 만나보고 나면 그마저도 시들해졌다면서 깨알 같은 자랑도 잊지 않았다. 역시 재수가 없다.

하지만 데이트는 고사하고 매일 뒹굴거리는 이안에게 여자가 먼저 작별을 고하는 경우도 비일비재했더랬다. 사람에게 그러는데 물건에 애착 따위가 있을 리 없었고, 그 흔한 애완동물에게도 관심이 있을 리가 없었다고 한다. 그랬던 자신이 누군가에게 관심을 보이는 것도 모자라 심지어 기다리기까지 하고 있었으니 자신이 생각해도 참으로 놀라운 일이었다며 내게 싱긋 웃어 보였다.

"난 그녀가 누구인지 정말로 궁금해지기 시작했어. 시시각각 변하는 그녀의 얼굴이 정말로 재미있었거든. 태어나서 누군가에게 먼저 말을 걸어보고 싶다고 생각한 것도 처음이었고 말이야. 게다가 그녀를 생각할 때면 신기하게도 늘 쓰기만 하던 입안이 달콤해지는 거야. 그래서……."

"그래서 스토커 인생길에 합류했다는 건가요?"

"뭐, 그렇지. 어느 날부터인가 그 여학생이 가는 곳을 따라다니기 시작했는데, 학교, 도서관, part time job, 집. 참 재미없게 살기는 나나 그녀나 매한가지더라고. 참, 여기서 말하는 그녀가 리아라는 건 알지?"

"그걸 누가 몰라요."

"하하! 어쨌든 난 나와 리아의 결정적 차이를 발견했어."

이건 또 뭔 소리야. 아…… 어지러워 죽겠네. 난 분명 한국말을 듣고 있는데 왜 내 머리로 이해가 안 되지?

"나와 리아의 결정적 차이는 무엇을 하든 리아는 매우, 엄청나게, 필요 이상으로 열심히 한다는 것이었어. 내 입장에선 그렇게 기를 쓰고 애를 쓰는 모습조차도 나에게는 신선한 일이 아닐 수 없었거든. 알아, 내가 생각해도 참으로 우스운 일이 아닐 수 없었지만, 난 그 여학생이 궁금해서 더 이상 참을 수가 없었지. 그래서 아침 일찍 일어나 도서관 앞에서 진을 치고 기다렸어."

"에? 그럼 그때 그 도서관? 그것도 우연이 아닌 거예요?"

"그렇게라도 하지 않으면 리아와의 접점을 찾기 힘들었으니까. 같은 학과이긴 해도 난 수업 참여도가 매우 낮았고, 사람들이 많은 곳에서 리아와의 친분을 늘리기란 쉽지 않은 일이잖아. 리아랑 말을 섞기도 전에 수많은 여자들에게 둘러싸일 테니 말이야."

……역시 재수 없다. 아무튼 얘기하는 곳곳에 깨알 자랑이 빠지질 않는구나.

아무튼 난 그의 이야기를 한마디도 놓치지 않으려고 애를 쓰고 있었다. 그가 내게 왜 이러는 이유를 반드시 알아내야 했으니까. 중간중간 적절한 단어가 생각나지 않는 듯 가끔씩 영어를 섞어서 쓰긴 했지만 내가 못 알아들을 정도의 말은 아니었다. 그중 가장 놀라웠던 이야기는 내가 이안을 처음 만났던 그날이 결코 우연이 아니었다는 이야기였다. 내가 그를 알기 훨씬 전부터 이안은 나를 알고 있었고, 알 수 없는 이유로 내게 집착 아닌 집착을 보이게 됐다는 이야기인데…… 기를 다 듣고 나도 해결된 것은 아무것도 없었다.

이안 본인조차도 왜 그런지 모르겠다는데 내가 무슨 수로 알 수 있을까.

괜히 힘만 뺐네.

"……아무튼, 난 리아가 필요해. 무슨 이유인지 알 수는 없지만 리아는 내게 너무나 달콤한 맛을 선사하니까."

"혹시 말이에요, 나 말고 다른 여자를 만나볼 생각은 안 해봤어요?"

"그런 건 굳이 생각할 필요가 없지 않나? 가만히 있어도 만나자고 다가오는 여자들은 많으니까."

그래, 그렇겠지. 왜 아니겠니. 너 잘났다, 좋겠다, 그래.

"그럼 그 여자들 중에서 골라 만나요. 나한테 이러지 말고."

"다른 여자들 안 만나봤을 것 같아?"

만났겠지, 만나셨겠지. 당연히 그랬겠지. 내가 모르고 얘기했겠니. 아주 양다리, 세 다리, 문어 다리 할 거 없이 아랍 왕자처럼 거느리고 다니셨겠지!

"다른 여자들은 언제나 쓴맛을 느끼는 내 입을 만족시켜 주지 않았어. 오히려 더 불쾌하게 느껴질 뿐이야. 한때는 혹시 내가 게이가 아닌가 생각했을 정도로 여자들은 내게 큰 관심을 이끌지 못했지. 하지만 남자들 역시 만나보니 그것도 아니더라고."

응, 그렇구나…… 응? 너 남자도 만나봤어?

"설마 남자도 만나본 거예요?"

"응. 잠깐이긴 하지만."

허억! 그렇구나…… 그래, 넌 쿠~울 쏘…… 쿠…… 울하니까.

"하지만 아니었다고 했잖아. 남자든 여자든 내 관심을 불러일으키기는커녕 오히려 혐오감만 불러일으켰어. 사람에 대한 관심을 가진 건 리아가 처음이야."

"어쩌라고요."

"사람을 가지고 싶다고 생각한 것 역시 리아가 처음이야."

"나보고 어쩌란 말이에요."

"내가 먼저 키스하고 싶다고 생각하는 것도 리아가 처음이야."

아아아악! 안 들린다, 안 들린다, 안 들린다…… 난 아무것도 안 들린다, 안 들려.

"리아의 입술은 미치게 달아."

"안 들려요."

"리아의 입술은 날 미치게 해."

"안 들린다고요."

"리아가 필요해."

어쩔까, 내 입술을 뚝 떼어서 줄 수도 없고. 할 수만 있다면 그렇게라도 하고 영원히 바이바이하고 싶다만 그럴 수 없으니 제발 이제 그만해, 그만하란 말이야!

"이안에게 필요한 건 내가 아니라 의사예요. 병원을 가세요."

"리아."

"……."

"리아."

"……."

"리아."

제발 이제 그만, 제발 그만. 넌 멋지고 잘생기고 돈도 많고 부족한 거 하나 없는데 왜 너 싫다는 여자에게 이래. 난 내가 좋아하는 사람을 선택할 권리도 없는 거야? 그냥 너만 따라다녀야 해? 방금 네가 한 얘기는 내게 아무런 도움이 되질 않아. 그게 그렇게 집착을 할 만한 일이 될 수 있는 걸까?

"리아는 내가 싫어?"

"싫은 건 아니지만 좋지도 않고 많이 부담스럽고 그래요. 사람이 사람을 만나서 서로 좋아하려면 그 과정이라는 게 중요한 거잖아요. 지금 이안은 과정은 훅 건너뛰고 내게 결과를 요구하고 있는 거라고요."

"싫은 건 아니라 이거지?"

너 내말 제대로 들은 거 맞지? 싫은 건 아니지만 좋지도 않다고 저 위에 분명히 쓰여 있거든? 나 말했다, 분명히 말한 거다. 또 너 좋을 대로 생각하지 마, 알았어?

"그럼 기다리지 뭐."

"기다리지 말아요. 나 지금 한가하게 연애할 상황이 아니라고 분명히 말했었죠?"

"괜찮아, 어차피 별로 할 일도 없는데 계속 리아나 따라다니면 돼."

환장하겠네. 뭐, 계속? 대체 언제까지?

"후우…… 좋아요, 이안. 그러니까 이안은 내가 좋다는 얘기죠?"

"응? 얘기 안 했던가?"

"안 했어요."

"한 거 같은데."

"안 했어요! 좋다가 아니라 필요하다고만 했지!"

"그게 그거 아니야?"

난 잠시 어이없는 눈으로 이안을 바라보았다. 그게 어디가 같은 거니? 아주 엄청난 차이가 있거든? 몰라? 정말 몰라? 네가 지금 하는 짓은 구애가 아니라 거의 반강제적인 협박이라고!

"이안, 만약 내가 진짜 좋아하는 사람이 생기면 어쩔 거예요? 그래도 기다릴 거예요?"

"아니."

휴…… 그나마 그건 다행이다. 아주 막장까지 가는 건 아니구나.

"포기하게 만들어야지."

"누구를? 내가 그 사람을, 아님 그 사람이 나를?"

"둘 다."

막장이네. 끝내주게 막 가자는 거네.

"지금 굉장히 정신 나가 보이는 말을 하고 있는 거 알아요?"

"별로 신경 안 써."

오 마이 갓! 넌 정말이지 말이 안 통하는구나. 아무래도 심각하게 이민을 고민해봐야겠다. 너랑 더 이상 이러기 싫다.

"도망갈 생각 하지 마."

으헉! 이런 거 좀 하지 말란 말이야, 이 캔커피 외계인아! 하지만 이안은 전혀 아랑곳하지 않고 빙그레 웃으며 내게 물었다.

"졸업하면 뭐 할 거야?"

"당연한 걸 뭘 물어요, 취직해야죠."

"어디에?"

"그걸 내가 어떻게 알아요, 날 뽑아주는 회사가 어디일지 모르는데. 취직이 될지 안 될지도 모르고요. 뉴스에서 청년실업 대란이라는 기사도 못 봤어요? 아 참, 집에 TV가 없지. 아무튼 그래요. 그래서 난 이안이랑 노닥거릴 시간 없다고요."

"잘됐네, 나랑 노닥거릴 시간 없으면 다른 사람이랑 노닥거릴 시간도 없다는 얘기니까."

그게 또 그렇게 되나? 이런 잔머리 캔커피가! 아, 됐어. 이제 아무래도 좋아. 그냥 나가기나 해라.

"뭐 어쨌든 그런고로! 난 한가하게 댁이나 만나고 다닐 시간도 없고, 연애 감정은 더더욱 없고, 그냥 학점 잘 받아 졸업해서 취직하는 게 최우선적인 일이니까 그런 줄 알고 돌아가요, 당장!"

난 이안을 쫓아내기 위해 설탕이 아닌 소금을 뿌려대었다. 그것도 아주 굵은 소금으로다가.

다신 오지 마. 난 너 싫어! 부담스러워! 사람도 아닌 게 왜 자꾸 들러붙어! 차라리 네가 조금만 못생겼더라도, 조금은 덜 부담스러웠어도, 너에 대해 생각을 다시…… 아니, 아니야. 아니야, 그래 봤자 넌 재수 없는 캔커피 반딧불이 설탕별 변태 외계인일 뿐이야.

귀신 쫓듯이 소금으로 이안을 기어이 밖으로 내보낸 나는 진이 다 빠져 침대에 벌렁 드러누웠다. 오늘 너무 피곤한 탓인지 스르르 눈이 감겨왔다. 이게 다 그 캔커피 외계인 탓이야. 피곤하다…….

나도 모르게 잠이 들었었나? 지금 몇 시나 됐지? 난 더듬더듬 손을 뻗어 휴대폰을 잡으려 했다.

물컹.

응? 물컹? 물컹한 게 잡힐 일이 없는데, 이건 뭐지?

게슴츠레 눈을 뜨고 보니 어둠 속에서 두 개의 눈동자가 보이기 시작했다.

헉! 도…… 도둑?

신고…… 신고를…… 아니, 그전에 내가 죽으려나? 어쩌지…… 어쩌지…… 이걸 어쩌지…… 엄마! 엄마!

두려움과 공포로 인해 몸이 부들부들 떨려왔다. 조금 지나자 어둠에 익숙해진 내 눈에 사람의 인영이 또렷하게 들어왔다.

그런데 어…… 라? 빛이, 빛이 나네? 저런 빛을 내 뿜는 인간은 내가 아는 한도 내에서는 딱 한 사람뿐인데, 설마?

"문단속은 제대로 했어야지, 리아."

이안의 입술이 또다시 내 입술을 훔쳐 갔다. 아! 도둑이 맞긴 맞네.

왜일까. 이안이 다가오자 나는 꼼짝도 할 수가 없었다. 마치 이안이 내가 움직이지 못하도록 주문이라도 건 것처럼 홀린 듯 그의 입술을 받아들였다. 따뜻한 체온을 머금은 이안의 입술이 내 입술을 촉촉하게 물들이고 있었다. 천천히 조심스럽게 맛을 음미하는 것 같았다.

그러나 그것도 잠시, 이안의 입안에서 무언가가 내 입안으로 건너 들어왔다. 입술 사이를 가르고 거침없이 들어온 그것은 내 입안 구석구석을 맛보느라 정신없이 움직였다. 어둠 속이라 그런지 타액이 넘어가는 소리가 적나라하게 들려왔다. 그 소리가 어쩐지 민망하게 들려와 난 도저히 날뛰는 심장을 진정시킬 수가 없었다. 앗! 이안의 혀가 나의 혀를 거세게 감아올리더니 뿌리까지 뽑을 기세로 빨아들이기 시작했다.

하지만 그것은 남녀의 정을 나누는 색스러운 느낌이 아니라 갓난아기가 본능적으로 어미의 젖을 찾아 물고 빨아들이는 느낌이었다. 아까 이안의 이야기를 듣고 나서인지 아니면 별 뜻 없는 나의 변덕 때문이었는지는 몰라도 그런 이안을 안심시키듯 나는 그의 등을 감싸고 토닥여 주었다. 아주 잠깐, 이안의 모든 행동이 멈추었다.

그렇지만 그것은 아주 찰나의 순간이었을 뿐 이미 맛을 본 이안의 행동을 완전히 멈추지는 못했다. 마지막 한 방울의 단물까지 삼키려 드는 이안 때문에 난 점점 숨을 쉬기가 힘들어져 짧은 탄식을 내뱉었다.

"하아…… 이제 그만 좀……?"

나의 목소리를 들었는지 이안이 드디어 길고 긴 입맞춤을 끝내고 내게서 떨어졌다. 난 잠시 숨을 고르고 그에게 물었다.

"……왜 여기 있어요?"

"보고 싶어서."

"집에 간 거 아니었어요?"

"갔다가 다시 왔어."

"왜요?"

"심심해."

말을 말자. 넌 내가 심심풀이 땅콩이니. 뭐 말만 하면 심심하대.

"여긴 어떻게 들어왔어요?"

"혼자 사는 여자가 이렇게 허술해서 되겠어? 문이 안 잠겨 있던데? 나였으니 망정이지 다른 사람이면 어쩌려고 그랬어?"

이안, 이안, 이안 맥스웰. 네가 뭘 잘못 알고 있는 모양인데 네가 제일 위험하거든? 몰라? 정말 몰라?

"후우…… 어쨌든 내 잘못이니 탓하진 않을게요. 하지만 오늘 같은 일 다시는 없었으면 좋겠어요."

"리아."

그가 내 이름을 부른다.

아니야, 난 흔들리지 않을 거야. 지금 미친 듯이 뛰는 심장도 너를 향한 게 아니야. 그냥 놀라서 그런 걸 거야.

"그리고 오늘 일은 나도 제정신이 아닌 것 같으니까 없던 일로 해줘요."

"리아."

"본의 아니게 몇 번씩이나 이안하고…… 웅얼…… 하긴 했지만 내 마음이 이안에게 있다는 건 아니니까 착각하지 말아줬으면 좋겠어요."

"리아."

"내 이름 그만 부르고 이제 가세요. 아무리 불러도 이안이 원하는 대답을 해줄 순 없어요."

이안은 내 얼굴을 한참 바라보더니 피식 웃으며 말했다.

"오늘따라 왜 이렇게 똑 부러져? 평소에나 그렇게 할 것이지."

"그건…… 이안이라서 그래요. 제대로 말하지 않으면 이안은 항상 내 주변을 맴돌 것 같으니까."

"아무리 싫다고 해도 안 떨어질 건데."

"왜요!"

"말했잖아. 달아, 아주 많이 달아, 리아."

그럼 아예 설탕을 퍼먹어! 왜 나한테 이래! 막대사탕이라도 입에 물려줄까?

"계속 같은 얘기를 하게 돼서 미안하지만 난 이안을 사랑하지 않아요."

"그럼 아까 그 남자는 사랑해?"

"누구…… 응? 아니, 무슨 사랑을 번갯불에 콩 구워 먹듯 해요?

오늘 처음 만난 남자를 무슨 수로 사랑을 해요? 그리고 누가 그 사람 만나기라도 한 대요?"

이상하게 얘기가 바람피우다 걸린 모양새가 되어버렸지만 난 떳떳해, 떳떳하다고. 게다가 그 사람은 인간이고 넌 외계인이잖아. 난 외계인은 싫어, 좀 정상적인 사람을 원한다고! 네가 생각해도 넌 정상이 아니잖아, 안 그래?

"하나 마나 한 소리 그만하고 이제 그만 가보세요."

"아무래도 난."

이안이 자리에서 일어나며 나를 바라보았다.

"리아를 좋아하는 것 같아."

그래서 뭐! 어쩌라고! 좋아하는 것 같으니까 나도 너 좋아하라는 거야? 그게 무슨 빚 독촉하듯 받을 일이니?

"난 아니에요. 가세요."

"확실해?"

"확실해요."

이안은 찬란한 미소를 입에 머금고 내게 물었다.

"난 내 마음을 잘 모르는데 리아는 어떻게 그렇게 자신해?"

"설사 쥐똥만큼의 호감이 생기더라도 난 내 의지로 이안에게 가는 마음을 막을 테니까."

"어째서?"

"이안은 사람이 아니잖아요."

"뭐?"

아차…… 이놈에게 또 말려서 생각만 해야 하는 걸 말로 해버렸네.

"내가 사람이 아니면 리아는 날 뭐로 생각하는데?"

이럴 줄 알았어, 물고 늘어질 줄 알았다고. 아…… 뭐라고 해야 저놈이 대충 넘어가 줄까.

"대충 넘어갈 생각하지 말고 똑바로 얘기해. 리아는 날 뭐라고 생각하는데?"

아 씨…… 귀신같은 놈……. 할 수 없다.

"……웅얼웅얼…… 인."

"안 들려, 크게 말해."

"웅얼…… 인."

"똑바로 얘기 안 하면 그 오물거리는 입에 다시 키스할 거야."

"외계인! 외계인! 외계인 같다고요! 됐어요?"

순간 황당해하는 이안의 표정을 창밖으로 새어 들어오는 가로등 불빛 때문에 선명하게 볼 수 있었다. 그러나 조금씩 그 표정이 풀리기 시작하더니 굳게 다문 입술은 커다란 호선을 그리면서 점차 벌어지기 시작했다.

"풉! 푸하하! 그럼 지난번에 나한테 퍼붓고 간 말이 진심이었어? 설탕별 외계인?"

그래, 웃어라. 내가 생각해도 웃기니까. 여기서 중요한 건 네가 외계인이고 아니고의 문제가 아니란다. 내가 그만큼 널 좋아할 일이 없다는 걸 알아줬으면 좋겠네.

"아, 리아…… 리아, 리아. 어쩌면 좋지. 난 점점 더 리아가 마음에 드는데. 날 이렇게 웃게 만드는 여자는 리아뿐이야."

음…… 웃기는 여자가 이상형이라면 신봉선이나 박지선, 김신영을 강력 추천할게.

아마 배꼽 빠져 죽을지도 몰라.

"좀 가요!"

"알았어, 알았어. 그럼 잘 자, 리아."

이안이 나에게 허리를 숙이니 난 그의 얼굴이 가까이 다가온 것을 느끼고 몸을 움츠렸다.

"겁먹기는. 안 잡아먹어."

그는 내 이마에 쪽 입맞춤을 하고 떨어졌다. 저벅저벅. 그의 발소리가 점점 멀어지고 있었다. 다행이다. 이제 진짜 끝이구나. 현관문이 닫히는 소리가 들리자 난 침대에서 뛰어내려 문을 잠그기 위해 걸어갔다. 내가 잠금장치에 손을 대려는 순간 벌컥 문이 열리더니 캔커피 외계인의 얼굴이 쑥 들어왔다.

"꺅!"

"리아 그거 알아?"

"뭐…… 뭘요?"

"리아는 이마에서도 단맛이나."

어쩌라고, 어쩌라고, 어쩌라고!

"아마…… 온몸이 다 단맛이 날 것 같아. 생각만 해도 짜릿해."

야, 이 미친 변태 외계인아! 너 그거 무슨 뜻이야! 무슨 뜻이냐고!

난 나도 모르게 이안의 얼굴을 확 밀어내고 문을 잠가 버렸다. 마지막으로 한 그의 말이 귓가를 계속 맴돌았다.

온몸이…… 온몸이 달…… 으아악! 미친놈, 미친놈, 미친놈! 그냥 변태 외계인이 아니었어. 미친 변태 외계인이야! 아아악! 내가 먼저 미칠 것 같아. 어쩌다 저런 녀석과 엮이게 된 거야.

난 지금이 밤이라서 참 다행이란 생각이 들었다. 그럼 적어도 지금 멍게 뺨치게 붉게 물든 내 얼굴을 아무에게도 들키지 않을 수 있을 테니까.

하지만 오늘 확실히 알게 된 단 한 가지.

그는 내가 정말로 그를 증오하게 될 만한 일은 하지 않는 것 같다. 오늘만 해도 기회는 충분히 여러 번 있었는데. 그가 내게 이러는 게 정말 단순한 호기심일까? 모르겠다. 머리가 너무 복잡해서 터져 나갈 것만 같다. 남자 문제로 또다시 머리를 어지럽히는 일이 생길 거라고 생각해 본 적이 없었기에 애써 다시 고개를 털고 자리에 누웠다.

제발 빨리 졸업하는 날이 왔으면 좋겠다. 선택의 여지없이 마주칠 수밖에 없는 이 현실에서 하루빨리 벗어나고 싶다. 졸업만 해 봐! 이사도 가고 전화번호도 바꾸고 너랑은 절대 마주치지 않을 거야! 제발, 제발, 제발 시간아, 빨리 가라. 빨리빨리 지나가라. 아…… 자고 일어나면 좀 나아질까. 이게 차라리 꿈이었으면 좋겠다. 아니면 졸업이라도 하든가. 선택의 여지없이 마주칠 수밖에 없는 이 현실에서 하루빨리 벗어나고 싶다.

얼마 후, 드디어 내가 그렇게 기다리던 시험 기간이 찾아왔다.

이번만큼은 절대로 장학금을 놓칠 수 없다. 이안에게 받은 돈을 한 푼도 빼지 않고 돌려주려면 이번 장학금은 기필코 받아야 한다! 그 이후로 몇 번씩이나 이안과 나의 통장을 왔다 갔다 한 돈은 여전히 내 통장에 남아 있었지만, 그래도 그걸 쓸 수는 없지! 두고 봐! 너 내가 한 방에 갚아버리는 날, 그 통장도 없애 버릴 거야! 통장이 없는데 지가 무슨 수로 내게 다시 돈을 보내겠어? 후훗……
다른 건 몰라도 시험만큼은 자신 있다 이거야. 다른 애들이 캠퍼스의 낭만이네 뭐네 하면서 놀기 바쁠 때 난 눈을 부릅뜨고 공부를 했으니까. 벼락치기하는 너희들과는 차원이 달라, 차원이.

난 일찌감치 도서관으로 나섰지만 이미 북새통인 그곳을 뒤로하고 등나무가 걸려 있는 벤치에 자리를 잡았다.

웃겨, 아주. 백날 벼락치기해 봐라. 니들 머리에서 나오는 것들이라 봐야 기껏 컨닝 페이퍼 만드는 게 고작일 테지.

며칠간 계속되는 시험의 첫날이어서 난 처음부터 쭉 시험 범위를 제대로 확인한 후 이미 다 알고 있긴 하지만 꺼진 불도 다시 보자는 심성으로 암기에 들어갔다. 전공서적을 복사한 종이가 너덜너덜해질 정도로 보고 또 본 나를 지들이 무슨 수로 이길 거야, 부모 잘 만나 속 편한 것들…….

"뭐 해?"

아, 깜짝이야! 또 너냐. 이안 캔커피.

"혹시 나한테 위치 추적기 같은 거 단 거 아니죠?"

"아닌데."

"근데 어떻게 내가 어디 있는지 귀신같이 찾아요?"

"리아가 어디 있는지 빤하기도 하지만, 그보다 단내가 많이 나서 그 냄새 따라가다 보면 항상 리아가 있던데?"

이건 무슨 피 냄새를 찾아다니는 뱀파이어도 아니고…… 가만, 그건가? 그런가? 뱀파이어라…… 어울려, 딱 어울리네. 피부는 하얗고, 짜증날 정도로 예쁘고, 입술은 선홍색, 게다가 나보고 맛있을 것 같다고 했어. 아니, 달다고 했던가? 아무튼 그게 그거지. 그렇군! 이놈은 외계인이 아니라 뱀파이어군……. 내 피는 줄 수 없어! 저리 가!

난 순간적으로 내 목덜미를 손으로 가리고 이안을 노려보았다.

"지금 뭐 하는 거야?"

"네? 아…… 아무것도 아니에요."

이안은 내 옆자리에 걸터앉아 내 얼굴만 뚫어지게 바라보기 시작했다.

"왜 그렇게 봐요?"

"신기해서."

이걸 그냥……. 넌 내가 신기하지? 웃기지? 재밌지? 난 네가 더 신기해. 그렇지만 웃기지도 않고 재밌지도 않아. 난 네가 무섭다.

"이안."

"왜?"

"부탁이 있는데……."

"말해, 리아 부탁이라면 얼마든지."

"그게…… 느닷없이 등 뒤에서 툭 튀어나오는 거 좀 안 할 수 없어요? 심장마비 올 것 같아요."

"그건 싫어."

야! 너 방금 나한테 내 부탁이라면 얼마든지 들어준다고 한 지 10초도 안 지났거든?

"왜요?"

"앞에서 리아가 보이게 나타나면 도망갈 거면서."

들켰냐…… 귀신같은 놈.

"그럼 앞으로도 계속 이럴 거라는 얘기예요?"

"응, 그냥 리아가 적응해."

알았다, 알았어. 내가 무슨 수로 너를 이겨 먹겠니. 난 이안을 설득하는 것을 빠르게 포기하고 다시 시험을 위한 암기를 시작했다. 괜히 시간 낭비하느니 하나라도 더 외우는 게 낫지.

"뭘 그렇게 열심히 해?"

"시험공부 중이잖아요."

"그냥 대충 하면 되지 뭘 그런 걸 다 외우고 있어."

"장학금 타야 해요."

"왜?"

왜겠니, 왜겠니! 내가 너처럼 돈 쓸데없어서 남아도는 인간인 줄 아니? 돈이 없어 그렇지 난 쓸데는 많은 여자야!

"다음 학기 등록금 면제되니까요."

"내가 준 돈은 다 어쩌고."

"그대로 있어요, 내 돈 아니니까."

"그냥 그거 써."

"싫어요, 그거 다 채워지면 이안하고 볼일 끝이에요."

"그래?"

이안의 한쪽 눈썹이 눈에 띄게 치켜 올라갔다.

"당연하죠, 이안하고 나는 오로지 돈으로 묶인 사이니 돈이 해결되면 더 이상 이안하고 볼일 없을 거예요."

"그렇단 말이지. 알았어."

응? 알았다고? 웬일이야? 네가 이렇게 선선히 나올 때가 다 있고?

"수석만 등록금 면제야?"

"네, 차석은 절반이요."

"알았어."

뭘 알았다는 건지. 시험 시간이 다가오자 난 이안을 뒤로하고 먼저 강의실로 들어갔다. 저놈도 나랑 같은 전공이니 시험 보러 들어와야 하지만, 알게 뭐야. 오든지 말든지. 앞으로 일주일간은 꼼짝없이 시험만 쳐야 하니까 저 설탕별 변태 뱀파이어 외계인과 말 섞을 시간 따위는 없어. 시험지를 받아 든 나의 얼굴에 회심의 미소가 떠올랐다. 후후후. 이번에도 수석은 내 차지다. 시험지가 맨 뒷자리까지 거의 다 돌려질 즈음 강의실 문으로 이안이 들어왔다.

"자네는 뭔가?"

"죄송합니다, 좀 늦었습니다."

"시간 없으니 빨리 앉아. 다음부터는 안 봐줘."

"네."

쌤통이다. 조교님 파이팅! 좀 더 해도 되는데, 우리 조교님 힘내라고 박카스라도 한 병 사드려야겠네.

사각사각, 사각사각. 종이에 펜으로 글씨를 적는 소리만이 정적 위를 떠다니고 있었다. 슬쩍 곁눈질로 주위를 둘러보니 다른 학생들은 아주 가관이었다.

머리를 부여잡고 있는 녀석. 쯧쯧…… 공부 좀 하지 그랬니. 볼

펜을 분해해서 컨닝 페이퍼를 꺼내는 녀석. 그 머리 쓸 시간에 좀 외우지 그랬니. 미니스커트 안쪽 허벅지에 깨알같이 써놓은 여학생. 조교가 남자라 이거지? 머리 좋네. 멀리서 봐도 책상이 시커멓게 보일 정도로 책상 가득 본문을 옮겨 적어놓은 녀석. 쯧. 그 정성이면 아예 책을 한 권 썼겠다.

한심한 녀석들을 뒤로하고 난 빠르게 답을 적어 내려갔다. 드디어 마지막 문제를 풀고 있는데 뒤쪽에서 인기척이 났다. 나를 스치고 지나가며 조교에게 답안지를 내놓고 나가는 학생은 이안이었다.

어? 쟤 시험 포기한 건가? 하긴, 그렇게 나만 쫓아다니는데 공부할 시간이 어디 있었겠어. 잘 가, 넌 그냥 나가서 설탕이나 퍼먹어.

난 마지막 답안까지 완벽하게 적은 후 혹시라도 빠진 게 없는지 처음부터 꼼꼼하게 훑어보았다. 좋아, 퍼펙트! 난 자신 있게 일어나 조교에게 답안지를 주고 수고하라는 말을 남긴 채 멋지게 퇴장했다. 몇몇 학생들의 부러운 시선들이 내게 꽂혔다. 부러워하지 말고 니들도 공부를 하란 말이야. 대학이 놀러 다니는 데니? 자업자득이란다. 아! 하긴, 그 덕분에 내가 매번 꼬박꼬박 장학금을 탈 수 있으니 오히려 고마워해야 하는 건가? 그러네, 고맙네. 애들아, 고마워. 여러분 덕분에 다음 학기도 무료로 다닐 수 있겠어요. 땡큐, 아리가또, 당케, 메르씨보꾸.

여름이 다가오는 통에 밖으로 나와도 시원한 바람이 불지는 않았지만 그래도 한 과목은 끝났다는 시원함이 있었다.

"시험 잘 봤어?"

아…… 진짜…… 뒤에서 툭 튀어나오지 좀 말라니까.

"그럭저럭. 이안은요?"

"그냥 대충 썼어."

그래? 고마워, 너도 내 장학금에 일조하는구나. 땡큐, 아리가또, 당케, 메르씨보꾸.

"기분 좋아 보이네."

"일단 하나는 끝났으니까요. 앞으로 일주일을 이 짓 해야 한다는 게 좀 끔찍하긴 하지만."

"열심히 해."

이안은 나를 두고 혼자 어디론가 걸어갔다.

"어디 가요?"

"단거 먹으러. 간만에 머리 썼더니 단 게 먹고 싶어졌어. 같이 갈래?"

"아니요, 난 됐어요. 이안이나 실컷 먹고 와요."

"그래, 그럼."

이안은 다시 걸어가다 별안간 내게로 방향을 틀더니 성큼성큼 다가와 내 귓가에 속삭였다.

"사실은 리아를 먹고 싶은데 못 먹게 하니까 할 수 없이 다른 거 먹으러 가는 거야."

이를 드러내 보이고 찬란하게 미소 지은 그는 황당한 표정의 나를 뒤로하고 다시 제 갈 길을 갔다.

이런…… 망할 자식, 변태! 내가 저놈한테 붙인 별명이 몇 개였더라? 캔커피, 반딧불이, 설탕별 외계인, 변태, 뱀파이어…… 많기도 하다.

이 기세면 나중에 네 별명 가지고 책도 쓰겠어! 아, 몰라. 알게 뭐야, 난 졸업만 하면 돼. 그럼 너랑은 두 번 다시 볼일 없을 거야. 우리 악연은 딱 거기까지. 오케이?

일주일 뒤.

드디어 시험이 끝났다! 이제 결과만 기다리면 되는 것이다. 보나마나 내가 수석이겠지만, 후훗. 그나저나 여름방학을 알차게 보내려면 이제부터 알바 자리를 알아봐야겠지? 라이브 카페 사장님이 다시 일하러 와도 좋다고 하셨으니 저녁 타임 알바는 이미 확보. 이제 낮 타임 알바만 구하면 되는구나.

여름휴가? 바캉스? 그게 뭐야, 먹는 거야? 더워 죽겠는데 가긴 어딜 가. 그냥 얼음물에 발 담그고 쉬는 날 집에서 수박 한 쪽 뜯어먹으며 텔레비전이나 봐야지. 열심히 일한 자여, 떠나라…… 는 개뿔. 나한테 그런 여유가 있다면 차라리 한 푼이라도 더 버는 게 낫다.

카톡!

응? 누구지? 설마 재수탱이 외계인은 아니겠지. 아닐 거야, 아니어야 해!

—리아 씨, 시험 끝났죠? 진경이가 시험 기간엔 리아 씨 건드리지 말라고 해서 간신히 참고 있었어요. 오늘 시간 있어요?

아차차, 이 사람이 있었지. 그동안 시험이랑 그 캔커피 뱀파이어 외계인 때문에 깜박하고 있었네. 그날 바로 거절하기는 좀 민망해서 그냥 나오긴 했는데 어쩐지 찜찜하네. 진경이도 걸리고, 어차피 한 번은 만나야 하지 않을까.

　—네, 시간 있어요. 어디서 볼까요?
　—정말이요? 다행입니다. 전 그냥 한번 물어나 보려고 연락한 거였는데. 흔쾌히 허락해 주셔서 감사합니다. 제가 학교 앞으로 갈게요. 몇 시에 끝나죠?
　—필요한 수업은 다 끝났어요. 지금 오세요.
　—눈썹이 휘날리게 달려가겠습니다. 30분만 기다리세요.

　으아! 거절하려고 만나는 건데 지나치게 좋아하니 몸 둘 바를 모르겠네. 그냥 문자로 거절하는 건 예의가 아닌 것 같아서 그런 건데. 이걸 어쩐다. 하아…… 그냥 오늘은 내가 밥을 사야겠다. 그거라도 해야지, 뭐. 없는 살림에 또 돈 나가게 생겼네.
　가만, 그 사람이 어떻게 생겼었더라? 하얀 피부, 붉은 입술…… 아니, 이건 그 뱀파이어 외계인이고. 짙은 눈썹에 다부진 입술이었지? 체격도 좋고, 인물도 좋고, 능력도 있고, 진경이 얘기 들어보니 집도 적당히 사는 것 같고, 역시 안 되겠네. 나랑 너무 차이가 나잖아. 우리 집은 깡촌 시골인 데다가 하루 벌어 하루 먹고사는 일당 계약직만도 못한 수입에 아파도 병원 한 번 제대로 못 가는 형편인 부모님에 가난한 고학생…… 게다가 외동이라 결혼해도 친정집을 나 몰라라 할 수 없으니, 연애는 몰라도 결혼까지는.
　참 나. 조금 있으면 거절할 사람하고 어디까지 상상의 날개를 펼치는 거야? 쓸데없는 생각 말고 오늘 확실하게 얘기해야겠다. 진경이는 나도 이제 몰라. 오빠한테 들들 볶이든 말든 무슨 상관이야. 난 남자보다 돈이 급해.

"그래, 돈 벌자!"

"뭐 갖고 싶은 거 있어, 리아?"

아…… 이놈을 잠시 잊고 있었다. 내 인생 최대의 걸림돌인 이놈.

"신경 *끄세요.*"

"와우, 요새 부쩍 나한테 앙칼지네."

"앙칼지다는 말은 또 어디서 주워듣고 이래요?"

"나 한국말 잘하잖아. 게다가 리아한테 어울리는 말은 따로 공부도 했어."

"그것참…… 내가 고맙다고 해야 하나요?"

이안은 나를 바라보며 환하게 미소 지었다.

안 그래도 눈부신 놈이 저렇게 웃고 있으면 진짜…… 확 불을 꺼버리고 싶네.

"뭐 할 거야? 배 안 고파? 우리 뭐 먹으러 갈까?"

내가 미쳤니, 너랑 학교에서 마주치는 것만으로도 피곤한데 같이 또 뭘 하자는 거야.

"이봐요, 이안. 내가 살면서 이렇게 똑 부러지게 말한 적이 있을까 싶지만…… 그래요, 이안이니까. 이안은 내가 아무리 심하게 말해도 상처 따위 받지 않을 사람이란 거 아니까 있는 그대로 말할게요. 첫째, 내가 뭘 하든 이안이 상관할 바가 아니에요. 둘째, 아무리 배가 고파도 단것만 먹기는 싫어요. 그것도 이안과 함께라면 더 싫어요. 알겠어요?"

"그럼 리아 먹고 싶은 거 먹지, 뭐."

"이안!"

난 결국 참지 못하고 소리를 질렀다.

"제발 그만 좀 해요, 난 이안 싫어요, 싫다고요. 싫어! 싫어! 싫어! 싫어!"

숨도 안 쉬고 이안이 싫다며 미친 듯 소리 지르는 내 주변으로 사람들이 몰려들었다. 이 빛나는 외계인이랑 함께 있는 것만으로도 시선을 끌기에 충분한데 거기다 너 싫다며 바락바락 소리를 지르고 있으니 어쩌면 당연한 결과였다. 사람들의 수군대는 소리가 적나라하게 들려오는 듯했다.

"쟤 뭐야? 뭔데 이안한테 저래?"

"쟤 웃긴다. 지가 뭔데 우리 이안을!"

"이안이 쫓아다닌다는 애가 쟤야? 별로 볼 것도 없고만."

"이안은 저런 애가 뭐가 좋다고 쫓아다니는 거야?"

"설마 무슨 약점이라도 잡고 있는 거 아닐까?"

"맞아, 그러지 않고서야 이안이 목맬 일이 뭐가 있겠어?"

어느새 난 이안의 약점을 쥐고 흔드는 희대의 악녀가 되어가고 있었다.

이것들아! 그거 아니야! 그거 아니라고! 니들이 속고 있는 거야! 이 자식은 사람이 아니란 말이야! 그리고 약점을 잡고 있는 쪽은 내가 아니라 이 이상한 외계인이라고! 뭘 제대로 알고 떠들란 말이야! 그리고 뒷담화를 하려거든 좀 안 들리게 하던가! 잘 들려, 잘 들려도 너무 잘 들려!

난 긴 한숨을 내쉬고 이안을 바라보았다. 이안은 이 상황을 오히려 즐기는 것처럼 보였다.

그래, 넌 이 상황이 좋겠지. 내 숨통을 조일 수 있으니까. 좋겠다, 다들 네 편이어서!

"이안 맥스웰. 부탁이에요, 제발 나 말고 다른 사람 찾아봐요. 세상에 얼마나 많은 사람이 있는데 설마 나만 단맛이 나는 건 아닐 거 아니에요. 난 선약이 있으니 나중에…… 아니, 나중에라도 보지 말고 이제 좀 그만 따라다녀요."

난 나에게 꽂히는 수많은 시선을 그대로 받아내며 이안을 등지고 걸어갔다. 그래, 멋대로 떠들어라. 니들이 그렇게 열광하는 이안은 정상이 아니란다. 한 번이라노 만나보고 그렇게 떠들어보렴.

이안과 실랑이를 하느라 시간이 얼마나 지났는지도 몰랐는데 학교 정문 앞에 가보니 진경이의 오빠인 이름이…… 진혁! 진혁, 맞아. 진혁 씨가 서 있었다.

아…… 사람이다. 사람이야…… 흑흑. 이렇게 저 사람이 반가울 수가…….

"진혁 씨!"

"어서 와요. 덥죠?"

"아니요, 오래 기다리셨어요?"

"아닙니다, 온 지 얼마 안 됐어요."

진혁 씨는 내게 다정하게 웃어 보였다.

그래, 이거야. 이거 봐, 사람이 웃으니까 마음은 따뜻해져도 빛은 안 나잖아?

"와줘서 고마워요."

"네? 그게 무슨…… 오히려 제가 고맙죠."

아차차, 좀 있으면 거절할 사람한테 이렇게 말하면 안 되는 거 아닌가? 너무 반가운 마음에 그만……. 하지만 뭐 어때, 고마운 건 사실인걸. 나를 저 무지막지한 사람들 틈에서 숨통이 트이게 해줬잖아.

"리아 씨, 우리 어디 갈까요?"

"음, 특별히 생각한 건 없어요. 그냥 밥이나 차나, 오늘은 제가 살게요."

"그래요? 그럼 메뉴는 제 마음대로 정해도 되겠어요?"

"그렇게 하세요."

이봐, 이봐. 이게 바로 사람들의 대화야. 서로의 생각을 배려해주고 제안을 하면 동의나 반대 의견을 내는 것. 이게 정상적인 사람들의 대화라고. 저 캔커피 반딧불이 설탕별 변태 뱀파이어 외계인이었다면 아마, 리아! 단거 먹으러 가자! 싫어? 그럼 나만 먹지 뭐. 이랬을 거 아니야. 내 의사 따위는 전혀 안중에도 없이 말이야.

나는 나도 모르게 자꾸 진혁과 이안을 비교하게 되자, 그의 생각을 떨쳐 버리려고 세차게 도리질을 했다.

"왜 그래요? 어디 안 좋아요?"

"네? 아, 아니요. 날 파리가…… 아하하."

"맞아요, 날이 더워지면서 날벌레들이 기승을 부리네요."

진혁은 내 머리 위로 아무것도 보이지 않을 텐데도 계속 손부채질을 하면서 걸어갔다.

아! 자상하다. 반딧불이 외계인이랑 다니면 벌레들이 더 꼬이는데. 빛나서 그런 걸까, 아니면 단내가 나서 그런 걸까…… 응? 내가 왜 또 캔커피 외계인 생각을 하고 있지? 훠이, 훠이! 저리 가!

날이 더워 그런지 시원한 냉면이 먹고 싶어져서 우리는 냉면집으로 향했다. 자리를 잡고 주문을 하고 난 후 그동안 어떻게 지냈는지 안부를 물었다.

일단 뭘 먹고 나서 얘기하자. 정중하게 거절한 다음에 쿨하게 돈 내고 나가면 되는 거야. 그런데 자, 잠깐. 저거 뭐지? 대화가 오가던 중 내 표정이 갑자기 변하는 걸 본 진혁이 의아한 듯 물었다.

"왜 그래요, 리아 씨?"

그가 내 시선이 멈춘 곳을 따라가며 고개를 돌린다. 그냥 지나치길 바랐던 나의 바람을 처참히 짓밟고 냉면집 문을 열고 들어온 외계인은 더없이 화려한 미소를 지으며 빛을 뿜어내고 있었다. 내 얼어붙은 얼굴을 보고 진혁 씨는 우리 옆에 서 있는 이안에게 묘한 경계심을 드러냈다.

"누구십니까?"

그러나 이안은 진혁 씨에게는 눈길도 주지 않고 나를 바라보며 말했다.

"나도 같이 먹어도 돼?"

간신히 정신을 차린 나는 다급하게 입을 떼었다.

"안, 안 돼요! 지금 무슨 소리를 하는 거예요?"

"아는 사람입니까, 리아 씨?"

"네? 아…… 알긴 하는데……."

"리아 씨에게 관심이 많은 사람인 모양이군요. 하긴 저도 리아 씨를 만나는 데 아무 방해꾼이 없을 거란 생각은 안 했습니다. 이미 사귀는 사람이 있다고 하더라도 상관없었을 텐데 혼자 좋아 따라다니는 사람이라면 신경 쓸 필요도 없겠네요."

"아니, 저기요. 그게……."

등줄기에 식은땀이 흘러내렸다.

왜 얘기가 이렇게 진행이 되지? 여보세요, 김진혁 씨. 저 오늘 그쪽 거절하러 나온 건데요. 미치겠네, 정말. 지금 이 자리에서 거절하기가 더 난감한 상황이 되어버렸잖아. 대체 저 외계인은 왜 여기 나타난 거야.

이안은 급기야 내 옆의 의자를 빼더니 털썩 자리를 잡아 앉았다.

"리아와 나의 관계는 그렇게 한마디로 설명할 수 있는 부분이 아니라서. 그렇지 않아, 리아?"

"지금 무슨 소리를 하는 거예요? 빨리 안 일어나요?"

"리아가 일어나면 나도 일어날게."

아니, 뭐 이런 게 다 있어? 너 미쳤어? 미친 거야?

"난 김진혁이라고 합니다. 그쪽은 누구십니까?"

진혁 씨는 흥분하지 않고 이안에게 통성명을 해왔다.

"내가 누군지 궁금해요?"

또 시작이군. 하여간 한 번에 쉽게 넘어가는 법이 없다니까.

"당연합니다. 경쟁자가 많을수록 투지가 불타오르는 타입이라서."

"그래요? 난 아닌데. 경쟁자가 있으면 밟아버리는 타입이라."

두 사람의 시선이 얽힐 대로 얽혀서 불꽃까지 일고 있었다.

"이안, 제발 좀 가요. 이러는 거 엄청 민폐인 거 몰라요?"

"아니, 난 모르겠는데? 오히려 난 지금 리아를 아주 많이 봐주고 있는 중이야."

"그건 또 무슨 말도 안 되는 소리예요?"

"우리 사이에 계약서가 존재하고 있다는 사실은 아예 생각도 안 하고 있나 보지?"

"그게 무슨…… 아!"

난 이안에게 처음으로 돈을 받은 날 차용증을 썼던 걸 기억해 냈다. 하지만 난 분명히 돈을 돌려주려 몇 번이나 시도했지만 그걸 거부한 건 너잖아! 지금 그걸 가지고 계약서 운운하는 거야?

"리아 씨, 혹시 이 사람에게 빚진 거 있습니까? 무슨 계약서요?"

"아니, 그게……."

미치겠네, 환장하겠네. 사실대로 말한다고 해도 믿지도 않을 테고.

"지금 상황이 이해도 안 되고 심히 불쾌하지만 잘 알지도 못하는 일을 가지고 굳이 흥분하고 싶지는 않습니다."

아니, 여보세요. 그러니까 오늘 이 자리는 그쪽 거절하는 자리여서 오해고 자시고 할 만한 일이 아니라니까요? 정말 미치겠네.

"……미안하지만, 일단 제 말을 먼저……."

"괜찮습니다. 저를 만나기 전에 일어난 일까지 간섭할 정도로 속 좁은 놈은 아니니까요."

뭐래니, 이 남자. 글쎄, 그게 아니라니까요!

하지만 진혁 씨에게 설명할 틈도 없이 느닷없이 끼어든 이안은 내 눈앞에서 손을 흔들었다.

"리아, 리아가 지금 또 잊고 있는 게 있는데."

"뭐요!"

"리아는 엄연히 내 고용인이야. 잊었어? 내 호출에 즉각 응해야 하는 고용인. 요즘 좀 봐줬더니 아무래도 잊었나 봐?"

그래, 잊고 있었다. 그것도 까맣게. 왜냐고? 기억에서 지워 버리고 싶었으니까!

"그리고 무엇보다……."

이안은 눈 깜짝할 사이에 내 어깨에 팔을 둘렀다.

"리아는 내 소유야."

"이안!"

살면서 이렇게 화가 난 적이 있었을까. 아르바이트를 하면서 아무리 화가 나고 억울해도 목구멍이 포도청이라 참고 또 참았던 지난 일들이 주마등처럼 지나갔다. 그러나 오늘의 이안은 도저히 참아 넘기기 힘든 수준이었다. 어찌나 화가 나는지 온몸이 부들부들 떨려오기 시작했다. 아무래도 오늘은 날이 아닌 것 같다.

"진혁 씨, 미안해요. 못 볼 꼴을 보인 것 같아요. 나중에 제대로 사과할 테니 오늘은 이만 돌아가 주시겠어요?"

진혁 씨는 내 간절한 눈빛을 알아챘는지 잠깐 동안 날 쳐다보다가 두말 않고 일어섰다.

"좋습니다. 두 사람 사이에 해결해야 할 문제가 있다면 제삼자는 빠져드리죠."

진혁 씨는 일어나서 이안을 똑바로 바라보며 얘기했다.

"하지만 다음번에 만날 때는 당신이 제삼자가 될 겁니다. 오늘

일 잊지 않도록 하죠."

아니, 저기…… 됐다, 말을 말자. 타이밍을 놓쳤으니 이제 와서 얘기해 봤자 그게 더 웃기겠다.

이안은 여전히 미소를 잃지 않고 진혁 씨가 사라지는 걸 말없이 구경하고 있었다.

"나가요."

"어디? 여기 시원하고 좋은데."

"여기서 할 얘기 아니니까 좀 나가요."

"그럼 어디서 할 건데?"

저 입을 막아버리고 싶은 충동을 간신히 자제한 나는 먼저 밖으로 나섰다. 이제 저 이상한 녀석과의 관계에 종지부를 찍어야겠다. 아무래노 내가 그동안 너무 허술하게 보였나 보다. 트리플 A형이 진짜 화나면 눈에 뵈는 게 없다는 거 모르나 보지? 기대해. 넌 오늘 세상에서 제일 포악한 여자를 만나게 될 거야.

"이제 우리 어디 갈까?"

따가운 햇살 아래 눈부신 미소를 지으며 나에게 말하는 이안 맥스웰 캔커피 반딧불이 설탕별 변태 뱀파이어 미친 외계인아, 너! 오늘 죽었어. 어차피 거절하려고 하긴 했지만 그래도 내 이상형에 가까운 남자에게 내가 이상한 여자로 보이긴 싫거든? 이 일생에 도움 안 되는 외계인이!

"왜 말이 없어? 우리 어디 가는 거냐고 물었잖아."

"잠깐 있어봐요! 생각 좀 하게."

"그럼 우리 뭐 먹으러 갈래? 리아 시켜놓은 음식도 그냥 두고 나와서 배고플 거 아니야."

"보나 마나 또 단거 먹으러 갈 거죠?"

"응."

말해 뭐 하겠니. 넌 정상이 아닌 것을.

일단 밖으로 나오긴 했는데 또 어디로 가야 하는지 쉽사리 결정할 수가 없었다. 어딜 들어가든 길거리에 있든 모든 사람들의 이목이 집중되는 이 빛나는 녀석이랑 말다툼을 했다간 난 또 희대의 악녀 소릴 들어야 하는데 그건 정말 더는 겪고 싶지 않은 일이었다.

그렇다면 결국은 우리 집 아니면 이안 집인데…… 우리 집으로 가? 아니야. 이 자식이 또 지난번처럼 무단 가택 침입을 할 수도 있으니 최대한 우리 집에서 멀리 떨어진 곳으로 가야 해. 그럼 이안 집? 그것도 아니야. 홈그라운드인데 미친 변태 외계인이 무슨 짓을 할지 내가 어떻게 알아? 그럼 어디로? 어디로 가지? 사람이 없는 곳 인적이 드문 곳…… 없군.

우리 집에 이안을 들이기 싫은 마음이 너무 컸던 나는 하는 수 없이 이안의 집으로 가자고 했다.

잠시 후, 나는 비장한 각오를 다지고 이안의 집으로 들어섰다. 그런데 저 이상한 캔커피 외계인은 뭐가 그렇게 좋은지 오는 내내 그러더니 지금도 여전히 피식피식 웃느라 정신을 못 차리고 있었다.

"뭐가 그렇게 웃겨요?"

"크크크, 리아 표정이…… 푸하하! 꼭 무슨 전쟁터에 나가는 사람 같잖아."

응, 맞아. 나 지금 그래. 지금부터 너랑 한판 뜰 거거든.

"큰 소리를 낼 것 같아서 사람들 없는 곳을 찾다 보니 이리로 온 거예요. 그러니 다른 오해는 하지 말아줬으면 좋겠어요."

"알았어, 얘기해. 주스 마실래?"

너나 먹어, 그 다디단 망고주스 너나 먹으라고!

"됐어요, 내가 한가하게 그런 거나 마시자고 여기 온 줄 알아요?"

"워…… 우리 리아, 화 많이 났나 봐."

우리 리아? 너 미쳤니? 미쳤어? 제정신이야? 내가 왜 너한테 우리라는 소리를 들어야 해?

"후…… 차근차근 하나씩 짚어서 얘기할게요."

"그렇게 해."

"먼저, 우리가 처음 맺은 가짜 연애 계약서는 이미 깔끔하게 끝난 거예요. 인정해요?"

"응."

"그럼 거기에 대한 계약금은 환불할 필요가 없다는 것도 기억해요?"

"응."

"좋아요, 그럼 두 번째. 이안이 내게 빌려주고 차용증을 작성한 금액 1억여 원은 우리 부모님 수술비를 제외한 모든 금액을 연애 계약 때 받은 1,000만 원과 함께 이안에게 이체시켰어요. 모자란 금액은 300만 원 정도예요. 나머진 분명히 갚겠다고 했어요."

"알아, 하지만 그 돈은 지금 내게 있는 게 아니라 리아에게 있지."

그건 네가 미친 짓을 계속해서 그런 거잖아! 보내면 또 오고 보내면 또 오고 대체 뭐 하자는 거야!

"난 몇 번이나 이안에게 돌려주려고 했어요. 그걸 계속 나에게 되돌려 보내는 이유가 뭘까요?"

"그래야 계약이 유지되니까."

내가 그걸 몰라서 묻니? 아, 돌겠네.

"그리고 마지막 세 번째, 마이바흐는 내가 가지지도, 가져가지도 않았으니 이안이 내게 소유권을 주장할 권리는 없어요, 안 그래요?"

"그건 동의 못 하겠는데."

뭐라니, 왜? 왜! 왜 동의 못 하는데!

"어째서요?"

"마이바흐는 이미 내가 리아에게 줬으니까."

"하지만 안 가져갔잖아요."

"꼭 가져가야 하는 법은 없잖아? 소유권은 리아에게, 여기는 그냥 주차장?"

넌 그걸 말이라고 하니? 네 머릿속은 대체 뭐가 어떻게 되어 있기에 네 편한 대로만 생각의 전환이 되는 거야?

"하여간 난 아니에요. 그러니 얼른 돈 받고 그 차용증 없었던 일로 해줘요."

"돈 모자란다며."

"그건, 여름방학 때 일하면서 갚을 거예요. 조금만 기다려 줘요."

"응, 기다려. 기다리고 있잖아. 그래서 차용증이 존재하는 거고."

내가 미쳐. 무슨 뫼비우스의 띠에 올라탄 것 같아. 끝이 없잖아.

"그럼 차라리 돈 받고 나머지 금액에 대해서만 차용증 다시 써요."

"그러든가. 그런데 계약 조건은 바꾸지 않을 거야."

"소유권 주장은 빼야죠!"

"마이바흐?"

"그래요!"

"음…… 맘에 안 들지만 그렇게 원하니 알았어, 그렇게 해."

나는 씩씩거리며 차용증을 수정한 뒤 다시 이안에게 내밀었다.

"앞으로 돈 다 갚을 때까지는 이안이 시키는 대로 할 거예요, 하지만 아르바이트할 때나 사적인 시간을 가질 때만큼은 좀 피해줬으면 좋겠어요."

"알았어."

의외로 순순히 내 말을 듣는 이안 때문에 난 화낼 타이밍을 놓쳐버리고 멍하니 있다가 현관으로 걸어가 신발을 구겨 신었다.

"가려고?"

"할 말 다 했으니 가야죠."

"그래, 잘 가."

어라, 잡을 줄 알았더니 안 잡네? 그래, 진즉에 이렇게 했어야 해. 세게 나가니까 아무 말 못 하잖아? 그동안 내가 너무 물러 터졌던 거야. 그래, 그랬었나 봐.

나는 대차게 문을 열고 밖으로 나가 쾅 소리가 나도록 문을 크게 닫았다. 복도에 울려 퍼지는 커다란 소리가 순간 움찔하게 만들었지만, 그래도 곧 나는 당당하게 어깨를 펴고 엘리베이터가 오기를 기다렸다.

띠리리리.

엘리베이터에 막 올라타려는데 전화벨이 울려 확인해 보니 이안이었다.

"왜요."

[심심해, 빨리 와.]

"방금 나왔잖아요."

[내가 부르면 언제 어디서든 만사 제치고 온다, 잊었어?]

이게 진짜…… 아주 뽕을 뽑으려고 드네. 그래! 간다, 가!

이안이 문을 열고 눈부신 미소를 짓고 있었다.

흥이다! 이제 너의 눈부심은 하나도 신기하지 않아. 식상해.

"자, 왔어요. 이제 뭐 해요?"

"그냥 있어."

넌 정말 어떻게 하면 사람을 열 받게 할 수 있는지 제대로 알고 있구나.

"그냥 있을 거면 뭐 하러 불렀어요?"

"심심해서."

"그러니까, 심심하지 않으려고 부른 거잖아요."

"그렇지."

"그런데 아무것도 하지 말라고요?"

"응. 그냥 있어."

말해 뭐 하겠니, 내 입만 아픈걸. 사람도 아닌 너에게 인간의 언어를 강요한 내 잘못이라고 치자.

난 이안의 말대로 그냥 앉아만 있었다.

째깍째깍, 째깍째깍

서로 아무 말도 안 하고 멍하니 앉아 있기만 하다 보니 집 안의 정적 때문에 시계의 초침 소리가 선명하게 들려왔다. 딱 30분 앉아 있던 나는 자리에서 일어나 이안에게 안녕을 고했다.

"이제 갈게요."

"응, 잘 가."

난 또다시 엘리베이터 버튼을 누르고 기다리고 있었다.

카톡! 이번엔 메시지냐.

─심심해, 빨리 와.

군이 누가 보낸 건지 확인하지 않아도 알 수 있는 메시지였다. 현관문을 노려보는데 벌컥 문이 열리더니 이안이 얼굴을 내밀고 손짓했다.

"이리아, 이리 와."

이를 빠드득 갈면서 다시 이안의 집으로 들어섰다.

"이번에도 그냥 가만히만 있으면 돼요?"

"응."

입을 비쭉 내밀고 소파에 털썩 주저앉는 날 보던 이안이 넓은 소파를 두고 군이 내 앞에 양반다리를 하고 앉아 나를 올려다보았다.

이건 또 뭐 하는 짓인지…… 몰라, 몰라, 내가 저 외계인 속을 무슨 수로 알겠어.

"리아."

"왜요."

"키스해도 돼?"

"죽고 싶어요?"

"죽여줄래?"

미친놈…… 할 말이 없다.

또 30분이 지났다. 난 또다시 일어나 신발을 신고 밖으로 나갔다. 이번엔 휴대폰 전원을 끄는 치밀함도 잊지 않았다. 후후, 이건 몰랐을 거다. 나중에 뭐라고 하면 배터리가 다 돼서 그랬다고 하지, 뭐.

경쾌한 발걸음으로 엘리베이터에 올라타려는 순간 누군가에 의해 몸이 뒤로 확 당겨졌다.

"꺄악!"

뭐, 누군지 안 봐도 빤한 일이었지만 난 순간 놀란 가슴을 진정시키며 뒤를 돌아보았다.

으윽! 눈부셔! 벌써 해가 진 거냐. 반딧불이 불 켰구나.

"진짜 왜 이래요!"

"심심해. 더 있다가 가."

"아니, 들어가서 아무것도 안 하다가 나오는데 나 하나 있는 거랑 없는 거랑 뭐가 다르다고 이 난리예요?"

"그럼 키스할까?"

"미쳤어요? 돌았어요? 진짜 한 대 맞고 싶어요?"

이안은 나를 돌려세우더니 입가에 찬란하기 그지없는 미소를 띠고 바라보았다.

"그럼 때려, 아주 힘껏. 기꺼이 맞아주지."

"뭐예요?"

"있는 힘껏 때리라고, 지금."

제정신이야? 아차차, 얘는 제정신인 적이 없었지. 너 왜 이러니, 진짜 왜 이러니.

"10초 줄게. 그 안에 못 때리면 무효. 10, 9, 8, 7……."

미안…… 나 이제 더 이상 너를 이해해 보려고 노력하지 않을래. 포기야, 완전 포기. 평범한 인간인 나로서는 너의 그 미친 머리를 따라갈 재간이 없구나.

"……2, 1."

제멋대로 시작한 카운트가 끝이 나자마자 이안은 재빠르게 현관을 열고 나를 그의 집으로 밀어 넣었다.

"아악! 왜 이래요!"

갑자기 거친 그의 행동에 놀란 내가 소리쳤다. 이안의 입꼬리가 한쪽으로 길게 올라가는가 싶더니 낮은 목소리로 내게 속삭였다.

"Time out."

그와 동시에 그의 입술이 미끄러지듯 내 입술에 내려앉았다. 그와 동시에 있는 힘껏 그를 밀어내고 나도 모르게 세차게 뺨을 후려 쳤다. 고개가 돌아갈 정도로 세게 맞은 이안이 얼얼한 뺨을 부비며 피식 웃었다.

"생각보다 손이 맵네, 리아."

나는 부들부들 떨리는 손을 감추기 위해 손끝이 하얘지도록 주먹을 꽉 쥐었다.

"너 뭐야. 대체 뭐야! 나한테 왜 이래, 왜 이러는 거야! 내 머리로는 도저히 알 수가 없어! 그러니 이제 대답해, 너 뭐야!"

이안은 아무런 대답 없이 내게 다가오며 손을 뻗었다. 난 그 손을 피하려고 뒷걸음질 치다가 현관 문턱에 걸려 주저앉고 말았다. 이안은 그런 내게 다가와 눈높이를 맞추며 한쪽 무릎을 세우고 꿇어앉아 말을 시작했다.

"리아, 내가 왜 이러는지 정말 모르겠어?"

"몰라! 알면 내가 이러고 있겠어?"

"지난번에 말했지? 나도 내 마음을 잘 모르겠다고 한 말 기억해? 이제 알아. 확실해졌어. 리아가 다른 사람과 함께 웃고 있는 걸 아무렇지도 않게 볼 수가 없어. 아무래도 난 리아에게 반한 것 같아."

반했다고? 왜, 어째서?

"이유를 묻는다면 거기에 대한 답은 지금 나도 찾고 있는 중이야. 어쩌면 이유 같은 건 없을 수도 있고 말이지. 사람을 사랑하는데 이유가 있냐고 하는 말을 코웃음 치면서 생각도 안 해본 내가 이렇게 매달리는 걸 보니 역시 경험자들의 말을 들어야 하는 건가?"

저기, 이안? 혹시 그 경험자들이 스토커처럼 굴면 여자가 질색해서 도망갈 거라는 말은 안 해주더냐…….

"리아 마음에 들기 위해 난 노력 중이야."

뭐? 노력……? 노력하는 중이라고? 이게 말이야? 난 전혀 모르겠는데. 오히려 더 내 신경을 긁고 있는 중 아니고?

"리아가 돈이 필요한 것 같아서 돈도 주려 했고, 내 차를 마음에 들어 하는 것 같아서 차도 주려고 했어. 아무리 나라도 그건 쉬웠을 것 같아?"

어, 그건…… 그러네. 난 그냥 네가 미쳐서 그런 줄 알았지. 솔직히 네가 정상은 아니잖아. 가만, 가만, 뭐라고? 그게 다 내 맘에 들려고 한 짓이라고? 헐…… 그럼 그냥 곱게 주지 계약서랑 차용증은 왜 쓴 거야?

"그렇게라도 해서 리아를 잡아두고 싶었으니까."

아, 깜짝이야. 이건 도무지 적응이 안 되네. 너 제발 내가 속으로 생각하는 거에 대답 좀 하지 마. 무서워, 무섭다고.

"리아가 좋든 싫든 난 앞으로도 리아를 계속 잡아놓을 거야."

"……언제까지?"

"리아가 나를 좋아한다고 인정할 때까지."

"그럴 일 없을 텐데 그럼 계속 따라다니겠다는 얘기야?"

이안은 아예 바닥에 주저앉아 양 무릎을 세우고 팔을 감싸더니 무릎 위에 얼굴을 기대고 나를 바라보았다.

"아마도."

"너 변태 스토커 같은 거 알아?"

"난 내가 리아를 좋아한다는 걸 솔직하게 인정했어. 그러니 이제 리아도 인정해."

"뭘 인정하라는 말이야."

"너도 나에게 반했잖아."

뭐래니, 얘 뭐래니, 얘 뭐래니! 내가 미쳤니? 돌았니? 반하긴 누가 반했다고! 이런 미친 변태 외계인이!

"이안, 더 이상 정신 나간 소리 더 듣고 싶지 않으니 일어날게요. 한 번만 더 이딴 짓 하면 그땐 나도 가만 안 있어요. 스토커로 신고할 거야, 알았어요?"

"마음대로."

이 상황에서도 저 쿨함이란…… 그거 하나 부럽다, 이 자식아.

난 현관문을 열고 밖으로 나가 이번엔 엘리베이터를 기다리지 않고 계단으로 걸어 내려갔다. 20층……. 이런 젠장. 그래도 저 이상한 외계인이 언제 마음이 바뀌어서 또 튀어나올지 모르니 꿋꿋하게 걸어 내려가는 길을 택했다. 드디어 1층에 도착한 나는 갑자기 무리한 다리를 두드리며 밖으로 나섰다.

"타, 데려다줄게."

제발 뒤에서 갑자기 나타나는 짓은 좀 하지 말아줄래. 심장마비 오겠다고!

"됐어요."

"되긴 뭐가 돼, 다리 아프잖아."

이게 다 누구 때문인데! 너야, 너! 너라고! 이 망할 캔커피 반딧불이 설탕별 변태 뱀파이어 외계인아!

"타고 가. 아무 짓도 안 해. 그냥 편하게 데려다주고 싶어서 그래."

"……정말이에요?"

"맹세해."

에휴, 그래, 그러자. 사실 너 때문에 온몸이 피곤하긴 하다.

나는 내 사랑 마이바흐의 유혹을 이기지 못하고 편안한 조수석에 몸을 기댔다.

"가요."

운전하는 내내 내 쪽을 한 번도 돌아보지 않는 이안이 조금 이상하긴 했지만 오히려 나는 그쪽이 편했기에 아무 말 않고 창밖으로 지나가는 풍경을 바라보다 스르르 눈을 감았다.

"리아, 리아, 일어나. 다 왔어. 집에 가서 자."

"으음……."

어? 내가 잠이 들었었나. 하긴 며칠 시험 때문에 밤새고 이 이상한 녀석이랑 실랑이 벌이느라 좀 지치긴 했지. 슬며시 눈을 뜬 내 눈앞에 빛나는 외계인의 얼굴이 들어왔다.

"눈……부셔. 얼굴 저리 치워요."

"뭐?"

"얼굴 저리 치우라고요."

"그전에."

"그전에? 눈부셔?"

이안의 표정이 순간 내가 착각하는 세 아닐까 싶을 정도로 한 번에 바뀌었다. 환하게 이를 드러내 보이며 찬란한 미소를 짓는 이안의 얼굴은 내가 본 그 어느 때보다도 밝게 빛났다.

"리아는 내가 눈부셔?"

"인정하긴 싫지만, 미친 외모를 가지고 있는 건 사실이니까요."

"더 붙잡아두고 싶지만 리아도 생각할 시간이 필요할 테니 당분간은 놔줄게. 내일 봐."

이안은 나를 내려놓고 바람처럼 휑하니 사라졌다.

뭐지, 쟤 또 왜 저러지? 에이…… 알게 뭐야, 집에 가서 잠이나 자자. 오늘 하루 머리가 터져 나가는 것 같았으니까.

난 씻을 생각도 못 한 채 그대로 잠자리에 들었다. 그리고 그날 이후, 정말로 캔커피 외계인은 내 앞에 한동안 나타나지 않았다.

며칠 후, 게시판에 각 학과 수석, 차석 명단이 붙었다.

나는 떨리는 마음으로 게시판을 향해 달려갔다. 그런데 어? 이 상하다. 원래 게시판 공고가 붙어도 이렇게 사람이 몰리진 않는데. 자기들이랑 상관없는 일이니 그냥 흘깃 보고 지나치는 게 보통인 데 오늘은 게시판 앞에 학생들이 바글바글 몰려 있었다. 나는 낑낑 거리면서 겨우겨우 그 안을 파고들어 가 명단을 확인해 보고서야 왜 이런 상황이 벌어졌는지 알 수 있었다.

—경제학과 수석 이안 맥스웰. 차석 이리아.

순간 내 눈을 의심했다.

저…… 저게 뭐야. 진짜야? 내가 매일 놀면서 빛이나 뿜고 다니 는 녀석한테 밀렸다고? 그래, 좋아. 다 좋다고. 그런데 2학기 등록 금은…… 절반. 358만 원의 절반이면 얼마지? 179만 원? 179만 원! 지금 이안에게 남은 빚도 300 가까이 되는데 거기다 또 200 가까이 되는 돈이 얹어졌다.

이안, 이안, 이안…… 이 일생에 도움 안 되는 놈아! 넌 돈도 많 은 놈이 뭐 하러 공짜로 학교를 다니려고 해! 아니, 잠깐! 그런데 이 녀석이 이렇게 공부를 잘했었나? 됐어, 됐어! 그 딴 거 알게 뭐 야, 하나도 중요하지 않아.

지금 내게 중요한 건 479라는 숫자라고! 방을 빼? 고시원으로 갈까? 그럼 씻는 것도 자는 것도 너무…… 아니야, 아니야, 다 큰

처자가 고시원이라니, 그건 안 되지. 여름엔 덥고 겨울엔 춥고 좁아터져도 내가 혼자 편안하게 생활할 공간이 있다는 것만으로도 감지덕지했었는데 그걸 버릴 순 없어. 이번 한 학기만 넘기면 졸업인데. 어떡하지? 또 휴학을 할 수도 없고…… 나이 많으면 취직도 점점 어려워질 텐데. 이걸 어쩌면 좋지.

"돈 빌려줄까?"

그래. 이쯤 되면 슬슬 나타날 타이밍이라고 생각은 했었단다, 이안 맥스웰!

나는 고개를 휙 돌리고 매섭게 쏘아보았다. 하지만 오랜만에 만난 그놈은 만면에 여유로운 미소를 짓고 있었다.

"차용증 하나 더 쓰게 생겼네, 리아."

정말이지 일생에 도움이 안 되는 놈이다.

5화
술래잡기

　며칠 뒤, 이대로는 죽도 밥도 안 되겠다는 생각에 난 큰맘 먹고 처음으로 내가 먼저 이안을 찾았다.

　"좋아요, 이안. 일단 난 방학이 시작되자마자 미친 듯이 일만 할 거예요. 그러니 방해하지 말아줘요, 돈 빨리 받고 싶으면."

　"방해해야겠네, 돈 빨리 받고 싶은 마음 없으니까."

　"이안!"

　"말했잖아, 어떻게든 리아를 잡아놓고 싶다고 말이야. 리아는 다른 건 안 그러면서 왜 내가 하는 말은 자꾸 잊어?"

　잊고 싶으니까! 지워 버리고 싶으니까! 너라는 존재 자체를 몰랐던 때로 되돌리고 싶으니까!

　"아무튼, 난 최선을 다해볼게요. 하지만 이안에게 빌린 돈은 빨리는 못 갚겠어요. 일단 등록금부터 채워 넣어야 하거든요."

"내가 준다니까."

"그걸 주면 또 나한테 뭘 하라고 시킬 거잖아요."

"빙고."

"됐어요, 필요 없어요."

나는 다시 한 번 이안에게 방학 동안 나를 방해하지 말라는 약속을 받아낸 후 돌아섰다.

"아직도 리아는 인정 안 하는 거야?"

"뭐를요."

"나에게 이미 반했다는 거."

저걸 그냥 확! 나 아닌 다른 여자들에게나 가서 그런 작업 멘트 날리란 말이야. 아마 좋다고 헤벌쭉해서 달려들 여자가 한둘이 아닐 거다. 난 바빠, 무지 바빠. 앞으로도 더더더더더 바쁠 예정이야. 그러니 넌 딴 데 가서 놀아, 알았어?

그래, 돈이야 있을 때도 있고 없을 때도 있는 거지. 괜히 기죽지 말자. 내가 원해서 빌린 것도 아니고 못 주고 싶어서 안달 난 놈한테 본의 아니게 얻어 쓰긴 했지만 갚으면 그만이야. 3천도 아니고 3억도 아니고 고작 3백이잖아? 등록금이 추가되어서 생각지도 않게 좀 더 힘들긴 하겠지만 그래도 난 괜찮아. 할 수 있어. 저놈만 방해 안 하면 두 달이 넘는 방학 동안 어떻게든 할 수 있어. 까짓, 잠 좀 안 자면 어때, 밥 좀 굶으면 어때.

☆　★　☆

이안과의 지긋지긋한 술래잡기를 끝맺으려면 일단 돈을 전부 갚는 게 먼저였다. 방학이 시작되자마자 거의 살인적인 아르바이트가 시작됐다.

오늘은 어제에 이어서 거리 판촉이다. 새로 나온 화장품 샘플을 증정하면서 고객 확보를 하면 되는 일인데 힘들긴 하지만 급여가 좋으니 할 만한 일이었다.

"아, 리아 씨 왔어?"

"네, 일찍 나오셨네요."

마케팅팀장이란 이 여자는 아침에 물량만 확인하고 간단한 지시 사항을 알려준 후 본사로 돌아간다.

"어, 오늘은 새로 아르바이트생이 추가되어서 좀 일찍 나왔어."

"저 말고 또요?"

"응, 아무래도 한 사람보다는 두 사람이 나을 것 같아서. 알지? 우리 회사 이번에 이 제품에 사활을 걸었어."

"아, 네! 열심히 할게요."

"그래, 리아 씨는 워낙 잘하니까 믿을게. 새로 온 친구도 잘 부탁해."

"걱정하지 마세요. 그런데 그 사람은 어디 있어요?"

나는 주위를 둘러보며 물었다. 아무리 찾아도 일할 사람은 보이지 않았으니 말이다.

"옷 갈아입으러 갔어. 어! 저기 오네. 이안! 이리 와요, 소개시켜 줄 사람 있어요."

이안? 내가 지금 이안이라고 들은 거 맞아? 동명이인이라고 하기엔 저 이름은 지극히 유니크한데…….

"안녕하세요, 이안 맥스웰이라고 합니다."

……역시 너구나, 외계인.

"리아 씨, 뭐 해? 인사하잖아."

"네? 아, 네. 저…… 이리아예요."

"그래, 그래, 선남선녀들이 홍보해 주면 우리 화장품 대박 날 것 같아. 그럼 믿고 간다. 수고해."

팀장이 사라지고 난 직후, 난 득달같이 이안에게 달려가 따져 물었다.

"지금 여기서 뭐 해요?"

"일."

"왜요? 돈도 많은 사람이!"

"심심해서."

"지금 나랑 장난해요? 나 방해하지 말라고 한 말은 어디로 들었어요?"

"제대로 들었어."

"그런데 지금 이 상황은 뭐예요?"

싱긋 웃어넘기는 이안의 얼굴은 뜨거운 여름 아침 햇살에 비춰 더없이 아름다웠지만 지금 그런 게 눈에 들어올 내가 아니었다.

"일하는 데 방해하지 말라며. 방해 안 해. 대신 나도 리아가 너무 보고 싶으니까 같이 있는 쪽을 택한 거야. 리아가 좋아하는 돈도 벌고 내가 좋아하는 리아랑 같이 있고. 일석이조잖아."

아…… 이 자식, 잔머리 끝내주네. 좋아, 이렇게 나오시겠다 이거지? 알았어, 너한테 눈길이나 주나봐라. 넌 네 일 해, 난 내 일할 테니.

파라솔을 정리하고 본격적인 판촉에 들어갔다. 이안이 눈앞에서 왔다 갔다 하면 나한테도 방해되고 여자들은 여자들대로 이안에게 넋이 빠져서 될 일도 안 될 것 같아 난 이안에게 인형 탈을 들고 다가갔다.

너 오늘 어디 한번 죽어봐라. 그 안은 장난이 아닐 것이야! 봄에도 그거 쓰고 일하다가 엉덩이에 땀띠가 났었는데 하물며 지금은 여름! 음하하, 드디어 내가 너를 골탕먹일 수 있는 천재일우의 기회가 왔구나.

"날더러 이걸 쓰라고?"

"네."

"왜?"

"모르는 남자가 불쑥 튀어나와 이거 받아가시고 주소 좀 알려주세요, 그러면 누가 좋아하겠어요. 이런 걸 써줘야 경계심을 풀죠."

"그런 거야?"

"그럼요. 내가 이래 봬도 이 바닥에서 잔뼈가 굵은 몸이라고요. 내 말대로 해요."

"알았어."

군말없이 곰돌이 탈을 쓴 이안은 내가 시키는 대로 착실히 수행하고 있었다. 아침 해가 중천으로 이동하면서 한낮의 뜨거운 열기가 위아래 할 거 없이 다 올라왔다.

더워……. 그런데 이안은? 으아! 쟤 왜 저렇게 내 말을 잘 들어. 아직도 쓰고 있네, 찔리게.

어쩐지 살짝 미안한 마음에 이안에게 잠깐 쉬라고 한 후 편의점에서 시원한 망고주스를 사다가 건네주었다.

"얼마나 남았어?"

"오늘 목표는 300명이에요. 그런데 날씨가 더워 그런지 사람들이 귀찮게 글씨 써주는 걸 안 하려고 드네요. 큰일이다. 저녁때까지 다 채우려면……."

"얼마나 남았냐고."

"이제 겨우 80명 정도…… 그래도 저녁이 되면 선선한 바람 불테니 늦더라도 다 채울 순 있을 거예요."

"그럼 이제 리아는 쉬어, 내가 할게."

"네?"

"나만 믿어."

말을 마치자마자 곰돌이 탈을 벗어 던진 이안은 땀에 젖어 축축해진 머리칼을 쓸어 올렸다. 물기가 젖어 있는 이안의 머리카락은 가늘고 긴 손가락을 만나 더없이 섹시한 분위기를 풍기고 있었다.

"외계인의 능력을 보여주지."

"뭘 어쩌려고요?"

"음…… 일단 옷을 좀 갈아입어야겠는데."

"그럼 탈의실 가서 아침에 입고 온 걸로 갈아입으면 되잖아요."

난 뭐가 문제냐는 말투로 통명스럽게 대꾸해 버렸다.

"리아, 한 30분 정도만 혼자 있어도 괜찮겠어?"

"상관없는데, 왜요?"

"그럼 기다려."

이안은 인형 옷을 벗어 던지고 어디론가 급하게 달려갔다.

응? 쟤 뛰네. 뛸 줄도 아는구나. 매일 볼 때마다 어슬렁어슬렁 걸어 다니기에 외계인은 생전 뛰지도 않는 줄 알았지.

난 하나라도 더 설문지를 받기 위해 다시 거리로 나갔다. 한낮의 찌는 더위는 나뿐만 아니라 지나가는 사람들마저 까칠하게 만드는 모양인지 주소 하나 받아내는 게 여간 힘든 일이 아니었다. 그래도 피나는 노력 끝에 간신히 90명을 채우고 한숨 돌리고 있는데 뒤에서 익숙한 목소리가 들려왔다.

"오래 기다렸지? 이제 좀 쉬어."

아무 생각 없이 돌아본 나는, 순간 눈이 머는 줄 알았다. 깔끔한 정장을 제대로 차려입은 이안의 모습은 찬란한 미소와 더불어 내가 이제까지 본 중 가장 밝은 빛을 뿜어내고 있었다.

으으윽…… 이건 뭐야. 반딧불이가 해도 안 졌는데 돌아다니고 있어.

이안은 나를 억지로 파라솔에 끌어다 앉히고 홀로 거리로 나섰다. 누구나 예상 가능한 일이겠지만 모든 여자들의 시선이 단번에 이안에게로 꽂혔다.

"저, 아가씨. 실례합니다. 지금 잠깐 시간 괜찮으신가요?"

"네? 저요? 아, 네."

"저희 회사 신제품 화장품을 소개해 드리려고 합니다. 일단 샘플 받으시고 저쪽에 가서 주소와 이름을 적어주시면 나중에 정품

구매할 때 다양한 혜택과 함께 미백에 도움이 되는 마스크팩까지 선물로 드린답니다. 물론, 지금도 너무 눈이 부시게 하얀 피부를 가지고 계시니 그런 건 필요 없겠지만 말입니다."

"어머, 그래요? 고맙습니다. 어디로 가면 되죠?"

"저쪽에 파라솔 밑에 있는 여자분에게 가서 간단한 설문지와 함께 작성하시면 됩니다."

"네! 그럴게요!"

캬아…… 죽인다. 캔커피 너, 이제 봤더니 완전 선수구나. 여자들이 아주 녹네, 녹아.

이안이 붙잡는 여자들마다 족족 내게로 건너왔고, 설문지는 순식간에 채워지고 있었다. 정확히 세어보진 않았지만 이대로라면 근무시간 훨씬 전에 일이 끝날 것 같았다.

"이안! 우리 점심 먹고 해요!"

"난 괜찮으니 리아나 먹고 와."

"그래도 뭐라도 먹어야죠."

"상관없어. 어서 다녀와."

난 나라도 혼자 먹고 올까 하다가 아무래도 양심에 걸려 이안이 먹을 만한 게 뭐 없나 하고 주위를 둘러보았다.

어, 있다. 저거다!

편의점에서 삼각김밥을 사려고 했던 나는 그 뒤에 있는 도넛가게를 발견했다. 도넛가게에 들어서자마자 달콤한 냄새가 코를 찔렀다. 난 그중에서 제일 달아 보이는 도넛 두 개를 골라 들고 다시 편의점에 들러 내가 먹을 삼각김밥을 샀다. 파라솔에 앉아 꾸역꾸역 김밥을 입에 집어넣고 우물거리다 꿀꺽 삼킨 나는 큰 소리로 이안을 불렀다.

"이안! 이안! 이것 좀 먹고 해요! 이안이 좋아하는 단거 사왔어요!"

정신없이 일하던 이안은 그제야 나를 돌아보고 싱긋 미소 지은 후 성큼성큼 다가와 내 옆에 앉았다.

"수고했어요. 이거 먼저 마시고 도넛 먹어요."

"고마워, 잘 먹을게. 돈도 없다면서 뭐 하러 이런 건 사왔어."

"내가 미쳤어요? 내 돈 주고 이안한테 먹을 걸 사다 바치게? 식비는 따로 나와요."

"그런 거야? 아무튼 잘 먹을게."

하얀 설탕가루가 범벅이 되어 있는 도넛을 한입 베어 문 이안의 입가에 설탕가루가 빙 둘러 묻었다. 어차피 계속 먹을 건데 닦아도 소용없을 것 같아 그냥 놔두다가 이안이 그 도넛을 다 먹고 난 후 말을 전했다.

"이안, 입에 뭐 많이 묻었어요."

"여기?"

이안의 붉은 혀가 하얀 설탕가루를 쓸고 지나간다.

"음…… 거기 말고 다른 데도……."

"여기?"

또 한 번 이안의 혀가 나타나 그의 입술 주변을 싸악 훑고 지나갔다.

"됐어?"

"거기가 아니라 여기……."

난 나도 모르게 이안의 입가에 남아 있는 하얀 가루를 휴지로 닦아주었다.

으응? 내가 왜 이랬지? 난 나조차도 당황스러운 이 행동을 혹시라도 이안이 오해할까 봐 안절부절못했다. 짐짓 아무렇지도 않은 척 딴청을 피우고 있긴 했지만 어쩐지 이안의 시선이 계속 내게로 꽂히는 느낌이었다.

"고마워."

"별, 별로…… 대단한 것도 아니고 그냥 별 뜻 없는 거예요."

"알았어. 정색하기는."

꿀꺽. 마른침이 넘어갔다. 내가 긴장하고 있는 거 티 나는 건 아니겠지? 잠깐, 나 왜 긴장해?

이안은 나머지 도넛까지 다 먹은 후 내게 다시 한 번 고맙다는 인사를 전했다.

"잘 먹었어, 리아. 고마워."

난 얼른 고개를 다른 곳으로 돌려 버렸다. 이제 저 이상한 캔커피 외계인의 최대 무기인 찬란한 미소가 나올 차례였기에 차라리 보지 않으려 아예 시선을 다른 곳으로 두었다.

스윽. 그가 일어나는 소리가 들리는가 싶더니 그와 동시에 내 귓가에 따뜻한 숨결이 느껴졌다.

"난 사실 리아 입술로 닦아주길 원했는데."

"꺄악!"

뭐래니, 얘 뭐래니, 얘 뭐래니! 너 미친 거 아니니? 어떻게 나한테 그런 소릴 하니? 그것도 백주 대낮에!

"리아…… 그 소리 지르는 것 좀 안 할 수 없어? 심장마비 올 것 같아."

그건 내가 할 소리거든? 이게 진짜 누구한테!

"쓸데없는 소리 말고 일이나 마저 해요!"

자리에서 벌떡 일어나며 설문지를 챙기는 나를 보며 이안이 빙긋이 웃었다.

"다 했는데?"

"네?"

"다 했다고. 300명만 채우면 된다며. 그거 아마 훨씬 넘었을 걸?"

진짜?

나는 한편으로 치워두었던 설문지를 하나하나 세어보기 시작했다. 하나, 둘, 셋, 넷…… 헉! 진짜잖아!

"맞지?"

"……네."

"할당량 미리 끝내면 조기퇴근해도 되는 거야?"

"네, 이건 내일 아침에 팀장님이 수거해 갈 거예요."

"그래? 그럼 가자."

"어디를요?"

"데이트."

내가 제대로 들은 거 맞아? 더위 먹어서 헛 게 들리나?

"지금 데이트라고 했어요?"

"응."

"누구랑? 이안이랑 나랑?"

"당연한 걸 뭘 물어."

미쳤구나, 돌았구나. 아주 돌아도 제대로 돌았구나. 내가 왜 너랑 데이트를 하겠니. 네가 외계인이라 잘 모르나 본데, 자고로 데이트라 함은 서로 죽고 못 사는 연인들이 지금 연애한다는 걸 불특정 다수에게 자랑하려고 하는 거란다. 알겠니? 너랑 나의 관계는 연인이 아니라 그 비슷한 것도 아니거든? 우리는 채무자와 채권자, 사채업자와 선량한 피해자, 이거란다.

"아르바이트 가야 해요."

"저녁 7시부터잖아."

"그렇긴 한데, 미리 가도…… 잠깐, 지금 뭐라고 했어요?"

"아르바이트?"

"시간! 시간! 내가 일하는 시간! 그걸 어떻게 알아요?"

이안은 천연덕스럽게 웃으며 대답했다.

"M라이브 카페, 지난번 리아가 일하던 곳. 맞지?"

"어떻게 아느냐고요."

"나 오늘부터 거기서 바텐더로 일해."

"뭐라고요?"

"그러니 이제 그만 포기해, 아! 시간 많이 남았는데 영화나 한 편 볼까? 아니면 마이바흐 타고 드라이브? 어떤 걸로 할래, 리아?"

이안은 차 키를 손가락에 걸고 빙빙 돌리며 내게 손을 내밀었다.

이안 맥스웰…… 난 진심으로 네가 무섭다.

나의 스케줄을 이미 꿰차고 있는 이안 때문에 난 결국 힘없이 그에게 끌려갈 수밖에 없었다. 그나마 위안이 되는 건 내 사랑 마이바흐 사마!

마이바흐 사마, 그간 강녕하셨는지요. 혹여 몰상식한 아이들이 동전으로 긁고 지나간다거나 저 무지막지한 외계인이 함부로 다뤄서 어디 상하신 곳은 없으신지요. 미천한 저는 차마 마이바흐 사마를 모시지 못하고 눈물을 머금을 수밖에 없답니다. 영혼을 팔아서라도 갖고 싶은 마이바흐 사마를 이렇게라도 뵈올 수 있는 것이 무한한 영광이옵니다.

차에 타지는 않고 연신 마이바흐를 쓰다듬으며 중얼거리는 나를 보고 이안이 차 지붕을 통통 두드리며 말을 걸었다.

"뭐 해, 지금?"

아니, 이놈이! 감히 마이바흐 사마의 옥체에 손찌검을 하다니! 네놈이 정녕 죽고 싶은 게로구나!

"리아? 리아! 내 말 안 들려? 뭐 하냐고."

"네? 아! 그냥 좀…… 차 구경?"

"처음 보는 것도 아니면서. 하여간 특이하기는."

뭐…… 뭐, 뭐? 특이…… 와, 나 이런! 특이한 걸로 따지자면 너는, 너는! 살다 살다 별소릴 다 듣겠네. 난 지극히 평범하거든? 이거 왜 이래!

"아무튼 빨리 타. 시간 맞춰 가려면 이럴 시간 없어."

"어디 가는데요?"

"배 타러."

배라니 진짜 배?

잠시 후 도착한 곳은 한강유람선 선착장이었다. 이안은 차를 아무렇게나 주차시킨 후 나를 데리고 배에 올라탔다.

"여긴 왜요?"

"좋잖아, 바람도 시원하고 말이지. 바다는 아니지만 그래도 기분은 나잖아?"

"그러네요."

서울에 살면서도 단 한 번도 와본 적 없는 한강을, 게다가 유람선까지 타면서 구경하게 되다니, 생각했던 것보다 물이 그다지 깨끗한 것 같지는 않았지만 그래도 푸른 강물과 푸른 하늘을 보며 시원한 바람을 맞는 것은 꽤 기분이 괜찮은 경험이었다.

캔커피 외계인은 내게 끊임없이 무언가를 주려고 한다. 그것이 돈이 되었든, 시간이 되었든, 혹은 다른 것이든. 아무래도 인정할 건 인정해야겠다. 이제 그의 막무가내 공격이 싫지만은 않다는 걸.

"리아."

"네?"

"여기 갑판 끝이야."

"그런데요?"

"여기 끝에 남녀가 서 있으면 빼놓을 수 없는 영화의 한 장면이 있지 않아?"

서, 설마…… 너 타이타닉 흉내 내보자고 하면 죽여 버릴 거야!

"눈 감아봐."

오 마이 갓. 할 거냐. 기어이 해야만 하는 것이냐. 내릴 때 그 쪽

팔림은 어쩌라는 것이냐.

"리아, 눈 감으라니까."

"싫어요. 절대 안 할 거예요."

"왜?"

"왜긴요! 지금 때가 어느 땐데 타이타닉 패러디예요. 그거 나온 지 10년도 넘은 데다가 손발이 오그라드는 건 어쩔 거예요!"

"응? 타이타닉? 그런 건 생각도 안 했는데?"

"진짜?"

"진짜. 그러니까 이제 안심하고 눈 감아."

나는 반신반의 하며 눈을 감았다. 이유가 어쨌든 오늘 이놈 덕분에 일도 편하게 했고 좋은 구경도 하고 있으니 까짓 눈 한 번 감았다 뜨는 게 뭐가 어려울까. 돈 드는 것도 아닌데. 딱 1초만 감았다가 뜨자. 시간 제한 없었으니 그래도 상관없겠지?

눈을 감았다 뜨려하는 순간 갑자기 이안이 입술을 덮쳐 왔다.

으악! 공공장소에서 이게 무슨! 야! 너 미쳤어? 미친 거야?

이안은 동그래진 내 눈을 바라보며 피식 웃더니 금세 내게서 떨어졌다.

"갑판 끝에 있는 연인들은 언제나 키스를 해. 몰랐어?"

"좀 짚고 넘어가야겠는데, 이안하고 난 절대 연인 아니거든요?"

"앞으로 될 거야."

뭐 이런! 야! 누구 맘대로!

어느새 배는 반대편 강변에 도착했다. 그런데 나는 거기서 또 하나의 의문이 생겨났다.

다 좋은데, 저쪽에 두고 온 마이바흐는? 이따가 아르바이트는?
뭐 타고 가?

"리아, 이제 또 타자."

"네?"

"왔으니까 도로 가야지. 당연한 걸 뭘 물어?"

그렇지, 왔으니 가야지. 내가 그 당연한 걸 너에게 물었구나. 아
니, 물은 적은 없지. 네가 알아서 대답한 거지, 무섭게.

"이번엔 갑판에 안 가요."

"왜?"

글쎄, 왜일까? 그건 네가 더 잘 알지 않아? 이 키스 못 해 환장한
변태 외계인아!

"아~리아, 내가 덮칠까 봐 걱정돼?"

아는구나, 역시. 알면 좀 하지 마!

"이상하네, 다른 여자들은 나랑 키스 못 해 난리들인데."

그러니까 그 여자들한테 가서 하라고! 나 말고!

어이없는 이안의 말에 고개를 좌우로 흔들며 다시 배에 올랐다.
이번엔 갑판이 아니라 실내로 들어가서 자리를 잡았다. 은은한 음
악이 나오고 테이블과 의자가 마련되어 있는 걸 보니 아마도 음식
과 음료도 파는 곳인가 보다.

멋지네. 강 위에서 음식도 먹고 음악도 듣고. 다른 사람들은 이
렇게 사는구나.

"리아, 노래할래?"

"여기서요?"

"응."

"내가 왜요?"

"저쪽에 무대도 있고, 누구나 노래할 수 있대."

이안이 가리키는 곳을 쳐다보니 정말로 작은 무대와 마이크가 놓여 있었다.

"됐어요."

"왜?"

"조금 있으면 원 없이 부를 텐데 뭐 하러 여기서 진을 빼요. 그리고 난 돈 되는 거 아니면 노래 안 해요."

"노래하는 거 좋아하지 않아?"

"전혀요. 난 그저 내가 가진 능력을 최대한 활용하는 것뿐이에요. 오히려 노래하는 건 싫어하는 쪽에 가까워요."

"아쉽네, 리아 노래할 때 정말 멋있는데."

이안은 내게 살짝 윙크하고 어디론가 걸어갔다. 이안의 발이 멈춘 곳은 아까 그가 말했던 작은 무대. 무엇을 하려는 건지 직원과 뭐라고 얘기하는 것 같더니 그 직원이 기계에 번호를 누르자 전주가 흘러나왔다.

응? 지금 노래하려고? 네가? 그런데 이노래는…… 내가 익히 알고 있는 노래였다. 그리고 이 노래의 가사는…… 명백한 사랑의 고백이다.

I'm yours, 제이슨 므라즈의 노래가 이안의 목소리로 흘러나오고 있었다.

Well you done done me and you bet I felt it

그댄 내게로 다가왔고 내가 느꼈다는 걸 당신도 알 거예요.

I tried to be chill but you're so hot that I melted

냉정해지려 해봤지만 그대가 너무 멋져서 난 녹아내렸죠.

I fell right through the cracks and now I'm trying to get back

난 그대에게 곧바로 빠져 버려서 지금 난 되돌아오려고 애쓰는 중이에요.

Before the cool done run out I'll be giving it my bestest

이런 기분이 완전히 없어져 버리기 전에 난 내 모든 것을 줄 거예요.

Nothing's going to stop me but divine intervention

신이 아닌 이상 무엇도 날 막을 수 없어요.

But i won't hesitate no more,

난 더 이상 주저하지 않을 거예요,

no more It cannot wait, I'm yours

더 이상은 기다릴 수 없어요. 난 그대 거예요.

윽! 난 그대 거예요, 하면서 나를 가리킨 저 캔커피 덕분에 모든 사람의 시선이 한순간에 내게 꽂혔다. 하지 마! 하지 마! 제발⋯⋯ 나 지금 손발이 없어지고 있어.

그러나 나의 바람을 깡그리 무시해 버리고 이안은 매력적인 목소리를 내세워 노래를 계속하고 있었다.

시선은 오직 내게 고정한 채로.

Well open up your mind and see like me

마음을 열고 날 봐줘요.

Open up your plans and damn you're free

틀을 깨고 그대 스스로를 자유롭게 해줘요.

Look into your heart and you'll find love love love love

그대의 마음속에서 사랑, 사랑, 사랑, 사랑을 찾아봐요.

So I won't hesitate no more,

난 정말 기다릴 수 없어요.

no more It cannot wait I'm sure

그래서 나는 더 이상 주저하지 않을 거예요.

There's no need to complicate

복잡하게 생각하지 마요.

Out time is short

주어진 시간이 짧으니까요.

This is our fate, I'm yours

이것은 우리의 운명이에요, 나는 그대 거예요.

헉! 이안이 일어섰다! 그리고 천천히 걸어오고 있었다. 제발……
오지 마, 오지 마, 오지 마! 지금도 충분히 쪽팔려. 제발 오지 마!
이안은 무선마이크를 들고 노래를 부르며 내 앞에 앉아 미소 짓고
있었다.

으왓! 너 무슨 짓이야! 아직 대낮인데 벌써부터 빛을 뿜고 난리
야! 눈부셔, 눈부셔, 지나치게 눈부셔…….

그러나 이안은 노래를 멈출 생각이 전혀 없어 보였다.

To rid yourself of vanity and just go with the seasons

그대의 자존심을 버리고 이 기회에 함께 가요.

Our name is our virtue

우리의 이름이 우리의 장점이에요.

Please don't, please don't, please don't

그러니 제발 그러지 마요.

There's no need to complicate Cause our time is short

시간이 짧으니 복잡할 필요가 뭐가 있어요.

This oh this this is out fate, I'm yours!

이것이 우리의 운명이에요, 난 그대 거예요.

드디어 노래가 끝났구나 하고 안심하고 있었는데 이안은 여전히 마이크를 놓지 않고 있었다. 그리고 반주가 멈추자 정적이 흐르는 틈을 타 그가 마이크에 대고 내게 말했다.

"리아, I'm yours."

그곳에 있는 모든 사람들이 환호성을 질러대고 난리도 이런 난리가 없었다. 휘파람을 불어대고 박수를 치고 멋있다는 말, 부럽다는 말, 별별 말이 공중에서 흩어지고 있었다.

미치겠네. 그곳의 사람들은 내가 이 거창한 프러포즈에 대한 답을 내리기를 기다리고 있는 것 같았다. 그 시선들이 내 숨통을 조여오며 시간이 흐르고 있었다. 내 앞에 앉아 있는 외계인은 이 상황이 즐겁기만 한 것인지 입가에 미소를 지우지 않고 있었다.

"리아, 난 이제 확실해졌어."

"……."

"사랑해, 내가 나를 이해할 수 없을 정도로."

"……."

"그러니 도망가지도 숨지도 마. 헛수고야. 어디에 숨어 있든 다 찾아낼 테니."

졌다. 그래, 네가 이겼어, 이안 맥스웰.

"……알았어요."

내 입에서 알았다는 말이 나오자 이안의 눈이 조금 커진 것을 느낄 수 있었다.

"뭐라고 했어, 지금?"

"내가 졌어요. 알았어요. 그러니 제발 우리 여기서 좀 나가요."

이안은 찬란하기 그지없는 미소를 보이며 내게 손을 내밀었다.

"리아가 원한다면 얼마든지."

다행히 조금 멀지 않은 곳에 선착장이 보였다. 잠시 후면 이 민망한 시선들을 뒤로하고 몸을 숨길 수 있을 것이다. 제발, 제발, 제발, 아웃! 이 배는 왜 이렇게 느려!

드디어 배가 선착장에 도착하자마자 난 이안이고 뭐고 다 필요 없이 미친 듯이 마이바흐를 향해 달려갔다.

내가 쉴 곳은 마이바흐 사마뿐이야! 마이바흐 사마! 마이바흐 사마!

숨이 턱에 닿도록 뛰어갔지만 내게 키가 없다는 것을 깨닫고 망연자실한 나는 조수석 옆에 쭈그리고 앉아 얼굴을 묻고 있었다.

"뭐 해, 거기서?"

"아무것도 안 해요."

"풉! 진짜 특이하다니까. 얼른 타기나 해."

이젠 뭐라고 대꾸할 기운도 없다.

그래, 나 특이하다. 됐냐? 저 이상한 외계인이랑 있으면 진짜로 말을 하는 것도 아닌데 속으로 생각만 해도 지치는 건 왜일까. 내 기를 쪽쪽 빨아들이고 있나? 입도 안 대고. 뱀파이어 외계인이니까?

"리아."

"왜요."

"내 프러포즈 어땠어?"

그걸 말이라고! 완전 쪽팔렸어! 완전!

"어쨌든 승낙한 거지?"

이걸 어쩐다. 빼도 박도 못 하게 생겼네.

"대답 안 해? 다시 배 타러 갈까?"

"아니요! 절대 싫어요!"

"그럼 대답은?"

"알았어요."

"좋다는 거야, 싫다는 거야?"

"좋은 것도 싫은 것도 아니지만, 이젠 이안을 피하거나 숨지 않을게요."

이안은 피식 웃으며 시동을 걸고 기어를 올렸다.

"일단은 그걸로 만족하지. 사실 도망 다니는 거 찾느라 좀 피곤하긴 했거든."

그랬냐. 난 네가 워낙 잘 찾아내기에 나한테 무슨 송신기라도 단

줄 알았다.

"이안."

"워우! 웬일이야? 리아가 내 이름을 먼저 다 불러주고?"

"왜 그렇게 나를 좋아해요? 아무리 생각해도 난 도무지 모르겠어요."

"그러게 말이야. 틈만 나면 도망치고, 말 걸었다 하면 질색하는 표정을 짓는 리아를 내가 도대체 왜 좋아하는 걸까."

"지금 나랑 말장난해요?"

"아니, 나도 진짜 잘 몰라서 하는 말이야. 누가 내게 가르쳐 줬으면 좋겠다 싶을 정도로 한순간에 리아에게 빠져 버렸어. 어쩌면 처음 리아를 봤을 때 이미 반했을지도 몰라."

이안은 운전을 하느라 앞만 보고 있었지만 곁눈질로 슬쩍 나를 보며 미소 짓는 걸 잊지 않았다.

"처음이라면…… 도서관?"

"아니. 리아, 기억력이 왜 이래. 이러면서 수석을 했었다니 신기하네. 지난번에 다 얘기했었잖아. 처음 본 건 개미들이랑 얘기하는 리아였다니까."

"아. 그것참…… 그걸 보고 좋아했다고, 음…… 역시 특이해요, 이안은."

"리아만 할까."

이걸 그냥 확! 아니라고! 아니라고! 난 감히 너의 적수가 되지 못한다고! 아, 혈압 올라…… 그만하자. 이제 이 짓도 힘들어서 못 해 먹겠다.

"난 리아 거야, 이제부터. 실컷 부려먹어."

"네? 아…… 아하하…… 그건 좀."

"왜?"

"별로 편하지가 않네요."

"얼마든지 부려먹어도 좋지만 대신 페이는 성실히 지급해 줘."

이게 또 벼룩의 간을 내 먹으려고 드네, 돈도 많은 게.

"돈 없어요. 알면서 왜 그래요."

"누가 돈으로 달라고 했어?"

이안은 때마침 신호대기에 걸리자마자 재빠르게 안전벨트를 풀고 내 입술을 함박 머금고 돌아갔다.

"난 이게 제일 필요해."

홍당무처럼 새빨개진 얼굴을 어찌할 바 모르고 애꿎은 창밖만 뚫어지게 바라보던 나는 마침내 라이브카페에 도착하자마자 문을 열고 전속력으로 달려갔다.

"리아 왔어? 아직 안 늦었는데 뭘 그렇게 뛰어와."

"아니, 그게 참! 사장님, 이안 오늘부터 여기서 일해요?"

"아, 그 친구? 며칠 전에 찾아왔더라고. 리아가 일하는 동안 자기도 여기서 일하게 해달라고."

"사람 안 구하셨잖아요."

"응, 그런데 리아 보디가드 겸 일하는 거니 보수도 필요 없다고 하고 바텐더 자격증도 있다고 하니 내 쪽에선 거절할 이유가 없잖아, 안 그래? 물론 보수야 많이는 아니더라도 지급하겠지만, 요즘 좀 혼자 하기 벅찬 건 사실이었거든."

"그래요…….."

"대신 사랑싸움 같은 건 일 끝나고 해야 한다. 영업에 방해되면 안 되는 거 알지?"

"무슨 그런! 그럴 일 절대 없어요!"

사실은 관계 자체를 부정하고 싶지만 이미 이안에게 뱉은 말이 있으니 차마 말도 못 하고 그저 한숨만 쉬고 있을 때 이안이 들어왔다.

"사장님, 저 오늘만 차 가지고 왔습니다. 내일부터는 안 그럴 테니 오늘만 좀 봐주세요."

"그래, 그렇게 해. 첫날이니까 봐주는 거야. 손님들 주차 공간도 모자랄 때가 많으니 내일부터는 꼭 대중교통을 이용해 줘."

"알겠습니다."

내가 이곳에서 일한 지 1년이 넘는 동안 여기 사장님과 친분이 두터워진 계기는 둘이 비슷한 점이 많아서이기도 했는데, 그중 하나가 바로 My Car였다. 꿈의 자동차. 죽기 전에 한 번 타보면 소원이 없을 그런 자동차. 나는 사장님에게 살짝 귀띔을 해주었다.

"나가보세요."

"왜?"

"일단 나가서 이안이 끌고 온 차가 뭔지 보고 오시라고요."

"왜? 여기 주차하면 안 될 정도로 똥차야?"

"그게 아니라…… 그냥 한 번 보시면 알아요. 제 말 안 들으시면 후회하실 텐데."

"차가 뭔데 그래?"

사장님은 고개를 갸웃거리며 밖으로 나갔다. 그리고 잠시 후 계단에서부터 비명에 가까운 소리가 들렸다.

"으악! 마이바흐! 마이바흐가 내 가게 앞에 있어! 벤츠도 아니고 BMW도 아니고 아우디도 아니고 마이바흐야, 마이바흐!"

그것 봐요. 내 말 안 들으면 후회할 거라고 했죠? 우리가 어디서 그런 차를 만나보겠어요.

사장님은 계단을 구르다시피 내려와 이안을 붙들고 말했다.

"저! 저기! 저 차! 마이바흐! 진짜, 진짜 자네 건가?"

"네."

"부모님 거?"

"아닙니다. 제가 주문한 제 찹니다."

"……자네, 재벌 2세인가?"

"동의할 수는 없지만, 그냥 비슷한 거라고 해두죠."

사장님은 별안간 이안의 손을 덥석 잡으며 큰 소리로 말했다.

"앞으로 매일! 저 차 가지고 와! 매일! 하루도 빠지지 말고! 눈이 오나 비가 오나 바람이 부나! 알았지?"

"네, 뭐…… 그러죠."

"아싸! 마이바흐를 매일 볼 수 있다! 내 차는 아니지만 내 가게 앞에 세워진 것만 봐도 배부를 것 같아! 리아, 너도 저 차 처음 봤을 때 이랬어?"

"전 더했어요. 지금도 마이바흐 사마라고 불러요."

"그렇지! 사마! 마이바흐 사마! 감히 우리는 우러러보지도 못할 마이바흐 사마!"

사장님과 나는 쿵짝이 맞아 손님이 없는 틈을 타 신나게 마이바흐를 연호했다.

"미이비흐 사미! 미이비흐 시마! 미이바흐 시마!"

이안은 이상하다는 눈으로 우리를 잠시 쳐다보다가 탈의실로 가서 옷을 갈아입고 나왔다. 으헉, 이런…… 젠장! 흰색 와이셔츠에 검정색 조끼를 입고 나비넥타이까지 맨 이안의 모습은 금방이라도 순정만화에서 툭 튀어나온 것 같은 모습이었다. 원래 잘생기긴 했지만 아까도 느낀 건데 이안은 제복이 참 잘 어울리는구나.

"왜? 남자친구가 그렇게 멋있어? 넋을 잃고 바라볼 정도로?"

사장님이 짓궂게 놀리셨지만 난 그 말에 반박할 이유를 찾지 못했다. 생긴 걸로만 따지자면 저 캔커피 외계인은 우주 최강이다.

시간이 지나니 손님들이 하나둘씩 몰려들기 시작했다. 난 어차피 시간 맞춰 올라가면 되니까 한쪽 구석 빈 테이블에 앉아 그냥 맹물만 마시고 있었다. 그에 반해 이안은 꽤 바쁜 모양이었다. 처음 보는 바텐더가 절세가인이니 그럴 만도 하지.

여자들은 당연한 일이었지만 남자 손님들까지도 오늘따라 바에 앉는 경우가 많았다. 이안은 능숙하게 칵테일을 만들고 매끄러운 화술을 자랑했다. 손님들은 남자, 여자 할 것 없이 모두 이안에게 푹 빠진 듯했다. 덩달아 사장님의 얼굴도 환하게 피어서 내게로 다가왔다.

"네 남자친구 죽이는데? 내일부터는 여자 손님들이 들끓겠어. 저 친구 잡아두려면 나 리아에게 잘 보여야 하는 거 맞지?"

"사장님도 별소릴 다 하세요."

"그나저나 리아, 긴장해야겠다."

"왜요?"

"벌써 여자들이 이안에게 전화번호 주고 난리도 아니야."

"그러라죠, 뭐."

"이야, 남자친구를 그렇게 믿는 거야? 다시 봤어, 리아."

아니요, 사장님, 그런 건 아닌데요. 쟤가 좀 정상이 아니라서 그래요. 나한테 단맛이 난다나 어쩐다나. 그냥 쟤는 미친 변태 외계인이에요.

내가 일할 시간이 됐다는 것을 알아채게 된 것은 단골손님들이 보내오는 신청곡 쪽지들을 받고 나서였다. 난 신청곡들을 꼼꼼하게 확인하고 가능한 것과 아닌 것을 분류한 뒤 무대로 올라갔다. 슬쩍 이안 쪽을 쳐다보니 여전히 손님들에게 파묻혀 있었고, 그걸 본 나는 오히려 더 안심이 되었다. 저 외계인이 뚫어지게 쳐다보고 있으면 긴장이 되는 건 사실이었으니까.

"반갑습니다. 오늘도 저희 카페에 찾아주신 손님들께 좋은 시간 보내시라고 첫 곡은……."

난 내가 준비한 곡과 신청곡을 번갈아가며 부르고 시간을 채워가고 있었다. 간간이 사람들의 박수 소리가 들리기도 하고 뭐라고 말을 걸기도 했지만, 난 그저 희미한 접대용 미소로 응대한 뒤 내 할 일만 하고 있었다.

드디어 오늘의 마지막 곡을 부르려는 순간 내 눈에 이안의 모습이 들어왔다.

대부분 바에 앉은 사람들은 이안에게 어느 정도는 관심을 보이고 있었지만, 어떤 여자 하나가 노골적으로 흑심을 드러내고 있었다. 아예 바를 넘어갈 기세로 몸을 깊숙이 앞으로 숙인 그 여자는 보란 듯이 셔츠의 단추를 가슴골이 보이도록 풀어헤치고 게슴츠레한 눈으로 이안을 바라보고 있었다.

이안은 무심한 듯 신경 쓰지 않고 칵테일을 만들었지만 그 여자가 말을 걸자 고개를 돌리고 내 쪽으로는 시선도 주지 않은 채 그 여자와 담소를 나누고 있었다. 다 만들어진 칵테일을 그 여자 앞에 두자 그 여자는 칵테일을 마시면서도 시선은 이안에게서 떼지 않았다. 그러고는 이안에게 두 번째 손가락을 까딱거리며 귀를 대보라는 것이 아닌가.

그다지 크지 않은 가게인 데다가 내 시력이 쓸데없이 좋은 터라 나는 이안의 표정을 한눈에 볼 수 있었다. 이안은 입가에 잔잔한 미소를 머금은 채 그 여자에게 허리를 숙여 귀를 가져다 댔다. 잠시 후, 일어난 이안의 입은 조금 전보다 더 커다란 호선을 그리고 있었다. 어쩐지 다정한 모습의 두 사람을 보고 있자니 왠지 모르게 가슴 한쪽에서 찬바람이 부는 것 같았다.

어…… 어라? 이거 뭐지? 저 외계인이 누구랑 얘기하든 무슨 상관이지? 저 여자랑 얘기하며 웃는 게 뭐가 어때서? 아, 정말 왜 이러지? 왜 이렇게 거슬리지?

"리아! 뭐 해! 손님들 기다리잖아!"

당황한 사장님이 내게로 다가와 작은 목소리로 얘기하고 돌아갔다.

아참! 나 일하는 중이었지. 일하다 말고 이게 무슨 추태야. 정신 차려, 이리아!

난 악보를 다시 똑바로 세워놓고 피아노 건반을 두드렸다.

그때 그 여자가 이안이 걸어 올린 셔츠 밑으로 드러난 팔을 쓰다듬는 것이 보였다. 이안은 그럼에도 불구하고 그 여자의 손길을 피하지 않았다. 그는 아예 대놓고 유혹하는 여자를 전혀 피할 생각 없이 그 여자가 하는 대로 계속 내버려 두다가 갑자기 내 쪽을 흘깃 쳐다보았다. 생각지도 않게 이안과 눈이 마주친 나는 얼른 시선을 돌렸으나 그 이후 상황이 궁금해서 도저히 참을 수가 없었다.

난 얼굴은 악보에 고정시킨 채 눈동자만 굴려 이안의 모습을 훔쳐보았다. 이안이 그 여자에게서 무언가를 건네받고 있는 것이 보였다.

하얀색, 종이? 쪽지? 전화번호? 주소? 그런 건가?

이안은 쪽지를 펼쳐 확인하더니 활짝 웃으며 바지주머니에 찔러 넣었다.

오호…… 그렇구나. 너 딱 걸렸어. 열 여자 마다하는 남자 없다더니 너도 그런 거야? 나만 좋다고 죽자고 따라다닐 때는 언제고! 아니, 잠깐! 내가 왜 흥분을 하고 있지? 나한테는 오히려 잘된 일이잖아, 안 그래? 이 기회에 저 이상한 외계인을 치워 버리는 거야! 좋은 기회잖아? 저 캔커피 외계인이 다른 사람에게 가버리면 난 지금까지처럼 편안한 생활을 누릴 수 있어! 깜짝깜짝 안 놀라도 되고, 눈 멀 걱정 안 해도 되고 말이야. 그런데, 그런데…… 아까부터 부는 이 찬바람은 뭐지? 사장님이 에어컨을 세게 틀었나?

난 눈앞의 악보가 희미해지는 것을 느끼고 서둘러 곡을 마무리 시었다. 노래는 단 한 마디도 부르지 못한 채 짧은 연주곡으로 만들어 버린 탓에 난 하는 수 없이 다시 마지막 곡을 선택할 수밖에 없었다. 그러나 내 머릿속은 온통 한 노래로만 가득 차 있었다. 그 노래 말고 다른 노래는 아무리 생각해도 떠오르지가 않았다. 왜 하필…….

시간은 자꾸 흐르고 사장님은 자꾸 재촉하는 탓에 난 내 머리를 꽉 채우고 있는 그 노래를 부를 수밖에 다른 도리가 없었다. 눈은 점점 흐릿해지고 악보를 보고 칠 수도 없는 상황에서 내가 할 수 있는 건 오직 그 노래뿐이었기 때문이다.

"죄송합니다, 제가 오늘 좀 피곤해서 실수를 많이 했네요. 사과 드리는 의미로 마지막 한 곡 더 보내 드립니다. 제이슨 므라즈 의…… I'm yours……."

순간 이안의 시선이 그 여자에게서 내게로 옮겨왔다.

이제야 내가 보이니? 네 입으로 그렇게 나만 좋다고 하더니 그 여자랑 시시덕거리면서 나는 신경도 안 쓰였나 보지?

난 여전히 초점은 흐리지만 이안으로 추정되는 형상에 시선을 고정시키고 노래를 불렀다. 그러다 그것조차 눈이 피곤해져서 이 내 눈을 감아버렸다.

Please don't, please don't, please don't
그러니 제발 그러지 마요.
There's no need to complicate Cause our time is short
시간이 짧으니 복잡할 필요가 뭐가 있어요.
This oh this this is out fate, I'm yours!
이것이 바로 우리의 운명이에요, 난 그대 거예요.

노래가 끝났다.

난 내가 무슨 정신으로 노래를 했는지조차 알 수 없을 정도로 급격하게 심신이 피로해짐을 느꼈다. '이제 집에 가서 쉬어야지' 하며 감았던 눈을 뜨는데 눈앞에 찬란한 미소로 무장한 빛나는 외계인이 있었다.

"Yes, you are mine."

말을 끝내기가 무섭게 이안은 내 손을 잡아끌고 탈의실과 휴게실이 있는 'STAFF-ROOM'으로 들어가더니 딸깍 소리가 나게 문을 잠근 후 열정적으로 입을 맞추기 시작했다.

미치겠다. 이러면 안 된다는 걸 알면서도 그에게 끌리는 나를 멈추지 못하겠다. 그래도 여긴…… 직장인데. 진짜 이러면 안 되는데.

"하아…… 이안…… 그만…….."

난 잠시 숨을 고르기 위해 입을 뗀 그에게 힐난하듯 밀했다.

"지금 이게 무슨 짓이에요? 여기가 어딘지 잊었어요?"

"잘 알지. 그리고 우리 일은 방금 끝났잖아. 내가 일하는 시간은 리아가 일하는 시간까지야."

"그렇다고 직장에서 이러면 어쩌자는 거예요?"

"직장만 아니면 상관없다는 얘긴가? 그럼 우리 집."

"아니! 아니! 그건 또 무슨 소리예요? 내가 언제 그렇게 말했다고……."

나의 말은 끝까지 이어지지 못했다. 이안이 검지를 내 입술에 가만히 가져다 대었다. 그러곤 장난스럽게 내 턱을 잡고 짧게 입 맞추더니 눈꼬리를 휘어지게 웃으며 말했다.

"다 들켰는데 뭘 이제 와서 아닌 척해. 리아, 이미 내게 반한 거 맞잖아. 이제 인정해."

내가 반했다고? 이 캔커피 반딧불이 설탕별 변태 뱀파이어 미친 외계인에게?

"그런 거 아니에요."

"고집은……. 알았어, 오늘은 이걸로 만족할게. 어쨌든 술래잡기의 승자는 나니까."

찬란한 미소와 함께 이안의 입술이 다시금 내 입술 위로 내려앉았다.

인정하고 싶지는 않지만 인정할 수밖에 없는 한 가지. 난 이제 이 못 말리는 변태 캔커피 외계인이 신경 쓰인다. 아주 많이.

이안은 입은 옷 그대로 다시 내 손을 잡고 사장님께 내일 뵙겠다는 짧은 인사만 남긴 채 정신없이 운전해서 그의 집으로 나를 데리고 갔다.

"잠깐! 잠깐만요! 이거 지금 내 의사는 전혀 물어보지도 않고 뭐 하는 거예요?"

난 그의 집 안에 들어서기가 무섭게 또 입을 맞추려 들이대는 이안을 뿌리치며 소리쳤다.

"리아의 의사? 이미 알고 있는데 뭐가 더 필요해?"

"대체 뭘 안다고 아까부터 자꾸 이러는 거예요?"

"신경 썼잖아, 나를."

"……내, 내가 언제요?"

이안은 나비넥타이를 풀어 던지며 피식 웃었다.

"리아는 아직도 인정을 안 하는 거야?"

"그러니까 뭘를요!"

"날 좋아하잖아."

"웃겨! 누가 누굴 좋아한다고 이래요? 착각 좀 그만할래요? 내가 이안을 좋아한다는 증거 있어요?"

이안은 조끼도 벗어 던지고 셔츠의 윗단추를 풀어 느슨하게 만들더니 내게 한 걸음씩 다가왔다. 난 그의 걸음에 맞추어 한 걸음씩 물러났지만 등 뒤에 딱딱한 벽이 느껴지자 더 이상 갈 곳이 없음을 알아버렸다.

"아까 다른 여자가 내게 말 거는 걸 보고 눈을 떼지 못했잖아."

"그건 그냥…… 처음 일하는 건데 그런 손님들 보고 당황할까 봐……."

"널 보면서 'I'm yours'를 불렀잖아. 그렇게 많은 사람들 앞에서 리아가 내 거라고 공표한 거나 마찬가지야."

"그건…… 그냥 시야가 흐릿해져서 그런 거지, 꼭 이안을 본 건 아니에요……."

"그리고 결정적으로……."

이제 그가 내 코앞까지 다가왔다. 난 눈을 질끈 감고 고개를 돌려 버렸다. 날 뜨겁게 바라보는 그의 눈을 도저히 똑바로 마주 보고 있을 자신이 없었다.

"나를 보면 눈이 부시다고 했잖아."

응? 겨우 그걸로? 너 원래 빛나는 거 아니었어? 반짝반짝. 반딧불처럼.

"……이안이 눈부시게 잘생긴 거는 사실이잖아요."

“리아, 사람한테 빛이 날 리가 없잖아.”

그건 그렇지. 그러니까 넌 사람이 아닌 거지. 아니잖아, 내 말 틀려?

“날보고 빛이 난다고 말하는 사람이 리아가 처음은 아니야.”

그렇겠지. 너 원래 빛난다니까?

“그런데 그 사람들의 공통점이 뭔 줄 알아?”

“……뭔데요.”

“내게 후광이 비치다 못해 자체발광하고 있다고 믿을 정도로 못 말리게 나에게 반했다는 점이야.”

뭐? 진짜? 너 원래 빛나는 인간…… 아니, 외계인 아니야?

“그러니까 언제부터인지는 몰라도 이미 리아도 내게 반해 있었다는 얘기지.”

“……그럴 리가 없어요.”

“이제 그만 포기해. 리아도 나를 좋아한다는 걸 안 이상 더더욱 리아를 놓아줄 생각 없으니까.”

아니야, 아니야. 그럴 리가 없어. 내가 이 말도 안 되는 외계인에게 반했을 리가 없다고…….

“포기해.”

아니! 아니, 아니! 난 절대 포기 안 해. 안 할 거야! 그러니 네가 포기해!

“고집이 센 아가씨네.”

이안이 커다란 키를 숙이며 내 입술을 머금었다. 이를 악물고 틈을 내어주지 않는 나를 공략하다 지쳤는지 이안은 손가락으로 내 옆구리를 살살 간질이기 시작했다.

칫! 백날 그래 봐라. 참을 수 있어, 참을 수 있어, 참을 수…… 있어!

점점 더 이를 악물고 참아내는 나를 이안이 물끄러미 바라보더니 사뭇 진지한 목소리로 물어왔다.

"자고 갈래?"

"미쳤어요?"

내 입이 열리자마자 이안이 재빠르게 내 목덜미를 휘어잡고 따뜻한 체온을 담고 있는 것을 밀어 넣었다.

이런, 속았군. 이안은 한 번 온 기회를 절대로 놓치지 않으려는 듯 나를 잡고 있는 손에 점점 더 힘을 주어 다른 곳으로 고개를 돌리지 못하도록 단단히 막고 있었다. 그리고 입안은 천천히 구석구석 빠지는 곳이 없는지 공을 들여 탐색하는 중인 것처럼 보였다.

뭐가 그렇게 달콤하다는 것일까.

이안 정도면 키스 한 번에 자존심이고 뭐고 다 팽개칠 여자들이 널려 있을 텐데, 그 하고많은 여자들 중 왜 나일까? 내가 지금 이걸 기뻐해야 하는 것일까? 지금까지 참아왔던 갈증을 한 번에 풀어내려는 그의 입술을 그저 이렇게 받아들이고 있기만 하면 되는 것일까. 그러다 한순간에 내가 싫어졌다고 하면 그때는 담담하게 돌아설 수 있을까? 다시는 사랑 같은 거 하지 않으려 했는데 왜 이 사람은 나를 이렇게 뒤흔들어놓는 것일까?

난 잊고 싶은 기억이 떠올라 고개를 가로저었다. 이안은 여전히 입술을 떼지 않은 채 내게 속삭였다.

"……생각이 너무 많아, 리아. 나만 생각해."

다시 입술을 가르고 들어온 그의 혀가 또 내 안을 휘젓고 돌아다녔다.

이 바보 같은 외계인아, 네 생각으로 머리가 복잡한 거다. 다른 누구도 아닌 네 생각으로.

"아, 리아. 진짜 달아. 미치게 달아. 밤새도록 할 수 있을 것 같아."

그러냐. 난 좀 힘든데.

점점 힘이 빠져 휘청거리는 날 느낀 이안이 갑자기 나를 들어 올렸다.

"앗! 뭐 하는 거예요? 내려줘요."

"우리 리아 힘들까 봐 편하게 해주려는 거야, 가만히 있어."

이안은 소파라고 부르기엔 과도하게 널찍한 그의 소파로 한달음에 걸어가 나를 눕혔다. 순간 민망해진 자세에 얼른 일어나려 했던 나의 시도는 그보다 더 먼저 내 옆에 누워 다리를 올리는 이안에 의해 무산되었다.

"……지금 뭐 하자는 거예요?"

"리아가 싫어할 일은 안 해. 그냥 좀 누워서 편하게 쉬라고. 피곤하잖아, 아침부터 밤까지 일하느라. 매번 어떻게 이러고 살아?"

"사는 게 고단하면 그럴 수도 있죠. 이안처럼 부자인 사람은 절대 이해 못 할 거예요."

"꼭 몸을 쓰지 않아도 돈 벌 수 있는 방법은 많아."

"어떻게요?"

난 그의 말이 몹시 솔깃했다. 그러고 보니 지난번에도 자기가 어떻게 돈을 버는지 말해준다 해놓고 그냥 지나가 버리지 않았던가?

"머리를 써야지."

"그러니까 어떻게요?"

"나 같은 경우는 이것저것 다 해봤지만 내 노력에 대한 보상이 가장 큰 것은 역시 주식 투자였어."

주식? 주식? 주식이라 했더냐? 대한민국 수많은 사람들을 한강으로 뛰어들게 만드는 그것 말이더냐? 소자본으로 많은 돈을 벌 수 있다는 건 개나 소나 다 아는 사실이지만 그 이면에 쪽박도 찰 수 있다는 걸 알고 하는 소리란 말이더냐? 내 네놈의 입을!

"푸하하, 리아! 미치겠다. 도대체 무슨 생각을 하면 표정이 그렇게 웃긴 거야?"

아! 내가 또 혼자 사극 찍고 있었구나.

"뭐, 그건 됐고요. 아무튼 난 주식은 안 해요."

"어째서?"

"명색이 경제학과라서 학기 중에 모의투자도 해보고 과제도 모의투자 대회 성적이 들어간 적도 있고 한데, 일단 위험부담이 너무 크잖아요. 난 원금 보장이 안 되는 건 안 쳐다봐요. 밑져야 본전이라는 말 알아요? 잘못해도 본전은 건질 수 있어야 하는데 주식은 그게 안 되잖아요."

"난 한 번도 본전을 잃은 적도 없고, 큰돈으로 시작한 것도 아니야. 내가 처음 시작한 건 아버지가 주신 1,000달러였어."

1,000달러…… 한화로 약 110만 원 정도…… 잠깐, 잠깐! 그럼 이안의 통장에 있던 70억이 넘는 돈은? 다 1,000달러의 종잣돈으

로 만든 돈이라고?

"다는 아니야."

그럼 그렇지, 그럴 리가 없잖아. 진짜! 속으로 생각한 거에 대답 좀 하지 말라니까!

"미국에 있는 계좌에 50만 달러 정도 더 있어."

"뭐라고요?"

50만…… 달러면 가만있자. 계산이…… 계산이…… 어떡해! 너무 놀라 머리가 멈췄어!

"한화로 5억 2천 정도야."

"그러니까 이안은 그걸 다 고작 100만 원으로 시작한 거라고요?"

"응."

나보고 그걸 믿으라는 소리야? 이게 어디서 사기를 치려고!

"리아도 그렇게 벌게 해줄까?"

난 무릎을 꿇고 두 손을 공손히 모았다.

"가르쳐 주십시오, 사부님으로 모시겠습니다!"

비장한 표정의 나를 바라보던 이안이 소파를 마구 발로 차면서 웃어댔다.

"큭큭큭큭, 파하하하! 아, 진짜 미치겠네. 리아, 난 정말이지 이제 리아 없으면 못 살 것 같아."

그래, 원래 사랑에 빠진 남자들이 처음엔 다 그렇게 말을 한단다. 나도 첨엔 그게 진짜인 줄 알았던 때가 있었지. 하지만 이젠 아니야, 그걸 믿기엔 난 그리 순진하지가 않단다. 그런 사기성 멘트로 작업을 하려거든 딴 데 가서 알아보고 넌 어서 빨리 그 묘책이란 걸 내어놓거라, 당장!

"대신 조건이 있어."

"조건이요?"

"응, 그것만 들어준다면 내가 아는 모든 노하우를 전수해 주지."

"조건이 뭔데요?"

"간단해. 지금까지 우리가 썼던 모든 계약서의 내용을 충실히 이행할 것."

그렇지. 네가 쉽게 가르쳐 줄 것이란 생각은 안 했다. 지금까지 썼던 계약서라 하면 2억에 가까운 금액의 차용증과 마이바흐의 소유권에 대한 계약서. 그 노예계약이나 다름없는 계약서를 충실히 이행하라 이거시? 언제 어디서는 네가 부르면 달려가야 하고, 심지어 내가 너의 소유라는 것을 주장할 수 있다는 그거? 그래, 이 지긋지긋한 가난에서 벗어날 수 있다면 영혼이라도 팔 수 있을 정도인데 그거 하나 못 하겠니.

난 이제 네가 외계인이든 아니든 상관없으니까, 스승님! 부디 저에게 비법의 전수를!

"……좋아요, 그렇게 할게요."

"하루 안에 가르칠 수 있는 내용은 아니야."

"그렇겠죠."

"고로, 리아는 지금 하고 있는 아르바이트를 그만둬야 해."

"전부요?"

"전부."

그건 좀 곤란한데.

"사람 구할 수 있는 시간 정도는 줄게."

"아, 정말요? 그럼 됐어요."

"대신 빠른 시일 내에."

"알겠어요!"

"그럼 그건 그렇게 하기로 하고, 우린 하던 것 마저 할까?"

"네? 뭐를요?"

이안의 입꼬리가 한쪽으로 보기 좋게 말려 올라갔다.

"이거."

이안의 입술이 또다시 내 입술을 한껏 머금었다. 아까 먹은 도넛이 아직도 남아 있는지 이안의 키스는 너무도 달콤했다.

아니, 그럴 리가 없는데. 그걸 먹은 지가 언젠데 아직까지 단맛이 남아 있을 리가 없잖아. 그럼 이건 뭐지? 이렇게 기분 좋게 달콤한 맛은…… 그래, 일하는 동안 못 참고 또 도넛이든 주스든 먹었을 거야.

이안은 설탕별 외계인이니까. 단거 못 먹으면 큰일 나는 이상한 외계인이니까. 그러니까 늘 이렇게 단맛이 나는 걸 거야. 그래, 그럴 거야. 그게 맞을 거야.

이안은 이제 전처럼 서두르지 않았다. 내게서 더 이상 숨지도 도망가지도 않겠다는 다짐을 받아냈으니 술래잡기의 승자가 된 이안은 천천히 조심스럽게 사랑을 듬뿍 담아 나를 더욱 꼼짝 못 하게 만들려고 하는 것 같아 보였다. 하지만 그것도 잠시, 이안은 마치 피 맛을 본 뱀파이어가 이성을 잃는 것처럼 내 입안을 정신없이 휘젓기 시작했다.

"리아…… 잊지 마."

"……뭐를요."

"I'm yours."

이안의 목소리가 내 귓가에 스며들고 있다. 그의 목소리는 너무
나 색기가 넘쳐흐른다.

"리아, 그리고 하나 더."

"또 뭐요."

"You are mine."

미치겠다. 정말 미치겠다. 이놈은 아무래도 날 정말로 좋아하는
모양이다. 다시는 그 누구에게도 마음을 열지 않을 거라 다짐했는
데 막무가내로 그 벽을 허물고 늘어오려 하고 있다. 이대로 넘어가
도 될까. 속는 셈 치고 믿어볼까. 널 믿어도 될까, 이안?

이안은 전혀 나를 보내줄 생각이 없는지 그렇게 계속해서 내 이
름을 부르며 입을 맞췄다. 입술이 부르트도록 키스를 하는 사람이
있다고 말로는 들어봤지만 내가 그 주인공이 될 줄은 생각도 하지
못했다.

정신이 몽롱해지도록 키스를 나눈 우리는 시간이 얼마나 지났는
지도 가늠하지 못한 채 말없이 서로를 바라보고 있었다.

6화
천하 무적 외계인

　무슨 정신으로 집까지 돌아왔는지 모르겠다. 자고 가라며 떼쓰는 이안을 간신히 설득해 집까지 오긴 했는데 내가 씻기는 한 건지 언제 잠이 들었는지조차 기억이 나질 않았다.

　오늘부터 방학이구나.

　다이어리를 펼쳐 보니 아르바이트 스케줄이 꽉 잡혀 있었다. 일단 이것만 하고 이후 일정은 잡지 말자. 앞으로 이안하고, 아니, 이안에게 배울 게 많이 있을 테니 정신 똑바로 차리고 배워봐야지. 학교에서 배운 거랑 뭐가 많이 다르려나?

　피곤한 몸을 이끌고 욕실로 들어가 샤워를 마치고 나오니 몇 개의 문자메시지가 와 있었다.

—오늘은 뭐 해?

—무슨 알바야?

—정리는 하고 있는 거야?

—아직도 자?

확인해 볼 것도 없이 모두 이안에게서 온 메시지였다.

이안 맥스웰. 널 어쩌면 좋을까.

나도 한때는 이안처럼 사랑에 맹목적인 시절이 있기는 있었다. 지옥 같은 입시 경쟁을 뚫고 서울의 명문대에 진학한 나는 부모님의 원성을 뒤로하고 혈혈단신 서울로 유학을 왔다. 한적하고 조용한 고향과는 달리 서울은 그야말로 불야성. 모든 게 신기한 것들 투성이었다.

신입생 환영회 때 옆자리에 앉은 선배가 과도한 호감을 보여 당황하기는 했지만 대학생이 되면 표현도 참 적극적으로 하는구나 하고 대수롭지 않게 생각했었다. 장학금을 받지 않으면 학교를 다닐 수 없던 나는 그 선배의 유혹을 뿌리치고 늘 도서관에 처박혀 있었다. 그러나 그 선배는 포기하지 않고 끈질기게 나를 쫓아다녔고, 결국 어느새 나도 그에게 마음을 열어버리고 말았다.

오늘처럼 더운 어느 여름날, 그 선배는 학교 분수대 앞에서 내게 프러포즈를 했고, 난 기쁘게 그것을 받아들였다. 그 후로 그해가 다 갈 때까지 난 무척이나 행복했었다. 시골에 계신 부모님께 안부 전화를 드리는 것도 종종 잊을 정도로, 지금 당장 급한 시험공부를 뒤로 미룰 정도로, 데이트할 시간이 모자라 아르바이트를 포기할 정도로 나는 그를 사랑했었다.

그러던 그가 이상하다고 느껴진 건 2학년 등록금을 내지 못해 휴학을 하고 나서부터였다. 하루가 멀다 하고 만나기 바빴는데 전화도 만남도 뜸해지더니 나중엔 연락조차 되지를 않았다. 너무 궁금하고 보고 싶어 학교로 찾아갔던 나는 경악할 만한 사실을 알게 되었다.

새로 들어온 신입생과 나란히 팔짱을 끼고 캠퍼스를 거닐던 그가 나와 마주쳤을 때 얼굴에 드러난 표정은 명백한 비소와 짜증이었다. 그와 나는 단 한 마디도 나누지 않고 그렇게 서로를 지나쳤다.

그것이 내 첫사랑의 처절한 끝이었다. 복학한 후 들려온 그의 소식은 휴학하고 군대에 갔다는 것이었다. 그 이후로 또 한 번의 휴학을 하고 복학을 할 때까지 난 그 누구도 진심으로 만나질 못했다. 간간이 관심을 보이는 사람들이 있기는 했지만 내 가정 형편과 쉴 새 없이 돌아가는 아르바이트 삶 때문에 끝까지 남아 있는 사람은 없었다. 3수를 하고 들어온 진경이를 만나기전까진 같은 학과 내에서 변변히 얘기를 나누는 사람조차 만들지 않았었다.

하지만 그런 삶이 꼭 나쁘지만은 않았다. 누구도 간섭하지 않고 쓸데없는 감정의 소모를 하지 않아도 되니 나름 편한 생활이었다고 생각한다. 가끔 시험 때만 되면 유난히 친한 척을 하면서 노트를 빌려가는 애들이 있기는 했지만 그것도 그때뿐이고 나머지 시간은 온전히 나만의 시간이었기 때문에 그다지 불만은 없었다.

저 이상한 외계인을 만나기 전까지 말이다.

카톡!

—왜 답장 안 해?

—설마 또 피하려고?

—어림없어, 꿈도 꾸지 마.

—3분 내로 얼굴 안 보이면 쳐들어간다.

뭐야, 얘는. 답장할 틈도 안 주고 혼자 열폭하고 있네. 내가 무슨 텔레포트 능력이 있는 것도 아닌데 무슨 수로 3분 안에 오라는 거야? 게다가 오늘은 음료 시음 알바 있거든? 가고 싶어도 못 가!

난 답장을 하려다 시간이 촉박한 것을 깨닫고 서둘러 가방을 매고 집을 나섰다. 그런데 집 앞이 유난히 환하게 느껴지고 등줄기가 서늘해지는 이 기분은……?

"정확히 2분 57초 걸렸어. 아슬아슬하게 세이프야, 리아."

환하다 못해 눈부시게 찬란한 빛을 뿜으며 서 있는 이안은 내게 손을 내밀었다.

"그럼, 가실까요? 사람들 물 먹이러."

넌 나에 대해 어디까지 알고 있는 거냐. 이젠 무섭기보다 신기할 따름이다. 아무튼 이안 덕분에 편안하게 행사장으로 도착했다.

이안의 말대로 오늘은 판매를 하지 않아도 되는 순수한 시음행사! 한결 마음이 편하긴 하지만 혹을 하나 달고 다녀야 하니 여간 곤혹스러운 것이 아니었다.

게다가 시음행사를 하기 위해 회사와 음료의 로고가 박혀 있는 유니폼을 입어야 하는데, 그것이 상의는 소매가 없는 짧은 티셔츠에 하의는 아슬아슬한 길이의 초미니 스커트였다. 처음 아르바이트 얘기가 나왔을 때는 유니폼을 입는다고만 들었지 그것이 이렇게 야한 옷일 줄은 몰랐던 나는 옷을 받아 들고 화장실에서 심각한 고민에 빠져 있었다.

안에 받쳐 입을 레깅스라도 하나 사야 하나? 이것만 입기에는……. 바람이 조금만 불어도 시각적 폭력이 난무할 것 같은데 이거 어쩌지? 어쩌지? 일단 나갔다가 근처 대형마트에서 짧은 반바지라도…….

혹시나 해서 입어보긴 했는데 역시나. 거울에 비춰진 내 모습은 어쩌다 가끔 TV에서 나오는 치어리더들의 모습과 흡사했다. 그런데 그 치어리더들도 치마 밑에 뭘 받쳐 입지 않았던가? 그러니 그렇게 다리를 쭉쭉 올리며 체조를 하지. 이른 시간이라 화장실에 사람이 없던 터라 나는 거울 앞에서 이쪽저쪽을 비춰보고 있었다.

"리아, 안 나오고 뭐 해? 옷이 안 맞아?"

"꺄악! 뭐 하는 거예요! 여기 여자화장실이라고요!"

이안이 기다리다 지쳤는지 화장실 안으로 고개를 빼꼼 내밀었다. 기겁한 나는 위와 아래 중 어느 쪽을 가려야 할지 몰라 엉거주춤한 자세를 취하고 있었다.

"……지금 그러고 밖에 나간다고?"

"하, 할 수 없잖아요. 이게 유니폼인데……."

난 있는 대로 치마를 끌어 내리고 엉거주춤한 포즈 그대로 화장실을 나가려고 했다. 이유가 어쨌든 오늘 맡은 일이니만큼 할 수 있는 데까지는 해봐야 하고 밖에서 일을 준 사람이 기다리고 있으니 일단은 유니폼을 입고 나가는 성의는 보여줘야 했다. 본사 사람이 가고 나면 그때 바로 레깅스부터 사러 가야지! 그런데 나와 같이 밖으로 나설 것으로 생각했던 이안은 나를 갑자기 확 끌어당기더니 화장실 안으로 다시 밀어 넣었다.

"아악! 이안! 무슨 짓이에요?"

이안은 아무 말도 하지 않고 나를 번쩍 안아 올리더니 세면대 사이의 빈 공간에 앉혀놓았다.

"……이안?"

이안은 긴 한숨을 내쉬면서 나를 바라보았다.

"그러니까, 오늘 한나절 이 옷을 입어야 한다?"

"네, 안 그래도 이안이 따라와서 눈치 보이니 빨리 나가봐야 해요. 이따가 본사 사람 가면 그때 근처 마트에서 안에 입을 거 사 입으면 돼요. 그러니까 이제…… 꺅!"

이안은 불만 가득한 표정으로 내 말을 듣다가 느닷없이 내 다리 안쪽에 키스를 퍼붓기 시작했다.

"저리 안 가요? 안 떨어져요? 아프다고요! 이안! 앗!"

이안은 내가 마구 등을 내려치고 있는데도 아랑곳하지 않고 내 다리를 강하게 흡입하고 있었다. 덕분에 잠시 후 이안의 입이 떨어진 그곳엔 선명하게 붉은 자국이 새겨져 있었다.

"어…… 이게…… 어떡해, 어떡해! 이안! 이거 어쩔 거예요!"

난 너무 당황스러워 말도 제대로 나오지 않고 있었다.

이건 누가 봐도 사랑의 흔적인데! 그것도 다리 안쪽! 저 변태 뱀파이어 외계인이 드디어 본색을 드러내는 건가? 야! 너 이거 어쩔 거야! 아니 그보다, 미쳤어? 미친 거야? 아, 하긴 넌 제정신인 적이 없었지. 아니, 그게 아니고! 아…… 나 이제 어쩌면 좋아.

"리아."

"왜요!"

"칸막이 안에 들어가서 문 잠그고 꼼짝 말고 있어. 알아들어?"

"일은요!"

"일하고 싶으면 내 말 들어. 지금 이대로 집까지 끌고 가고 싶은 거 간신히 참는 중이니까."

"지금 나가야 한다고요!"

"내가 말하고 올 테니까 걱정하지 말고 있어. 10분만 기다려."

이안은 쏜살같이 밖으로 나갔다. 난 하는 수 없이 이안이 시키는 대로 화장실 칸막이 안으로 들어가 그를 기다릴 수밖에 없었다. 진짜 딱 10분 후 다시 돌아온 이안의 손에 쇼핑백 하나가 들려 있었다.

"입어."

쇼핑백 안에는 무릎 위까지 오는 미디엄 길이의 흰색 레깅스가 들어 있었다.

"사온 거예요?"

"그럼 만들었을까? 아무리 나라도 그건 못 해."

나도 그건 기대 안 했다. 어쨌든 날 위해 일부러 사온 거니 고맙게 받아 입고 밖으로 나섰다.

"컨디션 안 좋을 텐데 할 수 있겠어?"

본사 직원의 뜬금없는 질문에 난 뭐라고 대답할 말을 찾지 못해 눈만 동그랗게 떴다.

"뭐, 일 잘한다고 소문나서 쓴 거니까 걱정은 안 하지만 너무 무리하지 말고 힘들면 나머지는 내일 해도 돼."

"네? 아…… 네."

"그럼 수고해."

본사 직원이 가고 나서 난 대체 저게 무슨 소린지 알 수가 없어 이안을 불렀다.

"이안, 혹시 저 사람한테 나에 대해서 뭐라고 했어요?"

"응? 별말 안 했는데."

"그래요? 그런데 왜 저러지?"

"뭐라는데?"

"아니, 힘들면 나눠서 하라는 둥, 쉬엄쉬엄 하라는 둥, 해서요."

"그거? 마법에 걸렸다고 했거든."

으응? 뭐라고? 마법? 설마 그것은…… 한 달에 한 번 여자라면 누구나 찾아오는 그거?

"……누가요?"

"응?"

"누가 마법에 걸려요?"

"리아가."

"오늘 처음 본 사람에게, 그것도 심지어 남자에게 그런 말을 했다고요?"

"임신 초기라고 하려다가 참은 거야. 리아 왜 이렇게 안 나오느냐고 짜증을 부려서 말이지. 긴급 상황이 발생했다고 둘러댔을 뿐이야. 뭐 잘못됐어?"

어! 어! 잘못됐지! 잘못됐지! 넌 이제 하다하다 내 생리 주기까지 바꾸니? 그것도 모자라 남들한테 막 뿌려? 이 변태 스토커 미친 외계인아!

"인상 풀어. 어쨌든 리아가 긴 바지 입어도 아무 말 않고 넘어갔잖아. 리아도 아까 그 복장 그대로는 신경 쓰여서 일도 제대로 못 했을 거 아니야."

그건…… 그러네.

"물론, 나도 신경 덜 쓰이고, 덕분에 리아의 색다른 곳을 맛봐서 아주 좋긴 했어!"

"이런 변태 외계인이!"

버럭하며 전단지를 집어 던지는 나를 요리조리 피하면서 이안은 기어이 내 팔을 잡아채더니 또 귓가에 속삭였다.

"……엄청나게 단맛이었어."

항상 느끼는 거지만 이안이 내 귀에 속삭이는 행위는 너무나 색기가 흘러넘친다. 뭐라고 해야 제대로 표현할 수 있을까. 이안이 내 고막에 목소리를 전달하는 것부터 날 흥분시킨다. 그러나 이런 나를 절대로 그에게 들켜선 안 된다. 저 변태 외계인이 또 무슨 짓을 할지 모르니 단 한 순간도 긴장의 끈을 놓아선 안 된다.

"뭘 그렇게 생각해, 다 들킨걸."

헉!

"뭐, 뭐, 뭐가요!"

"리아 얼굴 새빨개."

"더워서 그래요, 더워서!"

"그렇다고 해줄게."

"진짜라니까요!"

"알았어, 리아는 지금 몹시 더워. 됐지?"

우씽! 하나도 안 됐어, 하나도! 더 기분 나빠! 실실 웃는 저 얼굴이 오늘따라 더 얄밉다고!

"리아."

"왜요!"

"사랑해."

"……."

미치겠네. 이젠 화도 못 내게 만들어…… 아! 닌 무슨 그런 말을 예고도 없이 훅 들어와! 사람이 마음의 준비는 하게 해줘야 할 거 아니야!

"대답은?"

"지금 나한테 대답까지 바라는 거예요?"

"응."

"알았어요."

"끝이야?"

"그럼 뭘 바라요!"

이안은 또, 또 온몸에 빛을 마구 뿜으며 내게 다가왔다.

"사랑해의 대답은……."

"……."

"알았어요, 가 아니야."

"······."

"나도, 지."

누가 그걸 몰라서 그러니. 넌 다른 건 다 잘하면서 어째 그리 눈치가 없니. 너랑 나랑 사귄 지 고작 하루거든? 무슨 사랑이 자판기에서 동전만 넣으면 나오는 믹스커핀 줄 알아? 기다려, 기다려, 기다려, 좀 기다려! 나도 좀 생각이란 걸 해야 할 거 아니야!

"리아는 생각이 너무 많아서 문제야."

네가 잘 모르나 본데, 난 네가 제일 문제야.

며칠 뒤, 아침부터 시끄럽게 울리는 벨소리에 눈을 뜬 나는 누군지 확인하지도 않고 전화를 받았다.

"여보세요······."

"리아니? 너 오늘 알바 있어 없어? 빨리 말해, 급해!"

"진경이구나. 나 어제 밤샘 알바여서 오늘은 없어. 사람이 잠은 자면서 일을 해야······."

"야! 나 지금 너희 집으로 간다! 세수만 하고 나와!"

얘는 다짜고짜 앞뒤 없이 이건 또 뭔 말이야.

"무슨 일인지 말을 해야······."

"오늘 우리 웨딩샵 신상품 촬영인데 모델이 잠수 탔어. 쓸 만한 모델들은 스케줄이 안 맞고, 엄마가 믿을 건 너밖에 없다고 난리셔! 너만 되면 이쪽은 전부 오케이야!"

"근데 나 지금 눈도 안 떠져. 너무 피곤해."

"20만 원 준대."

번쩍! 난 갑자기 눈이 떠지면서 온몸에 엔돌핀이 도는 진기한 현상을 경험하고 있었다.

"빨리 와! 지금 준비할게!"

아싸! 이게 웬 떡이야! 단발 알바로 20만 원이라니, 생각만 해도 절로 웃음이 나왔다.

신호, 속도 전부 무시하고 집 앞으로 온 진경이의 차를 탄 뒤 눈 깜짝할 사이에 웨딩샵에 도착한 나는 다시 한 번 전문가의 손길을 받으며 수줍은 새신부의 모습으로 변신했다.

후훗! 이것도 두 번째니까 할 만하네. 진경이네 어머니 대박 나셔서 이런 일 자주 좀 들어왔으면 좋겠다.

시산이 촉박한지 지난번보다 촬영은 훨씬 급하게 진행됐다. 잠깐의 쉴 틈도 없이 난 계속해서 드레스를 갈아입으며 그렇게 정신없이 촬영에 임하고 있는 중이었다. 드디어 마지막 드레스라는 사람들의 말에 한층 마음이 편안해진 나는 그제야 주변 사람들이 눈에 들어왔다.

어? 저 사람은…….

사진작가의 옆에 붙어서 가끔씩 얘기를 주고받는 사람은 진경의 오빠인 진혁이었다. 그러고 보니 그날 이후로 서로 연락도 하지 않고 있었는데 오늘 이 자리에서 딱 마주치다니. 난 순간 진혁 씨를 어떻게 대해야 할지 몰라 당황스러웠다.

음…… 안녕하셨어요? 이렇게 시작을 해야 하나? 아니, 이건 좀…… 안녕할 리가 없지, 그렇게 헤어졌는데. 그동안 잘 계셨……

아까 그거랑 뭐가 달라! 죄송해요, 제가 좀 바빠서…… 나만 바쁘냐. 제가 정신이 나가서…… 음? 이것도 좀 그런가? 아, 뭐라고 하지? 뭐라고 하지?

이윽고 촬영이 끝났다는 소리가 들리자 난 일단 옷부터 갈아입으려고 그에게서 등을 돌렸다. 그러나 난 단 한 발자국도 앞으로 갈 수가 없었다.

"리아 씨."

아, 이런. 올 게 왔구나.

난 어색하기 짝이 없는 미소를 지으며 진혁 씨에게 고개 숙여 인사했다.

"아…… 안녕하세요."

"안녕 못 합니다."

네, 그러시겠죠.

"저도 자존심이 있어서 먼저 연락 안 하고 이번엔 리아 씨가 먼저 해주길 바랐는데 끝까지 안 하시더군요."

"죄송……."

"목마른 자가 우물을 판다고 했으니 어쩌겠습니까? 제가 더 아쉬운걸요."

"네?"

"진경이에게 리아 씨가 올지도 모른다는 말을 듣고 급하게 미용실에서 머리도 자르고 왔습니다. 어때요? 좀 시원해 보입니까?"

그러고 보니 헤어스타일이 달라졌다. 이전 머리도 괜찮았는데 오늘 머리를 자른 진혁 씨는 짧게 친 머리에 왁스까지 바른 듯 꽤 신경을 쓴 것처럼 보였고 훨씬 어려 보였다.

"어…… 훨씬 멋지신 것 같아요."

"다행이군요. 리아 씨한테 잘 보이려고 신경 좀 썼거든요."

"아……하하, 그런가요?"

"끝나고 별일 없으면 저랑 식사 안 하시겠습니까?"

으…… 이걸 어쩐다. 별일이야 없다만…….

"지난번 우리 식사 하지도 못 했잖아요."

푹! 어우, 뭐가 나를 확 찌르네.

"그리고 연락 한 통이 없으셨죠."

푹! 푹! 으아…… 계속 찔리네.

"그리고 전 아직 사과도 받지 못했습니다."

푹, 푹, 푹! 네네! 알겠습니다! 가죠! 가야죠! 그럼요! 식사는 제가 대접해야죠!

부리나케 옷부터 갈아입은 나는 전화기를 확인해 보았다.

부재중 전화 없고, 메시지도…… 없다! 오케이!

어젯밤 나랑 물류창고에서 재고 정리하는 걸 도와주느라 밤을 홀랑 지새웠으니 아무리 외계인이어도 피곤하긴 했나 보다. 여태 전화가 없는 걸 보니 아마도 곯아떨어진 거겠지? 그럼 얼른 밥만 먹고, 사과하고, 전에 못 한 거절을 제대로 하고, 집으로 가면 완전 범죄 성립이다! 나 왜 이렇게 된 거지? 내 팔자야.

언제 그 외계인이 안테나를 세우고 나를 찾아 나설지 모른다는 생각에 얼른 진혁 씨를 데리고 눈에 보이는 데 아무 데나 들어가 자리를 잡았다.

"저, 오늘은 제가 사는 거예요. 많이 드세요."

"아닙니다."

"죄송해서 그래요. 이 정도는 대접하게 해주세요."

"그럼 다음엔 제가 더 멋진 곳으로 모시겠습니다."

윽! 아니, 저기, 바로 그게 문제인데요.

나는 차마 진혁의 눈을 마주 보지도 못하고 식탁 위에 놓인 손톱만 만지작거렸다.

"하실 말씀 있으십니까?"

"네? 아니요? 아니, 사실은…… 네."

"반응을 보아하니 제게 별로 듣기 좋은 말은 아니겠군요."

"네, 죄송해요."

"그리고 원인은 그때 그 사람이겠고요."

난 거의 기어들어 가는 목소리로 대답할 수밖에 없었다.

"죄송…… 합니다."

"죄송 안 하셔도 됩니다."

"그래도 제게 호감을 보이신 분이고 더구나 진경이 오빠 되시는데 제가 마음이 많이 불편해서……."

"상관없습니다."

오호? 의외로 쿨 타입인데? 진경이 말로는 뒤끝 완전 길다고 하더니 그렇지도 않고만! 이 계집애는 지 오빠를 아주 이상한 사람으로 만들어놓고 다니는군.

"장애물이 생기면 꼭 넘어야 직성이 풀리는 성격이라서."

응?

"리아 씨가 제 맘에 들어온 이상 쉽게 내어줄 생각은 없습니다."

으응?

"앞으로 꽤 재미있을 것 같지 않습니까?"

아니요, 전혀요. 전 그다지…….

"결혼을 한 것도 아니고 약혼을 한 것도 아니고 연애는 누구나 다 하는 거 아닙니까?"

"죄송합니다만 진혁 씨, 전 사람 마음 가지고 저울질하거나 양다리를 걸치거나 이런 거 할 생각 없어요. 사실 그날도 확실하게 거절을…….."

"그것도 상관없습니다."

"어째서…….."

"리아 씨는 절 모르니까요. 잘 알시도 못하는 사람에게 마음을 여는 일이 그리 쉽겠습니까? 저랑 데이트해 달라는 말이 아닙니다. 저에 대해서 너무 거부감만 안 느끼시면 됩니다."

아! 말이 안 통하는 게 이안이랑 어쩐지 동류처럼 느껴진다. 혹시 그쪽은 어느 별인가요? 제가 아는 애 중에 설탕별 외계인이 하나 있는데.

"거듭 죄송하지만 앞으로 사적으로 만날 일은 없을 겁니다."

"그럼 공적인 일을 자꾸 만들면 되겠네요."

나 아무래도 외계인들한테 잘 먹히는 스타일인가 봐.

그 순간, 주머니에 넣어두었던 휴대폰에 진동이 울렸다.

허걱! 설마.

재빨리 수신창을 열어 확인해 보았다.

―어디야?

답장을 하는 내 손이 덜덜 떨려온다. 지금 몇 시지? 잘 만큼 잔 건가?

―집이에요.
―문 두드려도 대답 없던데?

으악! 온 거냐! 집에!

―그냥 몸이 찌뿌드드해서 산책 나왔어요.

아으…… 어쩌지? 총알택시라도 잡아타고 가야 하나?

―어제 그렇게 일하고 체력도 좋네. 개봉동에서 청담동까지 산책을 다 가고.

순간 난 손가락에 힘이 쭉 빠지는 걸 느끼며 전화기를 놓쳐 버렸다. 바들바들 떨리는 손으로 전화기를 주우려고 테이블 밑으로 고개를 숙이는데, 낯익은 다리와 신발이 보인다.
"감히 나한테 거짓말도 하고. 많이 컸네, 리아."
이런…… 걸렸다. 젠장, 어쩌지? 아, 뭐야, 정말. 따지고 보면 내가 죄지은 것도 아닌데.

"아하하…… 여긴 어떻게 알고 왔어요?"

"그건 알 거 없고. 이봐요, 당신."

이안은 진혁을 향해 날카로운 시선을 쏘아 보냈다.

"우리 구면이죠? 지난번 제삼자니 빠져 주겠다던 사람 아니신 가?"

"맞습니다."

"당신은 아무리 애를 써도 언제까지나 제삼자일 뿐, 그 이상 관계가 발전될 일은 없을 테니 이만 가주시겠습니까."

진혁 씨는 안절부절못하는 내게 잠시 시선을 주었다가 이안을 쳐다보고는 입을 열었다.

"아무리 여자친구라고 해도 이런 식으로 구속하면 어떤 여자도 견디지 못할 겁니다."

"신경 끄시죠."

"나라면 내가 사랑하는 여자를 이렇게 대하지 않을 겁니다."

"그거 역시 신경 끄시죠."

두 남자의 시선이 공중에서 만나 얽히고설키다 불꽃을 일으키더니 이안이 한마디, 한마디 곱씹으며 진혁에게 말했다.

"당신, 이름도 기억 안 나지만 알고 싶지도 않아. 러브스토리의 주인공은 나와 리아니까 엑스트라는 빠져."

"저기, 이안, 일단 나가요. 진혁 씨, 미안해요. 제가 다음 에……."

"다음에는 무슨 다음에야. 리아와 이 사람 사이에 다음은 절대 없어, 그런 줄 알아."

이안은 내 손을 잡고 서둘러 가게를 빠져나갔다.

"이안, 아무리 그래도 예의가 아니잖아요. 두 번씩이나……."

"리아, 그렇게 안 봤는데 어장 관리해?"

"그런 말은 또 어디서 듣고 알았어요?"

"내가 외국에서 왔다고 무시하지 마. 언어 영역에 관해선 세계 최강이라고 자부해."

"무슨 10개국 어라도 해요? 허풍은……."

이안은 걸음을 멈추고 나를 빤히 바라보더니 한쪽 입꼬리를 끌어올렸다.

"영어, 한국어, 중국어, 일어, 독일어, 스페인어, 포르투갈어, 힌두어, 러시아어, 스와힐리어, 이탈리아어, 인도네시아어, 베트남어. 정확히 말하면 13개국 어를 할 수 있지."

"……거짓말."

"난 리아에게 단 한 번도 거짓말을 한 적이 없는데."

그런가? 그랬나? 그러고 보니 거짓말은 아니지만 믿기 어려운 말들만 했지. 그리고 그중의 갑은 내가 달다는 거다!

"그런데 리아는 내게 거짓말을 했단 말이지."

흠칫! 아, 잊고 있었다. 나 딱 걸렸었지.

"음, 이게 변명처럼 들릴지는 모르겠는데요."

"해봐."

"진경이 어머님이 하도 급하다고 난리를 쳐서 갑자기 오긴 왔는데……."

"그런데?"

"아까 그 사람 진경이 오빠예요."

"그래서?"

이안의 한쪽 눈썹이 크게 위로 올라갔다.

으…… 내가 무슨 바람피우다 걸린 것 같잖아. 아니라고, 이 자식아.

"그러니까, 내 친한 친구 오빠니까 거절을 하더라도 제대로 하고 지난번 무례를 사과도 할 겸 그냥 단순하게 식사나……."

"상대방이 단순하지가 않은데 무슨 단순한 식사야. 리아, 그 정도로 바보야?"

"그래도 마음이 불편……."

"진짜 불편한 게 어떤 건지 일러줘?"

이안은 내 손을 놓고 다시 걸음을 떼며 앞으로 걸어갔다. 난 잠시 멍하니 서 있다가 그를 놓칠세라 종종걸음으로 뛰다시피 따라갔다.

"어디 가요?"

"……."

"밥! 그렇지, 우리 밥 먹을까요?"

"……."

"참! 오늘부터 본격적으로 돈 버는 방법 알려준다고 했잖아요."

이안은 내게 눈길도 주지 않은 채 앞만 보고 걸어가고 있었다.

"그럼 이안 집으로 갈까요?"

"……."

치! 이렇게 나오시겠다, 이거지?

쪼잔하기는…… 세계 최강의 쫌생이구만.

"알았어요, 오늘 이안 기분 별로인 것 같으니까 그럼 난 그냥 집에 갈게요."

"……"

여전히 말이 없는 이안을 뒤로하고 난 전철역 쪽으로 방향을 틀었다.

그런데…… 어라? 안 잡네? 이쯤 되면 와서 장난도 치고 능글능글 웃으며 뭐라도 해야 할 타이밍인데. 너도 고집 있다 이거야? 외계인 주제에 사람처럼 별걸 다 하려고 드네. 좋아, 나도 아쉬울 거 하나도 없다 이거야! 응? 으응? 아쉬울 게…… 있네. 저 자식 때문에 아르바이트 자리도 다 포기했는데! 진짜 저 자식 만나고 되는 게 하나도 없어!

난 터덜터덜 쓸쓸히 혼자 집으로 돌아가는 전철 안에 올라탔다. 규칙적으로 덜컹대는 전철의 소음을 들으며 아무 생각 없이 창밖만 바라보다가 갑자기 무슨 생각이 들어 난 주위를 둘러보았다.

없네. 진짜 없어. 이쯤 되면 등 뒤에서 나타나 리아, 뭐 해? 할 타이밍인데.

난 나도 모르게 아까부터 계속 이안에 대한 생각만 하고 있다는 것을 깨닫고 깜짝 놀랐다.

어…… 이상하다. 내가 언제부터 그 이상한 캔커피 외계인을 이렇게 생각했지?

늘 곁에 있어서 몰랐다. 언제나 불쑥불쑥 나타나서 미처 생각할 겨를이 없었다. 언제부터인가 이안은 내 삶의 일부로 녹아 들어왔는데 난 그것을 알지 못했나 보다. 내가 원하든 원하지 않든 언제나 이안은 항상 내 곁에 있어주었다. 내가 가장 필요한 것을 적재적소에 두며 마치 못 하는 게 없는 전천후 만능 키다리 아저씨처럼 이안은 내게 무엇이든 주려고 했었던 것 같다.

내가 뭐라고…… 그저 가난한 고학생일 뿐인 나를 뭐라고…… 따지고 보면 이안 같은 남자가 나를 좋다고 따라다니면 동네에 현수막을 걸 정도로 경사 아닌가. 뭐 잘난 게 있다고 그렇게 튕기고 도망 다녔을까.

이안은 다를지도 모르는데…… 아니, 같다고 해도 사실 아무 상관 없었다. 이안 같은 남자랑 단 하루 만이라도 데이트 할 수 있다면 지금 죽어도 여한이 없다고 할 여자들이 널리고 널렸을 텐데. 사람 마음이라는 게 무 자르듯 자를 수도 없는 것이고 위에서 아래로 흐르는 물처럼 막을 수도 없는 일인데, 내 스스로 지독한 콤플렉스에 빠져 그를 제대로 보지 않으려 했었나 보다.

"허전하네……."

사람이 든 자리는 안 나도 난 자리는 난다더니, 옛말 틀린 거 하나도 없다. 난 어느새 습관처럼 내 주변 어디서든 나타나는 이안을 당연하게 여기고 있었나 보다. 집에 돌아가는 대로 미안하다고 메시지라도 남겨야겠다. 신경 쓰이게 안 하겠다고 약속도 해줘야지.

연애…… 까짓것 해보지, 뭐. 남들 다 하는 연애, 뭐가 무섭다고 피해? 그러다 깨지면 인연이 아니었나 보다 하고 넘기면 그만인 것을.

난 아직도 실패가 두려워 시도도 하지 않는 어린아이인가 보다. 설사 이안은 실패를 한다고 해도 그만한 가치가 있는 사람일 텐데. 내 평생 어디서 저런 남자를 만나보겠어? 안 그래?

이런저런 생각으로 고민하다 보니 어느새 우리 집이 있는 지하철역에 도착했다. 힘없이 한 발, 한 발 걸음을 떼며 어떻게 하면 이안의 화를 풀어줄 수 있을까 생각하던 차에 역앞에 세워져 있는 마이바흐를 발견했다.

이안?

난 갑자기 없던 힘도 생겨난 것처럼 마이바흐를 향해 달려갔다. 밖에서는 안이 보이지 않는 썬팅이라서 이리저리 기웃기웃하고 있는데 조수석 창문이 스르륵 내려갔다.

이안은 표정 없는 얼굴로 나를 무심히 쳐다보고 있었다. 언제나 나에게 찬란하게 눈부신 미소만 흩뿌리고 다녀서 몰랐는데 아무 표정 없는 이안의 얼굴은 차갑기 그지없었다.

"저기…… 이안, 내가 잘못했어요. 생각해 보니까 이안이 기분 많이 나빴을 것 같아요."

"……."

"다시는 이안 신경 쓰이게 안 할게요."

"……."

"거짓말 안 해요."

제발…… 뭐라고 말 좀 해봐, 이 외계인아.

"말도 잘 들을게요."

"……."

으…… 내가 이렇게까지 하는데도 아무 반응이 없다는 건 기어이 내 입에서…… 그 말을 들어야 하는 것이냐. 에라, 모르겠다! 잠깐 쪽팔리고 말자.

"나도 이안이 좋아요!"

난 차마 이안의 눈을 똑바로 바라볼 수가 없어서 두 눈을 질끈 감고 차 안으로 소리쳤다. 호기 있게 소리친 건 좋았는데 이다음은 어떻게 하지? 음. 눈은 언제 떠야 하나. 제발 뭐라고 대답 좀 해줘, 이 외계인아!

하지만 아무리 기다려도 그에게서 돌아오는 대답은 없었다. 역시 이미 늦은 건가. 휴우…… 할 수 없지. 그동안 즐거웠어. 너 때문에 깜짝깜짝 놀라기는 했지만 그래도 조금 재미도 있었어. 잘 가. 안녕, 바이바이, 사요나라, 아디오스, 짜이찌엔.

"타."

응? 타라고? 난 슬며시 눈을 뜨고 이안을 보았다. 이안은 내게서 시선을 거둔 채, 여전히 무표정한 얼굴로 정면만 응시하고 있었다.

아직 다 풀린 건 아니구나. 그래도 이게 어디냐 생각하며 마이바흐에 올라탔다.

"저기, 우리 지금 어디 가요?"

"……."

"아직도 화 안 풀렸어요?"

"……."

"미안하다고 했잖아요."

"……."

이 자식, 오래가네. 하긴 그동안 내가 그렇게 심하게 대했는데. 남한테는 거절 한마디 하겠다고 그렇게 신경 쓰는 걸 봤으니 기분 무지하게 나쁘기도 하겠다.

"진짜 미안해요. 입장 바꿔놓고 생각해 보면 나라도 기분 많이 나빴을 것 같아요."

"……."

"이제 진짜 말 잘 들을게요."

여전히 내게 시선조차 주지 않는 이안을 보며 짧은 한숨을 내쉬던 나는 가방에 항상 가지고 다니는 종이를 꺼내 들었다.

"이안은 그냥 듣기만 해요."

난 우리가 함께 적었던 계약서를 손에 들고 차 안에서 크게 복창했다.

"이리아는 이안이 부르면 언제든지 달려와야 한다. 시간과 날짜, 장소에 상관없이 모든 약속의 우선권은 이안 맥스웰이 가진다. 사회적, 도덕적으로 물의를 일으키지 않는 한도 내에서 이리아는 이안이 시키는 일은 무조건 따른다. 예외도 없고 반항도 할 수 없다. 또한 이안 맥스웰은 이리아에 대한 소유권을 주장할 수 있다."

이안이 잠깐 움찔한 것처럼 보이긴 했지만 하도 미세한 움직임이어서 나는 긴가민가하고 다시 이안에게 말했다.

"앞으로 이안이 부르면 언제든지 달려갈게요."

"……."

"모든 약속은 이안을 최우선으로."

"……."

"시키는 대로 다 할게요."

"……."

너 이래도 대답 안 해?

"반항도 안 할게요."

"……."

"그리고……."

나는 마지막 말을 해야 하긴 해야 하는데 도저히 입이 떨어지질 않아 한참을 망설였다.

으…… 이거 오글거려서 더는 못 하겠는데 이걸 어쩌지? 그냥 여기까지만 할까? 아니, 그래도 이왕 여기까지 온 거 눈 딱 감고 해? 저질러? 아윽! 아까보다 더 민망해. 몰라, 몰라! 인생 뭐 있어? 가는 거야!

"난 이안 거예요!"

아…… 죽어버리고 싶다. 혼자서 생 쇼에 난리굿을 치는 사이 어느새 이안의 집 앞에 도착해 있었다. 이안은 주차를 마치자마자 차에서 내리더니 차를 한 바퀴 빙 둘러 조수석 문을 열고는 나를 끌어내렸다.

"앗! 내려요, 내린다고요. 잠깐만요, 신발이 벗겨졌어요."

이안은 내게 신발을 다시 신을 시간 따위는 주지 않겠다는 듯이 그대로 나를 안아 올렸다.

"꺄악!"

지금 대낮인데! 해도 안 졌는데! 누가 보면 어쩌려고!

이안은 서둘러 엘리베이터에 오르더니 한 손으로 도어록을 풀고 그의 집 안으로 들어섰다. 나만 커다란 소파 위에 내려놓고 이안은 여전히 서 있는 채로 내게 물었다.

"이제 진짜 마음이 불편한 게 어떤 건지 알겠어?"

"……네."

"나랑 아까 그 자식이랑 누구한테 마음이 더 불편해?"

"당연히…… 이안."

"한 번만 봐주는 줄 알아."

"알았어요."

그제야 내 옆에 다가와 앉은 이안은 입가에 살짝 미소를 띠고 장난스럽게 물었다.

"그런데 그거 진짜야?"

"뭐가요?"

"나 좋아한다며."

화르르! 순간 내 얼굴에 불이 붙는 것처럼 느껴졌다.

"언제 어디서든 내가 부르면 달려온다고?"

으…… 내가 어쩌자고…….

"시키는 대로 무조건, 반항도 안 하고 말이지?"

오 마이 갓! 이게 아주 사람을 잡는구나.

"당연한 얘기지만 리아 입으로 들으니 색다른데?"

그러냐. 난 지금 오그라들다 못해 내가 사라질 것 같다.

"리아는 내 거야."

이안은 나를 와락 껴안더니 정신없이 입을 맞췄다.

"아무에게도 안 줘."

그의 뜨거운 혀가 내 입안으로 거침없이 들어왔다. 그것이 너무도 뜨겁게 느껴져 난 순간 움찔하며 뒤로 물러서려 했지만 이안은 나를 잡은 팔에 더 힘을 주어 꼼짝도 하지 못하게 만들고 있었다.

"도망 안 간다며."

"아…… 안 가요."

"그럼 가만히 있어."

이안은 부드럽게 나를 한 번 쓰다듬고 다시 입술을 포개었다. 이제는 만날 때마다 거의 매번 하는 일이지만 이안의 키스는 다른 사람들과는 좀 다르다. 아니, 사람들이라고 하긴 좀 그런가? 딱 한 사람하고만 해봤으니. 어쨌든 내가 전에 했던 키스가 일반적인 키스라고 가정한다면 이안의 키스는 그것과 상당한 차이가 있었다. 살살 입안을 산실이듯이 슬썩슬썩 혀로 훑거나 입술 여기저기를 차례로 머금거나 하는 것은 별반 차이가 없지만 문제는 그 이후다.

처음엔 그렇게 시작을 하다가도 아마도 이안이 흥분을 하기 시작하면 거칠어지는 숨소리와 함께 내 입안을 통째로 삼켜 버릴 듯이 거세게 휘감으며 빨아들인다. 내가 그를 뱀파이어라고 부르게 된 이유도 이것 때문이다.

영화에서 보면 뱀파이어들이 달콤한 피를 찾다가 조금만 맛보려고 했는데 이내 자제력을 잃어버리고 그 사람의 숨이 끊어질 때까지 마지막 한 방울마저 먹어치우려 드는 것처럼 내게 느껴지는 이안의 키스는 그것과 다를 게 없었다. 조금은 참아보려고 애를 쓰다가 내가 도저히 통증을 참을 수 없을 때 짧은 신음을 토해내면 그제야 내게서 떨어지는 이안은 내게 미안한 표정을 짓는다.

"아앗. 아파요."

"내가 또 그랬어? 미안."

"괜…… 찮아요."

이안은 멋쩍은 미소를 지으며 나를 가만히 안아주었다.

아, 포근하다. 따뜻하고…….

나도 손을 들어 그의 허리에 팔을 둘러보았다. 이안은 잠깐 멈칫하더니 내 이마와 정수리에 짧은 키스를 남겨주었다.

"이제야 리아가 인정을 하다니…… 좀 늦긴 했지만, 상관없어. 지금부터 마음껏 사랑하면 되니까."

난 어쩐지 부끄러워 고개를 숙였지만 그런 나를 이안이 가만히 둘 리가 없었다. 이안은 내 턱을 치켜올리며 또다시 입을 맞추려고 다가왔다.

"잠깐!"

"왜?"

"좀 쉬었다가……."

"그러니까 왜?"

"……아직도 얼얼해요."

"아파?"

"네……."

이안은 무언가 좋은 생각이 떠올랐는지 그 찬란한 미소를 내게 지어 보였다.

"……왜 그래요, 무섭게."

"키스를 많이 하니까 입이 아프다 이거지?"

"네……."

"입술 말고 다른 데다 해도 돼?"

"……!"

너, 너…… 그거 무슨 뜻이야, 무슨 뜻이냐고!!

"입술만 끈질기게 괴롭히니까 힘들다는 거잖아. 리아, 은근히 대담한데?"

아니야! 아니야! 그거 아니라고! 넌 내 말을 도대체 어떻게 듣는 거야? 외계인은 수신 기능이 인간하고 다른 거야? 그런 거야? 막 다른 말로 들리고 그래? 응?

"절대 안 돼요!"

"어째서?"

"이안은 중간이 없잖아요!"

"그게 무슨 말이야?"

헐, 이놈 보소. 못 알아듣는 척은……. 너 알잖아! 내가 무슨 말 하는지 이미 다 알고 있잖아! 이러기야? 이안은 연신 입에 장난스러운 미소를 걸고 내게 집요하게 물어왔다.

"무슨 뜻이냐고 묻잖아, 리아. 난 리아가 무슨 말을 하는 건지 도통 알아들을 수가 없네."

아우, 이걸 그냥 확! 너 일부러 이러는 거 다 알거든? 기어이 내 입으로 들어야 속이 시원해? 그냥 넘어가 주면 안 돼? 안 되는 거냐고!

"묻는 말에 대답 좀 해줘, 답답하잖아. 리아, 내가 시키는 건 뭐든지 다 한다며. 그럼 대답해. 무슨 뜻이야?"

치사하게 그렇게 나온다 이거지? 좋아, 나도 생각이 있어!

"흠흠! 알았어요. 그거 넘어가 주면 대신 다른 데다 키스할 수 있게 해줄게요."

"진짜?"

"잠깐! 아무 데나 다라고는 말 안 했어요."

"그럼 어디?"

"발가락."

"발가락?"

"발가락 말고 다른 데는 안 돼요."

후후. 어떠냐, 이건 몰랐을 거다. 아무리 너라고 해도 발가락은 못 하겠지? 그치? 음? 어라? 어라라? 너 뭐 해? 너 뭐 해? 너 뭐 하냐고!

이안은 내 다리를 쭉 쓸어내리더니 한쪽 발을 움켜쥐었다.

"……이안? 설마."

"왜? 발가락은 해도 된다며. 아니야?"

"아니, 맞긴 맞는데…… 진짜로 하려고요?"

이안은 씨익 입술을 말아 올리더니 시선을 내게 고정한 채로 내 발에 그의 입을 가져다 대었다.

헉! 설마. 설마…….

이안은 천천히 내 발가락들을 하나하나 입에 물었다 뺐기를 반복했다. 그 모습이 어찌나 치명적으로 섹시하게 보이는지 난 차마 계속 지켜볼 수가 없었다.

"이…… 이안…… 이제 그만!"

"왜? 아파?"

"아니, 아픈 건 아닌데⋯⋯."

"그럼 가만히 있어."

이안은 내 발을 꽉 붙잡고 하던 일을 계속했다.

아, 어쩌면 좋아. 미칠 것 같아.

난 생전 처음 느끼는 감각에 온몸에 소름이 돋기 시작했다. 발끝에 느껴지는 생경한 감각은 내 온몸의 세포를 하나하나 일깨우고 있었다. 나는 인간이 이렇게 한 번에 많은 감각을 느낄 수 있는지 오늘 처음 알았다. 간지럽기도 하고 짜릿하기도 하고 전류가 들어왔다 나갔다 하기도 하고 쥐가 난듯이 감각이 없어졌다가 별안간 감전된 것처럼 크게 몰려오기도 했다.

"하읏!"

절로 신음이 터져 나왔다. 이안은 내가 신음을 참으려고 이를 악물고 있는 것을 보더니 손가락 하나를 들어 내 입안에 집어넣었다.

"그러지 마. 이빨 다 상해."

"알았으니까 이제 그만해요."

"무슨 소리야, 이제 시작인데."

이안은 키득거리며 웃더니 내 발가락 사이로 붉은 혀를 집어넣었다.

"아앗!"

발뒤꿈치에서 발가락까지 쓰윽 핥아 올리더니 본격적으로 내 발가락들을 하나하나 유린하기 시작했다. 움찔움찔하며 발가락들이 저절로 오므라들었다 펴지기를 반복했다.

이안은 아까같이 내 발가락들을 하나씩 다시 머금었지만 아까는 단순히 입을 맞춘 것에 불과했다면 이번엔 천천히 공을 들여 농밀한 키스를 하고 있었다. 나를 뚫어지게 바라보는 이안의 눈빛은 지독하게 뇌쇄적이었다. 나는 차마 보지 않으려 고개를 돌려 버렸다. 계속 보고 있으면 나도 모르게 이안의 분위기에 휩쓸려 버릴 것만 같았기 때문이다.

"제발…… 이제 그만……."

난 애원하듯 그에게 두 손을 모으고 사정했다. 애초부터 내가 저 외계인을 상대해서 이기려고 들었던 것 자체가 무리였던 것이다.

저 녀석은 사상 최강, 천하무적이다.

아마 이 세상 그 누구도 저 녀석을 이길 수 있는 사람은 없을 것이다.

"못 참겠어?"

이안이 묻는 말에 나는 고개를 끄덕였다.

"안 참아도 되는데 말이지."

안 참아도 된다니…… 뭘……뭘? 뭘?

"오히려 난 환영인데."

"저리 가요, 이 변태 외계인!"

"크크, 알았어. 그만 놀릴게. 리아는 놀리는 맛이 좋아서 나도 모르게 자꾸 이렇게 되네."

나는 눈을 가늘게 뜨고 그를 흘겨보았다. 정말이지, 잠시도 긴장의 끈을 놓을 수가 없다.

"자, 그럼 시작해 볼까?"

"뭐를요?"

난 갑자기 이안의 말이 무서워져 몸을 움츠렸다.

"왜 그래? 겁먹기는……. 돈 버는 법 가르쳐 주기로 했잖아. 잊었어?"

아, 그거. 난 또.

"대체 리아 머릿속은 어떻게 되어 있는 거야? 궁금해서 한번 들여다보고 싶네."

우와! 참 나…… 그거 그대로 너한테 돌려줄게. 딱 내가 하고 싶은 말이거든?

"일단 나가자."

"어디로요?"

"대형 마트."

잠시 후 우리는 이안의 집 근처에 있는 대형 마트에 도착했다.

"이제부터 뭐 해요?"

"주식시장에서 원금을 보전하기 위해서는 몇 가지 조건이 있어야 해. 난 그걸 가르쳐 주려는 거야."

"여기서요?"

"여기만 한 곳이 없지. 들어가자."

우리는 카트 하나를 뽑아 들고 진열대 사이를 어슬렁거렸다.

"리아는 제품을 살 때 주로 뭘 보고 사?"

"가격이요."

당연한 걸 뭘 물어. 나처럼 가난한 사람들은 상표고 자시고 다 필요 없어. 싸면 장땡이야.

"제품의 퀄리티는 상관없이 무조건 싼 것만 사?"

"음…… 생각해 보니 아닌 것도 꽤 있네요."

"예를 들면 어떤 거?"

"라면이요. 라면은 아무리 싼 게 나와도 가격이 거기서 거기니까 이왕이면 백 원 더 주고라도 늘 먹던 걸 사게 돼요."

"그렇지, 나도 그래. 아마 다른 사람들도 마찬가지일 거야. 그럼 리아가 좋아하는 라면은?"

"S라면이요. 어쩌다 가끔 N라면 먹을 때도 있고."

"나도야. 조금씩 판매량에 차이가 있긴 하더라도 S라면을 생산하는 N 회사는 250여 개의 라면 생산 회사 중 부동의 1위를 고수하고 있지. 게다가 시장 점유율 70% 이하로 떨어뜨린 적이 없어."

역시. 이 외계인은 모르는 게 없다. 뭐든지 말만 하면 대답이 술술 나오는 인간형 컴퓨터를 옆에 달고 다니는 기분이다.

"라면은 대체 식품으로도 각광받고 있어서 아무리 불경기여도 라면의 수요는 끊이지 않아. 그러면 여기서 질문. 리아가 만약 식품회사에 투자를 하려고 한다면 어디에 투자하는 것이 가장 좋을까? 1번, 방금 말한 N사. 2번, 주당 가격이 조금 싼 2위 그룹 S사. 3번, 시장 점유율은 떨어지지만 계속해서 신제품을 내고 있는 P사."

"당연히…… 1번?"

"정답! 어떤 주식을 고르든 그 업계에서 1위를 선택해야 해. 독과점이 높을수록 더 좋아. 아무리 경기가 안 좋아도 그 회사는 살아남을 테니까. 그리고 경기가 회복되는 순간 감히 다른 경쟁 업체들이 따라오지 못할 곳으로 비상하겠지."

"하지만 N사는 최근 몇 년간 주가 변동이 거의 없었어요."

"그렇지 않아. 경기에 따라서 최저 10만 원 중반에서 최고 30만 원 중반까지 등락을 거듭했어. 관심이 있는 회사의 주가는 놓치지 말고 따라다녀야 해."

"그럼 이안은 원래 그 회사에 관심이 있었어요?"

"아니."

……너 뭐냐. 방금 말한 거랑 다르잖아!

"난 거의 모든 직종의 주가를 다 파악하고 있으니까 가능하지, 일반 사람들은 아마 어려울 거야. 관심 있는 분야만 들고파도 변수가 워낙 많은 시장이니까."

그래, 너 잘났다. 결국 너에게만 통용되는 방법이라는 거잖아!

"잘 들어, 리아. 돈의 흐름을 파악하는 것이 중요해. 돈의 흐름을 파악하지 못하면 백전백패야. 리아가 원금에 집착하니까 난 그 방법을 알려주는 거야. 원금을 보전하면서도 수익을 얻는 법. 노동력이 아닌 시간을 들여 돈을 버는 법을 말이야."

"알겠어요! 계속하세요, 스승님!"

대학에서 배우는 것보다도 훨씬 머리에 쏙쏙 들어오게 가르치는 이안 덕분에 난 섬섬 더 의욕을 불태우고 있었다.

이안과 나는 마트 이곳저곳을 누비고 다니며 꽤 많은 이야기를 나눴다. 이안과 대화를 하면서 느낀 점은 그가 정말로 아는 것이 넘치게 많다는 것이었다. 늘 심심하다는 말을 입에 달고 다니는 이안이 조금은 이해가 되는 부분이었다. 이제 고작 스물다섯 살밖에 안 됐는데 평생을 학문에 매진한 사람보다도 아는 것이 더 많다면 사는 게 재미없을 것 같기도 했다. 더 이상 배울 것도 없고, 배우고 싶은 것도 없고 그냥 시간이 흐르는 것을 방관만 한다는 것은 참으로 심심한 일이 아닐 수 없지 않겠는가.

그렇게 생각을 하다 보니 난 어쩐지 이안이 조금 가여워졌다. 마음에 맞는 친구 하나 없이, 늘 무료한 인생을 살아오다 나를 만나서 생활의 활력을 찾았다니…… 내가 뭔데, 그저 단맛이 난다는 이유 하나만으로 그렇게 집착을 했을까. 늘 입안이 쓰다는 이안은 아마도 심리적인 영향이 큰 것 같다.

……병원에 데려가 볼까?

"무슨 생각 해, 리아?"

"응? 아니, 아무것도 아니에요."

"지금 내가 한 말 들었어?"

"무슨 생각 하냐는 말?"

"아니, 그전에."

"……미안해요, 잠깐 딴생각했어요."

이안은 나를 이상하다는 눈으로 바라보며 손가락으로 내 이마를 튕겼다.

"정신 차리고 들어야지, 첫 수업인데. 돈 벌고 싶다더니 말뿐이었어?"

"아니요! 이제 진짜 딴생각 안 하고 잘 들을게요."

"알았어, 그럼 다시. 워렌 버핏은 알지?"

"명색이 경제학과인데 그 사람을 모르는 게 말이 돼요?"

"그 사람이 남긴 명언이 아주 많은데 내가 가장 인상 깊게 들은 명언이 뭔지 알아?"

그걸 내가 어떻게 아니. 네가 무슨 생각을 하고 사는지 알 길이 없는 내가.

"내가 가장 인상 깊었던 말은 이거야. 주식 투자에 꼭 지켜야 할 것이 두 가지가 있다. 1. 돈을 잃지 말라. 2. 절대로 1번을 잊지 말라."

"……맞는 말이긴 한데, 그게 어디 말처럼 쉽나요. 주식 투자해서 돈을 잃지 않으려면 어떻게 해야 하는지를 알려줘야죠."

"리아는 실전투자를 해본 적 있어?"

"아니요, 그럴 돈도 없고 그럴 깜냥도 못 돼서……. 하지만 모의투자는 몇 번 해봤어요."

"기업 선택의 기준은?"

"대중없었죠. 물론 기업분석에 관한 것은 학교에서 신물이 나도록 배웠으니 재무제표며 다 확인하긴 했지만 실전이라고 생각하고 하다 보니 적은 돈으로는 이름 있는 기업을 사기가 어려웠어요. 주당 몇십만 원씩 하는 기업의 주식을 사면 몇 주 못 사니까요. 그러다 보면 결국 가격이 좀 낮은 주식을 샀어요."

"결과는?"

"손해를 보지는 않았지만 그래도 수익률은 형편없었죠. 본전을 건진 것만 해도 다행이라고 할까요."

사실이었다. 아무리 모의투자라고 해도 실전과 똑같은 주가등락을 보면서 난 평정심을 찾을 수가 없었다. 내 손가락이 누르는 클릭 한 번으로 몇십만 원이, 혹은 몇백만 원이 왔다 갔다 하는데 심장이 떨려서 주가가 떨어진 날은 잠도 자질 못 했고 오르는 날은 이걸 언제 팔아야 하나 전전긍긍했다.

"보나 마나 내리면 안절부절못하다가, 또 본전에 가까워지면 컴퓨터 앞에서 낑낑대다가 결국 수수료 떼고 나면 얼마 남지도 않을 금액으로 팔았겠지."

"봤어요?"

귀신이다. 꼭 본 것처럼 말하네.

"안 봐도 알아, 대부분의 사람이 그러니까. 아무리 책을 많이 읽고 오랫동안 공부를 한 사람들이라도 정작 실전에 들어가면 평정심을 잃는 사람이 많아."

"그럼 어떻게 하라고요?"

"일단은 기업을 선정하는 데 총력을 기울여야 해. 내 돈이 들어가면 그 회사는 그때부터 내 회사이기도 하니까. 주주라는 말 그대로 그 회사의 지분을 가지고 있으니 내가 가진 주식만큼 그 회사의 주인이 되는 거야."

"다 아는 얘기 그만하고, 그럼 어떤 회사를 선택해야 하는 건데요?"

"여기서 또 워렌 버핏 회장의 명언이 있지. 누군가에게 내가 살 회사의 주식에 대해 20분 이상 설명할 수 없다면 주식을 살 자격도 없다."

20분 이상 설명……. 그러려면 그 회사의 자산 가치, 부채, 영업

이익, 순수익, 향후 발전 가능성까지 모두 꿰뚫고 있어야 가능한 얘기다. 학교에서 숙제로 내주는 몇 장의 리포트를 발표하는 데도 고작 5분밖에 안 걸리는데 그걸 20분 이상 설명하려면 기업분석을 하는 데 엄청난 시간을 투자해야 한다.

"알겠어? 리아가 뭘 잘못했는지?"

"조금 알 것 같아요."

"그렇게 해서 확고한 믿음을 가지고 샀으면 그때부터는 기다림과의 싸움이야."

"기다림이요?"

"사람의 운이라는 게 언제 어느 때 찾아올지 모르잖아? 산 바로 다음 날부터 폭등할 수도 있고, 아니면 반대로 폭락할 수도 있지. 여기서 엉덩이가 들썩거리면 논과의 싸움에서 이미 진 거야."

돈 앞에 평정심을 유지할 수 있는 사람이 얼마나 된다고! 넌 안 그랬니? ……안 그랬겠구나. 사람이 아닌 걸 요즘 들어 자꾸 깜박한다. 너니까 가능한 거야, 너니까!

"기업의 가치를 인정하고 투자를 했으면 그때부터는 믿고 기다리는 거야. 최소 10년간 보유하고 싶은 주식이 아니면 10분도 들고 있지 말라고 했어. 물론 10년이나 들고 있으라는 얘기가 아니라 그 정도로 오랜 믿음을 가지고 투자하고 싶은 기업이 아니면 사지 말라는 얘기야."

"하지만 이안, 경기 불황을 만나서 예기치 않게 주가가 폭락하는 때도 있잖아요. 회사의 재무구조나 안전성과 상관없이 그냥 속절없이 폭락하는 것을 언제까지 보고 있어요? 마이너스가 적을 때 얼른 팔아서 현금이라도 들고 있어야 나중에라도 다시 살 수 있는 거 아니에요?"

"하늘이 무너진다고 주식을 팔지 말라. 회사의 가치가 떨어졌을 때 팔아라."

"역시 워렌 버핏이군요."

"기업의 가치가 떨어지지 않는 이상 비정상적으로 떨어진 주가는 언제든 회복될 수 있어. 엉덩이 무거운 놈이 이긴다, 몰라?"

"그야 알기야 알지만…… 내가 알고 싶은 건 빠른 시일 내에 내 손에 잡히는 현금을 버는 법이에요. 이안이 말하는 가치투자법은 투자의 정석이긴 하지만 시간이 너무 오래 걸리잖아요."

이안은 피식 웃으며 내 머리를 마구 헝클어뜨렸다.

"성질 급한 아가씨야, 걷지도 못하면서 뛰는 것부터 가르쳐 달라고 하면 어떡해. 기본에 충실해야 응용도 하는 거야."

이안의 미소가 언제부터인가 내게도 해피바이러스를 뿌린다. 그래서 나도 살짝 미소 지으며 이안에게 알았다고 대답했다.

"어…… 사람 많은 데서 이러면 곤란해, 리아."

"뭐가요?"

"방금 키스해 달라고 했잖아."

응? 응? 뭐라고? 잠깐만…… 나 다시 생각 좀 해볼게……. 야! 내가 언제! 아니거든!

"이안, 지금 무슨 소리를 하는 거예요? 나 그런 생각한 적도 없거든요?"

이안은 좌우를 살피지도 않고 내 입술에 가볍게 입 맞추고 떨어졌다.

"아님 말고."

아니, 뭐 이런…….

"키스를 부르는 표정이었어, 리아."

허…… 이젠 웃지도 말라는 거냐……. 간만에 웃어줬더니, 네가 스스로 복을 차는구나. 오냐, 그래. 앞으론 늘 뚱한 표정만 지어주마!

난 차마 입 밖으로 꺼내지는 못했지만 속으로 툴툴거리며 불만 가득한 표정으로 입을 비쭉 내밀었다.

"리아."

"왜요."

나도 모르게 퉁명스럽게 대답하자 이안은 허리를 숙여 내 입술을 함박 머금고 떨어졌다.

"미쳤어요? 여기 공공장소인 거 몰라요?"

"알지만……."

"알지만, 뭐요!"

"그렇게 대놓고 물어달라는 입술을 그냥 지나칠 수가 없잖아."

이안의 그 말에 나는 그만 입을 다물었다. 어떻게 해서든 제 맘대로 다 하고 저 좋을 대로 해석하는 저 외계인을 내가 무슨 수로 당한단 말인가.

"밥, 밥이나 먹으러 가요!"

난 민망해져 새빨개진 얼굴을 푹 숙이고 종종걸음으로 마트를 빠져나왔다. 차가 어디 있는지 알고 있으니 굳이 이안과 함께 가지 않아도 상관없어서 혼자 잰걸음으로 주차장이 있는 지하 3층으로 내려갔다. 그제야 뒤를 돌아보니 이안의 모습이 보이질 않았다.

응? 어디 갔지? 화장실 갔나? 아…… 외계인도 화장실을 가나? 가겠지? 그럼 좀 기다려야겠다.

난 에스컬레이터 앞에서 한참을 기다리다가 아무래도 이안이 내려오질 않자 다시 올라가서 찾아봐야 하나 아니면 전화를 해봐야 하나 혹시 내가 먼저 내려가서 기분이 상했나, 별생각을 다 하다 아무래도 차에서 기다리는 게 나을 것 같아 마이바흐가 주차되어 있는 곳으로 갔다. 오늘 처음 이안이 내게 보조키를 넘겨주었으니 나도 한번 마이바흐 사마의 옥체에 직접 열쇠를 집어넣어 돌리고 싶은 마음에 이안의 생각은 잠시 떨쳐 버리고 신나게 뛰어갔다.

마이바흐 운전석에 있는 열쇠 구멍에 키를 꽂으려는 순간, 갑자기 운전석 문이 벌컥 열리면서 이안이 나를 힘껏 끌어당겼다.

"왜 이제 와."

"이안? 언제 왔어요? 아니, 내가 계속 기다리고 있었는데 어디로 온 거예요? 난 못 봤는데."

"이동 수단은 에스컬레이터만 있는 게 아니야."

"엘리베이터?"

이안은 싱긋 웃으며 차 문을 닫아버렸다. 하지만 그의 무릎 위에 민망하게 안겨있는 자세를 풀어주지도 않았다.

"저기, 이안? 운전해야죠. 밥 먹으러 안 가요?"

"눈앞에 밥이 있는데 가긴 어딜 가."

이안은 굶주린 포식자가 먹잇감을 앞에 두고 이걸 어떻게 잡아

먹을까 하는 표정으로 나를 바라보았다.

"아…… 이안, 저기…… 음…… 장난하지 말고 나 좀 옆으로……."

"나 장난 아닌 거 알잖아."

이안의 입술은 거미줄처럼 나를 옭아매었다. 좀 전에 집에서 나눈 키스는 아무것도 아니라는 듯 이안의 키스는 시간이 지날수록 점점 더 농밀해지고 있었다. 혀끝으로 살살 간질이다 입술을 가르고 들어오더니 차 안 가득 질척이는 소리가 넘쳐흐르도록 행위를 멈추지 않았다. 할 수만 있다면 내 귀를 막아버리고 싶을 정도로 밀폐된 공간에서 나누는 이안과의 키스는 내게 너무나 자극적이었다.

"리아도……."

"하아, 하아…… 나…… 뭐요?"

"리아도 혀 좀 내밀어봐."

어떻게 저런 말을 눈 하나 깜짝 안 하고 할 수 있는지, 난 소리를 듣는 것만으로도 온몸이 경직되는데.

"어서."

자꾸만 채근하는 이안 때문에 난 이러지도 저러지도 못 하고 있다가 할 때까지 집에 안 보내고 계속 이러고 있겠다는 이안의 협박에 못 이겨 하는 수 없이 잠깐만 내밀었다가 거둘 생각으로 이안의 입술을 살짝 핥았다. 그러나 이안은 그 찰나의 순간을 놓치지 않았다.

엄청난 속도로 내 혀를 감아올리더니 이내 그의 입안으로 끌고 들어가 맛있는 꿀을 찾은 나비처럼 절대로 놓아주지를 않았다.

"음……으응…….."

너무 거세게 빨아들이는 이안 때문에 난 저절로 신음이 터져 나왔다. 평소에는 내가 이러면 금방 놓아주는데 지금의 이안은 그럴 생각조차 없어 보였다. 정신 못 차릴 정도로 내 입술과 혀를 탐하던 이안이 드디어 키스를 마치고 놓아주었을 때 난 온몸에서 힘이 풀려 꼼짝도 하지 못하고 안도의 한숨만 내쉬었다.

"리아."

그의 어깨에 기대어 쉬는 내게 이안이 낮은 목소리로 속삭였다.

"잘 먹었어."

순간 온몸에 찌릿한 전류가 흐르며 삽시간에 달아오르는 것을 느꼈다. 당장에라도 이안을 밀어내고 '야, 이 변태야!' 라고 소리치고 싶었지만, 지금 내 얼굴이 어떨지 감히 상상도 하지 못할 정도로 빨개져 있을 것만 같아서 이안에게 들킬까 봐 그냥 그대로 있을 수밖에 없었다.

이안…… 이안 맥스웰. 아무리 생각해도 내 머리로 알 수 있는 건 넌 캔커피 반딧불이 설탕별 변태 뱀파이어 외계인이라는 것뿐이야. 게다가 우주 최강이기도 하지. 대체 언제 네가 이렇게 내 맘을 가져가 버렸을까. 언제부터 네가 싫지 않았던 것일까. 나는 어쩔 수 없이 너를 좋아하게 될 수밖에 없는 운명인가.

"이대로 운전하고 갈까?"

이안의 소리에 퍼뜩 정신을 차린 나는 얼른 조수석으로 자리를 옮겼다.

워낙에 내부가 넓은 차량이라 거치적거리는 거 하나 없이 쉽게 자리를 옮겨온 나는 이안의 얼굴을 똑바로 바라보는 게 부끄러워 창 쪽으로 고개를 돌렸다.

"사랑해, 리아."

뒤통수에 살짝 이안의 체온이 머물다 멀어지는 것을 느끼면서도 나는 고개를 돌릴 수가 없었다. 지금 고개를 돌리고 이안의 눈과 마주친다면, 나는 나도 모르게 나도 이안을 사랑한다고 말해 버릴 것 같았기에 주인 없는 자동차들만 가득한 창밖을 계속 바라보고 있었다.

입으로 뱉은 말은 마법과 같아서 한 번 그에게 진심을 담아 말을 해버리고 나면 이제 다시는 그에게서 벗어날 길을 찾을 수 없을 것만 같나. 진정한 사랑을 꿈꿀 성도보 난 어리지도 않고, 사람의 마음이 얼마나 간사하다는 것도 알아버린 지금의 나에겐 또다시 사랑을 꿈꾼다는 것은 분에 겨운 사치였다.

그러니 난 말하지 않을 것이다. 절대로. 그 말을 뱉는 순간 난 또 마법에 걸릴 것이라는 것을 알기에 난 스스로를 현실에 붙잡아두기 위해 끝없이 내 자신을 다독이는 중이었다.

"난 이제 배 채웠으니 리아 먹고 싶은 거 먹어. 뭐 먹으러 갈래?"

"삼겹살이요."

"풉! 알았어. 가자, 삼겹살 먹으러."

기다렸다는 듯이 1초도 생각하지 않고 대답하는 내가 우스웠는지 이안은 피식 바람을 새어 보내는 웃음을 짓고 주차장을 빠져나갔다.

스마트폰으로 주변 식당 검색을 해서 찾아간 곳은 제주 흑돼지 전문 식당이었다. 식당에 들어서자마자 고기 굽는 냄새가 진동했다.

"흐음~ 좋다!"

내가 씩씩하게 앞장서서 신발을 벗고 안으로 들어서자 이안은 뭐가 그리 우스운지 계속 입가에 미소를 걸고 내 뒤를 따라와 앉았다.

"이안, 왜 자꾸 웃어요?"

"아니, 비싼 스테이크를 먹는 것도 아니고 뷔페를 온 것도 아닌데 표정이 너무 비장해서."

"생각해 보니까 어젯밤부터 한 끼도 못 먹은 거 있죠. 나 무지 배고프단 말이에요. 최대한 많이 먹을 거니까 이안 긴장해야 할 거예요."

"내가 왜?"

"그야…… 이안이 돈 내니까?"

"우와. 수업료는 못 낼망정 밥까지 사라는 거야? 게다가 아까 웨딩샵 촬영비도 받았을 거 아니야."

나는 어이가 없다는 표정으로 이안을 바라보았다.

내 돈 줄 다 끊은 게 누군데! 너거든?

"이안이 아르바이트 다 그만두라고 해서 난 앞으로 한 달간 손가락만 빨고 있어야 해요. 그러니 이안이 책임져야죠. 그리고 수업료는 이미 충분히 지급한 걸로 아는데."

"언제?"

난 그걸 몰라서 묻느냐는 눈빛을 강렬하게 쏘아 보냈다. 그러나 이안은 전혀 눈치도 못 챈 듯 계속해서 내게 질문을 했다.

"언제, 어디서 나한테 뭘 줬다는 거야. 나 아무것도 받은 기억이 없는데?"

"진짜 진심으로 하는 소리예요?"

"응."

난 밑반찬으로 나온 오이를 하나 집어먹으려고 들었던 젓가락을 탁 내려놓았다.

"이안 집! 그리고 아까 주차장! 난 진이 빠질 정도로 수업료를 지불했는데 지금 모른 척하는 거예요?"

"그게 수입료였어?"

이안의 표정이 눈에 띄게 안 좋아지더니 매서운 눈으로 나를 바라보기 시작했다.

"왜…… 왜 그래요, 갑자기?"

"리아야 말로 몰라서 물어?"

"모…… 몰라요, 왜 그래요? 내가 또 뭐 잘못했어요?"

"난 우리가 서로 사랑해서 한 거라고 생각했는데 리아는 아니었어?"

아…… 그거였어? 자식, 속 좁기는. 아니, 웃자고 한 소리에 왜 죽자고 달려들어? 너 농담 모르니, 농담? 영어도 있는데. Joke!

"그냥 농담한 건데 왜 그렇게 화를 내요……."

"그게 농담이야? 남의 기분을 이렇게 한순간에 바닥으로 떨어뜨려놓고?"

"진짜 농담이었어요. 기분 많이 상했다면 사과할게요."

"됐어."

"그냥 웃자고 한 소리라니까요……."

"하나도 안 웃겼어."

아, 이 자식. 요즘 이상하네. 왜 이렇게 뻑하면 삐져.

"이안…… 진짜 화난 거예요?"

"……."

"미안해요, 이제 그런 농담 안 할게요."

"……."

"이안이 이렇게 화낼 줄 알았으면 안 했을 거예요."

"……."

이 자식이 이렇게 속 좁은 놈인지 몰랐네. 밴댕이 속알딱지 저리
가란데? 나보고 어쩌라고! 넌 예전에 내가 그렇게 심하게 대할 때
는 아무렇지도 않더니 왜 이제 와서 이래? 이제야 성격 나오는 거
야? 그런 거야? 너 겉과 속이 다른 외계인이었어? 그래?

"이안, 이제 나랑 말도 안 할 거예요?"

"……."

"내가 어떻게 하면 화 풀어줄래요? 아! 내가 오늘 이거 다 살게
요! 수업료! 수업료! 진짜 수업료!"

내가 수업료를 내겠다고 하자 그제야 입을 떼는 이안은 여전히
퉁명스러운 말투로 대답했다.

"이런 건 리아가 좋아하는 거지, 내가 좋아하는 게 아니잖아."

"아…… 그렇지. 그럼 이안이 좋아하는 걸로 살게요. 단거?"

"어."

"지금 나가서 사올까요?"

나는 지갑을 챙겨 들고 얼른 일어날 태세를 갖추었다. 그러나 이안은 내 손을 잡아 다시 앉히고 팔짱을 낀 채로 무심하게 애기했다.

"내가 제일 좋아하는 단 게 뭔지 잊었어?"

이안이 제일 좋아하는 단거라면…… 혹시 나? 나 말하는 거야?

이안은 내 가방을 달라고 하더니 그 안에서 우리가 쓴 계약서를 찾아냈다. 그러곤 주머니에서 펜을 꺼내 무언가를 끼적이고 나서 내 눈앞에 변경된 사항을 내밀었다.

—추가 조항.

이리아는 이안 맥스웰이 원할 때마다 먼저 키스를 행해야 한다.

이런…… 당했다.

변경된 조항을 읽은 후 바라본 이안의 얼굴엔 찬란하기 그지없는 미소가 걸려 있었다.

7화
적당히 좀 해, 이 외계인아

"이리아, 이리 와~"

또 시작이군……. 그날 이후 이안은 아주 재미가 들렸는지 심심하면 저렇게 나를 불러댄다.

"아까 한 지 5분도 안 됐거든요?"

"그래도 내가 원할 때는 언제든, 이라고 썼잖아."

"어떻게 사람이 적당히 하는 걸 몰라요?"

"몰랐어? 나 사람 아니고 외계인이잖아."

그래…… 이제 너도 인정하는 거냐…… 너 사람 아니라고, 네 입으로? 정상이 아니라는 건 인지하고 있나 보지?

"빨리~ 이리아, 이리 와~"

후우…… 저 진상, 화상, 찰거머리, 변태 외계인…… 언제부터인

가 이안이 내 이름을 가지고 장난스럽게 부르면 그것은 곧 키스해
달라는 암묵적 의미가 되어버렸다. 난 하는 수 없이 이안에게 다가
가 그의 입술에 내 입술을 가볍게 얹었다가 떼었다.

"끝이야?"

"뭐가요."

"이게 끝이냐고."

"그럼 뭘 더 바라요!"

이안은 멀어지려는 내 손을 붙든 채로 입가에 장난스러운 미소
를 올렸다.

"내가 전부터 얘기하고 싶던 건데, 리아는 키스할 줄 몰라?"

"아, 아…… 알아요!"

"근데 왜 안 해?"

뭔 소리야! 방금 한 건 기억 안 나? 너 치매야, 조기 치매? 머릿
속에 지우개가 들어 있어?

"했잖아요!"

"언제?"

"방금!"

"지금 이걸 키스라고 치라는 거야?"

"어…… 어쨌든…… 입술이 닿으면 키스 맞아요!"

이안은 고개를 절레절레 저으며 나를 끌어당겼다.

"역시 리아는 키스를 할 줄 모르는 거야. 방금 리아가 한 건 영
혼 없는 입맞춤이잖아. 그런 건 인사보다도 의미 없어."

"……어쩌라고요. 원래 이렇게 생겨먹은 걸."

"노력해야지."

으응? 노력? 노력? 이제 나보고 별걸 다 노력하래. 나 그거 말고 도 노력할 거 넘쳐 나거든?

"내가 가르쳐 줄테니 잘 보고 따라 해야 해. 알았지?"

윽! 너 또 뭐 하려고 이래…… 무섭게…….

"키스를 할 때는 상대방의 눈을 똑바로 바라보면서 천천히 다가 오는 거야, 이렇게."

이안이 내 손을 잡은 채 천천히 나를 끌어당겼다.

"그리고 얼굴이 아주 가까워져서 눈동자가 사시가 되기 전에 눈 을 감는 거지."

이안은 손을 들어 내 눈꺼풀을 아래로 쓸어내렸다.

"그다음엔 오직 감각만으로 상대방의 입술을 찾는 거야. 숨소 리, 체온, 모든 걸 다 느끼면서, 이렇게."

이안의 입술이 조심스럽게 내 입술 위를 잠식했다. 그리고 천천 히 윗입술과 아랫입술을 번갈아가며 촉촉하게 베어 물었다.

"알겠어? 지금처럼 상대방의 입술을 맛있는 사탕처럼 한 번씩 맛보는 거야. 그리고……."

순간 그의 열기를 담은 붉은 혀가 내 입안으로 스며들어 왔다. 이번에도 서두르지 않고 천천히 입안 구석구석을 누비며 부드럽게 유영하듯이 혀를 움직였다.

"이렇게. 너무 맛있는 사탕을 입에 물고 녹여 먹기가 아까워서 조금씩 굴리는 것처럼 하는 거야."

하나하나 너무 자세한 설명을 곁들이면서 하는 이안의 키스는 엄청나게 달콤하기도 했지만 엄청나게 부끄럽기도 했다.

"이제 알겠어, 리아?"

"아…… 알았으니까 이제 좀 놔줘요."

"왜?"

"원하는 대로 실컷 했으니 이제 됐잖아요."

이안은 천연덕스럽게 무슨 소리냐는 표정으로 나를 바라보았다.

"가르쳐 줬으니 이제 리아가 실습해야지."

"네?"

"해봐, 내가 한 거 그대로."

씨익 입꼬리를 말아 올린 이안의 얼굴이 그렇게 얄미워 보일 수가 없었다.

이…… 캔커피 변태 외계인이!

"어서."

난 이안에게 잡힌 손을 빼보려고 이리저리 틀어보았지만 역시나 꼼짝도 하지 않았고, 내가 자꾸 도망가려는 기색을 보이자 아예 양손을 다 잡아버린 그가 그의 이마로 내 이마를 콩 찧었다.

"어딜 자꾸 도망가, 빨리 안 해?"

"뭘 자꾸 하라고 그래요."

"리아가 이런 식으로 나오면 나도 다 생각이 있어."

"무슨 생각이요?"

이안은 내 손을 확 잡아끌더니 내 귓가에 나지막이 속삭였다.

"리아가 감히 상상도 하지 못할 정도로 야한 짓을 하게 될 거야."

으악! 으악! 누가 이 변태 외계인 좀 말려줘요! 너…… 너…… 뭐 하려고, 뭐 하려고!

"10초 안에 안 하면 진짜 나도 어떻게 나올지 몰라."

흐윽…… 그래, 알았다. 알았어. 한다! 한다고! 하면 될 거 아니야!

나는 파들파들 떨리는 입술을 이안의 입술 위에 얹어놓았다. 그러니까 그게…… 윗입술과 아랫입술을 차례로…… 이렇게……? 아우, 진짜! 괜히 순서를 정해놓으니 더 못 하겠어. 음…… 그다음에 뭐더라? 혀를…… 으흑! 나 못 해…… 나 진짜 못 해…….

"리아, 속도가 너무 느려."

"……어쨌든 하고 있잖아요, 시키는 대로."

"빨리 진도 안 나가면 덮친다."

꺅! 알았어, 알았어! 워워~ 착하지? 진정해. 음…… 혀를 이렇게 움직여서…… 옳지! 됐다. 그다음에…… 그다음에…… 뭐더라? 그냥 여기저기 움직이면 되는 거였나? 근데 좀 힘들기도 하고 미치게 민망하…… 아흑!

파르르 떨리던 입술의 진동은 이제 내 온몸으로 퍼져 나갔다. 바들바들 떨면서 애를 쓰고 있는 내 모습이 얼마나 우스웠는지 이안은 내 키스를 받다 말고 박장대소를 터뜨렸다.

"잠깐, 잠깐, 푸하하! 나 웃겨서 도저히 못 하겠어! 풉! 푸하하하!"

그래…… 웃기겠지, 지금 내 모습을 내가 봐도 웃길 것 같아…… 그래도! 열심히 하는 사람 앞에서 그렇게 웃으면 내가 뭐가 되니? 너 나 진짜 좋아하는 거 맞아? 맞는 거냐고!

"아, 진짜…… 리아는 최고야, 이리 와."

"……또 하라고요?"

"아니, 이제 됐어. 그냥 안아주려고."

이안은 나를 품에 꼭 끌어안고 연신 내 정수리에 쪽쪽 소리가 나게 입을 맞췄다.

"진짜 나를 어쩌지 못할 정도로 너무 사랑스러워, 리아. 절대 나 두고 어디 가지 마. 도망 못 가, 이제. 내 거야. 죽어도 안 뺏겨."

너…… 그 말 은근히 무서운 거 알고 있니…….

"이…… 이제 됐죠? 끝난 거 맞죠? 수업료 완벽 지불했으니까 이제 수업해 줘요."

"알았어, 음…… 꼭 한 가지 덧붙이자면……."

"또 뭐요!"

"앞으로 리아가 내는 수업료의 질에 따라서 수업의 질이 달라질 거라는 걸 꼭 얘기하고 싶네."

치사한 자식…… 어떻게든 본전을 뽑겠다, 이거지? 알았어! 하면 될 거 아니야, 하면! 생각할수록 약 오르지만 지금은 내가 절대 약자니까 어쩔 수 없지. 너 나중에 두고 봐!! 복수할 거야!

"자…… 그럼 오늘은 묻지 마 투자에 대해 알려줄게."

"어? 지금까지 이안이 한 얘기랑 상반되는 거잖아요? 내가 배워 왔던 것도 절대로 그런 짓은 하지 말라고 했어요. 남이 하는 주식 묻지도 따지지도 않고 따라 사는 건 패가망신의 지름길이라고…….'

"누가 남이 사는 거 무작정 따라 사라고 했어? 이것도 원칙이 있어."

나는 눈을 반짝반짝 빛내며 이안의 말을 경청했다. 뭘까, 뭘까?

"아…… 리아, 제발 부탁인데 그런 눈으로 날 쳐다보지 좀 말아줄래?"

응? 내가 뭘? 뭐 어쨌다고?

"또 키스하고 싶어지잖아."

야, 이…… 키스에 환장한 변태 스토커 외계인아! 적당히 좀 하란 말이다!

"이안, 제발 나도 부탁인데 시도 때도 없이 키스하자고 달려들지 좀 말아줘요. 이러다 나 신경쇠약 걸리겠어요."

"왜? 원래 사랑하는 사람들끼리는 이러는 게 맞아."

"이안!"

"알았어. 큭큭. 발끈하기는……. 그럼 계속할게. 묻지 마 투자의 원칙은 주변 사람 중 누가 권한다고 하라는 얘기가 아니야. 첫 번째 원칙. 자사주매입! 회사가 회사의 공금을 풀 때는 자기네 회사의 주가가 저평가되어 있기 때문에 터무니없이 낮게 거래되고 있는 주가를 끌어올리거나, 하락장에서 주가방어를 위해 자사주매입이란 걸 해. 밖에서 바라만 보고 있는 내가 아니라 직접 회사를 경영하고 있는 사람들이니, 자신들 회사의 가치를 나보다는 더 잘 알 것이기 때문에 매수 신호로 보는 거야."

"음…… 일리가 있어요. 가만히 놔둬도 상관없는데 일부러 회사의 공금을 풀어서 자기네 주식을 사 모으는 건 떨어지면 오히려 손해일 텐데 그만큼 자신이 있으니 그러는 거겠죠."

"맞아, 그럼 두 번째 원칙! 대주주 따라 하기! 대주주라는 건 그 회사의 주식 비중을 최소 5% 이상 가지고 있는 단체나 개인을 말하는데, 대주주가 지분을 매수나 매도할 때는 반드시 사전 공시가 떠. 이건 법적으로 의무화되어 있는 것이라 몰래 할 수가 없어. 빼도 박도 못 하게 공시가 되는 거지. 대주주가 지분을 늘린다는 것은 회사의 공금이 아닌 온전히 자기 호주머니를 털어서 개인 돈으로 주식을 산다는 얘기야. 자, 상식적으로 생각을 해봐. 이미 많은 돈을 투자하고 있는 회사에 더 많은 돈을 투자할 때는 일개 개인인 내가 알 수가 없는 뭔가가 있기 때문이 아닐까? 내가 모르는 뭔가가 있기 때문에 있는 사람들이 자기 돈 털어서 지분을 늘리는 거겠지, 안 그래? 그래서 대주주가 지분을 늘릴 때는 자사주매입보다 더 확실하고 강력한 매수신호인 거야."

"그렇군요!"

난 이안이 하는 말을 들을 때마다 쟤는 어디서 저렇게 많은 걸 배웠을까 궁금해졌다. 어리다면 어리고 젊다면 젊은데 저렇게 수많은 지식과 상식을 가지고 왜 우리 학교에 있지? 저 정도면 엄청 유명한 회사나 기관에서 스카우트해야 되는 거 아니야? 뭐…… 그거까지는 내가 알 필요 없지만…… 부럽다, 이 자식아!

"그런데 리아."

"왜요?"

"리아는 내가 아직도 불편해?"

"음…… 처음보다는 아니에요. 그때는 진짜 이안이 이상한 사람이라고 생각했거든요."

물론, 지금도 넌 충분히 이상하지만! 그건 차마 말할 수가 없어.

"그런데 왜 아직도 나한테 존댓말해?"

"아…… 그게, 처음부터 이러다 보니 그냥 습관이 된 것 같아요."

"난 리아가 나를 좀 더 편하게 대했으면 좋겠어."

저기, 이안아? 너 잘 모르나 본데 난 네가 절대로 편해지지가 않는다. 시도 때도 없이 입술을 들이밀지, 생각지도 않은 곳에서 툭툭 튀어나와 나를 놀라게 하지, 내 몸에 무슨 추적 장치를 달았는지 어디만 갔다 하면 귀신같이 알고 찾아오지, 그런데 내가 너를 어떻게 편하게 대하겠니. 넌 나에게 영원히 알 수 없는 캔커피 반딧불이 설탕별 변태 뱀파이어 우주최강 미친 외계인이야.

"그럼, 리아. 연습 좀 해봐."

"뭐를요?"

"존댓말을 고치기 어렵다면 호칭이라도 좀 바꾸게."

"호칭을 뭐로 바꿔요?"

"많잖아. 자기라든가, 여보라든가."

헉! 너 미쳤니?

"아니면 우리만의 애칭을 부른다든가."

"그거라면 난 벌써 있는데요? 그것도 아주 많이."

"그래? 뭔데?"

이안은 눈을 반짝이며 나를 쳐다보았다.

으…… 저 기대에 찬 눈빛…… 저기다 대고 캔커피 반딧불이 설탕별 변태 뱀파이어 우주최강 미친 외계인이라고 차마 말을 못 하겠다.

"뭔데. 왜 말을 안 해?"

"아…… 아니에요. 그냥 혼자 생각한 거라 이안 마음에 들지는 않을 거예요."

"들든 안 들든 내가 듣고 판단할 테니 한번 말해봐."

"음, 화낼지도 모르는데."

"안 낼게. 약속."

후우…… 그래, 네가 그렇게 원한다니 시원하게 불러주마.

"그…… 그럼 안심하고, 후우……이안 캔커피 반딧불이 설탕별 변태 뱀파이어 우주최강 미친 외계인."

난 눈을 질끈 감고 조심스럽게 지금까지 만들었던 이안의 애칭을 쏟아냈다. 커다란 웃음소리가 들리거나 아니면 뭐라고 핀잔이 날아와야 할 타이밍인데 아무 소리도 들려오지 않자 나는 슬며시 눈을 떠서 이안의 표정을 살펴보았다. 이안은 잠시 무언가를 생각하는가 싶더니 내게 말했다.

"너무 길어."

그게 다냐……. 쿨…… 쏘 쿨…… 멋지다, 이 자식아.

"아무래도 애칭은 관두자."

"그렇죠?"

난 이안의 의견에 전적으로 동의를 표했다.

"애칭보다는 역시 자기가 좋겠어. 자기~ 하고 불러봐."

으악! 야, 너 왜 이래! 나 그런 거 못 해, 못 한다고! 넌 나를 몇 달을 보면서 그거 하나 파악을 못 해? 차라리 날 죽여!

"뭐 해? 어서 해봐. 자기~"

오 마이 갓…… 나 소름 돋았어. 털도 솟구쳐. 이안아, 제발 이러지 마. 너 안 그래도 충분히 이상해. 더 이상 이상해지지 말자, 응?

"저기, 이안. 미안하지만 나 도저히 그것만은 못 하겠어요."

"왜?"

"입이 안 떨어져요."

"그 입 떨어지게 해줄까?"

아아아악! 저리 가! 저리 가! 오지 마! 오지 마!

이안과 나는 집안에서 때아닌 술래잡기를 하게 되었다.

"오지 마요! 진짜, 이제 그만 좀 하라니까!"

"그러니까 딱 한 번만 해보라니까. 뭐든 처음이 어렵지, 두 번째 부터는 쉬운 법이거든."

"자꾸 이러면 나 그냥 집에 갈 거예요."

"누구 맘대로."

이안은 말을 마치자마자 몸을 날려 나를 거실 바닥에 쓰러뜨렸다.

"아야!!"

준비도 없이 무방비하게 갑자기 넘어진 탓에 등 쪽으로 엄청난 충격이 몰려와 꼼짝도 할 수 없었다.

"많이 아파?"

아프지, 그럼 안 아프겠니? 넌 그걸 질문이라고…… 아야야…… 나 지금 소리도 못 지를 정도로 아프거든? 그러니까 이제 그만 좀 하지?

"됐어요, 비키기나 해요."

"응? 왜? 지금 이 자세 난 참 맘에 드는데."

"장난하지 말고요."

"장난이 아니라고 그렇게 얘기하는데 왜 아직도 딴소리야."

이안은 내 위에 포개져 있는 상태로 나를 지그시 바라보더니 손가락 하나를 들어 내 이마부터 입술까지 훑어 내렸다.

"정말 예뻐, 리아."

여자보다 더 예쁘게 생긴 주제에 말은 잘하네.

"점점 더 리아가 좋아져. 어쩌면 좋지?"

그러게 말이다, 널 어쩌면 좋을까.

"그냥 확 잡아먹어 버릴까."

응? 뭐라고? 헉! 안 돼! 난 순간 무시무시한 괴력을 발휘하며 이안을 밀쳐 내고 발로 차버렸다.

"억!"

이안이 거실 바닥에 배를 잡고 구르는 것을 보면서도 난 죄책감 따위는 느끼지 않았다. 자업자득이야. 네가 정도를 모르잖아! 쌤통이다!

"으…… 으……."

"엄살 부리지 말고 일어나요, 꾀병인 거 다 알아요."

"으…… 음……."

"그만하라니까요! 이제 안 속아요!"

"아니…… 진짜…… 아파……."

어? 쟤 진짜 못 일어나네. 가만있자, 내가 이안 어디를 찼지? 배 아니었나? 아닌가? 더 밑이었나? 그렇다면 설마 시공을 초월할 정도로 아프다는 그곳을 찬 건가, 내가? 그랬나? 그랬던가? 정신없이 차서 잘 기억이…… 어…… 진짜면 엄청 아플 텐데. 어쩌지? 119 불러야 하나? 부를까? 그런데 불렀다가 거기가 아파서 불렀다고 하면 웃지 않을까? 이안도 민망…… 아이 씽! 어쩌지? 어쩌지?

"저기…… 이안…… 진짜 많이 아파요?"

"……으…… 음……."

"정말이에요?"

"으…… 으……."

난 이안의 상태를 좀 더 살펴보려고 다가가며 물었다. 그러나 여전히 이안에게 들려오는 건 고통스러운 신음 소리뿐이었다.

"어떡해……. 미안해요. 미안해요. 난 내가 정신이 없어서 어디를 찼는지도 몰라요. 정말 고의가 아니었어요. 그냥 이안이 자꾸 짓궂게 구니까 나도 모르게…… 정말 미안해요."

어느 순간 이안의 신음 소리가 뚝 멈췄다.

헉! 기절한 거 아니야?

"이안! 이안! 괜찮아요? 정신 차려요!"

난 이안에게 바싹 다가가 앉아 그를 흔들며 물었다. 그런데 갑자기 이안의 몸이 휙 들리더니 순식간에 나를 눕히고 그 위에 올라타 버렸다.

"감히 나를 발로 찼다, 이거지?"

응? 이 상황은…… 또 속았다. 이런 젠장. 난 붕어냐.

"그럼 이제, 리아를 어떻게 벌을 줄지 잘 생각해 봐야겠네. 아마 밤새야 할지도 몰라."

"이…… 안, 왜 그래요. 무섭게."

"떨지 마, 안 잡아먹어."

"그럼……."

"그냥 맛만 볼게."

이안의 얼굴이 가까워지는가 싶더니 내 뺨을 스치듯 지나가 목덜미에 안착했다. 뜨거운 입술이 내 목을 조금씩 베어 물어 삼키고 있었다.

"하읏!"

그냥 키스할 때와는 비교도 할 수 없는 야릇한 느낌이 몰려와 난 눈물이 날 정도로 이를 악물 수밖에 없었다.

"오늘 집에 못 가, 리아."

"끼야아아아아아악!"

난 있는 힘껏 그를 밀어내고 몇 번의 발길질을 한 후, 뒤도 안 돌아보고 이안의 집에서 빠져나와 미친 듯이 달려갔다.

미쳤어, 미쳤어, 미쳤어! 무슨 짓을 한 거야. 설마 죽진 않았겠시? 아닐 거야. 사람이 그렇게 쉽게 죽을 리 없어! 게다가 그놈은 사람도 아니잖아! 외계인이야, 외계인! 그 정도로는 안 죽어, 걱정하지 마, 걱정하지 마. 괜찮아, 괜찮을 거야!

쉴 새 없이 휴대폰의 벨이 울리고 메시지 수신음도 계속 울렸지만 난 꺼내보지도 않고 그대로 집으로 돌아갔다. 보나 마나 캔커피 외계인이 말도 안 되는 엄살을 부리거나, 감언이설로 속이거나, 협박을 해서라도 다시 돌아오라고 할 것이 불 보듯 뻔한 일이었기 때문이다.

흥이다! 누가 또 속을 줄 알고! 난 아예 보지도 않고 휴대폰의 배터리를 분리해 버렸다. 집 앞에 도착해서도 긴장을 늦추지 않고 좌우를 살피며 007작전의 한 장면처럼 전봇대 사이를 오가며 언제 어디서 튀어나올지 모르는 이안을 경계했다.

휴…… 없는 것 같다. 없겠지? 없을 거야. 집 안에 들어가서도,

원룸이라 뭐 별로 수색할 곳도 많지 않았지만 만일의 사태를 대비해 이안이 숨어 있을 만한 곳은 다 뒤져 보았다.

옷장! 없고…… 화장실! 없어. 신발장! 없고…… 서랍! 아…… 그건 무리 쌀통! 없…… 이것도 무리. 걔가 무슨 통 아저씨도 아니고. 좋아! 이상 무! 없는 게 확실함! 마지막으로 문단속 확인! 창문! 닫았어. 현관! 잠겼어! 음…… 그런데 창문 닫고 선풍기 틀고 자면 죽는다던데. 그럼 창문만 살짝? 아니야. 그놈이 어떤 놈인데. 아무리 옥탑이어도 방심할 수 없어! 배관을 타고 온다거나, 그렇지! 걔 날 수 있을지도 몰라! 모든 가능성을 배제하지 마! 이안이야, 이안! 캔 커피 반딧불이 설탕별 변태 스토커 미친 뱀파이어 외계인이라고!

결국 나는 모든 문을 꽁꽁 닫아놓고 찜통에 쪄 죽을 위기에 처했다. 더위에 지쳐 자다 깨기를 여러 번, 그때마다 찬물에 샤워를 했지만 그것도 잠시뿐. 이안에게 잡아먹히기 전에 더위에 잡아먹힐 것 같아 아주 죽을 지경이었다.

창문 너머로 서서히 동이 트는 것이 느껴졌다. 한여름의 부지런한 태양이 본연의 일터로 가는 시각인 것이다.

이런…… 지금도 죽겠는데 해가 뜨면 난 거의 찜닭이 되겠군.

결국 난 조금이라도 시원한 새벽 공기를 마시려 대대적인 환기를 감행했다. 밤새 가둬진 집 안 공기는 숨 막힐 정도로 답답하고 뜨거웠다. 먼저 창문을 열고 바깥 공기를 쐬어보니 조금은 숨통이 트이는 기분이었다. 맞바람이 치도록 현관문마저 열고 닫히지 않도록 벽돌로 고정시킨 후 다시 집 안으로 들어가려는 순간, 지옥에서 나타난 저승사자의 목소리가 들려왔다.

"잘 잤어, 리아? 난 하나도 못 잤는데."

순간 얼음이 되어버린 나는 소리가 나는 쪽으로 돌아보지도 못했다. 그의 목소리가, 그의 발자국 소리가 점점 가까워지는 것을 느끼면서도 감히 한 발도 떼지 못하고 그 자리에 그렇게 서 있었다.

"무슨 배짱으로 그랬을까, 우리 아가씨? 진짜 노예계약이 뭔지 체험하게 해줄까?"

"잘못했어요!"

난 이안을 똑바로 보지도 못한 채 양팔을 높이 들고 자기비판과 셀프 체벌을 행했다.

"내가 왜 그랬을까, 내가 왜 그랬을까 밤새 걱정돼서 잠도 못 잤고요. 설마 죽진 않았을까 싶으면서도 구급대를 부를까 생각도 했었고, 아…… 정말 어젠 내가 잠산 세성신이 아니었나 봐요. 그러니까……."

"그러니까?"

"한 번만 봐줘요!"

대답이 없다. 어쩌지. 어떡하지? 저놈이 이번엔 또 얼마나 무지막지한 조건을 걸고 계약서를 다시 쓸지 모르는데 어쩌지. 어쩌지? 아니, 잠깐. 따지고 보면 저 자식이 먼저 이상한 말을 해서 그런 거잖아! 내가 비굴하게 저 외계인에게 빌 이유가 없지 않나? 맞아! 난 잘못 없어! 없는 거야! 정당방위였다고!

"이안, 생각해 보니 사과는 내가 받는 게 맞을 것 같아요."

"어째서?"

"이안이 먼저 이상한 소리 했잖아요."

"그런 적 없어."

뭣! 그런 적이 없어? 하! 이 자식 사람 잡겠네. 앞으로 너를 만날 땐 녹음은 필수겠구나. 이렇게 딱 잡아뗄 줄은 꿈에도 몰랐단다.

"집에 못 간다고 했어요, 안 했어요!"

"했지. 그게 뭐?"

우왓! 너 뭐냐? 미국에서 살아서 오픈마인드라 이거야? 야, 여긴 한국이거든! 혼전순결이 필수도 아니고 요즘 세상에서는 천연기념물로 취급되지만, 그래도 쌍방의 동의가 있어야 하는 거 아니야? 너 어제 그 발언은 분명히 명령형이었어!

"그거 사회적, 도덕적으로 좀 문제가 있는 발언 아니었어요?"

"난 리아가 더 이해가 안 돼."

"뭐가 이해가 안 돼요?"

"한여름에 옥탑방 힘들다며, 에어컨도 없고. 어제는 유난히 덥고 열대야도 심해서 우리 집에서 자고 가라고 한 건데 그게 뭐 이상해?"

이상하지, 이상하지! 당연히 이상하지! 너 그런 뜻 아니었잖아! 그전에 했던 그 요상한 자세는 어떻게 설명할 거야? 그 상황에, 그 자세에서, 그런 소리를 들으면 누구나 나 같은 생각을 하는 게 정상 아니야? 내가 아니라 네가 이상한 거야!

"아무래도 난 이안하고 있으면 점점 정상이 아니게 될 것 같아요. 오늘은 쉬고 싶으니까 그만 돌아가 주세요."

"싫어."

물론 나도 네가 순순히 돌아갈 것이란 생각은 안 했단다.

"진짜 피곤하다니까요."

"알았어, 그럼 들어가서 쉬어."

어라? 얘가 웬일이래? 하긴, 너도 양심이 있으면 네가 나를 무지하게 피곤하게 만들고 있다는 건 알겠지.

대충 손을 흔들고 집으로 들어가는데 이안이 따라 들어왔다.

"뭐 하는 거예요? 나 오늘 집에서 쉴 거라니까요."

"알아, 그러라고 했잖아."

"그런데 지금 왜 따라 들어와요?"

"쉬라고만 했지 내가 돌아가겠다는 말은 안 했잖아. 나도 오늘은 여기서 쉴래."

헐…… 그래, 맘대로 해라. 쾌적한 공기를 내뿜는 너희 집하고 우리 집은 천지 차이니 아마 한 시간도 못 버틸 거다.

이안은 마치 자기 집처럼 편안하게 우리 집으로 들어가더니 침대를 점령했다.

"뭐 해요, 지금?"

"쉬잖아."

"그럼 나는요?"

"여기."

이안은 옆으로 누워 한쪽 팔을 머리에 괴고 그 옆을 톡톡 치며 어서 오라는 듯 손짓했다.

"미쳤어요? 빨리 안 내려와요?"

이안은 투덜거리면서 내 침대 밑에 다시 자리를 잡았다. 난 선풍기를 최강으로 틀어놓고 침대에 올라가 시체놀이를 했고, 이안은 맨바닥에 누워 천장만 바라보다가 5분을 못 넘기고 말을 걸었다.

"리아."

"왜요."

"더워."

"여름이니까요."

"우리 집은 시원한데."

저걸 확. 하여간 염장도 여러 가지라니까.

"그럼 그리로 가든가요."

"리아는?"

"난 안 가요."

"그럼 나도 안 가."

또다시 침묵이 이어졌다. 저 이상한 외계인이 한 방에 있으니 잠도 잘 수 없고, 그렇다고 도란도란 얘기를 나눌 정도로 체력이 받쳐 주지도 않았다. 비가 오려는지 끈적끈적하기까지 하는 날씨는 불쾌지수를 최고조로 올려놓고 있었다.

"리아."

"또 왜요."

"더워."

"가라니까요."

"……."

정말이지, 무슨 네버 엔딩 스토리도 아니고, 이안과 나는 똑같은 말만 계속해서 되풀이하고 있었다.

"리아."

"더우면 집에 가세요."

"혹시 여권 있어?"

"여권은 왜요?"

"있어, 없어?"

"있어요."

이안은 벌떡 일어나더니 침대 위를 팡팡 두드리며 소리쳤다.

"바캉스 가자!"

"응!"

"지금?"

"당장! 나 더워서 죽을 것 같아."

앤 또 왜 이래. 더위 먹었나? 느닷없이 무슨 바캉스야.

"일어나, 리아. 여권만 챙겨."

"여권은 왜요?"

"필요하니까."

"설마…… 외국으로 가려고요?"

"Fiji(피지)!"

오 마이 갓! 진짜 적당히 좀 해. 무슨 피지야. 내 얼굴에도 피지
는 잔뜩 있는데, 좀 줄까?

8화
여행지의 마법

　한사코 안 가겠다고 버티는 나를, 이안은 각종 회유로 시작하다가 나중엔 계약 위반을 들먹이고 추가 조항을 넣겠다는 둥 별별 협박을 해댔다.

　그 결과 정확히 세 시간 후, 난 피지행 비행기에 몸을 싣고 있었다. 그것도 일등석! 퍼스트 클래스! 이게 무슨 일이래. 고속버스도 우등으로 타본 적이 없는데. 그래, 그냥 피할 수 없으니 즐기자. 남들은 돈 주고 가는데 적어도 난 공짜잖아? 다른 사람들은 얘가 정상이 아니란 걸 모르니 누가 봐도 멋진 남자랑 단둘이 가는 여행이라니 낭만적이잖아? 그치? 그럴 거야. 순식간에 호러나 스릴러로 바뀌어서 그렇지.

　"비행기 시간만 열 시간 정도 걸리니까 리아는 좀 자."

"이안은요?"

"난 좀 기다렸다가 기내식 먹고 잘 거야."

아니, 얘는 무슨 기내식 못 먹어서 환장한 애처럼 왜 이래? 듣자하니 기내식은 별로 맛도 없다던데. 하긴, 외계인 입맛에는 맞을 수도 있지. 얘가 뭔들 정상이겠어?

태어나서 딱 두 번째로 타보는 비행기. 그나마 해외는 처음이다. 제주도를 다녀오면서 짧은 비행시간이 아쉬웠던 나는 언젠가 꼭 해외여행을 갈 기원하며 여권부터 만들어놓았었다. 그걸 이렇게 써먹게 되다니. 그것도 외계인과 여행이라. 제목만 들으면 나름대로 괜찮은 여행이 될 것 같았다.

외계인과의 여행. 이거 괜찮은데? SF소설 제목 같잖아?

이안은 자라고 했지만 사실 잠이 오지 않았다. 티를 내지 않으려고 무진 애를 쓰는 중이어도 난생처음 가는 해외여행이 설레는 건 어쩔 수 없는 일이기 때문이었다.

탑승 후 얼마 지나지 않아 기내식 메뉴를 정하라며 스튜어디스가 왔다. 그런데 이안이 메뉴에도 없는 이상한 이름의 케이크를 주문했다. 스튜어디스는 고개를 갸웃하다가 나를 한 번 슥 쳐다보고는 알겠다고 대답하며 돌아갔다.

"메뉴에도 없는 걸 막 시키면 어떡해요?"

"메뉴에는 없지만 비행기를 타야 먹을 수 있는 거야."

"그게 뭔데요?"

"특별한 날을 맞이한 특별한 사람들에게만 제공되는 케이크. 미리 주문을 해야 하지만 여분으로 한두 개는 있거든."

"그런 케이크가 다 있어요?"

"시중에선 팔지도 않아. 어쩌다 한 번 먹어본 적이 있는데 정말 엄청나게 달콤한 맛이었어. 물론 리아에 비할 바는 아니지만."

이런. 거기서 또 왜 나를 걸고넘어지는 거야. 제발 예고 없이 훅 들어오지 좀 말아줘.

잠시 후 스튜어디스가 이안에게 성인 남자의 주먹 크기만 한 케이크 하나를 들고 왔다. 보통 저 정도 크기면 조각 케이크인 경우가 대부분인데 이건 온전한 하나의 미니 케이크였다. 하얀 생크림으로 뒤덮여 있고 화이트 초코와 밀크 초코로 'Congratulations'이라고 쓰여 있었다.

응? 축하해? 뭘 축하해?

나의 궁금증은 뒤이어 따라 나오는 스튜어디스의 말에 바로 해결되었다.

"그럼 즐거운 허니문이 되길 바랍니다."

허니…… 문! 그러니까 저건 결혼 축하 케이크…….

난 이를 앙다물고 복화술을 하는 사람처럼 이안을 불렀다.

"이안, 이거 나한테 설명을 좀 해야 할 것 같지 않아요?"

"응? 아, 원래 이거는 신혼부부에게만 제공되는 케이크야. 전에 비행기에서 만난 부부가 맛보라며 조금 나눠줬는데 너무 맛있어서 나도 달라고 주문했더니 안 된다잖아. 그래서 오늘은 리아도 있고 하니 한 번 우겨본 거지. 다행히 재고가 있었나 봐, 예약도 안 했는데 나오고. 횡재했다, 그치?"

웃지 마, 웃지 마, 정들어. 창공에서 보는 이안의 찬란한 미소는 멋지다고 표현하기보다 아름답다고 표현하는 것이 더 어울릴 정도로 최고였지만, 이렇게 내 허락도 없이 자꾸만 내 안으로 비집고 들어오려는 그의 태도가 썩 편하지만은 않은 게 사실이었다.

하루에도 몇 번씩 생각이 왔다 갔다 하고 있다. 이안을 이대로 그냥 내버려 두어도 괜찮을까. 누군가를 내가 다시 사랑한다면 이별하게 됐을 때 그 고통을 견딜 수 있을까. 이안이 내게 적극적으로 마음을 표현하기 시작하면서 나 또한 혼자 있을 때, 그와의 미래를 상상해 본 적이 있었다. 하지만 결혼이라는 것은 두 사람만 원해서 할 수 있는 것이 아니라 집안과 집안이 만나 수많은 사람들과의 관계가 새로이 얽히게 되는 가족 결합이나 다름없다.

오죽하면 인륜지대사(人倫之大事)라고까지 할까. 그렇게 생각에 생각을 기듭하다 보니 이안과 나의 미래는…… 잠담했다. 인물도 능력도 스펙도 재력도 뭐 하나 빠지지 않고 최고를 자랑하는 그가 나를 선택한다면 다른 사람들은 당연히 나를 무슨 꽃뱀 취급할 것이고 그의 집안에서도 그다지 반길 것 같지가 않았다.

외국인 양부모를 두어서 좀 생각의 차이가 있기야 하겠지만 이안의 말을 들어보면 가슴으로 낳은 아이라 하며 애지중지 기르셨다고 하는 것을 보니 아무리 아들이 좋아하는 여자라고 하더라도 나는 안 될 것 같았다. 입장 바꿔놓고 생각하면 답이 딱 나오잖아. 내가 뭐 하나라도 내세울 게 있어야 말이지.

내가 이안과 사랑이라는 마법에 빠질 경우, 헤어짐에 대한 면역이 없는 나는 늘 이별을 준비하며 그를 대해야 할 텐데, 그건 나도 이안도 원치 않는 일일 것이다. 나는 지독한 열등감으로 똘똘 뭉쳐진 콤플렉스 덩어리니까, 이안은 좀 더 화려한 여자가 어울릴 것 같다. 귀엽고 사랑스럽고 자신감 넘치는 그런 여자.

난 절대 될 수 없는 그런 여자.

"리아, 마지막 한입 남았는데 리아도 먹어볼래?"

"난 됐어요, 단거 좋아하는 이안이나 실컷 먹어요."

"그러지 말고 한입만 먹어봐, 더 주고 싶어도 못 줘."

"됐다니까요!"

난 순간 나도 모르게 짜증이 치밀어 올라 이안에게 괜한 화풀이를 해버리고 말았다. 그는 아무 잘못도 없는데, 잘못이라면 꼬일 대로 꼬여 있는 내 열등감일 텐데. 그러나 난 미안하다는 말은 하지 않았다. 미안하다는 말을 해버리고 나면 이안은 그런 나도 사랑한다고 할 것 같았기에.

그리고 그런 그를 나도 사랑할 것 같았기에.

그대로 입을 다물고 동그란 창밖으로 보이는 구름들에게 시선을 돌렸다. 그렇지만 내 모든 신경은 등 뒤에 있는 이안에게 쏠려 있었다. 달그락거리는 소리가 멈춘 것을 보니 이제 케이크를 다 먹었나 보다.

"리아."

이안은 양손으로 내 볼을 감싸 돌리더니 갑자기 입을 맞추었다.

"흡!"

이안의 입에서 내 입안으로 들어온 건 마지막 한입 남았다던 생크림 케이크였다.

"하여간, 말을 안 들어. 이건 허니문 케이크라 남녀가 함께 먹어야 하는 거야. 그래야 잘산대. 우리 잘살자, 리아!"

또…… 또…… 쓸데없이 저렇게 밝은 빛을 뿜어내다니……. 너 아마 한국 전력에서 발견하면 엄청 기뻐하며 데려갈 거야. 아, 근데 그 대신 평생을 실험실에서 살겠구나.

"리아."

"왜요."

"이상한 생각 하지 마."

"뭐를요."

"리아가 이상한 생각을 하면 나도 괜히 불안해지니까 하지 말라고."

이안은 여전히 내 얼굴에서 손을 떼지 않았다. 그래서 고개를 돌릴 수도 없는 나는 할 수 없이 시선만 내리깔며 대답했다.

"그런 적 없어요."

"없기는, 틈만 나면 도망갈 생각만 하면서."

"그런 적…… 없다고요."

이안은 내 얼굴을 쥔 손에 조금 더 힘을 주어 나를 붕어 입으로 만들더니 함박 물고 할짝였다.

"도망가도 사실 상관은 없어. 리아가 어디 있든 찾아낼 테니까. 못 믿겠으면 시도해 봐. 대신 잡히면 죽는다."

매번 느끼는 거지만…… 이안, 너 무서워!

오랜 비행 후, 피지의 난다공항에 도착했다. 난생처음 보는 풍경에 넋을 놓고 있는 나를 이안은 어딘가로 끌고 갔다.

"또 어디 가는 거예요?"

이안은 피지의 눈부신 햇살에 무척이나 어울리는 찬란한 미소를
지으며 나를 바라보았다.

"헬기 타러."

헬…… 헬기? 아니, 여태 열 시간이나 타고 왔는데 이번엔 또 헬
기라고? 저기…… 이안아? 너 혹시 나 어디다 팔려는 건 아니지?

언제 연락이 됐는지 요란한 프로펠러 소리를 내는 헬기가 비행
장 구석에 놓여 있었다. 이안은 나를 먼저 태운 후 뒤따라 들어와
앉더니 능숙한 영어로 조종사에게 출발을 지시했다.

20여 분 동안 피지의 바다 위를 가르는 헬기에서, 나는 천국이
있다면 아마도 이런 모습일 거라 생각이 들 정도로 아름다운 피지
의 섬들과 바다에 푹 빠져 있었다.

예쁘다! 아름답다! 아니, 그런 말로는 이곳을 표현할 수가 없어.
제주도에서 봤던 바다의 색깔도 참 예쁘다고 생각했었는데, 이곳
은 말 그대로 바다가 보석의 빛깔이었다. 우거진 야자나무 사이로
보이는 하얀 백사장, 바닥이 보일 정도로 투명한 에메랄드빛 바다
는 손을 뻗어 잡으면 내 손에 동그란 보석이 되어 만져질 것만 같
았다.

드디어 헬기가 바닥에 내려앉았다. 헬기에서 내리자마자 피지
원주민들이 요란한 노래와 춤을 추며 다가와 꽃으로 만든 목걸이
를 걸어주고 알 수 없는 언어로 계속 뭐라고 떠들어댔는데 정확히
는 몰라도 아마 환영한다는 뜻일 것 같았다.

"가자, 리아."

이안이 이끄는 대로 조금 걸어간 곳엔 바다를 배경으로 한 토속

적인 건물 하나가 있었다.

"이게 뭐예요?"

"피지의 전통가옥을 현대식으로 바꿔서 지은 수상 방갈로야. 일단 들어가 봐."

안으로 들어서니 바닥이 투명해서 발밑으로 열대어들이 돌아다니는 것이 선명하게 보였다. 마치 내가 바다에 떠 있는 느낌도 들고, 심청이가 가봤다던 용궁에 들어온 기분이었다.

"와아~ 정말 예뻐요!"

"그렇지? 리아가 좋아할 줄 알았어."

"그런데 이안, 여기가 휴양지면 사람들이 좀 더 많아야 하는 거 아니에요? 아무리 둘러봐도 시야에 들어오는 건물은 이거 하나뿐인데?"

이안은 침대에 누워 시원하게 기지개를 켜더니 내 쪽으로 몸을 틀어 턱을 괴었다.

"여긴 사유지야."

"에에? 설마 이 섬이 이안 거예요?"

"설마. 그럴 리가."

아, 난 또…… 그런 줄 알았지. 그동안 네가 한 짓을 생각해 봐, 내가 그런 생각을 한 게 무리도 아니야. 너라면 이 섬의 주인이라고 해도 믿을 것 같아.

"리조트인 건 맞는데 사유지여서 주인의 허가를 받은 일부 사람들만 들어올 수 있어. 이 섬 전체에 객실은 딱 열여섯 개뿐이야. 그러니 다른 사람과 마주치지 않고 둘만의 시간을 보내기에 안성맞

춤인 곳이지.”

“음…… 어마어마하게 비싸기도 하겠군요.”

“가격이 비싸다는 건 인정하지만 그만큼 최고의 서비스를 받을 수 있지. 예를 들면 이런 거.”

이안은 방 안에 비치된 전화기로 무어라 얘기를 하더니 내게 느닷없는 질문을 던졌다.

“리아, 뭐 먹을래?”

“에? 어…… 주는 거 아무거나…….”

“큭, 알았어. 내 맘대로 시킬게.”

잠시 후 원주민 복장을 한 직원들이 머리에 이고 지고 음식들을 들고 오더니 바닷가에 멋들어진 식탁을 차려놓았다.

“어? 이런 게 가능해요? 난 드라마나 영화에서만…….”

“가능하지, 원한다면 이곳에서 결혼식도 올릴 수 있어.”

“진짜?”

“모든 건 알아서 다 준비해 주니까, 신랑 신부가 신경 쓸 거는 하나도 없지.”

“멋지다…….”

난 무슨 고장 난 녹음기처럼 계속해서 멋지다, 예쁘다만 반복해서 말하고 있었다. 이안이 내 어깨에 양손을 얹고 흐뭇하게 바라보더니 이마에 짧은 입맞춤을 해주었다.

“나중에.”

응? 뭐가 나중에?

“꼭 여기로 다시 와서 결혼하자.”

잠깐, 잠깐. 내가 방금 뭘 들은 거지? 너 설마 방금 청……
혼…… 너, 나랑 결혼도 하려고?

"뭘 그렇게 놀라? 눈 튀어나오겠어."

"아니, 아니, 이안! 이안 지금 나한테 청혼한 거예요? 나랑 결혼
하려고요?"

"당연한 걸 뭘 물어. 난 리아를 평생 가지고 싶은데 그러려면 법
적으로도 묶어놔야 하잖아? 결혼이라는 제도가 그다지 마음에 들
지도 않고 하고 싶은 마음도 없었는데 리아를 만나고 나서 완전히
생각이 바뀌었어. 세상에 이렇게 좋은 법적 제도가 있다니. 큭큭."

이안 너 말이야, 뭘 착각하고 있는 거 아니니. 결혼은 서로 사랑
하는 사람이 평생을 약속하는 거야. 도망 못 가게 감시하고 사육하
는 게 아니라! 역시 넌 정상이 아니야, 성상이 아니야, 정상하고는
너무 거리가 멀어. 역시 난 네가 무섭다.

"리아, 뭐 해? 어서 가서 먹자. 리아가 좋아하는 고기 많이 시켜
놨어."

"……아하하, 고마워요."

그래, 먹자. 일단은 먹고 보자. 아무리 날고 기어도 타지에서는
도망가지도 못하니 피할 수 없으면 즐겨야지 뭐.

에메랄드빛 바다를 보면서 먹는 식사는 천상의 맛이었다. 시원
한 바닷바람을 맞으면서 발가락 사이로 흐르는 모래를 느끼며 마
치 영화의 한 장면 속으로 내가 들어와 있는 착각을 불러일으켰다.

"다 먹었어?"

"네, 잘 먹었어요."

"피곤해?"

"아니요, 비행기에서 자서 괜찮아요. 퍼스트 클래스는 의자가 완전히 침대처럼 눕혀지니까 편하게 잤어요."

"그럼 수영할까?"

"에에?"

이안아…… 밥 먹고 바로 수영하면 토 나와.

"이안이 그냥 무작정 끌고 와서 나 수영복 안 가지고 왔어요."

"무슨 그런 쓸데없는 걱정을 해. 여기 다 있어. 가만있자, 사이 즈가……."

이안은 나를 위아래로 유심히 훑어보더니 금방 알았다는 듯 고 개를 끄덕였다.

"OK! 알았어, 내 취향대로 골라 와도 돼?"

"안 돼요!"

네 취향을 내가 뭘 보고 믿어! 넌 엄청난 변태 외계인이니까 보 나 마나 보기만 해도 경악을 금치 못할 수영복을 들고 올 게 뻔한 데! 같이 가, 같이 가! 난 절대 너 못 믿어!

"뭐, 그럼 그러든가."

의외로 순순히 내 말을 들은 이안은 나와 같이 수영복을 고르기 위해 모래사장을 걸어갔다. 이곳의 모래는 아주 부드러워서 밟을 때마다 느껴지는 감촉이 너무 좋다. 맨발에 느껴지는 감촉도, 발가 락 사이로 빠져나가는 감촉도 그냥 모래 위를 걸어 다니는 것만으 로도 힐링이 되는 느낌이었다. 이안은 나를 데리고 모래사장을 한 바퀴 돌아 다시 우리가 머물고 있는 숙소로 돌아왔다.

"어? 다시 여기네? 이안, 혹시 길 몰라요? 우리 수영복 사러 간다면서요?"

"응, 전화하면 알아서 가지고 올 거야. 거기서 고르면 돼."

"그럼 뭐 하러 한 바퀴 돌았어요?"

"소화시키러. 밥 먹고 바로 수영하면 토 나오잖아. 리아는 그런 것도 몰라?"

그래…… 미안하다. 내가 잠시 네가 이상하고, 이상하고, 이상한 외계인이라는 걸 잊고 있었구나.

방갈로 발코니에 앉아 해변을 바라보며 쉬고 있으니 아까 그 원주민 직원들이 수영복을 한 무더기 가지고 들어왔다. 이안은 자신이 입을 수영복을 그냥 아무거나 하나 골라놓고 내가 입을 수영복을 열심히 고르기 시작했다.

"어디…… 이거는 색깔이 별로고, 이건 디자인이 별로…… 아! 이거 어때?"

"어디 봐요."

이안이 고른 수영복은 무늬는 없지만 반짝이는 펄이 들어간 하늘색 비키니였다. 게다가…… 저 작은 천 조각으로 대체 뭘 가릴 수 있다는 걸까.

"안 돼요! 절대 안 돼요!"

"왜? 잘 어울릴 것 같은데."

"비켜봐요, 내가 고를래요."

이안이 슬쩍 옆으로 비켜난 후 나는 전투적인 자세로 수영복을 골랐다.

최대한 노출이 없는 거, 없는 거, 제주 해녀복이 딱인데! 이건 비키니, 이것도 비키니, 저것도 비키니…… 응? 왜 죄다 비키니야? 원피스 수영복은 없는 거야?

난 원주민 직원에게 손짓 발짓 다 섞어가며 이런 거 말고 원피스는 없냐고 물었다. 그러나 그 직원은 이안을 한번 흘깃 쳐다보더니 고개를 저으며 그대로 퇴장했다.

오호라, 이 변태 외계인. 네놈 짓이렷다!

이안을 향해 가늘게 뜬 눈으로 강렬한 눈빛을 쏘아 보냈지만 이안은 눈 하나 깜짝하지 않고 싱글거릴 뿐이었다.

"포기해, 리아. 이젠 포기할 때도 됐잖아?"

우여곡절 끝에 그나마 나은 비키니를 골라 들고 갈아입기는 했지만 차마 밖으로 나갈 수가 없어서 화장실에 비치되어 있는 커다란 수건으로 온몸을 둘둘 감싸고 나서야 밖으로 나섰다. 이안은 벌써 바다에 풍덩 들어가 있는 상태였다.

"리아, 그 이상한 복장은 뭐야? 여기 우리만 쓰는 거라 다른 사람 눈치 볼 필요도 없어. 그냥 편하게 있어."

네가 제일 신경 쓰여, 네가! 다른 사람이 보든 말든 무슨 상관이야! 난 네가 보는 게 싫다고!

"몸매에 자신이 없어서 그래? 괜찮아, 배 좀 나오면 어때?"

얼라리요? 너 지금 나 배 나온 걸 기정사실화시킨 거야? 왜 이랫! 아까 먹은 거 네 덕분에 소화 다 됐거든?

이안이 바다에서 일어나 내게로 걸어왔다.

헉! 저…… 사람 같지 않은 게.

딱 달라붙는 사각 수영복을 입고 걸어 나오는 이안의 모습은 숨이 멎을 정도로 고혹적이었다. 촉촉이 젖은 머리카락을 타고 흘러내리는 물방울은 안 그래도 빛나는 이안을 더 반짝이게 만들고 있었다. 군살 하나 없는 그의 몸은 매일 단것만 먹고 뒹굴거리는 사람의 모습이라고 믿기지 않을 정도로 매끄럽고 탄탄해 보였다.

이안 맥스웰…… 넌 다이어트하는 모든 여자들에게 있어서 공공의 적이야!

이안은 곧장 내게로 다가와 내 몸에 둘러져 있는 수건을 치워 버리려고 팔을 뻗었다. 나는 뺏기지 않으려고 안간힘을 썼지만 이안의 무지막지한 힘에 밀려 어쩔 수 없이 내어줄 수밖에 없었다.

"으흠, 나이스 초이스! 조금 더 노출이 있었으면 좋았겠지만 이 정도로도 대만족이야."

허걱! 이안이 내 허리에 팔을 두르고 바다를 향해 걸어간다. 맨살에 닿는 이안의 손길이 부끄러워 몸을 비틀어보았지만 시도가 무색하게 이안은 나를 번쩍 들어 올렸다.

"꺅!"

"틈만 나면 도망가려고 드네. 자꾸 이러면 잡아먹는다고 분명히 얘기했을 텐데."

"아, 알았으니까 내려줘요."

"싫어."

이안은 나를 안아 든 채로 바다로 달려가 그대로 풍덩 물에 집어넣었다.

"꺄악!"

수심이 깊은 곳은 아니었지만 순식간에 난 물에 빠진 생쥐 꼴이 되어버렸다.

"무슨 짓이에요!"

"이렇게 안 하면 해변에서 밤샐 기세였잖아. 이왕 여기까지 온 건데 구경만 하지 말고 리아도 좀 즐겨봐. 항상 느끼는 거지만 리아는 너무 여유가 없어. 그렇게 아등바등 살지 않아도 돼. 마음에 여유를 가지고 편안하게 즐길 때도 있어야지."

그건 너처럼 팔자 좋은 놈들이나 할 수 있는 얘기고, 난 아니니까 그렇지. 난 사는 게 참 피곤하다. 너도 그중 한몫 제대로 하고 있고 말이지.

이안은 나를 안고 더 깊은 곳으로 데려갔다. 처음엔 발이 닿는 곳이라서 별로 무섭다는 생각을 하지 않았는데 점점 더 깊은 곳으로 데려가더니 나중엔 발이 땅에 닿지 않는 곳까지 들어가 버렸다.

"저기, 이…… 이안, 나 바다 수영은 해본 적도 없고 수영도 잘 못 해요. 저쪽으로 가요, 네?"

"무서워?"

"좀……."

난 순간, 이안의 표정이 갑자기 변하는 것을 느낄 수 있었다. 그의 입꼬리가 눈에 띄게 한쪽으로 올라가는가 싶더니 갑자기 나를 안은 팔에 힘을 풀고 저만치 떨어지는 게 아닌가!

"이안! 이안, 어디 가요?"

난 너무 당황해서 다리를 버둥거렸지만 자꾸만 밑으로 가라앉는 것을 막을 길이 없었다.

바닷물이 염도가 강해서 몸이 뜨기 쉽다고? 누가 그래! 잔잔한 수영장과 달리 바다는 파도가 있어서 숨을 쉬려고 입을 벌리는 순간 짜고 쓴 바닷물을 계속 먹을 수밖에 없는데!

"이안! 아읍! 파아! 이안! 이안! 나 좀! 푸하…… 잡아줘요!"

바위 하나 없는 곳에서 나를 이렇게 무방비하게 노출시키다니! 저 피도 눈물도 없는 놈 같으니라고! 너 진짜 나를 죽일 셈이야? 미친 거야? 너 신문에 나고 싶은 거야?

잘하지도 못하는 수영인데 당황스러우니 팔과 다리가 따로 놀았다. 미친 듯이 물장구를 쳐서 이안의 근처까지 간 나는 필사적으로 그를 붙잡았다.

"헉! 헉! 허억! 잡았…… 다."

그제야 이안은 나를 다시 삽고 물 바깥으로 데려다주었다. 비치 파라솔 밑에서 놀라고 지친 몸을 쉬게 하고 있는데 이안이 시원한 물을 건네주었다.

"괜찮아?"

야! 너 그걸 말이라고 해! 죽을 뻔했어! 죽을 뻔했다고! 2억만 리 타지에서 아는 사람 하나 없는 곳에서 죽을 뻔했단 말이야! 그것도 너 때문에!

난 아무 대답 없이 그를 쏘아보았다. 그러나 그는 그런 것 따위는 전혀 안중에도 없이 나에게 또 다른 질문을 해왔다.

"기분이 어땠어?"

어떻기는! 죽는 줄 알았다고! 무서워 미치는 줄 알았다고!

"내가 어디 있는지 잘 보였어?"

당연하지! 너랑 나랑 달랑 둘만 있는데! 널 잡지 않으면 내가 죽을 판인데! 너만 보이더라! 아주 커다랗게!

"나한테 오니까 안심이 됐어?"

이제 살았구나…… 했지. 그런데 넌 왜 아까부터 자꾸 그런 걸 물어봐?

이안은 누워 있는 나의 옆에 앉아 있다가 같이 눕더니 상체를 들어 나를 뚫어지게 응시했다.

"아까 바다에서처럼 리아는 앞으로 나만 봐. 나만 보여야 해. 다른 사람 신경도 쓰지 말고, 딴 놈한테 눈길도 주지 말고 나만 봐."

"……이안?"

"방법이 과격해서 미안해. 하지만 리아는 워낙 고집이 세니까 극단적인 방법을 쓰지 않으면 도무지 들으려고 하질 않잖아."

"그렇다고 사람을 물에 빠뜨리면 어떡해요? 죽을 뻔했잖아요!"

"내가 리아를 죽게 내버려 두겠어? 날 그렇게 못 믿어?"

"무서워 죽는 줄 알았단 말이에요."

"앞으로 리아는 내 허락 없이는 죽지도 못해, 알겠어? 머리부터 발끝까지 전부 내 거야."

너 지금 그걸 사랑 고백이라고 하는 거니? 달달하기보다는 살벌한데…….

"잊지 마, 리아를 잡아줄 수 있는 사람은 오직 나뿐이야."

그의 얼굴이 점점 다가온다.

"다시 한 번 말하지만, 도망치지 마."

점점 더 내게로 온다.

"그래 봤자 다시 잡힐 테지만."

강렬한 이안의 키스가 나를 물에 빠졌을 때보다도 더 숨 막히게 만들었다. 그는 내게 일말의 틈도 여유도 주지 않고 파도처럼 나를 삼켜 버렸다. 이안의 머리카락에서 물방울들이 계속 내 얼굴로 떨어져 간질이고 있었다.

어느새 나도 이안에게 중독되어 버린 것일까. 그의 입안에서 달콤한 향이 풍겨왔다. 그리고 그것은 치명적인 달콤함으로 무장하고 있었다. 그 맛을 더 느끼고 싶어서 이안의 목에 팔을 두르고 힘껏 껴안았다. 눈을 감고 있어도 이안이 피식 웃는 숨소리가 들려오자 그가 어떤 얼굴을 하고 있을지 상상이 되었다. 완벽한 승리를 거둔 포식자의 얼굴을 하고 있을 테지. 억울하긴 하지만 어쩔 수가 없다. 난 이 번내 스토커 외계인을 절대로 이길 수 없을 테니까.

"사랑해, 리아."

이안이 잠시 떨어지더니 내 머리카락을 쓰다듬으며 말했다.

"리아를 만나고 매일매일이 즐거움의 연속이야. 날 지루하고 적막한 일상에서 꺼내주어서 고마워."

아…… 이 못 말리는 외계인을 정말 어쩌면 좋을까.

"난 이제 리아가 없으면 안 돼."

이 이상한 설탕별 외계인을 어쩌면 좋을까.

"리아는 상상할 수도 없을 정도로 사랑하고 있어."

틈만 나면 장난치고 약 올리고 나를 꼼짝 못 하게 만드는 미친 외계인을 어쩌면 좋을까.

"그러니 이제 그만 포기하고 인정해. 그러기만 한다면 난 리아만의 빛나는 외계인이 될 테니까."

"······내가 끝까지 포기하지 않으면 그때는 어떡할 거예요?"

이안이 피식 웃으며 별일 아니라는 듯 대수롭지 않게 대답했다.

"사실 리아가 인정하든 안 하든 별 상관은 없지만, 만약 끝까지 포기를 안 한다면······."

"안 한다면?"

"별수 있나, 잡아먹어야지."

내 목덜미에 이안의 이빨이 박히는 게 느껴졌다.

"아잇! 아파요."

"아프라고 하는 거야, 참아."

뭐 이런! 야! 너 10초 전에 나 사랑한다며! 이런 망할 뱀파이어 외계인아!

잠시 후 이안이 흡족한 듯 입을 떼었다. 어찌나 세게 물고 빨아 댔는지 그가 떨어지고 나서도 한쪽 목덜미가 얼얼하게 아려왔다.

"내 예상이 맞았어. 리아는 어딜 맛봐도 단맛이 나."

난 아직도 얼얼한 목덜미를 쓰다듬으며 그를 흘겨보았다.

"그냥 통째로 먹어버리고 싶을 만큼 달아."

이안, 이안, 이안! 제발 부탁이야, 이렇게 빌게. 그런 무서운 말 좀 하지 말란 말이야! 너라면 진짜 날 먹을 것 같아.

이안은 연신 미소를 머금고 나를 안아 들었다. 그리고 우리가 묵을 숙소로 돌아가는 길 내내 그는 내게서 시선을 떼지 않았다.

해가 지는 피지의 저녁 바다는 말로 형언할 수 없는 아름다움을 내게 선사해 주었다. 석양이 비치는 에메랄드빛 바다가 어느새 금

빛으로 빛나고 있었다. 발코니 난간에 기대어 연신 감탄사만 내뱉고 있을 때 이안이 나를 불렀다.

"리아, 이제 씻어. 아무리 맑아 보이는 바다라도 염분이 많아서 깨끗이 씻지 않으면 별로 안 좋아."

이안이 어느새 씻고 나온 듯 가운을 두르고 머리를 털고 있었다.

"알았어요."

나도 비키니 수영복에 가운만 걸치고 있던 터라 얼른 씻고 평상복으로 갈아입고 싶었다.

그런데 갈아입을 옷이…….

"이안."

"왜?"

"니 갈아입을 옷이 없어요."

"별걱정을 다하네. 씻고 있어, 내가 가져오라고 시킬게."

"또 이상한 거 고르지 말아요."

"걱정하지 마, 나만 믿으라니까."

글쎄, 난 널 가장 못 믿겠다고!

욕실로 들어가 샤워기에 물을 틀어놓고 수증기에 뿌옇게 김이 서린 거울을 문지르는 순간 난 비명을 지를 수밖에 없었다. 하얀 목덜미 위에 선명한 이빨 자국. 게다가 검붉은 피멍이 커다랗게 자리 삽고 있었다.

이 미친놈이 대체 뭘 얼마나 세게 물었기에 이 지경이 된 거야!

언뜻 보기에도 며칠은 갈 것 같았다. 이래서야 남우세스러워 밖으로 나다니지도 못할 것 같았다. 나는 서둘러 몸을 씻고 가운만 동여맨 채 밖으로 나갔다.

"이안! 이안!"

"왜?"

"나 여기 좀 봐요!"

난 이안에게 내 목에 자리 잡은 커다란 피멍을 보이고 짜증 섞인 마음을 담아 투덜거렸다.

"진짜 이게 뭐예요? 좀 적당히 하지! 하루 이틀에 없어질 자국이 아니잖아요!"

"잘됐네."

"뭐라고요?"

"내 거라고 표시해 놓은 거야."

"이안!"

씩씩거리는 나를 침대에 앉혀놓고 이안이 원피스 몇 벌을 펼쳐 놓았다.

"돌이킬 수 없는 일로 흥분은 그만. 자, 여기서 마음에 드는 걸로 골라 입어."

이안이 장담한 대로 이번엔 다소 평범한 디자인의 원피스들이 놓여 있었다. 하나같이 커다란 꽃무늬의 나염이 있기는 했지만, 뭐, 휴양진데 어때. 마음에 드는 원피스를 들고 다시 욕실로 들어가려는데 문득 커다란 문제 하나가 남아 있음을 깨달았다.

"저…… 저기, 이안?"

"왜?"

"프런트 직원 좀 불러줄래요? 음…… 여자로."

"마법이라도 걸렸어?"

으헉! 이…… 이…… 민망한 것도 모르는 변태 외계인아! 아니야! 아니라고! 속옷이 없단 말이다, 속옷!

"속옷은 아까 욕실 앞에 뒀는데 못 봤어? 그럼 지금 안에 아무것도 안 입은 거야?"

이안이 기대에 가득 찬 눈빛을 하고 내게 다가오는 것을 보자마자 나는 기겁하며 욕실 앞에 놓인 작은 상자를 들고 후다닥 뛰어들어갔다. 휴우……. 욕실에 들어가기가 무섭게 문부터 잠그고 그제야 속옷이 담긴 상자를 열어보았다.

아, 나 이런…… 변태 외계인…….

나는 상자 뚜껑을 욕실 문으로 던져 버렸다.

어썬시, 네가 순순히 내 말을 듣는다 했어. 겉옷은 내 취향에 맞추고 속옷은 네 취향에 맞췄냐?

이안이 내게 준 작은 상자에는 호피무늬의 속옷이 세트로 있었는데, 앞은 호피 무늬였지만 그 외에는 전부 망사로 되어 있었다. 게다가 팬티는……엉덩이가 훤히 드러나 보이는 T팬티였다. 선택의 여지가 없어서 울며 겨자 먹기로 입기는 했지만 분한 마음이 가라앉지를 않아 이를 바득바득 갈면서 욕실 문을 열었다.

"이안."

"왜?"

"속옷 이거 말고 다른 거 없어요?"

"많아, 리아 침대 밑에 넣어놨어."

"그래요?"

그래, 그래도 네가 일말의 양심은 있나 보구나.

서둘러 내 침대 밑을 살펴보니 총 다섯 개의 작은 상자가 보였다. 그중 한 개를 꺼내어 뚜껑을 열었다.

……너 나랑 장난해? 지금 내가 입은 거랑 똑같잖아! 설마 하는 마음으로 나머지 네 개의 상자를 모두 열어보았지만 결과는 역시나. 색깔만 조금씩 차이가 날 뿐 모두 하나같이 망사에 T팬티였다.

"이안—!"

"왜 자꾸 소리를 질러."

"이게 다 뭐예요? 좀 평범한 속옷을 고를 순 없었어요?"

"왜, 마음에 안 들어?"

"마음에 들고 안 들고를 떠나서 이건 정말 불편하기 짝이 없는 속옷이라고요."

"좀 참아."

뭣이라? 너 네가 입을 속옷 아니라고 막말하는 거야? 너도 T팬티 하나 입혀주랴? 엉덩이 사이에 끼어 있는 이상한 이물감을 같이 즐겨볼래? 걸을 때마다 자꾸 뭐가 엉덩이에 걸려서 나도 모르게 자꾸 손이 가려고 한단 말이야!

"정 싫으면 안 입어도 돼. 사실 난 그게 더 좋아."

으…… 이 변태 스토커 미친 외계인을…… 아흑! 참자. 어딘지도 모르는 타지에서 저 외계인이랑 싸웠다간 한국에 무슨 수로 돌아가.

"그만하고 이제 밥 먹자."

그러고 보니 아까부터 맛있는 냄새가 어디에선가 솔솔 풍겨오고 있었다. 나는 냄새가 나는 근원지를 찾아 코를 킁킁거리며 걸어갔다.

오자마자 정신없어서 자세히 보질 못했었는데 방갈로는 총 네 개의 방이 있었고, 우리가 있는 욕실이 딸린 침실을 지나 옆으로 가보니 넓은 거실과 함께 전면에 나무로 만든 짧은 다리가 있는 것이 보였다. 그 다리 양옆으로 예쁘게 생긴 작은 등들이 수도 없이 놓여 있었고, 그 끝자락에 작은 식탁이 차려져 있는 것이 눈에 들어왔다.

난 홀린 듯 그 다리를 건너가 식탁에 자리를 잡았다. 은은한 촛불이 여러 개 꽂힌 촛대가 식탁 한가운데에 놓여 있었고 발밑으로는 출렁이는 바다가 달빛과 등불을 담고 있었다.

"어때? 마음에 들어?"

이안이 천천히 걸어와 내 앞에 앉았다. 밤이 되니 이안의 얼굴은 더 밝게 빛나고 있었다.

"이안."

"왜?"

"고마워요."

"뭐가?"

"날 이런 곳에 데려와 줘서…… 이안이 아니었다면 내가 평생 이런 곳에 올 생각이나 해봤겠어요? 좀 황당하긴 했지만 어쨌든 고맙게 생각하고 있어요."

이안이 환한 미소를 지으며 일어나 내 옆으로 돌아오더니 등 뒤에서 나를 감싸 안았다.

"겨우 이런 거 가지고 감동하면 어떡해. 앞으로 더 많은 곳으로 데려가 주고 더 많은 것을 보여줄 거야. 리아는 내가 아는 모든 것을 공유하게 될 거야. 그러니 내게 감사를 표하려거든 고맙다는 말 말고 다른 말로 해줘."

"다른 말 뭐요?"

"사랑한다고."

이안이 내 눈앞에 주먹을 내밀고 흔들어 보이는가 싶더니 그 안에서 빛나는 목걸이가 나타났다. 작은 행성으로 보이는 펜던트 주위에 더 작은 보석들이 촘촘하게 박혀 있었다.

"아……."

이안은 그 목걸이를 내 목에 걸어주고 다시 돌아가 자리에 앉았다.

"원래는 반지를 사려고 했는데, 부담스러워할 것 같아서 목걸이로 바꿨어. 괜찮지?"

"예쁘기는 한데 비싸 보여요."

"누가 그런 걸 생각하라고 했어? 시중에 팔지도 않는 거야. 리아를 위해서 맞춤 제작한 거라고. 날 항상 외계인이라고 부르니 내가 사는 행성이라고 생각해 줘."

난 작게 웃음 지으며 펜던트를 바라보았다. 예쁘다.

"나중에 우리 별도 구경시켜 줄게."

"네?"

너 진짜 외계인이라고 말하는 건 아니지? 네가 하도 이상하게 구니까 나도 그냥 하는 소리지, 그게 진짜는 아닐 거 아니야.

"리아가 원하면 난 외계인이든 뱀파이어든 그 어떤 것도 되어줄 수 있어. 대신 난 우주최강이야, 알지?"

그래, 알지. 넌 사상 최고의 외계인이야.

내 목에 걸려 있는 목걸이도 빛나고, 내 앞에 앉아 있는 이안의 모습도 빛나고, 내 주위를 둘러싸고 있는 등불도 빛나고, 달빛과 등불을 담고 있는 바다도 빛이 나고 있었다. 주변이 온통 빛나는 것들로 가득 차 있다. 마치 마법처럼…….

그래, 마법이야. 이건 마법으로 만들어진 공간이야, 현실이 아닌 거야. 여행지의 마법. 모든 사람들이 착각에 빠지는 여행지의 마법이야. 현실이 아니니까, 자고 일어나면 모든 게 원래대로 돌아가 있을 거야.

"……나노 사랑해요, 이안."

이건 현실이 아니니까 괜찮을 거야. 난 잠깐 여행지의 마법에 걸린 것뿐이야…….

내 고백을 들은 이안의 눈이 엄청나게 커졌다가 반으로 접히더니 초승달처럼 휘어지게 변하고 있었다.

"그래?"

"아무래도 당신을 사랑하게 된 것 같아요, 이안."

한여름 밤의 꿈이겠지만 깰 때까지는 그냥 이렇게 흐르는 대로 두고 싶다. 난 지금 여행지의 마법에 걸려 있으니까. 이안은 내게 꿈 같은 사람이니까. 현실이라면 절대 이루어지지 않을 사랑이니까.

"리아."

"네."

"나 배고파."

"그럼 어서 먹어요."

"허락하는 거야?"

"네? 아니, 무슨 허락이 필요해요, 차려진 거 그냥 먹으면 되는데."

넌 참 가지가지 한다. 내가 간만에 분위기에 젖어서 로맨틱한 상상을 마구 날리고 있는데 거기서 그걸 그렇게 확 깨고 싶니? 배고프면 그냥 먹으면 되지, 뭘 물어봐. 응? 근데 왜 일어나? 밥 안 먹어? 배고프다며? 어라? 어…… 왜 이쪽으로 오지? 왜? 왜?

"잘 먹겠습니다."

이안은 내게로 다가오더니 갑자기 이상한 말을 던지고 한 번에 나를 안아 올렸다.

"아악! 이안?"

아무리 그의 이름을 불러도 그는 대답하지 않았다. 그저 성큼성큼 객실 안으로 걸어 들어갈 뿐 내게 눈길 한 번 주지 않았다. 객실에 놓여 있는 침대는 커다란 2인용 침대가 아니라 가운데 작은 탁자를 사이에 둔 1인용 침대로 두 개가 있었다. 그래서 그중 하나를 내가, 나머지 하나는 이안이 쓰기로 했는데 그가 그의 침대에 나를 살포시 내려놓았다.

"……이안?"

몸을 일으키려 해보았지만 곧 나를 짓누르고 위에 올라앉은 이안 때문에 꼼짝을 할 수가 없었다. 이안은 내 양 손목을 잡은 채로 입술을 겹쳐 왔다.

"이안, 지금 뭐 하는…… 읍!"

말캉한 그의 혀가 내 입안을 정신없이 탐하기 시작했다. 객실 안 가득 질척하고 끈적끈적한 소리들이 울려 퍼졌다. 한참을 그렇게 내 입안에서 노닐던 그의 혀가 미끄러지듯 목덜미로 내려간다. 아까 낮에 이안이 물었던 자국을 조심스럽게 핥아내더니 반대편 목덜미로 건너가 몇 번이고 베어 물었다. 아까처럼 나를 세게 물지는 않았지만 귓가에 울려 퍼지는 키스 소리가 너무 선명하게 들려와 온몸에 전류가 흐르는 것처럼 아랫배 쪽에서부터 뜨거운 것이 치밀어 오르기 시작했다.

"아아……."

난 내가 이렇게 야한 신음 소리를 낼 수 있는지 오늘 처음 알았다. 내가 들어도 민망할 정도인데, 이안은 내 신음 소리를 듣더니 더욱더 끈질기게 나를 괴롭혔다. 정신이 아득해질 정도로 한참을 그렇게 날 괴롭히던 이안은 조금씩 조금씩 내 귓불을 할짝거리며 조금 잠긴 듯한 목소리로 속삭였다.

"이제 에피타이저는 끝."

아…… 그렇구나. 배가 고프다는 건 날 먹고 싶다는 거였어. 그런데 잠깐. 너 나 도망 안 가면 안 잡아먹는다며! 얘기가 다르잖아!

"이, 이안……."

"왜."

난 차마 내 입으로 말하기가 민망해져 고개만 좌우로 흔들었다. 이제 그만하라는 무언의 압력을 표한 것이다.

"더 해달라고? 알았어."

야! 너 진짜! 너 일부러 이러는 거지? 원래 너 이렇지 않잖아! 귀신같이 내 속마음을 알아채면서, 네가 모를 리가 없어! 모를 리가 없는데…… 없는데. 아…… 거기…… 으응…….

"아홋!"

이안은 내가 잘 느끼는 부분이 어디인지 제대로 파악하고 있는 듯했다. 잠시라도 숨을 돌리려고 하면 곧 그곳으로 파고들어 나를 움찔거리게 만들고 있었다.

"하아, 하아…… 그만…… 이제 그만해요."

이안은 땀으로 젖은 내 머리카락을 뒤로 넘겨주며 다정하게 물었다.

"힘들어?"

"후우…… 네."

"좀 참아."

피식 웃는 이안의 얼굴이 순식간에 내 눈앞에서 사라졌다. 그는 내 목덜미를 타고 내려가 이번엔 움푹 파인 쇄골 근처를 노닐더니 점점 아래로 조금씩 입술의 위치를 옮겨갔다. 정말 아주 조금씩이었지만 분명히 나는 느낄 수 있었다. 이안이 노리고 다가가는 곳은…… 거기는…… 안 돼!

"이안, 이안, 잠깐만! 잠깐만요!"

"왜."

"저기 나…… 화장실 좀 다녀오면 안 돼요?"

"안 돼."

"진짜 잠깐만, 잠깐이면 돼요!"

이안은 못내 못마땅한 얼굴이었지만 그래도 생리현상이니 어쩔 수 없다는 듯 내 위에서 내려왔다. 난 다급하게 화장실로 들어가 문을 걸어 잠갔다.

헉헉…… 큰일 날 뻔했다. 여행지의 마법이고 나발이고 이제 꿈에서 깰 시간이야, 정신 차려! 정신 차리자, 이리아. 이안을 좋아하는 건 사실이지만 첫날밤을 이렇게 분위기에 휩쓸려서 하면 안 된다는 거 알잖아.

첫 키스도 안 한 사람과 헤어졌을 때도 그렇게 힘들어했으면서 나중에 이안이랑 헤어질 때는 어떻게 감당하려고 하는 거야? 그러고 보니 내 첫 키스도 이안이 가져갔네. 그것도 아주 순식간에……. 지금이 조신시대도 아니고 순결이라는 의미가 무색해졌다는 건 나도 잘 알고 있지만 관계를 하고 안 하고의 문제가 아니라 내가 나중에 받을 상처의 크기가 문제였다. 원래 성격이 이렇게 생겨먹었는지 아무리 괜찮은 척을 하고 센 척을 해봐도 혼자 있을 때 밀려오는 공허함은 내 힘으로 어쩔 수 있는 것이 아니었다. 바보같이, 내게서 멀어진 첫사랑을 잊지 못하고 아무렇지 않은 척하면서 그의 소식을 주워들으며 가슴 아파했었다.

이제 좀 나아지고 있는데, 평범한 사람은 도저히 감당할 수 없는 이안을 내가 어떻게 감당할 수 있을까. 지금은 한참 좋을 때니 무슨 말이라도 하겠지만 사람의 마음이 변하는 건 정말로 눈 깜짝할 새에 벌어지는 일이라는 것을 나는 이미 알고 있다. 이안에게 마음이 가고 있다는 것은 인정한다. 어떻게 가지 않을 수가 있을까. 저렇게 완벽한 남자가 한결같이 나만 바라보고 나만 원한다는데 누구라도 사랑에 빠지지 않을까. 하지만 난 그럴 수 없다. 그래서는 안 된다.

지금 내가 이안과 첫날밤을 보낸다면 난 아마 그에게 온 마음을 다 주게 될 것이다. 만에 하나 이안이 나를 떠나는 날이 온다면 난 아마 숨 쉬는 것조차 고통이라고 생각되겠지. 그러니 여기까지. 이제 멈춰야 할 시간이다. 여행지의 마법아, 안녕. 한여름 밤의 꿈도 안녕. 이제 현실로 돌아갈 시간이야.

똑똑.

"리아, 아직 멀었어?"

으아…… 가장 큰 문제를 잊고 있었다.

마법도, 꿈도 나 혼자 깨서 될 일이 아닌데…… 이안을 어떻게 따돌리지?

"뭐 해, 거기서. 밤샐 거야?"

이안은 계속해서 나를 재촉하고 있었다.

"금방 나가요!"

어쩌지? 어쩌지? 일단 샤워기를 틀자!

수압을 최대로 올려놓고 샤워기를 틀어놓으니 밖에서도 물소리가 들렸는지 이안이 크게 소리쳤다.

"지금 샤워해?"

"좀 더워서요! 아, 좀 씻고 나갈게요!"

"알았어."

휴…… 일단 고비는 넘겼고…… 다음은? 이다음이 문제인데. 먹으면 확 기절하듯이 잠자는 그런 약 없나? 아, 지금 내가 그걸 어디서 구해. 나갈 수도 없는데. 아! 그 방법이 있었지! 좀 민망하고 쪽팔리긴 해도 가장 확실한 방법!

난 욕실 문을 빼꼼 열고 얼굴만 쏙 내민 채 이안을 불렀다.

"이안……."

"왜 그래?"

최대한 힘없게…… 최대한 파리하게…… 목소리 볼륨 낮추고…….

"미안해요. 프런트 직원 좀…… 여자로."

"뭐가 필요한데?"

"음…… 마법에…… 걸렸어요."

으아악, 죽고 싶어! 죽고 싶어! 죽고 싶어!

"진짜로?"

"네. 어쩌죠."

제발, 제발, 제발, 넘어가라…… 넘어가라…….

"할 수 없지 뭐, 불러올게."

아싸! 성공! 아차차 표정은 힘없게. 파리하게.

잠시 후 여직원이 생리대를 들고 들어왔다. 아마 이안이 미리 얘기해 준 것이겠지.

"고마워요."

난 얼른 다시 욕실로 들어가 생리대를 욕실장에 넣어두고 시간을 잰 후 배를 잡으면서 나갔다.

"많이 아파?"

"괜찮아요."

그래, 잘하고 있어! 최대한 힘없게…… 파리하게…….

나는 내 침대로 기어들어 가 이불을 목까지 끌어 올리고 누웠다.

"이안, 미안해요."

"괜찮아, 오늘만 날인가."

너 모르는구나, 오늘만 날이었어. 미안, 쏘리, 고멘나사이, 뚜에 이부치, 데조레.

피지에서의 첫날밤도 나의 첫날밤도 그렇게 무사히 지나갔다.

다음 날 아침, 식사로 나오는 음식들도 아주 꿀맛이었다. 이안만 조금 기운 없어 보일 뿐 눈앞에 펼쳐진 풍경도 햇살도 에메랄드빛 바다도 모두 활기차 보였다.

"기분 좋아 보이네, 리아."

아차, 또 까먹었다. 최대한 기운 없게. 최대한 파리하게…….

"음, 자고 일어나니 한결 개운해졌어요."

"다행이네."

휴. 깜짝 놀랐다. 난 이안을 쳐다보는 것이 어쩐지 죄책감이 들어 다시 시선을 해안가로 옮겼다. 보고 또 봐도 예쁜 이 바다를 나중에라도 기억할 수 있게 보고 또 보고 질리게 봐둬야지.

"이안, 나 잠깐 나가도 돼요?"

"어디 가려고."

"바닷가 산책."

"그럼 같이 가."

보지 않으면 아무도 믿지 못할 정도로 깨끗한 바다. 발을 담그고 있으면 그 사이로 열대어들이 지나다니는 바다. 정말 보면 볼수록 아름답고 신기한 바다가 아닐 수 없었다.

"리아."

"네."

"이따가 수영할까?"

"그래요, 대신 어제처럼 너무 깊은 데 가기 없어요."

난 이안은 쳐다보지도 않고 바다에만 정신이 팔려 있었다. 어제는 무서워서 제대로 보질 못했는데 바닥에 있는 조개껍질까지 보일 정도로 맑은 바닷물은 내 정신을 쏙 빼놓기에 충분했다.

"어제는 장난이 심했지? 오늘은 그냥 원피스 수영복 가져오라고 할게."

"그럼 더 좋고요."

"리아."

"네."

"그냥 지금 옷 입은 채로 수영할까?"

"아, 그것도 좋아요! 수영복보다 이게 덜 민망하니까. 나 저쪽으로 한번 가볼래요!"

정말 예쁜 물고기를 발견했다! 빵조각이라도 가져올걸. 아⋯⋯ 물 더러워지니까 안 되려나? 너 나랑 안 살래? 진짜 우리 집으로 확 업어가고 싶다.

난 이 미치게 아름다운 에메랄드빛 바다에 정신이 빠져 아까부터 이안이 한마디도 하지 않고 있다는 것을 미처 눈치채지 못했다.

한참을 그렇게 어린아이처럼 맨손으로 물고기 잡기 놀이를 하던 나는 어느새 꽤 깊은 곳까지 들어와 버렸다는 것을 알고 서둘러 해변으로 다시 걸어갔다.

어? 이안은 계속 저기 있었던 거야? 먼저 물에 들어가자더니……?

"이안!"

난 그를 향해 크게 손을 흔들었다. 하지만 이안에게서 아무 반응도 돌아오지 않았다.

왜 저래? 나 혼자 가서 화났나?

난 젖은 머리를 짜내면서 이안에게 다가갔다.

"이안, 왜 그래요? 어디 아파요?"

"응."

"어, 진짜? 어디가 아파요? 많이 아파요?"

"마음이."

또 왜 이래, 왜 이러실까. 한동안 잠잠하다 했다. 또 시작이구나.

"내가 호 해줄까요?"

그래, 정상이 아닌 애한테는 같이 미친 척하는 게 상책이야.

"그럴래?"

"그럴게요."

난 이안을 향해 환한 미소를 지어 보였다.

"지금 웃음이 나와?"

"네?"

이안의 목소리가 갑자기 서늘하게 느껴졌다.

"왜…… 그래요?"

"따라와."

이안은 내 손목을 잡고 객실 안으로 들어가더니 다짜고짜 나를 침대에 눕혔다.

"이안! 잠깐, 잠깐, 나 옷 다 젖었단 말이에요!"

"시트는 이따가 갈아달라고 하면 돼."

"그래도, 축축하잖아요. 찝찝하게……."

"그래? 그런 사람이 바다는 어떻게 들어갔을까? 상당히 찝찝할 텐데."

"그게 무슨…… 아!"

망했다. 난…… 죽었구나.

"이제야 기억이 나나 보지?"

이안은 나를 보고 실소를 터뜨렸다.

"나 원, 거짓말을 하려거든 좀 생각을 하고 하든가. 이렇게 금방 들킬 거짓말을 왜 했을까. 난 그것도 모르고 하얗게 밤을 지새웠는데."

"……일부러 그런 건 아니에요."

"그럼 왜 그랬을까? 내가 그렇게 싫었나? 없던 생리현상이 갑자기 몸으로 찾아올 만큼?"

"그게 아니라……."

"짐 싸."

"네?"

"더 이상 여기 있고 싶지 않아졌어."

어떡하지, 어떡하지, 어떡하지? 얘 진짜 화났나 봐.

"저…… 이안, 미안해요. 진짜 나 일부러 그런 거 아니에요. 그냥, 그냥 처음이라…… 무섭고…….."

"……."

"진짜 미안해요. 여자는 남자랑 달라서 그런 거예요."

"……."

"화난 거 이해해요. 짐 챙길게요."

난 주섬주섬 가방에 짐을 챙겼다. 사실 들고 온 게 별로 없어서 챙길 것도 많지 않았다.

"다 하긴 했는데. 나 샤워라도 하고 가면 안 돼요? 비행기에 젖은 옷 입고 탈 수도 없고…….."

"……."

"5분만 기다려요, 빛의 속도로 씻고 나올게요!"

난 초고속 스피드로 샤워를 마치고 눈썹이 휘날리게 옷을 갈아입은 후 욕실 문을 열었지만 이안의 모습은 어디에도 보이질 않았다.

헉! 설마 날 두고 그냥 간 거야?

난 정신없이 객실 안을 샅샅이 뒤져보다가 이안이 방갈로 안에는 없다는 것을 확인하고 밖으로 뛰어나갔다.

"이안! 이안! 어디 있어요!"

그렇게 해안가를 이리저리 뛰어다니다 보니 처음에 부드럽게 느껴졌던 모래들이 깔깔하게 느껴지고 있었다. 뜨거운 햇빛을 머금은 모래들을 밟을 때마다 불에 덴 것처럼 발바닥이 아파오기 시작했다. 난 거의 울상을 지으며 프런트에 찾아가 이안의 행방을 물었다. 내 손짓 발짓을 알아들었는지 그들이 뭐라고 얘기를 해주었지만 난 도무지 알아들을 수가 없었다.

그들도 답답했는지 종이에 그림을 그려서 내게 보여주었는데 하얀 종이 위에 그려진 그림은 헬리콥터였다. 난 그 자리에 털썩 주저앉아 엉엉 울기 시작했다. 그래도 혹시나 하는 마음에 이안을 찾아봤지만 역시 이안은 날 버리고 혼자 헬기를 탔나 보다. 이제 어떻게 한국으로 돌아갈 것인지에 대한 걱정보다 이제 다시는 그를 볼 수 없을 것이란 사실이 나를 더 절망하게 만들었다. 사람들이 보건 말건 난 점점 더 크게 목 놓아 울었다.

여기 있는 사람들은 내가 한국으로 돌아가면 다시 안 볼 사람들이니까 괜찮아. 이런 추태를 부린다고 해도 그저 수많은 손님들 중 하나일 뿐 아무 의미도 두지 않을 테니 괜찮아. 이렇게 스스로를 위로하며 쉴 새 없이 흐르는 눈물을 굳이 막지 않았다.

내 마음은 내 마음대로 어쩔 수 있는 것이 아니었나 보다. 그렇게 기를 쓰고 이안을 밀어냈었는데 이미 내 마음은 전부 이안을 향해 있었나 보다. 난 바보처럼 그런 것도 모르고 혼자만의 착각에 빠져서 사랑을 하지 않고 있다고 생각했었나 보다. 한국으로 돌아가서 개강을 하면 그를 볼 수야 있겠지만 이제는 봐도 가슴이 아프고 보지 않아도 가슴이 아플 텐데 어떻게 해야 할까. 차라리 돌아가지 말고 여기에 눌러 사는 건 어떨까. 아…… 아니다. 어디를 봐도 이안이 생각날 텐데 피지는 절대 안 되겠다.

그렇다고 한국은? 이안이 나타나지 않은 곳이 없었는데? 이사부터 가야 하나? 혹시나 오지도 않을 전화를 기다리는 바보짓을 하지 않기 위해서 전화번호도 바꿔야 하나? 시간이 얼마가 흐른다 해도 그를 잊을 수 없을 것만 같았다. 이안 맥스웰은 내가 본 사상 최고의 남자였으니까. 게다가 캔커피 반딧불이 설탕별 변태 스토커 미친 뱀파이어 외계인이었으니까. 세상에 그런 남자는 오직 이안뿐일 테니까.

……난 절대 그를 잊을 수 없겠지. 걸려도 제대로 걸렸어, 이리아.

바닥에 주저앉은 것도 모자라 아예 몸을 가누지 못하고 앞으로 고꾸라져 울고 있는 나를 보다 못한 원주민 직원들이 다가와 일으켜 세웠다.

찰랑.

내 목에서 어젯밤 이안이 준 목걸이가 반짝이고 있는 게 눈에 들어왔다.

거짓말쟁이…… 나만 본다며! 사랑한다며! 어디든 함께 데려간다며! 우주도 갈 거라며!

"……거짓말쟁이."

"누가 거짓말쟁이야?"

나는 고개를 번쩍 들어 소리가 나는 쪽으로 올려다보았다. 이안이다. 돌아온 건가? 다시 와준 건가?

"이안…… 맞아요?"

"무슨 소리야. 왜 이러고 있어? 무슨 일 있었어?"

"진짜…… 이안이에요?"

잠시 멈췄던 눈물이 고장 난 수도꼭지처럼 뚝뚝 흐르고 있었다. 이안은 그런 나를 보더니 조금 당황한 듯 얼른 주저앉아 내 눈물을 닦아주었다.

"왜 이러는 거야, 누가 울렸어?"

너야…….

"이안…… 우아앙!"

나는 그의 품 안에 힘껏 달려들었다. 내가 얼마나 세게 달려들었는지 이안은 그대로 엉덩방아를 찧고 말았다.

"어이쿠! 이 아가씨 갑자기 왜 이러실까. 리아, 그만 울고 나 좀 봐."

"이안이다. 진짜 이안이야. 만져지고 숨도 쉬는 진짜 이안이야."

"도무지 왜 이러는지 영문을 모르겠네. 미리 헬기 대기시키려고 잠깐 다녀온다고 했는데 얘기 못 들었어? 그냥 천천히 샤워하고 나오라고 했잖아."

"……언제요?"

"아까 리아가 욕실로 들어가자마자."

얼른 씻고 나가려는 마음에 샤워기부터 틀어놓고 정신없이 씻는 중이어서 아마 물소리 때문에 제대로 듣지 못했나 보다.

"나…… 버리고 간 거 아니었어요?"

"무슨 헛소리야, 내가 리아를 왜 버려? 리아가 날 버리면 몰라도. 하긴, 내가 버린다고 버려질 사람은 아니지?"

"우아아…… 이안!"

난 그를 있는 힘껏 껴안았다. 이제 다시는 놓치지 않을 것이다.

바보처럼 일어나지도 않은 일을 미리 걱정하고 밀어내는 짓 따위는 다시 하지 않을 것이다. 주어진 시간 동안 충실하게 사랑해야지. 혹시나 하늘이 나를 불쌍하게 여겨 이안과 평생을 함께하게 해 준다면 정말정말 최선을 다해 오늘이 마지막 날인 것처럼 사랑해야지.

"이안, 사랑해요. 진짜로, 정말로, 너무너무 사랑해요."

"응? 웬일이야? 뭐, 어쨌든 기분은 좋은데? 그래, 나도 사랑해."

"그러니까 우리 지금은 한국 가지 말아요. 나 이안에게 꼭 할 말이 있어요."

"한국을 왜 가? 더운데."

"⋯⋯한국 가려고 한 거 아니었어요?"

"아닌데."

그럼 뭐지, 내가 착각한 건가? 아까 분명히 더 이상 여기 있기 싫다고 하지 않았던가?

"아, 리아가 오해했구나. 사실 리아한테 조금 화가 나긴 했지. 그래서 더 이상 여기 있기 싫다고 한 거야. 다른 리조트로 옮기려고."

엥?

"하루 있어봤으니 볼 건 다 봤고, 여긴 어젯밤 일 때문에 별로 더 있고 싶은 생각도 없어."

에엥?

"다른 데로 옮겨서 새로운 마음으로 시작해 보려고."

에에엥?

"날 사랑한다고 이렇게 목 놓아 소리쳤으니 오늘은 기대해도 되는 거야?"

에에에엥?

"최선을 다해봐, 난 유혹당할 준비 완료야."

오…… 마이…… 갓! 나 이제 큰일 났다!

찬란한 미소를 머금은 이안은 그대로 나를 데리고 헬기에 올라탔다.

피지는 3백 개가 넘는 섬으로 이루어진 작은 나라이면서 개중에는 무인도도 꽤 있다고 한다. 그중 한 군데를 상위 1%의 고객을 위한 프라이빗 리조트로 만들어 운영하는 곳이 있다고 하는데 그중 한 군데가 지금 우리가 가고 있는 곳이라고 한다. 할리우드 스타들이나 세계의 부호들이 신혼여행지나 밀월여행지로 선택한다는 그곳에 내가 발을 들여놓다니…… 감상에 젖기도 전에 난 크나큰 고민에 빠질 수밖에 없었다.

이안이 기대한다고, 기대한다고. 뭘 기대해, 할 줄 아는 게 없는데. 그 흔한 19금 동영상도 본 적이 없는데, 하다못해 성인영화도 본 적이 없는데. 큰일 났다! 한국이라면 휴대폰 검색이라도 해볼 텐데 여기는 피지……. 이걸 어쩌지, 이제 어쩌지? 뭐부터 해야 하나…….

"이안."

"왜?"

"혹시 지금 우리가 가는 리조트 객실에 컴퓨터 있어요?"

"요청하면 준비는 될 거야, 왜?"

"인터넷 사용 가능하고요?"

"되긴 되는데 한국에서처럼 빠른 속도를 기대하지는 마. 한국 인터넷 속도는 세계 최강이니까. 난 인터넷 창 띄워놓고 컵라면 먹은 적도 있어. 화면이 뜨는 속도가 엄청나게 느려."

이런, 젠장…… 그 방법을 쓰긴 틀렸군. 검색하다가 날 새겠네.

잠시 후 이안이 헬기 안에서 가리킨 섬은 원래 우리가 있던 곳보다 많이 작아 보였다. 헬기가 땅에 내려서고 도착한 리조트는 먼저번 전통가옥 형식이 아닌 풀빌라 리조트. 커다란 저택이 친환경 자연 속에 약간은 언밸런스하게 떡하니 자리 잡은 느낌이었는데 이것 역시 무슨 외국 영화에서나 나올 법한 어마어마하게 화려한 리조트였다.

"여기는 이 섬 전체에 단 하나의 리조트만 있어. 다른 사람이나 관광객을 우연이라도 마주칠 일이 없다는 얘기야."

이안은 눈부시게 웃으면서 나를 바라보고 있었는데 그 미소가 어쩐지 상당히 부담스럽게 느껴지는 건…… 기분 탓이겠지?

"그러니까 리아가 부끄러워하지 말고 마음껏 내게 사랑을 표현해도 된다는 얘기야."

으…… 기분 탓이 아니구나. 기대하고 있어, 기대하고 있어, 그것도 엄청 많이, 무지 많이. 큰일 났다, 난리 났다, 이거 어쩌지? 어쩌지? 이걸 누구한테 물어볼 수도 없고…….

"리아, 들어가자!"

"저기, 이안."

"왜?"

"여기 너무 비쌀 것 같은데 다른 데 가면 안 돼요?"

"이미 지불 끝났는데 무슨 소리야. 마음에 안 들어?"

아니, 아니, 마음에 들고 안 들고의 문제를 떠나서 난 내게 조언해 줄 사람이 필요해! 하다못해 관광지 가면 한국 관광객이라도 만날 수 있을 거 아니야! 초면에 민망하지만 다시 볼 사이도 아니니까 철판 깔고 좀 물어보려고 그랬다, 왜!

"쓸데없는 소리 말고 얼른 들어가자. 이번엔 싱글베드가 아니라 킹사이즈 베드야. 같이 잘 수 있어."

으악! 킹…… 사이즈…… 흑. 기대하고 있어. 완전히 기대하고 있어. 기대하고 있는 거야…….

수많은 직원들이 정원을 가로질러 나와 양옆으로 늘어서서 인사를 하는 모습은 내가 마치 귀족이라도 된 기분을 느끼게 해주었다. 우리가 객실로 들어가자마자 그들은 일사불란하게 움직여 어디론가 사라져 버리고 곧 사람의 그림자도 찾을 수가 없었다.

"저 사람들은 다 어디 가는 거예요?"

"각자 맡은 일로 돌아가는 거지. 청소라든가 요리라든가 수영장 물 관리라든가 정원 관리라든가 경호라든가."

"하나도 안 보이는데요?"

"손님의 눈에 최대한 띄지 않는 게 철칙이거든. 필요할 때만 나타나. 우리가 부를 수도 있고."

아, 이런. 짧은 영어라도 동원해서 물어보려 했는데 그것도 안 되겠네. 음, 그런데 나…… 배고파. 이안 찾아다니느라 이리저리 뛰어다니고 대성통곡까지 했더니 허기가 몰려온다.

"이안, 우리 밥부터 먹으면 안 돼요?"

"아, 배고프겠다. 잠깐만."

이안은 전화 한 통으로 객실 안에 으리으리한 식탁을 들어오게 만들었다.

그래, 일단은 먹자. 먹고 생각을 해보는 거야. 까짓 뭐, 남들 다 하는데 나라고 못 할 게 뭐가 있겠어? 내가 하려고 안 해서 그렇지, 마음만 먹으면 마타하리 뺨치게 할 수 있다, 이거야.

······아마도.

이안은 도넛과 케이크 몇 개만 깨작거리고 맛보다가 포크를 내려놓고는 내가 정신없이 먹어치우는 모습을 보면서 배시시 미소를 지었다.

"잘 먹네."

"응? 맛있어요. 내가 언제 이런 음식들을 먹어보겠어요? 먹을 수 있을 때 잔뜩 먹어둬야죠."

"앞으로 실컷 먹여줄 테니 걱정하지 마. 살도 좀 쪄도 되고."

쳇! 남자들 자기 여자친구 살쪄도 예쁘다는 소리 100% 뻥이라더라. 남자들이 통통한 여자가 좋다는 기준은 딱 송혜교까지라며? 이것들이 진짜······ 송혜교 실제로 보면 말라비틀어졌거든!

드디어 내가 전투적인 식사를 마치고 냅킨으로 입을 닦아내니 이안이 양팔을 벌리며 다가왔다.

"이리아, 이리 와."

헉! 지금? 음······ 하다못해 이라도 닦고 오면 안 될까? 키스할 때 냄새 날 텐데. 너야 단것만 잔뜩 먹었으니 상관없겠지만 나는 아니란 말이다!

"뭐 해? 잊었어? 내가 원하면 언제든지 키스해 주기로 했잖아."

"아니, 그게 아니라…… 양치질 좀 하고 올게요."

"됐어, 그냥 와."

"그래도 냄새도 나고, 맛도 이상할 텐데. 딱 3분만!"

내가 욕실을 찾으려고 두리번거리는 걸 보던 이안이 나를 확 잡아끌어 깊게 입을 맞췄다. 난 이를 앙다물고 이안이 들어오지 못하게 최선을 다하는 중이었다.

이 좀 닦고 온다니까, 이 자식아! 누가 안 한대? 한다고, 한다고, 하는데! 좀 상쾌하게 하면 안 되겠니.

"입 벌려, 리아."

나는 세차게 도리질을 했다. 3분이면 되는데 진짜 왜 이러는 걸까. 그런데 나는 예상치 못한 이안의 공격에 속절없이 무너지고 말았다. 그가 불만 가득한 표정으로 날 바라보다가 갑자기 치마 속으로 손을 집어넣어 내 엉덩이를 만지는 것이 아닌가!

"꺄아아아아아악!!"

이안이 준 속옷 때문에 맨살에 그의 손이 그대로 닿아 있었다.

"진즉 이럴 것이지."

있는 대로 크게 벌려진 내 입안을 유유히 여유 있게 입성한 그가 만족스러운 미소를 지으며 길고 긴 키스를 시작했다.

"리아가 굳이 그러지 않아도 언제나 달다니까. 그러니 자꾸 피할 생각만 하지 말고 어떻게 하면 날 더 기쁘게 할지나 생각해."

그러냐, 그런 거냐. 나도 생각은 하고 있다만, 머리를 쥐어뜯고 싶을 정도로 그 생각만 하고 있다만, 경험 부족에서 오는 상상력의 한계가 있구나.

"이…… 이따가!"

"응? 뭐가?"

"이따가 밤에! 밤이 되면 그때, 그때 제대로 할게요."

이안의 입꼬리가 누가 잡아당기는 것처럼 길게 올라갔다.

"그거 진짜야?"

"그럼요!"

"이번엔 말도 안 되는 꼼수 안 부릴 거지?"

"당연하죠!"

"나 기대해도 되는 거야?"

"기대…… 는 너무 하지 말고요."

이안은 피식 웃으며 나를 놓아주었다. 오늘 아주 생난리를 쳐서 그런지 하루가 엄청나게 길게 느껴지고 있었지만 창밖을 보니 이제 슬슬 해가 지려 하고 있었다. 도심지가 아닌 이곳은 해가 넘어가자마자 어둠이 빨리 찾아오니까, 시간이 없다! 이럴 줄 알았으면 하다못해 야설이라도 읽어두는 건데, 사는 게 바빠 그런 쪽엔 관심도 두지 않고 살던 숙맥인 내가 이렇게 원망스러울 수가 없었다.

괜찮아, 괜찮을 거야. 아무리 내가 어설퍼도 이안은 날 사랑하니까 이해해 줄 거야. 그러니 자신 있게! 응? 뭘 자신 있게. 그럼 일단 순서를 정해볼까? 일단 씻고…… 아니, 이안을 먼저 씻게 해야겠다. 내가 나중에 등장해야 더 긴장감이 고조되겠지? 아닌가? 내가 먼저 씻고 이안이 씻는 동안 준비를 해야 하나? 막 침대 위에서 요염하게 다리를 꼬고⋯⋯ 아⋯⋯ 이건 아니다.

혼자서 염불 외듯이 중얼거리는 나를 보던 이안이 급기야 웃음을 참지 못하고 박장대소를 터뜨렸다.

"풉! 푸하하하! 리아, 리아, 진짜 미치겠다. 뭐가 그리 비장해. 크크크큭!"

"이⋯⋯ 이안은 경험이 많아서 안 그럴지 몰라도 나는 엄청 긴장된단 말이에요!"

나는 어쩐지 억울한 마음이 들어 이안을 흘겨보며 대답했다. 그러나 이안은 부드럽게 내 손을 잡아끌어 옆에 앉히더니 내 머리카락을 들어 입 맞춰주었다.

"리아가 생각하는 것처럼 나도 경험이 많지는 않아."

"날 안심시키려는 거짓말이란 거 다 알아요. 이안이라면 먼저 달려들 여자가 한둘이 아닐 텐데."

"진짜 아니야. 하이스쿨 다닐 때 적극적인 여자친구 덕에 한 번 해봤는데 느낌이 별로 좋지 않아서 다시 하고 싶지가 않았어. 오죽하면 내가 혹시 게이가 아닐까라고 생각했겠어?"

"정말이에요?"

"그 이후로도 몇 번인가 시도는 해봤는데 일단은 키스할 때부터 입안이 쓰니까 뭘 더 하고 싶은 마음이 생기질 않아. 내가 이렇게 애타게 원하는 사람은 오직 리아뿐이야."

난 물끄러미 이안을 쳐다보다가 방금 바비큐를 뜯어 먹고 씻지도 않은 손가락을 내밀었다.

"자요."

이안이 뭐 하냐는 눈으로 고개를 갸웃거렸다.

"이것도 단지 한번 맛보라고요."

피식. 이안이 살짝 이를 드러내며 웃다가 내 손가락을 가져가 입에 물었다.

헉! 이 자식…… 엄청나게…… 야해.

이안은 내 손가락을 입안으로 들락날락거리며 막대사탕을 먹는 것처럼 입안에서 혀를 굴렸다.

빤히 나를 쳐다보면서 하는 이안의 행동은 숨이 멎을 정도로 아름다우면서 노골적으로 야하게 보였다.

"이, 이, 이제 그만!"

난 얼른 손을 빼서 등 뒤로 숨겼다.

"……지저분한데 잘도……."

"어째서? 엄청나게 달았는데."

"이안은 아무래도 미각에 심각한 문제가 있는 것 같아요."

"알고 있어."

"그런데 왜 고치지 않아요? 병원에 안 가봤어요?"

"의사들은 별문제 없다고 얘기해. 아마 심리적인 요인이 클 거라는데 내가 알게 뭐야. 사는 데 아무 지장 없어."

"그래도……."

"괜찮아, 리아만 있으면 난 언제나 단맛을 잔뜩 맛볼 수 있을 테니까. 이리 와."

이안은 내 입술과 뺨과 목덜미와 귓불을 차례로 입 맞춰주었다.

그러더니 내 귓가에 끈적끈적한 목소리로 속삭였다.

"빨리 밤이 됐으면 좋겠다."

기대하고 있어, 기대하고 있어, 완전 기대하고 있는 거야……. 내 몸에 다른 사람이 빙의라도 됐으면 좋겠다. 혹시 남자 경험이 많은 처녀귀신 없나요. 환영해요.

이안이 그렇게 기다리고 기다리던 어둠이 사방으로 깔리기 시작했다. 난 창밖으로 전등이 하나둘씩 켜지는 것을 바라볼 때마다 두근거리는 심장을 내리누르고 있었다. 이제 도저히 피할 수도 없고 피해서도 안 되는 운명의 시간이 다가오고 있었다.

"리아."

"네? 네! 네! 왜요?"

"뭘 그렇게 놀라?"

"아니요! 놀라긴 누가!"

"풉, 아니면 됐고. 우리 칵테일 한잔할까?"

그래! 그거 좋다! 술기운의 힘이라도 빌리는 거야!

간단한 카나페와 칵테일 두 잔이 방으로 들어왔다.

난 이안과 가볍게 잔을 부딪친 후 한 호흡에 칵테일을 들이켰다.

"무슨 칵테일을 그렇게 물 마시듯 마셔?"

"좀 취하려고……."

"이거 무알콜인데?"

이런…… 야! 넌 취하지도 않을 술을 왜 마시니? 술의 궁극적 목적은 취하는 거야, 취하는 거! 취하지 않는 건 술이 아니야! 음료수지!

"리아, 취하고 싶어?"

"아니, 꼭 그렇다기보다⋯⋯."

"난 리아가 술기운을 빌려서 나와 사랑을 나누는 걸 원치 않아. 그래서 그냥 분위기만 잡는 거야. 내 말 무슨 뜻인지 알지?"

"네⋯⋯."

"리아가 온전히 자신의 의지를 가지고 나를 똑바로 인지한 상태로 사랑을 나누고 싶어. 자고 일어나서 내가 어제 왜 그랬지, 술이 원수야, 이런 생각을 하는 게 아니라 눈을 떴을 때 서로의 체온을 느끼면서 만족감을 느끼고 싶어. 리아도 그렇지 않아?"

"⋯⋯그래요. 이안 말이 다 맞아요."

이안이 방 안의 조명을 점점 어둡게 만들었다. 서로의 실루엣은 충분히 느낄 정도로, 지금 그가 어떤 표정을 하고 있는지는 확연히 보일 정도로.

하지만 이안, 넌 모를 거야. 어두울수록 넌 밝게 빛난다는 걸. 초울트라 강력한 반딧불이니까.

"샤워하고 올게."

이안이 욕실로 들어가는 걸 보면서 난 서서히 몸이 굳어가는 것을 느꼈다.

이제⋯⋯ 나 뭐 하지? 하지만 그런 고민을 할 사이도 없이 이안은 참으로 신속하기 그지없게 샤워를 마치고 있었다.

이안이 눈부시게 아름다운 모습으로 욕실에서 나온다. 조명이 어두워도 그의 모습은 내 눈에 선명하게 들어오고 있었다. 반딧불이의 제왕답게 온몸으로 빛을 뿜어내고 있는 이안은 허리에 수건만 걸친 채 물기 어린 머리카락을 쓸어 올리며 내게 다가오고 있었다.

"난 준비 완료야."

꿀꺽.

"······알았어요, 기다려요."

"응."

"먼저 자면 안 돼요."

"절대 그럴 일 없어. 빨리 나오기나 해."

난 덜덜 떨리는 손으로 욕실 손잡이를 돌렸다. 시원한 물줄기처럼 나도 뭔가 해결책이 시원하게 나와줬으면 좋겠는데 도무지 어디서부터 어떻게 해야 하는지를 모르겠다. 샤워는 예전에 마쳤지만 나가기가 두려워졌다.

이안이 잔뜩 기대하고 있는데 실망하면 어쩌지? 또 하긴 했는데 생각보다 만족스럽지 못하면 어쩌지? 내일 아침 눈을 떴을 때 갑자기 그가 내게 정이 떨어졌다고 하면 어쩌지······ 갖은 생각들이 몰려와 내 머리를 더 혼란스럽게 만들고 있었다.

"리아, 멀었어?"

"네? 아! 아, 지금 가요!"

난 거울을 보고 비장한 결의를 다졌다.

그래, 이리아. 하는 거야! 할 수 있어! 널 사랑하는 남자야. 그리고 내가 사랑하는 남자야. 하루를 사랑하고 끝나더라도 후회 없이 하기로 다짐했잖아. 좀 서툴면 어때. 이안은 그것까지도 사랑스럽다고 할 거야. 그래, 그럴 거야.

난 목욕가운을 걸치고 서둘러 밖으로 나갔다. 은은한 조명 아래 이안이 침대에서 나를 기다리고 있었다.

"왜 이렇게 오래 걸려. 나 숨넘어가는 줄 알았어."

장난스러운 이안의 미소를 보면서도 난 웃음이 나오지 않았다. 지금 내 머릿속은 온통 시작을 어떻게 할 것인가에 온 신경이 쏠려 있었다. 이안이 양팔을 벌리고 어서 오라 손짓했다.

꿀꺽. 자꾸 아까부터 침만 넘어간다. 그래, 미친 척하고 한 번 해 보는 거야.

난 천천히 목욕가운의 허리띠를 풀어 바닥에 내려놓았다. 꽁꽁 동여매져 있던 허리띠가 풀리자 목욕가운이 팔랑이며 힘없이 벌어졌다. 떨리는 손가락을 간신히 진정시키며 가운을 한 자락씩 잡아 양옆으로 천천히 벌렸다. 안에는 이안이 선물해 준 호피무늬 속옷만 입고 있었기에 이안의 눈이 점점 커지고 있는 것이 선명하게 보였다.

잘하고 있는 거겠지? 이안도 이건 예상 못 했나 보다. 놀라는 거 같아. 좋았어! 그럼 2단계!

난 서두르지 않고 천천히 한쪽씩 팔을 빼내었다. 이안도 처음에 놀라던 것과는 달리 꽤 흥미로운 눈으로 날 바라보고 있었다. 내가 어떻게 나올지 상당히 궁금한 모양이다.

마침내 목욕가운이 바닥으로 떨어졌다. 이제 여기서부터가 진짜 승부다!

그래도 예전에 데미 무어가 나오는 영화를 봤던 것이 불행 중 다행이었다. 같은 여자가 봐도 무척이나 섹시했던 걸로 기억이 난다.

난 이안의 눈을 똑바로 바라보면서 살랑살랑 엉덩이를 흔들었다.

이안의 눈이 다시 한 번 커지기 시작했다. 음악이 들린다고 상상하면서 리듬에 맞추어 살랑살랑, 살랑살랑. 너무 과하지 않게……그렇다고 너무 약하지도 않게……. 좋아, 좋아, 잘하고 있어.

어느 정도 리듬이 잡히고 나니 다음부턴 조금 쉬워졌다. 나는 한쪽 팔을 뻗어 머리를 쓸어 넘기고 나머지 한쪽 팔로는 내 몸을 쓰다듬었다.

이제 뒤로 돌 시간! 엄청난 T팬티의 위력이 발휘될 차례! 난 살랑살랑 엉덩이를 흔들며 조금씩 한쪽으로 회전했다. 너무 빨리 돌아도 안 되고, 너무 천천히 돌아도 안 돼!

적당히 이안의 눈치를 보면서 속도를 조절하고는 있지만 어느 순간부터 이안의 표정이 이상해지고 있었다. 어? 약한가? 그럼 강도를 좀 높여? 난 빠르게 뒤로 돌아 맨 엉덩이를 훤히 드러내고서 허리를 숙였다가 머리를 들어 올리는 초절정 웨이브 신공을 선보였다.

으헉! 허리가……. 이 짓도 하던 사람이나 해야지 도저히 못 해먹겠다.

강하게 임팩트를 주겠다고 한 번에 너무 많은 힘을 주었나 보다.

내 허리…… 아니야! 괜찮아! 아직 더 할 수 있어! 어…… 그런데 이번에는 이안의 표정을 못 봤는데. 다시 한 번 할까? 식상하려나? 음, 그럼 앉았다 일어서기? 머리 털면서? 전에 한 번 어떤 가수가 그런 거 하던데. 가만있자…… 그게 이렇게…… 요렇게…… 하는 건가?

안 하던 짓을 하려니 입은 바짝바짝 마르고 식은땀이 줄줄 흘러내린다.

아우…… 이거 끝나면 땀으로 범벅이 될 것 같은데 그럼 다시 샤워? 그리고 또 이걸 다시? 네버 엔딩인데? 그럼 마지막 한 방을 날리고 마무리한 다음에 일단 물로만이라도 씻어야겠다.

난 이안에게 강력한 한 방을 먹이겠다는 일념으로 다시 뒤로 돌아 이안의 눈을 바라보며 웨이브 신공을 펼치려 했지만 발밑에 놓여 있던 목욕가운에 돌돌 말려 그만 처참하게 바닥으로 미끄러지고 말았다.

"꺅!"

아이 씨…… 이게 아닌데. 잘나가다가 마무리가 허술했어! 이안한테 이거 무효라고 처음부터 다시 한다고 할까?

난 이안에게 다시 한 번 기회를 달라고 부탁하려 고개를 들었지만 이안의 모습은 보이지 않고 어디선가 이상한 소리만 들려왔다.

"……끅끅끅끅…… 껙껙…… 끅끅끅……."

이게 무슨 소리지? 난 더듬더듬 침대로 다가가 이안이 뭐 하고 있는지 살펴보았다. 이안은 침대 구석까지 굴러가 베게 두 개에 얼굴을 파묻고 있었다.

"……이안?"

"푸하하하하! 푸하하하하하! 큭큭크크크! 아하하하하하!"

내가 건드리자 이안은 터진 봇물처럼 미친 듯이 웃어젖히며 뒹굴기 시작했다.

"파하하하, 아! 진짜 리아 최고다, 최고!"

이안은 숨도 못 쉴 정도로 웃느라 말도 제대로 이어가지 못하고 있었다.

"크크크, 진짜…… 상상도…… 크하하…… 못 했는데. 킥킥킥 아…… 뭐, 이런…… 푸하하!"

"……그만해요."

난 나의 처절한 노력이 이렇게 웃음을 유발시킬 수 있는지 미처 몰랐다. 거울이 없어서 내 모습을 보지는 못했지만 데미 무어처럼 섹시까지는 아니어도 색다른 모습에 이안이 조금은 좋아해 줄 줄 알았다. 그런데 전혀 다른 쪽으로 이렇게 숨이 넘어갈 정도로 좋아 죽는 이안의 반응에 내심 서운하기도 하고 나의 부족한 색기에 좌절했다.

"……그렇게 못 봐줄 정도로 웃겼어요?"

"풉! 푸하하! 아니, 아니, 너무 예뻤어, 진짜 사랑스러웠어."

"거짓말하지 말아요!"

"아니, 진짜라니까. 꼬물꼬물 계속 움직이면서 뭔가를 하려고 하는 리아가 진짜 사랑스러웠어."

꼬물꼬물…… 꼬물꼬물이라고? 네 눈엔 내가 애벌레 정도로 보였나 보구나. 그래, 데미 무어와 애벌레 사이에는 상당한 갭이 존재하지. 난 분명히 살랑살랑이었는데 넌 꼬물꼬물…….

"아무튼 알았어. 리아의 의지는 충분히 높이 사고 있어, 큭큭. 이리 와."

"됐어요."

"이리 오라니까."

"됐어요. 그럴 기분 아니에요."

난 적잖이 속이 상했기에 그에게 등을 돌리고 누워버렸다. 태어나서 처음으로 누군가에게 최선을 다해 섹시 어필을 했건만 결과는 고작 애벌레라니…….

"리아."

"왜요."

"세상에서 제일 섹시한 애벌레였어."

이안의 입술이 내 목덜미에 내려앉았다.

"……당장 잡아먹어 버리고 싶을 정도로……."

이안이 내 속옷을 풀고 등줄기를 따라 쭉 입을 맞추는 게 느껴졌다. 키스를 할 때와는 비교도 하지 못할 정도로 짜릿한 기운이 머리끝까지 흘러넘치고 있었다.

"아…… 이안…… 나 좀 씻고……."

"아까 씻었는데 뭘 또 씻어."

"그래도 땀이……."

"리아가 모르는 게 있어."

"뭐가요?"

이안이 싱긋 웃으며 내 귓불을 간질이다가 뜨거운 숨소리를 불어넣으며 속삭였다.

"리아는 땀도, 눈물도 전부 단맛이 나. 이제 마지막 한 방울까지 다 내 거야."

이안의 목소리가 내 고막을 파고들어 온몸으로 퍼져 갔다.

아…… 이안은 언제나 고막에서부터 나를 범하고 있다.

"긴장하지 마, 리아가 그러면 나도 더 긴장돼."

"……응, 알았어요."

이안이 내 동그란 어깨에 입을 맞추고 나를 돌려 눕혔다. 찬란하기 그지없는 이안의 얼굴이 한눈에 들어온다. 이안이 천천히 내게서 속옷을 벗겨내자, 난 부끄러워 도저히 이안의 눈을 쳐다볼 수가 없어서 고개를 돌리고 양팔로 내 몸을 감싸 가렸다.

"너무 아름다워, 리아."

이안이 내 입술을 다시 한 번 맛보더니 턱을 따라 목덜미로 넘어갔다. 살짝이긴 하지만 자근자근 씹는 이안의 모습이 굶주린 들짐승과 흡사하다고 생각했다.

"……진짜 맛있어. 아프지는 않지?"

난 말없이 고개만 끄덕였다. 사실 아프기보다 간지러운 게 더 문제였지만 지금 이 분위기를 망칠 수는 없으니 어떻게든 참아내고 있는 중이었다.

헉! 이안이 살살 내 배꼽 주변을 간질이기 시작했다. 손가락을 들어 빙글빙글 돌리는가 싶더니 이내 짧은 숨을 토해내며 자잘한 입맞춤을 퍼부었다.

흡……. 참아…… 참아야 해. 웃으면 안 돼……. 아…… 그런데 너무 간지러워. 어떡해…….

내가 몸을 움찔거리는 것을 보고 이안은 내가 흥분해서 그러는 걸로 착각했는지 더욱더 배꼽 주변을 집요하게 괴롭혔다.

"으응…… 흑…… 꺄아! 까르르르르!"

결국 나의 웃음보가 터져 버렸다. 숨을 헐떡거리면서 까르르 웃는 나를 보는 이안의 눈도 초승달처럼 곱게 접혀져 있었다.

"간지러워?"

"네…… 아…… 어떡해, 미안해요. 참아보려고 했는데 도저히 참을 수가 없었어요."

"괜찮아, 잘하고 있는 거야. 몸에 힘을 다 빼고 있다는 거니까."

"그런 거예요?"

"응, 아주 잘하고 있어. 예뻐."

이안은 나를 아주 사랑스럽다는 눈길로 바라보며 이마, 눈, 코, 입에 차례대로 촉촉하게 입을 맞춰주었다.

"그리고 리아가 걱정하는 것처럼 오늘 모든 걸 다 하지는 않을 거야."

"왜요?"

"내 마음 같아선 다 해버리고 싶지만 리아가 힘들 거야."

"괜찮은데……."

그래, 이안. 내 맘이 언제 또 변할지 모르니까 하자고 할 때 그냥 해.

"리아가 힘든 건 나도 싫으니까. 천천히 조금씩 하면 돼."

"그럼 오늘은 그냥 자요? 지금?"

"아니, 그럴 리가."

씨익 입꼬리를 말아 올리던 이안의 얼굴이 순식간에 사라졌다. 이안은 내 발 치로 내려가 지난번처럼 다리를 들어 올리고 발가락 하나하나를 잘게 깨물며 빨아들였다.

"아……."

정말이지, 어쩌면 남자가 저렇게 섹시하게 보일 수 있을까. 내가 할 줄만 알면 당장에라도 덮치고 싶을 정도로 뇌쇄적인 이안의 모습은, 보고 있는 것만으로도 침이 꼴깍꼴깍 넘어갈 지경이었다. 이안의 입술이 발가락에서 발등으로, 발등에서 종아리로 점점 올라오고 있는 것이 느껴졌다.

아…… 간지러운데. 그러면서도…… 짜릿해.

이안의 입술은 거칠 것 없이 허벅다리 안쪽까지 들어와 여린 살만 골라 함박 베어 물고 살살 간질였다.

아주 어릴 때를 제외하고는 엄마도 건드리지 못하는 부분에 외간 남자의 입술이 닿으니 창피하면서도 짜릿한 쾌감이 온몸을 덮어가는 중이었다. 이안은 한 손으로 나를 계속 쓰다듬으며 천천히 공을 들여 내 은밀한 곳 근처까지 도달하더니 톡톡 손가락으로 가볍게 건드렸다.

"흡!"

이제까지 느꼈던 쾌감은 아무것도 아니라는 듯 이안의 손길이 잠시 닿았던 것만으로 온몸이 달아오르고 있었다. 아직 입고 있는 팬티가 촉촉이 젖어드는 것이 느껴져 난 더 이상 이안을 그대로 둘 수가 없었다.

"이…… 이안…… 이제 그만…… 이리 와요."

"아직, 조금만 더."

막무가내로 부르는 나를 이기지 못하고 이안이 내 옆으로 와서 팔베개를 하고 누웠다. 휴…… 하고 안심하려는 순간 이안의 다리가 슬쩍 들리면서 내 팬티를 한 번에 발밑까지 끌어 내렸다.

"꺄악! 이안!"

"왜 그렇게 놀라, 어차피 벗을 거잖아."

"아니, 아니, 음…… 음…… 그건 맞는데 마음의 준비가……."

"무슨 준비를 그렇게 복잡하게 해, 한번 마음먹으면 끝인 거지."

"으응…… 그래요, 이안 말이 맞아요."

이안의 앞에서 실오라기 하나 걸치지 않은 모습이 되어버리니 난 어쩔 줄 모르고 몸을 이리저리 배배 꼬다가 결국 시트를 있는 대로 잡아당겨 덮어버렸다.

"리아, 이거 반칙이야. 난 다 보여주고 있는데 리아 혼자 그러는 게 어디 있어?"

응? 뭐라고? 너 언제 벗었니? 아…… 아까 욕실에서 나올 때 수건 한 장만 걸치고 있었지. 그럼 아까부터 너…… 알몸…… 꺅! 난 몰라!

"그…… 난 이안이 벗고 있는 줄도 몰랐고 보지도 않았으니까 반칙 아니에요."

"그럼 지금이라도 봐."

이안은 시트를 걷고 침대 밑으로 내려가 알몸으로 멋들어진 워킹을 선보였다. 달빛을 받아 움직이는 이안의 모습은 무척이나 아름답고 매혹적이었으며…… 섹시했다.

"봤어?"

"음……."

"자세히 안 봤어? 그럼 다시."

이안은 이를 드러내며 웃더니 다시 뒤돌아 걸어갔다. 탄탄한 엉덩이가 한 걸음 걸을 때마다 탱탱하게 움직였다. 저만치 걸어갔다가 다시 돌아온 이안의 입가에는 여전히 아름다운 미소가 걸려 있었다. 남자에게 아름답다는 표현을 써도 되나? 하지만 사실인 걸…….

"이제 확실히 봤지?"

"으응…… 이안은 정말 완벽해요."

"리아도 그래."

"나는…… 별로……."

이안은 내게서 시트를 끌어 내렸다.

"눈부시게 아름다워, 리아. 가리지 마."

난 속절없이 내 손에서 시드를 떠나 보냈다. 테초의 아담과 이브의 모습으로 부둥켜안은 우리는 서로의 체온을 고스란히 나누고 있었다.

"사랑해요, 이안."

"오늘따라 사랑 고백이 지나치게 적극적이어서 왠지 좀 불안하네."

"왜요?"

"이러다 눈 뜨면 사라져 버릴 것 같아서."

"그럴 리가요, 여기가 어딘지도 모르는데."

"알면 그럴 거야?"

"아니요."

난 그의 입술에 먼저 입을 맞췄다. 이제는 피하지도 숨지도 않을 거니까 더 이상 이안도 걱정하지 말라는 나의 의사 표현이었다. 더 듬더듬 그의 입안을 파고들어 가 천천히 혀를 움직여 달콤한 꿀을 맛보기 시작했다. 이안은 내가 달콤하다고 했지만 이안 역시 나에 겐 천상의 음식보다도 더 달콤한 꿀이었다.

"사랑해요…… 무슨 일이 있어도 내가 먼저 이안을 떠나지 않을 거예요."

"그거 다행이네. 나도 그럴 테니까."

이안이 몸을 일으켜 내 위로 포개어왔다. 이상하게도 하나도 무겁다고 느껴지지가 않고 오히려 편안한 느낌이었다.

"우리 이러고 잘까요?"

"괜찮겠어? 무거울 텐데."

"괜찮아요, 하나도 안 무거워요."

"자다가 숨 막힌다고 막 발로 차는 거 아니야?"

이안이 손가락으로 내 이마를 튕기더니 빙글 몸을 돌려 위아래로 이안과 나의 위치를 바꾸어놓았다.

"이렇게 자자."

"이안, 내려놔요. 무겁잖아요."

"그럴 리가."

이안이 나의 입술을 함박 베어 물고 놔주질 않았다. 그렇게 몇 번이고 엎치락뒤치락하며 자세만 바꾸던 우리들은 어느새 그러다 잠이 들어버렸고, 눈을 떴을 때는 아침 햇살에 눈부시게 빛나는 이안의 품에 폭 안겨 있는 채였다.

뭐가 어찌 됐든 우리의 첫날밤은 그렇게 아름답게 마무리되었다. 진짜 첫날밤을 치르기까지 꽤 오랜 시간이 걸릴 것 같았지만 그래도 나는 이것만으로도 충분히 만족했다. 내 마음을 인정하고 그를 바라보니 세상에 다시없는 완벽한 남자였기에 그의 사랑을 받고 있는 동안만큼은 나도 세상에 다시없는 완벽한 여자가 되는 기분이 들 테니까.

그러니…… 오늘도 열심히 사랑해야지. 내일이 없는 사람처럼 그를 사랑해야지.

난 이미 되돌릴 수 없는 마법에 걸렸으니까.

9화
강력한 라이벌 등장

꿈 같은 피지 여행이 끝나고 이안과 나는 한국으로 돌아왔다. 더 있고 싶은 마음은 굴뚝같았지만 방학도 거의 끝나가고 개강 준비도 해야 하기에 아쉬운 마음을 뒤로하고 돌아올 수밖에 없었다.

이안은 내가 자신의 집에 머물기를 바랐지만 역시 그건 나에게는 무리. 피지에서야 여행지니까 그렇다 치더라도 한국에서까지 그럴 수는 없었다. 누가 보면 동거한다고 생각할 게 뻔하니 괜한 구설에 휘말리고 싶지는 않았다.

이안은 날 집까지 바래다주고 짧은 키스로 아쉬움을 대신했다. 내일 일어나는 대로 자신의 집으로 오라는 약속을 받아내는 것도 잊지 않고 말이다.

나는 방긋 웃으며 알았다고 대답하고 그를 보낸 후 오랜만에 내 침대에서 여독을 풀고 편안히 잠이 들었다. 꿈에서 피지의 아름다운 풍경이 나오길 기대하면서.

    다음 날 아침, 난 아침 식사도 거르고 이안의 집으로 찾아갔다. 이안과의 약속도 약속이지만 이제 내가 그를 보고 싶어서 견딜 수가 없었기 때문이다. 부스스한 얼굴로 문을 열어준 이안은 나를 보자마자 꼭 끌어안아 주었다.

    "보고 싶었어."

    "누가 보면 한참 만에 보는 줄 알겠어요. 우리 겨우 어젯밤에 헤어진 거거든요?"

    "그래도 몇 달 만에 보는 것 같아."

    이안의 말에 핀잔을 주기는 했지만 나 역시 그를 만나고 싶어 대충 씻고 서둘러 나왔으니 사실 그의 마음과 별반 다르지 않았다.

    이안의 집에서 간단한 식사를 마친 후 우린 본격적인 데이트를 시작했다. 남들 하는 건 다 해볼 요량으로 손잡고 공원도 산책하고, 팝콘을 먹으며 영화도 보고, 분위기 좋은 카페에서 차도 마시고, 유명한 맛집을 찾아 식사도 하다 보니 어느새 하루가 훌쩍 지나가 버렸다.

    "……어두워지네."

    "그러게 말이에요. 여름이라 낮이 긴데도 같이 있으니 금방 지나가네요."

    "리아, 우리 집에서 차 한 잔 더 하고 가. 내가 이따가 바래다줄게."

"그래요."

난 이제 전처럼 이안의 말에 토를 달지 않는다. 그가 하자는 대로, 이끄는 대로 아무 의심 없이 그를 따른다. 그것이 지금 내가 그에게 해줄 수 있는 전부이기에.

별것도 아닌 그저 평범한 대화를 하면서도 뭐가 그리 즐거운지 연신 하하호호 웃으며 대화를 나누는 사이 이안의 집 앞에 도착했는데 순간 이안의 발걸음이 뚝 멈췄다.

"……왜 그래요, 이안?"

"……Riley?"

오우…… 간만에 들어보네, 본토 발음. 응? 근데 라일리? 사람 이름인가…… 저 사람 이름인가? 아는 사람이구나…….

"Ian!"

그 사람은 그의 집 앞에서 쭈그리고 앉아 있다가 이안이 부르자마자 벌떡 일어나더니 쏜살같이 달려와 이안의 목을 끌어안으며 계속 뭐라고 이야기했다. 이안도 역시 그에게 뭐라뭐라고 하는데, 두 사람이 나누는 영어 대화가 너무 빨라서 제대로 다 알아들을 수가 없었다. 대충 들리는 걸로 추측해 보자면 이안과 라일리는 매우 잘 아는 사이이고 이안을 오랫동안 이곳에서 기다리고 있었다는 것, 그리고 약속을 지키려고 이곳에 왔다는 것.

이 두 가지 말고는 다른 건 하나도 알아들을 수가 없었다. 난 우두커니 서서 그들의 대화를 듣고 있다가 이안의 어깨를 살짝 두드렸다.

"손님 오신 것 같으니까 전 그만 가볼게요."

"아니야, 괜찮아. 금방 보낼 거야."

"What? No way! What the hell are you doing?"

라일리라는 사람은 굉장히 흥분한 상태였다. 난 공연히 나에게 불똥이 튈까 봐 슬그머니 이안에게 인사를 하고 빠져나오려고 했지만 그가 내 손을 잡고 놓아주지 않았다.

"우린 내일 또 보면 되잖아요. 오늘은 손님 접대 해요."

"손님이라고 치고 싶지도 않은 애야. 리아가 신경 쓸 거 없어."

이안의 말을 듣고 또다시 라일리의 속사포 같은 영어 공격이 이어졌다. 나를 힐끔거리면서 말을 하는 폼을 보자 하니 이번엔 내 얘기도 상당히 들어가 있었지만 그다지 듣기 좋은 말은 아닌 것 같았다.

"말조심해, 라일리. 그리고 한국말로 해. 리아가 나 못 알아들어."

"뭐? 저 여자가 뭔데 그렇게 신경을 써?"

아…… 한국말 할 줄 아는구나. 다행이다, 난 또 나한테 뭐라고 물어보면 어떻게 대답해야 하나 긴장하고 있었는데.

난 재빠르게 라일리를 쭉 훑어보았다. 겉보기에는 한국 사람처럼 보이지만 영어가 더 익숙한 걸 보니 이안처럼 입양아거나 아니면 교포일 가능성이 높아 보였다.

이안 친구인가? 그러기엔 좀 어려 보이는데……?

라일리는 긴 웨이브머리에 시원해 보이는 시폰 원피스를 입고 있었는데 눈이 크고 이목구비가 전부 오종종 예쁜 것이 정말 인형처럼 생긴 여자였다. 난 본능적으로 라일리가 나에 대해 아주 엄청나게 커다란 적의를 품고 있다는 것을 알게 됐다. 아니, 알 수밖에 없었다. 시종일관 저렇게 나를 노려보고 있는데 바보라도 알겠네. 모를 리가 없지.

"시끄러우니까 여기서 이러지 말고 일단 이안 집으로 들어가서 얘기하는 게 어때요?"

나의 제안에 라일리는 반기는 것 같았지만 이안은 동의하지 않았다.

"저 녀석 집 안으로 들이면 나중에 끌어내기 골치 아파져."

"그래도 미국에서 온 손님 아니에요? 먼 길 왔는데 어떻게 그래요?"

이안은 하는 수 없다는 듯이 현관을 열고 집으로 들어갔다. 라일리를 집 안에 들이면서도 이안은 조금의 빈틈도 두지 않고 10분 내로 할 얘기하고 가라고 못을 박았다.

"이안, 진짜 이러기야? 내가 여기까지 어떻게 왔는데!"

"어떻게 오긴. 보나 마나 한국 안 보내주면 밥 안 먹겠다고 뒹굴다가 왔겠지. 넌 식상하지도 않아? 하긴, 아주머니가 매번 넘어가시는 거 보면 그럴 만도 하겠다."

"됐고! 저 여자 누구야? 빨리 말해!"

라일리는 손가락을 뻗어 나를 가리키며 이안에게 물었다. 이안은 뭐 그런 당연한 것을 묻느냐며 내 허리를 끌어당기며 대답했다.

"내 애인."

"뭐?"

난 순간 라일리의 얼굴이 분노로 뒤덮이는 것을 실시간으로 확인할 수 있었다.

"이게?"

이…… 게? 이…… 게라고 했어? 이 여자도 아니고, 이 사람도 아니고, 이게…… 이게 진짜!

"말조심하라고 했어 안 했어. 자꾸 이럴 거면 당장 나가."

"이안, 어떻게 나한테 이럴 수 있어? 내가 스무 살이 될 때까지 기다리기로 했잖아!"

이건 또 무슨 개 풀 뜯어 먹는 소리야. 이안이 기다리기로 했었다고? 저 여자를? 이안 캔커피…… 너, 다른 여자 있으면서 나한테 이런 거야? 그런 거야?

이안은 나의 쏘아보는 눈빛을 느꼈는지 얼른 나를 돌아보며 안심시켰다.

"리아가 생각하는 그런 거 아니야. 걱정할 거 하나도 없어."

"……오늘은 그냥 갈래요."

"안 돼, 그대로 있어. 내가 영화나 드라마나 소설을 왜 안 보는지 알아? 주인공들이 꼭 있어야 할 자리에 없어서 오해가 쌓이는 걸 보기 싫어서야. 난 우리가 그런 흔하디흔한 오해로 인해서 헤어지는 걸 원치 않아. 그러니 여기 그대로 있어."

"……알았어요. 그럼 좀 앉아 있을게요. 다리 아파요."

난 힘없이 걸어가 소파위에 앉아 두 사람을 쳐다보지도 않고 바닥만 내려다보고 있었다. 사실 당장에라도 이 불편한 분위에서 빠져나가고 싶었지만 이안의 말대로 오해로 인해 그와 헤어지는 건 싫으니까 그를 믿고 기다려 보기로 했다.

"언제 온 거야?"

"며칠 됐어. 그런데 매일 찾아와도 집에 아무도 없더라. 어딜 다녀온 거야?"

"피지."

"저 여자랑? 단둘이?"

"응."

"이안 맥스웰!"

라일리는 인형 같은 외모와는 달리 꽤 허스키한 목소리를 가지고 있었는데 이안의 말에 흥분했는지 점점 더 갈라지는 목소리로 크게 소리치고 있었다.

"대체 저 여자가 뭔데! 나와 이안 사이에 끼어드는 거야! 우린 이미 10년 전에 장래를 약속한 사이잖아!"

"라일리, 너 기억에 무슨 문제 있어? 내가 언제 그런 말을 했다고 그래? 네가 하도 꼬맹이 때부터 쫓아다니니까 성인이 되면 생각해 본다고 했지, 장래를 약속한다고는 안 했어."

"좋아, 그럼 생각해! 진지하게!"

"알았어."

응? 뭐? 알았다고? 이안, 지금 제정신이야? 그것도 내가 두 눈 시퍼렇게 뜨고 보고 있는데?

이안은 잠시 눈을 감고 생각하더니 10초도 안 되어 눈을 뜨고 대답했다.

"생각했어, 내 대답은 '싫어' 야."

"좀 진지하게 생각해!"

"진지하게? 알았어."

이안은 또다시 눈을 감았다 뜨더니 다시 한 번 대답했다.

"다시 생각했어. 진지하게, 싫어."

품. 이안답다. 나도 저 엉뚱하기 짝이 없는 이안의 행동에 초반에 엄청 애를 먹었었지.

"이안 맥스웰!"

라일리의 분노에 가득 찬 고함 소리는 내 귀를 심하게 괴롭히고 있었다.

아, 진짜 목소리 왜 저래. 감기 걸렸나? 여름 감기는 개도 안 걸린다는데.

"시끄러우니까 그만 가. 너 내가 아주머니한테 전화하기 전에 빨리 미국으로 돌아가는 게 좋을 거야. 너 이러고 다니는 거 내가 입 다물어주는 것만 해도 감사한 줄 알아."

라일리는 이안의 말에 입을 다물고 씩씩거리다 나를 한 번 노려보고는 현관을 향해 걸어가 신발을 구겨 신었다.

"좋아, 오늘은 그만 가겠어. 하지만 미국으론 안 가. 우리 엄마한테 다 불고 싶으면 맘대로 해! 내가 그 정도 각오도 없이 온 줄 알아?"

라일리의 심정을 대변해 주듯 현관문이 큰 소리를 내며 닫혔다. 이안은 내게로 와 나를 꼭 끌어안고 입 맞춰주었다.

"미안해, 생각지도 않은 불청객이 찾아와서 기분 안 좋았지?"

"뭐…… 좋을 건 없지만 이안이 딱 부러지게 얘기하는 걸 보고 안심은 돼요. 근데 누구예요, 저 사람?"

"어릴 때부터 우리 부모님과 친분이 있는 집 자식이야. 재미교포 2세. 저 녀석 태어나서 기저귀 갈 때부터 봤어."

"몇 살이에요?"

"한국 나이로 딱 스무 살."

"어리구나."

어리고 예쁘고…… 이안의 부모님과 친분이 두텁다니 역시 있는 집 자식이겠지…….

"리아가 신경 쓸 만한 애가 절대 아니니까 아무 걱정 하지 마. 쓸데없는 생각도 하지 말고. 알았지?"

"네."

말은 그렇게 했지만 내심 불안한 건 어쩔 수 없는 일이었다. 저렇게 예쁘고 어리고 또 이안을 엄청나게 좋아하고 게다가 부모들끼리 친분마저 두텁다면, 내게 기회가 있을까? 아니, 아니지! 이런 생각 안 하기로 했잖아. 그냥 있는 그대로 이안을 좋아하고 사랑할 수 있는 날까지 최선을 다해서 사랑하면 그만인 거야. 그래, 그걸로 된 거야.

"리아."

"왜요?"

"혹시 저 녀석이 리아를 찾아갈지도 몰라."

"에에? 왜요?"

"나한테 씨도 안 먹히니까 리아를 공격하려고 들겠지."

"그럼 어떡해요?"

이안은 내 표정을 살피더니 그대로 끌어당겨 품에 꼭 가두었다.

내가 걱정되는 건 라일리가 리아를 찾아가서 쓸데없는 소리를 늘어놓는 게 아니야."

"그럼요?"

"어릴 때부터 처세술이 대단한 녀석이야. 곧 리아에 대해서 파악을 하고 나면 아마 친하게 지내자고 할걸?"

"에에에에에? 그건 또 무슨 소리예요?"

"라일리는 적을 만들지 않아. 누구나 라일리를 좋아하지. 하지만 간혹 라일리를 싫어하는 사람이 나타날 때도 있어. 그러면 그 녀석은 그 사람에 대해서 속속들이 조사한 후에 곧 자기 편으로 만들어."

응? 그게 가능해? 가능한 일이야? 정말이라면 그런 재주 나도 배워보고 싶은데?

"아무나 가능한 일은 아니지. 봐서 알겠지만 누가 봐도 사랑스러운 외모를 가지고 있잖아? 게다가 집안도 그 주에서는 알아주는 재력이고 머리도 꽤 비상해. 타고난 사업가야."

"이안이랑 비슷하네요."

그래. 끼리끼리 논다더니…… 이안이랑 라일리는 꽤 잘 어울리는 한 쌍이 될 것 같았다. 아무리 이안이 안심시키려고 해도 점점 바닥으로 떨어지는 내 기분을 막을 수가 없었다.

"또!"

이안이 내 이마를 가볍게 튕겨내었다.

"아얏!"

"이상한 생각 하지 말라고 했잖아. 왜 자꾸 그래?"

"미안해요."

"혹시나 해서 하는 말인데, 쓸데없는 생각을 해서 나를 위하는 길이니 뭐니 이딴 소리 해대면 난 리아를 어디 도망 못 가게 감금해 버릴 거야."

헉! 넌 무슨 애가 그렇게 극단적이야! 너 그거 범죄야, 알고 있어?

"리아는 우리 둘만 생각해. 다른 거 생각하지 마. 졸업하는 대로 미국으로 데리고 갈 거야."

"왜요?"

"왜긴, 우리 부모님께 인사드려야지."

컥! 진짜? 음, 그때까지 영어 학원을…… 으아악! 내 식민지 발음을 알아들으실 수 있을까?

"리아는 걱정할 필요 없어. 우리 부모님 한국말 웬만한 건 다 하셔."

"진짜요?"

"한국 아이를 입양했으니 그런 건 당연히 하셔야 한다고 생각했나 봐. 입양이 결정된 날부터 바로 개인교사 붙여서 배우셨다고 하더라고. 나도 처음엔 한국말을 우리 부모님한테 배웠어."

휴…… 다행이다. 난 또 처음 보는 사람들 앞에서 손짓 발짓 다해가며 보기 흉한 꼴 보일 줄 알았네.

"우리 부모님보다는 리아네 부모님이 더 문제지."

"우리 부모님이야말로 이안이 신경 쓸 거 없어요. 모르긴 몰라도 엄청 좋아하실 거예요."

당연하지, 아마 동네 어귀에 현수막도 달려고 드실걸?

"리아."

"왜요?"

"자고 갈래?"

이안이 내 턱을 치켜 올리면서 나른하게 묻는다.

음…… 나도 그러고 싶은 마음은 굴뚝같지만…… 미안. 안 되겠어.

"저기, 이안…… 미안하지만 안 되겠어요."

"어째서?"

"자고 나면 내일이고 또 내일도 이안은 보나 마나 같은 질문을 할 거 아니에요? 그러다 보면 난 결국 집에 못 가고 여기서 계속 이안과 머물고 싶어질 거예요. 그러니 다른 건 몰라도 이안의 집에서 자는 것만큼은 안 되겠어요."

"똑똑한데."

"네?"

"내가 집에 안 보내려고 한 걸 알아차리다니."

역시 그런 거였냐. 내가 피식 웃으며 이제 가보려고 일어나려는데 이안이 내 허리를 잡고 놔주질 않았다.

"조금만 더 있다가 가."

"늦었어요."

"아주 조금만…….."

"이안."

이안이 내 배에 고개를 묻고 있다가 눈을 들어 나를 바라보았다.

헉! 이 자식…… 빛 뿜지 마, 빛 뿜지 마! 맘 약해진단 말이야!

"리아…… 진짜 안 돼?"

"안 돼요."

난 이안의 눈빛 공격을 피하려 고개를 돌리고 단호하게 대답했다.

"그럼 리아가 운전해. 그럼 보내줄게."

"네? 마이바흐?"

"응."

"그러다 사고 나면…….."

"사고 안 나. 지난번처럼 리아가 내 무릎 위에 앉으면 돼."

이거였군. 하여간, 머리 하나는 기가 막히게 잘 돌아간다니까.

"대신 이상한 짓 하기 없기예요."

"알았어."

이안은 그대로 나의 손을 잡고 마이바흐의 문을 열고 들어가 무릎 위에 나를 앉혔다.

"자, 지난번처럼 리아는 앞만 보고 가면 돼. 발은 내가 알아서 할게."

"응, 알았어요."

"그럼 출발한다."

마이바흐가 미끄러지듯 주차장을 빠져나간다. 난 등 뒤로 이안의 체온과 숨결을 느끼면서 어쩐지 자꾸만 야릇한 기분에 휩싸여 갔다. 특히 과속방지턱을 넘을 때마다 덜컹거리는 충격은 자꾸만 이상한 상상의 나래를 펼치게 만들기에 충분했다.

순간 급브레이크가 밟히면서 몸이 크게 앞으로 기울어지자, 이안이 내 허리를 감싸 안았다.

"미안, 신호대기를 못 봤네."

이안은 재빨리 기어를 P에 놓고 정신없이 내 입술을 탐하기 시작했다.

"음…… 이안…… 그만요. 신호 바뀌겠어요."

간신히 이안을 떼어놓기는 했지만 혼미해지는 정신을 차리기 위해 나는 안간힘을 쓰는 중이었다. 내가 무슨 정신으로 운전을 하고 있는 걸까. 이젠 아예 이안은 내 목덜미에 입술을 대고 떨어지려 하지를 않는다. 내 목에 무슨 볼일이 저리 많은지. 역시 넌 뱀파이어가 맞나봐.

"리아, 차가 점점 한쪽으로 기울고 있어."

"아!"

이안의 말을 듣고 앞을 보니 난 차선을 절반쯤 걸치고 가고 있었다. 깜짝 놀라 얼른 핸들을 꺾어 차선을 제대로 타고 있는지 좌우를 살피고 안도의 한숨을 내쉬었다.

"이안이 자꾸 뒤에서 이상한 짓을 하니까 그렇잖아요!"

"내가 뭘?"

"그러니까 자꾸 키스하지 말아요. 이러다 진짜 사고 나면 어쩌려고 그래요?"

"같은 병실 쓰겠네."

"이안!"

이안은 내 허리를 잡고 있는 손을 여전히 떼지 않고 있었다. 슬금슬금슬 손이 움직이는가 싶더니 점점 엉덩이 쪽을 더듬기 시작했다.

"……이안, 좋게 말할 때 손 치워요."

"왜."

"운전에 집중할 수가 없잖아요."

"그럼 하지 마."

이게 진짜! 야! 죽으려면 곱게 죽어야지, 이게 무슨 짓이야!

"이안…… 제발 좀."

"알았어. 그럼 리아네 집 근처에 주차시키면 실컷 만지게 해줄 거야?"

"지금 무슨 소리 하는 거예요? 마이바흐는 그 동네에 주차되는 순간 이미 모두의 시선 집중이 될 텐데 어디서 뭘 한다고요?"

"그럼 리아네 집."

"이안!"

이안과 둘이서 옥신각신하고 있는데 갑자기 어디선가 사이렌 소리가 들려왔다.

[아! 아! 마이바흐 더 2302 차량. 마이바흐 더 2302 차량. 갓길에 세우십시오!]

룸미러로 보니 경찰차가 뒤에 따라붙고 있었다.

이런…… 걸렸구나…….

갓길에 주차를 시키긴 했지만 내가 얼른 조수석으로 옮기려고 하기도 전에 경찰이 다가와 창문을 두드렸다.

"도로교통법 위반인 거 아시죠? 알 만한 분들이 왜 이러십니까?

아무리 좋아도 연애는 집에 가서 하십시오. 사고 나면 혼자 사고 나는 게 아니라 다른 차량들한테까지 피해가 가는 거 아시죠?"

"네……."

난 얼굴을 들지도 못하고 우물쭈물하고 있는데 이안은 천연덕스럽게 웃으며 면허증을 내밀었다.

"딱지 한 열 개 끊으세요."

"네?"

교통경찰이 황당해하며 이안을 쳐다보았다.

"지금 끊을 거 하나, 앞으로 개봉동까지 가야 하니까 그동안에 걸릴 거 한꺼번에 끊으시라고요. 열 개든 스무 개든. 계속 이러고 갈 거거든요."

"이안!"

난 황당해하는 경찰관에게 연신 고개를 숙이며 죄송하다고 말하고 재빨리 조수석으로 옮겨 앉았다.

"젊은 혈기에 이러는 건 인정하지만 그래도 안전제일입니다. 그럼 조심해서 가십시오."

경찰관이 자리를 뜨자마자 이안은 나를 다시 그의 무릎 위에 올려놓았다.

"이안! 진짜 왜 이래요! 아까 경찰이 하는 말 못 들었어요?"

"알게 뭐야. 나 아직 해보고 싶은 거 많아."

이안은 그대로 차를 출발시켰다. 우리 집에 도착할 때까지 정말이지 1초도 쉬지 않고 지분거렸음은 두말하면 잔소리였다. 난 이안의 집에서 우리 집까지 오는 길이 오늘처럼 길게 느껴지긴 처음이었다.

"하아…… 겨우 도착했네. 나 벌써 진이 다 빠져서 손가락 하나 들 기운도 없어요. 이안, 얼른 가요. 나도 쉬어야겠어요."

"나 자고 가도 돼?"

"우리 집은 더워요."

"괜찮아, 상관없어."

"더운 거 싫어하잖아요."

"괜찮다니까."

막무가내로 버티는 이안을 보낸다는 게 쉽지 않은 일이란 걸 이미 알고 있는 나는 짧은 한숨을 내쉬며 이안을 달래보았다.

"그럼 집에 가서 시원하게 아이스커피 타줄게요, 설탕을 아주 들이부어서 다디달게. 그거 마시고 가는 거예요? 약속해요."

"알았어."

겨우겨우 이안을 설득한 나는 집에 들어가자마자 냉장고를 열고 아이스커피를 만들었다. 시원한 얼음을 동동 띄워서 이안에게 내미는데 그는 커피엔 눈길도 주지 않고 침대에 앉아 양팔을 벌리고 있었다.

"이리아, 이리 와."

"또요?"

"또는 무슨 또야, 오늘 한 번도 안 시켰는데."

"일단 커피부터 마셔요."

"난 리아가 더 급해."

이안이 내 손에서 커피잔을 낚아채 바닥에 내려놓고 나를 끌어당겼다.

"최선을 다해봐. 안 그러면 마음에 들 때까지 계속시킬 거야."

이 자식…… 아주 뽕을 뽑으려고 드는군.

난 천천히 이안의 입술을 머금었다. 이제 처음처럼 서툴지는 않지만 이안의 입술을 맛볼 때마다 느껴지는 짜릿한 느낌은 처음과는 비교도 할 수 없을 정도로 점점 커지고 있었다.

그의 입술을 가르고 들어가 입안 구석구석을 정성스럽게 더듬었다. 가지런한 치아, 그것을 감싸고 있는 여린 잇몸, 천장, 벽, 말캉한 혀를 빠짐없이 쓰다듬은 후 그에게서 떨어지려는 순간, 갑자기 이안이 나를 침대 위로 쓰러뜨렸다.

"이안?"

"이제 내 차례."

이안이 내 몸을 부드럽게 쓰다듬었다. 이안의 손이 닿는 곳마다 움찔움찔하는 것이 말할 수 없는 쾌감을 안겨주고 있었다.

"리아는 이제 내 거야. 누구한테도 안 줘. 기억해."

"으응…… 알아요."

이안의 입술이 내 입술 위에 깃털처럼 가볍게 내려앉았다. 어쩌면 이렇게 기분 좋게 달콤한 맛이 있을 수 있을까. 난 나도 모르게 이안의 목에 팔을 두르고 적극적으로 매달렸다. 이안도 그것이 마음에 들었는지 나를 안은 팔에 더욱 힘을 주고 있었다.

이대로 시간이 멈춰 버렸으면……. 현실로 돌아가지 않고 언제까지나 이렇게 꿈 같은 나날이 계속되었으면……. 나의 바람이 어디까지 이루어질지는 모르겠지만 지금 확실한 것은 그와 내가 다른 건 아무것도 눈에 들어오지 않을 정도로 서로를 사랑하고 있다는 사실이었다.

"사랑해, 리아."

"나도요, 이안."

결국 이안은 그날, 자신의 집으로 돌아가지 않았다.

며칠 뒤. 개강을 하루 앞둔 날 아침, 잠도 깨기 전인데 아침부터 미친 듯이 울리는 전화기를 눈도 못 뜬 채 더듬거리며 찾아 받았다.

"……여보세요."

[이리아?]

"네, 맞는데요. 누구세요?"

[나? 전에 이안 집에서 봤던 사람. 기억해?]

"……라일리?"

[기억하네. 됐고! 지금 나와, 할 말 있어.]

얜 또 뭐래니? 식전 댓바람부터 뭐 하자는 거야?

[왜 말이 없어? 나오라니까?]

"거기가 어딘 줄 알고 나가요."

[너희 집 근처거든? 동네가 후져서 차를 댈 데가 없네. 빨리 나와!]

뭐? 우리 집이라고? 난 서둘러 창밖을 내다보았다. 이 동네에 어울리지 않게 화려한 차림을 한 여자가 우리 집 앞을 서성이고 있었다.

이런…… 이안이 말한 대로 날 찾아왔구나. 좋아, 기다릴 테면 기다려 봐. 난 완벽하게 전투 준비를 마치고 나갈 테니까.

천천히 샤워를 마치고 머리를 정성스럽게 말린 후 아직 덥긴 하지만 긴 머리를 풀어헤치고 밖으로 나갔다.

길고 윤기 나는 좋은 머릿결은 신이 주신 유일한 선물이니까 최대한 활용해야 하지 않겠어? 싸움을 걸어온다면 받아줘야지. 나도 이제 내 남자 안 뺏겨!

샤랄라 원피스에 하이힐까지 장착하고 문밖으로 나선다. 나도 어디 가서 빠지는 인물은 아니니까 괜찮아. 잘할 수 있어. 물론 라일리가 누가 봐도 눈이 돌아갈 정도로 미인이긴 하지만 그래도 괜찮아. 이안은 날 사랑해.

마지막 계단을 내려가면서 누느대는 심장의 박동이 최고조에 달하고 있었다. 라일리는 사나운 눈초리로 나를 노려보며 짧은 한마디를 내뱉었다.

"따라와."

참 나, 나이도 어린 게 꼬박꼬박 반말이네. 이안은 나이라도 많았지, 넌 뭐니?

앞장서서 걸어가는 라일리의 뒷모습은 굳이 앞을 보지 않아도 늘씬하고 잘빠진 몸매에 걸음걸이 또한 당당하고 도도했다.

나도 질 수 없지!

일부러 하이힐 소리를 크게 또각거리며 가슴을 펴고 언덕길을 내려갔다. 큰길가에 다다르니 라일리가 그녀의 것으로 보이는 자동차 앞에 등을 기대고 서 있었다.

"빨리빨리 안 와? 이 후진 동네에 1분도 더 있고 싶지 않아."

와…… 저 싸가지. 너 우리 주인아줌마한테 걸렸으면 바로 머리채 잡혔을 거야. 돈이 많으면 다야? 사람 사는 게 다 거기서 거기지, 그지 같은 게 돈 있다고 유세를…… 잠깐, 저 차…… 저 차는!

멀리서 봐도 한눈에 알아볼 수 있는 낮은 차체! 마치 우주선을 연상시키는 미래 지향적인 디자인! 특히 뒤태가 섹시하기 그지없는 색기로 똘똘 뭉친 자동차!

람…… 람…… 람보르기니!

그 순간 라일리의 모습은 내 시야에 들어오지 않았다. 마이바흐가 중후한 중년 귀족의 느낌이라면 람보르기니는 바람둥이라는 걸 알면서도 빠져들 수밖에 없는 돈쥬앙이랄까? 이렇게 매력이 철철 넘치는 자동차를 어찌 사랑하지 않을 수가 있을까!

마이바흐 사마! 죄송합니다. 소녀가 지조가 없는 것이 아니오라 눈앞에 색기를 넘치게 부리고 있는 이 람보르기니가 잘못이옵니다. 저도 사람인지라, 여자인지라 유혹에 넘어가지 않을 수가 없었습니다. 잠시만, 아주 잠시만 소녀를 잊어주시어요.

난 람보르기니의 엉덩이…… 아니, 뒷부분을 쓰다듬으며 중얼거렸다.

넌 뭐라고 불러줄까……. 뭐랄까, 넌 마이바흐 사마처럼 귀족의 느낌은 아니야. 물론 네가 눈 튀어나오게 비싼 차라는 건 잘 알고 있어. 하지만…… 넌 마이바흐 사마를 대신할 수 없어. 굳이 말하자면 세컨드같은 느낌이니까. 워워, 화내지 마. 앙칼지긴……. 넌 충분히 아름다워, 아름답다니까! 아직도 화내는 거야? 그릏대면서? 너 보기보다 귀엽구나? 후훗.

"……너 뭐 하냐?"

상상의 나래를 펼치던 중 허스키한 라일리의 목소리가 내 세계를 뚫고 들어왔다.

그래, 이상해 보인다는 거 알아. 하지만 람보르기니 앞에서 제정신을 차릴 수 있는 사람이 몇이나 되겠어. 게다가 빨간색! 아…… 정말 섹시하다.

"내 말 안 들려? 뭐 하고 있냐고 묻잖아!"

"응? 아…… 미안해요. 잠깐 딴생각을……."

"기가 막혀서. 뭐 이런 게 다 있어? 이안은 이런 게 뭐가 좋다고. 나보다 못생긴 게."

헐…… 너 방금 태클을 몇 개 건 거야? 잠깐만 기다려, 좀 세어 보게. 이런 게, 또 이런 게라고 했어? 거기다 못생긴 게…… 라고…… 분명히 그랬지? 왜 이래! 이것들이, 진짜! 이래 봬도 어디 가서 못생겼다는 소리 한 번도 안 듣고 산 사람이야! 이안이나 너나 하나같이 왜들 이래? 어? 좋은 차 타면 다야? 다야? 다야?

억울하지만…… 흑…… 다네……. 그래, 내가 넓은 마음으로 이해해 줄게. 넌 람보르기니를 타는 사람이니까. 절대로 널 이해하는 게 아니야. 람보르기니를 이해하는 거야. 이 점은 분명히 해줬으면 좋겠어.

"뭐 해? 안 타고."

"네? 아, 네! 타요, 타."

난 아름다운 곡선의 손잡이에 손을 집어넣고 조용히 속삭였다.

잘 부탁해. 네가 아주 빠른 녀석이라는 건 잘 알고 있지만 한국은 교통체증이라는 게 있단다. 너에게 있어서 정말 짜증 나는 일이겠지. 알아, 알아, 네 맘 다 알아. 하지만 어쩌겠어. 우리 현실을 받아들이자, 할 수 있지?

난 람보르기니에게 대답을 들었다고 생각한 후에야 발을 들여놓았다.

내가 람보르기니를 타고 있다니. 내가 람보르기니를 타고 있다니…… 람보르기니…… 너무 길다.

앞으로 널 람보라고 불러주겠어. 괜찮지? 멋진 애칭이야, 람보.

창밖으로 지나가는 사람들마다 우리를 향해 동경의 눈빛을 보내고 있었다.

그래요, 여러분들이 어떤 마음인지 잘 알아요. 나 역시 보기만 했다면 여러분들과 별반 다르지 않았을 거예요. 정말 멋지지 않아요? 승차감도 끝내준답니다. 후훗!

"야!"

"응? 아, 네. 왜요?"

"너 이상해."

이건 또 뭔 소리야. 너 이안이랑 친한 거 맞긴 맞구나. 앞뒤 다 자르고 그렇게 얘기하면 나더러 뭘 어떻게 알아들으란 소리야!

"하여간 다 왔으니 내려."

라일리는 먼저 차에서 내려 카페 안으로 들어갔다. 나도 따라 내리고 주위를 둘러보았다.

여기가 어디지? 이따가 큰길 나가면 표지판 좀 봐야겠다.

라일리를 따라 들어간 카페 안에는 각종 캐릭터의 천국이었다.

우와! 이런 데가 다 있네? 키티, 토토로, 마이 멜로디, 도라에 몽…… 모르는 게 더 많아. 소파도 키티, 테이블도 키티, 사람들이 마시는 컵도 키티…… 아주 키티 천지네. 웬만한 남자들 여기 들어오면 식겁하겠군.

두리번거리던 시선에 라일리가 들어왔다. 여전히 도도하고 새침한 표정으로 주문을 하고 있는 라일리는 이곳과 묘하게 잘 어울렸다.

"야, 너 뭐 먹을래?"

이게 나이도 어린 게 자꾸 야자…… 이걸 그냥 확!

"여기 파르페 맛있더라. 그거 먹어. 여기요! 파르페 둘."

헐…… 왜 물어봤니? 네 맘대로 시킬 거면서.

잠시 후 생크림과 색색의 과자로 탑을 쌓은 파르페가 나와 라일리의 사이에 놓여졌다.

"라일리도 단거 좋아해요?"

"별로. 이안이 좋아하니까."

"아……."

난 아무리 좋아해도 그 식성만큼은 좋아지지가 않던데. 넌 정말 이안을 많이 좋아하는구나. 하지만 그 마음만큼은 나도 지지 않아. 단거 좀 못 먹으면 어때? 음식은 싫어도 이안이 달콤한 건 좋으니까 상관없잖아?

"너 말이야, 언제부터 이안이랑 사귄 거야?"

"얼마 안 됐어요."

"뭘 어떻게 한 거야? 이안은 원래 여자들한테 관심 없단 말이야. 무슨 수를 썼냐고!"

나 참, 기가 막혀서…… 이거 왜 이러셔? 이안이 먼저 쫓아다녔 거든? 그것도 아주 스토커 뺨 칠 정도로!

"아무것도 안 했어요. 어느 날부턴가 이안이 날 쫓아다닌 거라 고요."

"뭐? 말도 안 돼! 너 같은 걸 왜?"

그래, 나도 그 점이 궁금…… 가만! 너 같은 걸…… 이라고? 와…… 이게 진짜 가만히 있는 날 들었다 놨다, 아주 지 맘대로 다 하고 있네. 너 오늘 잘 걸렸어. 트리플 A형이 열받으면 어떻게 되 는지 제대로 알려줄게.

"라일리."

"왜!"

"라일리는 정말 예뻐요."

"알아."

"귀여운 면도 있고 섹시하기까지 해요."

"다 아는 걸 뭐 하러 자꾸 얘기해. 너보다 백만 배는 낫지."

"그런데 왜 이안은 날 사랑한다고 할까요?"

라일리의 얼굴이 눈에 띄게 구겨지기 시작했다.

"……사랑한다고 했어? 너를?"

"몇 번이나."

"그럴 리가 없어!"

라일리가 자리를 박차고 일어났다. 카페 안의 사람들의 시선도 자연스럽게 우리를 향해 꽂힌다.

이런…… 이제 저 사람들도 우리가 치정에 얽힌 관계라는 걸 다 알겠군. 이왕 이렇게 된 거 갈 데까지 가보자.

"라일리, 이안의 마음을 가지고 싶으면 이안한테 가서 해요. 나한테 이러지 말고. 안됐지만 그의 마음을 얻을 수 있는 방법은 못 가르쳐 주겠네요. 나도 잘 모르거든요. 이안이 먼저 나 좋다고 목을 맨 거라."

"……난 아무래도 네가 좋아질 것 같지가 않아."

"그건 나도 마찬가지예요. 이유 없이 날 선 공격을 하는 라일리를 좋아할 턱이 없죠."

라일리는 크게 한숨을 쉬더니 한참을 쏘아보다 입을 열었다.

"너, 보는 거랑 다르다."

"뭐가요."

"내 앞에서 너처럼 할 말 다 하는 사람 드물거든."

"못 할 건 또 뭐예요."

"난 돈이 많거든."

뭐래니, 애 뭐래니, 애 뭐래니! 돈 많다고 자랑하는 것도 참 가지가지네. 너한테 잘 보이면 그 돈이 내 돈 되니? 별걸 가지고 다 유세야! 너 내가 람보 때문에 여러 번 참는 건 줄 알아. 람보만 아니었음 넌 진즉에 죽었어!

보면 볼수록 내 화를 돋우는 이 아가씨를 이안은 어째서 적을 만들지 않는 타입이라고 한 걸까. 아주 사방이 적일 것 같구만!

난 라일리가 제멋대로 시킨 파르페 잔을 그녀에게 쭉 밀어놓앉다.

"너 다 마셔. 난 단거 싫어해. 그리고 웬만하면 그냥 넘어가려고 했는데 여긴 한국이야. 이게 어디서 다섯 살이나 어린 게 반말을 찍찍 하고 있어? 이거 다 너네 부모 욕 먹이는 일이야, 이 싸가지야! 난 한 숟갈도 안 떠먹었으니까 돈도 네가 내!"

말을 마치고 난 서둘러 밖으로 나섰다.

재수 없는 기집애…… 부모 잘 만나서 호의호식하는 주제에 뭐가 잘나서 저렇게 도도해? 이안은 자기 힘으로 벌어 그렇다손 치더라도 라일리는 온실 속 화초처럼 고이고이 자랐을 거 아니야? 내가 그런 부모 만났으면 오드리 햅번처럼 평생을 봉사하며 살았을 거야!

음…… 그래도 마이바흐 하나만 살까? 정원이 있는 집 한 채랑…… 도둑 들지 모르니까 큰 개도 두어 마리…… 응? 나 뭐 하니…… 뭘 있지도 않은 돈을 이렇게 쪼개 쓰고 난리야.

"리아? 이리아?"

오늘따라 왜 이렇게 날 찾는 사람이 많은 거야. 내가 언제부터 이렇게 유명해졌던가? 모르는 동네에서까지 날 알아보는 사람이 있다니…… 누구지?

고개를 돌려 본 순간, 난 그 자리에 그대로 얼어붙을 수밖에 없었다.

선배다. 서현수. 내 첫사랑의 트라우마를 안겨준 장본인.

"우리 동네에 어쩐 일이야? 설마 나 보러 온 건 아닐 테고…… 약속 있어?"

이 사람…… 왜 이러지? 왜 이렇게 나한테 친한 척 말을 걸지?

"진짜 오랜만이다. 그동안 어떻게 지냈어? 나 안 보고 싶었어? 그래도 면회 한 번은 올 줄 알았는데 끝까지 안 오더라. 좀 서운했 었어."

왜 이러지, 왜 이러지? 나한테 어떻게 했는지 기억을 못 하나? 단기 기억상실증이라도 걸린 거야?

"참, 나 이번 학기 복학해. 마지막 학기 하나 남겨두고 간 거였 거든. 제대는 예전에 했는데 좀 쉬다 하려고 미루다 보니 이렇게 됐네. 넌 졸업했지?"

이상해, 이상해. 왜 이러는 거야? 우리 헤어졌잖아? 기억 안 나? 그것도 선배가 찬 거나 다름없잖아. 그 흔한 이별의 통보도 없이 그냥 눈으로 확인시켜 줬었잖아.

"너 전화번호 그대로야? 지금은 시간 안 되지? 우리 나중에 한 번 보자, 맛있는 거 사줄게."

현수 선배가 나를 보며 다정하게 미소를 짓고 있었다. 내가 그렇 게 좋아하던 미소인데…… 지금은 전혀 멋져 보이지가 않았다. 그 저 빨리 현수 선배가 가던 길을 가던가, 아니면 내가 먼저 돌아서 야 하는데 굳어버린 몸은 말을 듣지 않았다.

"왜 말이 없어? 난 이렇게라도 너 만나서 정말 반가운데…… 넌 아닌가 봐. 제대하자마자 연락하려고 했는데 일이 꼬이다 보니 이 렇게 됐어. 너한테 하고 싶은 말 아주 많아, 네가 날 어떻게 생각하 는지도 알고. 하지만 내 의지가 아니었어. 그러니까……."

안 들려…… 안 들려. 무슨 소리를 하는 건지 하나도 모르겠어.

이제 와서 대체 저런 소리를 왜 하는 거야? 우리 이제 이렇게 아무렇지도 않게 웃으면서 만날 수 있는 사이 아니잖아. 대답할 필요도 없어. 이대로 뒤돌아 걸어가면 되는 거야. 그러니 움직여. 움직여라, 내 다리야. 제발 움직이란 말이야!

이마에서 땀방울이 또르르 흘러내렸다. 아무리 애를 써도 내 첫사랑의 트라우마 때문인지 발이 떨어지지가 않았다.

그때, 구세주 같은 목소리가 클랙슨을 울리면서 크게 들려왔다.

"이리아! 뭐 해, 빨리 타!"

라일리? 라일리다!

"얼른 타! 내가 데려왔으니 끝까지 책임은 져야지. 집에 데려다줄게."

라일리가 이렇게 반가울 수가! 그녀의 목소리가 들리자 비로소 내 다리가 움직였다.

아니, 내 다리를 움직인 건 아마도 람보 때문이겠지. 고마워, 람보! 네가 내 구세주야.

난 선배에게 눈인사도 하지 않고 람보에 그대로 몸을 실었다.

백미러로 본 선배는 그 자리 그대로 내가 사라지는 걸 지켜보고 있었다.

"누구야? 저 사람."

"아…… 그냥, 좀…… 아무튼 고마워요."

"뭐야, 아까 그렇게 쏘아대던 기세는 다 어디로 갔어? 다시 존댓말하기로 한 거야?"

"아까는 너무 화가 나서…… 미안해요."

"참 나, 일관성을 좀 가져라. 아까 네가 한 말 틀린 거 하나도 없는데 뭘 그래. 내가 좀 성질이 급한 데다 이안 일이어서 예민하게 군 것 같아. 그냥 잊어버려."

어, 얜 또 왜 이러지? 작전을 바꿨나?

"말하자면 이안은 내 우상이야, 평생 함께하고 싶은 사람이고. 그동안 이안 곁을 맴도는 여자들은 많았지만 한 번도 진지하게 만나는 걸 본 적이 없었어. 너도 그저 그런 여자들 중 하나라고 생각했을 뿐이야. 내 우상을 데려가면서 이 정도 시련은 감수해야 하는 거 아니야?"

"이안이랑 결혼하겠다고 난리 치던 게 내 기억에 아주 생생하게 남아 있는 건 어떻게 설명할 건데요?"

"아, 그거? 어릴 때 맘에 드는 애힌데 나중에 커서 나랑 결혼하자는 말, 누구나 다 하는 거 아니야? 그걸 지키는 사람이 어디 있어."

"하지만 분명히……."

"사심이 없었다면 거짓말이겠지. 그만큼 이안은 매력적이니까. 법적으로 이안을 묶어두고는 싶지만 그렇게 되면 이안이나 나나 많이 힘들어질 거야. 물론 이안이 날 그만큼 좋아한다면 얘긴 달라지겠지만, 굳이 결혼을 하지 않아도 그와 내가 인연이 끊어질 일은 없어. 이러니저러니 해도 미운 정 고운 정 다 늘었고 이미 가속이나 다름없는 사이이니까."

그럼 날 시험한 건가? 시누이 자격으로? 팔자에도 없는 시누이 시집살이를 해야 하는 거 아니야?

"아직 포기한 거 아니니까 긴장 늦추지 마. 이안이 진심이라면 건들지는 않겠지만, 네가 이안한테 잘못하는 건 봐줄 수가 없어. 내가 쭉 지켜볼 거야. 알았어?"

공식적으로 스토커 하나 더 늘었군. 올해 내가 아무래도 신수가 안 좋은가…… 어디 가서 점이라도 보고 부적 하나 써야 되는 거 아닌가 몰라.

"그런데 아까 그 남자 진짜 뭐야? 너 혹시 이안 몰래 바람피워?"

"아니거든요!"

"그럼 뭔데 그렇게 다정하게 얘기해? 모르는 사람으로 보이진 않던데."

"라일리에게 내 사생활을 일일이 다 얘기할 정도로 우리가 친한 사이는 아니잖아요. 곤란한 상황에서 구해준 걸 감사하다는 인사로 설명을 대신할게요."

"그래? 그럼 나한테 빚진 거네. 도와준 거 맞는 거지? 나중에 꼭 갚아."

"뭐로 갚으라고요?"

"뭐가 됐든. 내가 원할 때 내 말 한 번만 들어주면 돼. 난 빚은 꼭 받아내는 타입이야."

"나도 빚진 건 꼭 갚는 타입이에요. 갚을 테니 걱정 말고 생색 그만 내요."

피식, 라일리가 웃는 소리가 들렸다. 내가 생각했던 것보다 나쁜 애는 아닌 것 같아 그나마 안심이 좀 되는 것 같았다.

그보다 현수 선배가 문제인데…… 바로 내일이 개강. 졸업할 때까지 최소 6개월을 같이 다녀야 한다. 같은 학과라 수업도 거의 겹칠 테고 피하려야 피할 수가 없다. 오늘은 라일리가 있었으니 다행이지만 내일은? 모레는? 또 오늘처럼 몸이 말을 안 들으면 어쩌지? 오늘처럼 저렇게 아무 일도 없었던 것처럼 말을 걸면 나도 아무렇지도 않게 웃으며 인사해야 하나? 그게…… 어떻게 가능해? 내가 정상 아니야?

내 주변에 최근 들어 정상이 아닌 사람들이 모이다 보니 이젠 어떤 게 정상인지 모르겠다. 라일리 얘도…… 정상은 아니야. 그중의 갑은 이안 캔커피 외계인이지만.

아…… 내일이 오는 게 두려워진다…….

☆　★　☆

다음 날. 아침부터 이안은 우리 집 앞으로 와 내가 나오기만을 기다리고 있었다.

"오래 기다렸어요?"

"별로."

"왜 안 올라왔어요?"

"여자친구 집 앞에서 기다려 보는 것도 한번 해보고 싶었거든."

이안의 목소리가 좋다. 저렇게 엉뚱한 면도 이제는 사랑스럽다. 학교로 가는 붐비는 지하철 안에서 나를 편하게 해주려고 출입문 구석에 세우고 팔을 지탱해 가며 몸으로 막아주는 그가 안쓰러워 물끄러미 쳐다보았다.

"왜 그렇게 봐?"

"그냥…… 나 아니면 이안이 이런 일 안 해도 될 텐데 하는 생각? 얼마든지 편하게 다닐 수 있잖아요."

"무슨 소리야. 나 여자친구한테 이렇게 하는 것도 한번 해보고 싶었어."

"여자친구 생기면 해보고 싶었던 거 쭉 다 말해봐요, 하나씩 해보게."

"진짜야?"

"그럼요."

이안은 나를 보면서 씩 입꼬리를 올리더니 내 귓가에 대고 다른 사람이 들리지 않게 조용히 속삭였다.

"……99%가 야한 건데 괜찮겠어?"

순간 내 얼굴이 멍게가 됐을 거라는 건 굳이 확인하지 않아도 알 수 있었다. 피지에 다녀온 이후로 이안은 틈만 나면 이렇게 나를 당황시키고 있었다.

강의실에 도착하니 제일 먼저 나를 반기는 건 역시 진경이였다.

"리아! 여기 자리 있어! 어? ……이안?"

진경이는 나와 이안이 나란히 들어오는 걸 보고 적잖이 놀라는 눈치였다.

"두 사람…… 이제 진짜 사귀는 거야?"

"응, 그렇게 됐어. 미리 말 못 해서 미안."

"아니, 뭐 미안할 거까지야. 그나저나 우리 오빠는 닭 쫓던 개가 됐네."

"아! 진혁 씨…… 네 오빠한테도 밥 한번 사야 하는데, 미안해서 연락도 못 하겠다."

내 말이 들렸는지 이안의 눈초리가 찌릿하게 느껴졌다.

저런, 질투의 화신 같으니. 이안 때문에 두 번이나 식사 자리를 망쳤으니 사람으로서 최소한의 도리를 하겠다는데 그것도 못 봐주는 거야?

"리아."

"왜요, 이안?"

"그때 그 사람한테 꼭 밥을 사야겠어?"

"미안하잖아요."

"그럼 사."

얼씨구, 웬일이래? 이렇게 선선히?

"그래도 돼요?"

"어. 그 대신 나도 라일리한테 미안하니까 밥 사야겠다. 단둘이 오붓하게."

그럼 그렇지. 어쩐지 네가 순순히 허락을 한다 했다.

"왜, 싫어? 리아는 되고 난 안 돼?"

"……그럼 진경이 끼고 셋이 밥 먹는 건요? 그것도 안 돼요?"

"뭐가 다른지 모르겠네. 내가 싫은 사람이 끼어 있는 건 똑같은데. 그럼 나도 라일리랑……."

"알았어요! 안 사요! 됐죠?"

이안의 얼굴에 승리자의 미소가 걸렸다. 말없이 우리 두 사람의 대화를 지켜보고 있던 진경이는 연신 엄마 미소를 지으며 고개를 끄덕이고 있었다.

"좋아, 좋아, 우리 리아에게 드디어 햇살이 비추는구나."

"넌 왜 오빠 편 안 들어?"

"오빠는 무슨! 겨우 3분 먼저 태어난 걸로 오빠 유세는 더럽게 많이 해. 됐어! 쌤통이다, 뭐."

이걸 동생이라고……. 진혁 씨가 그동안 진경이를 많이 못살게 굴긴 했나 보다. 미안해, 진경아. 솔직히 너희 오빠가 너보다 우월한 유전자를 다 가진 것 같아.

"빨리 집에 가서 이 기쁜 소식을 알려줘야지~ 약 올라 죽는 걸 동영상으로 찍어놓고 두고두고 놀려먹을 거야! 후후후."

고개를 절레절레 흔들며 가방에서 책을 꺼내려는데 결코 다시 듣고 싶지 않은 목소리가 들려왔다.

"리아? 아직 졸업 안 한 거야? 앞으로 매일 보겠네."

진경이와 이안의 시선이 현수 선배에게 머물다 내게로 돌아왔다. 무슨 설명을 구하는 듯 초롱초롱하게 눈을 빛내며 말이다.

"한 학번 선배. 군대 갔다가 이번 학기 복학이래."

"안녕, 후배님들. 리아 친구들인가? 그럼 내가 강의 끝나고 점심 한 끼 쏠까?"

"정말이요, 선배님? 우와. 멋지시다!"

아무것도 모르는 진경이는 현수 선배에게 찰싹 달라붙어 갖은 애교를 떨고 있었다.

"멋져, 멋져, 대박 멋지셔! 선배님, 앞으로 우리 친하게 지내요. 전 김진경이요, 선배님은요?"

"난 서현수. 리아 친구라니 내가 잘 보여야지. 앞으로 잘 부탁해."

현수 선배는 호쾌하게 웃으며 자신의 자리로 돌아갔다. 그가 내뱉은 마지막 말이 걸린 건 나만이 아니었는지 진경이와 이안의 시선이 또 나를 향하고 있었다.

"저거 무슨 뜻이니?"

"리아, 설명해."

오 마이 갓! 이것들이 아주 날 잡았네, 날 잡았어.

난 두 사람의 시선이 사뭇 부담스러워 먼 산을 바라보며 힘겹게 대답했다.

"음…… 그러니까 1학년 때 좀 친했던 선배랄까?"

"웃기시네! 좀 친한 거 가지고 리아 친구니까 잘 보여야지, 이런다고?"

"설명이 부족해, 리아."

야, 이것들아! 그냥 넘어가! 좀 넘어가! 여자에겐 숨기고 싶은 비밀도 있는 법이야. 그러는 너희는 뭐 나한테 비밀 하나도 없이 살아?

"없어!"

"없어!"

헉! 대답했어! 둘 다! 난 속으로 생각했는데! 설마 진경이 너도 외계인이야? 그런 거야? 넌…… 어느 별에서 왔니?

"네 얼굴 보면 무슨 생각 하는지 다 알아. 너 여태 몰랐어? 아, 됐고! 빨리 저 선배 뭔지나 말해, 당장!"

"리아, 지금 당장. 말 안 하면……."

"알았어! 알았어요! 진짜 너무들하네. 후우…… 현수 선배는……."

"선배는?"

"내 웅얼웅얼…… 이야."

"뭐?"

"안 들려, 리아."

이것들이 한 번 말하는 게 얼마나 힘이 드는데 좀 제대로 들을 것이지! 큰 소리로 내뱉을 수도 없으니 하는 수 없이 노트를 펼쳐 조그맣게 글씨를 써서 보여주었다.

―첫사랑.

"뭐? 저 선배가? 그 이별에 대한 예의와 개념을 밥 말아 먹었다던 사람이 저 사람이야?"

진경이는 예전에 술 마시고 진실게임 하다가 서로의 첫사랑에 대해 얘기한 적이 있는지라 현수 선배에 대해 잘 알고 있었다. 그때 술에 취해서 그랬는지는 몰라도 나를 안고 나보다 더 서럽게 울어주었던 걸로 기억이 난다. 문제는 이안의 반응인데…… 난 차마 이안을 똑바로 쳐다보지도 못하고 은근슬쩍 목운동을 하는 척하며 힐긋 훔쳐보았다. 이안은 의외로 무덤덤한 표정이었다.

휴…… 다행이다. 그렇게 신경 쓰이는 건 아닌가 봐. 다행이야. 다행이긴 한데…… 은근히 서운한 건 뭐지? 리아, 너 설마 이안이

멱살이라도 잡고 치정극을 펼치길 바랐던 거냐. 아니, 아니, 절대 아니야! 하지만 그래도…… 조금, 아주 조금은 질투…… 그 비슷한 거라도 할 줄 알았는데 아니네.

난 이 복잡하고 알 수 없는 기분에 사로잡혀 첫 수업을 어떻게 들었는지도 몰랐다. 장장 세 시간짜리 전공수업이었는데 끝나고 나니 내 노트는 겨우 두 줄이 필기되어 있을 뿐이었다.

이런…… 제정신이 아니었구나.

난 얼른 이안의 노트를 보았다. 뭐, 기대도 안 했어. 예의상 본 거야. 백지, 패스. 그럼 진경이는? 너도 두 줄이냐. 에휴…… 누구한테 노트를 빌리나. 별로 친한 사람도 없는데.

"필기 못 했어? 내 거 줄까?"

현수 선배가 수업이 끝나자마자 내 자리로 와서 내가 두리번거리는 걸 보곤 노트를 내밀며 물었다.

"아, 아니에요. 괜찮아요."

"아니긴. 넌 여전하구나. 좀 솔직하게 말해도 아무도 너에게 뭐라고 안 해."

그래? 그런 거야? 선배, 내가 솔직하게 말하면 기절할 텐데. 친한 척하지 말고 좀 꺼져 줄래요? 나 선배 얼굴 보는 거 상당히 불편하거든요? 이렇게 해봐?

그런데 어디선가 내 마음속의 소리가 현실화되어 울려 퍼지고 있었다. 그것도 남자 목소리로.

"친한 척하지 말고 좀 꺼져 주시죠, 선배님. 우리 리아가 상당히 불편해하네요."

오 마이 갓! 이안!

이안은 의자에 비스듬히 기대앉아 눈 하나 깜짝 않고 태연하게 말하고 있었다.

"예전에 무슨 사이였는지 그건 내가 알 바 아니고, 어쨌든 지금 현재 이리아의 옆자리는 내 거니까 그만 집적거리고 가시죠, 선배님."

현수 선배는 이안을 위아래로 찬찬히 훑어보더니 나를 향해 말했다.

"남자친구?"

"……네."

"어디서 이렇게 기가 막히게 잘생긴 친구를 물었어? 재주 좋네, 리아."

어째 상당히 비꼬는 걸로 들리는데 기분 탓이겠지?

"남자가 너무 잘생기면 꼭 인물값을 하게 되어 있던데."

현수 선배는 의미심장한 말을 남기고 강의실 밖으로 사라졌다. 난 현수 선배가 사라지길 기다리고 있다가 얼른 이안에게 다가가 따져 물었다.

"이안! 거기서 그런 말을 하면 어떡해요?"

"왜? 난 속 시원하던데?"

진경이가 이안의 편을 들며 나섰다.

"말이야 바른말이지, 이제 와서 너한테 저러는 건 뭐 좀 다시 어떻게 해보려는 마음이 있어서 그러는 거 아니야? 리아, 너 처신 똑바로 해! 이안이 안 그랬으면 넌 또 말도 제대로 못 하고 어리벙벙

하게 있다가 끌려 나갔을 거 아니야. 내가 너를 모르니?"

"이젠 안 그런다, 뭐……."

"아니긴, 개뿔이! 아까도 밥 먹자고 했을 때 고개 끄덕이는 거 내가 다 봤거든?"

"야, 내가 언제!"

나와 진경이 옥신각신하고 있는 사이 내 짐까지 다 챙긴 이안이 내 팔을 잡아끌며 진경이에게 인사했다.

"진경 씨, 미안. 우리 오늘 조퇴, OK?"

"No problem! 대출 완벽히 해놓을 테니 아무 걱정 말아요."

"맘에 드네. 진경 씨는 나중에 내가 가방 하나 좋은 거 사줄게요."

"정말이요? 앞으로 뭐 시킬 거 있으면 다 저한테 맡기세요. 세가 다 알아서 할게요! 충성!"

이전부터 느끼는 거지만 이안과 진경이는 희한하게 죽이 잘 맞는다. 이안은 나를 끌고 학교 밖으로 나섰다.

"지금 어디 가요?"

"기분이 별로 안 좋아져서 단거 먹으러."

"그럼 여기서 먹어요. 멀리 가면 진짜 다른 수업 하나도 못 듣잖아요. 이안은 별 상관없겠지만 난 졸업반이라 취업하려면 지금 중요하단 말이에요."

"여기서 먹으라고?"

"네, 여기 먹을 데 많은…… 흡!"

이안의 입술이 느닷없이 나를 덮쳐 왔다. 학교 앞 사거리 수많은 사람들과 자동차들이 지나가는 곳에서 우리는 정열적인 키스를 나누고 있었다. 정신이 점점 아득해지는 것을 간신히 부여잡고 겨우겨우 이안을 떼어낸 나는 이미 손쓸 수가 없을 정도로 온몸이 발갛게 물들어 있었다.

"이안, 길거리에서 이게 무슨 짓이에요!"

"여기서 먹으라며."

"에? 단거 먹는…… 아!"

"먹으래서 먹은 죄밖에 없어, 난. 그래도 리아 생각해서 우리 집으로 갈까 했는데, 여기서 먹으라니까 사양 않고 먹었지. 좀 부족한데 더 먹어도 돼?"

"미쳤어요?"

"뭐, 이미 볼 사람들은 다 본 것 같은데 이리 와."

"저, 저리 가요!"

난 미친 듯이 학교 반대 방향으로 뛰어갔다.

이안 맥스웰 캔커피 반딧불이 설탕별 변태 뱀파이어 미친 외계인아! 때와 장소는 좀 가리란 말이다! 아흑! 쪽팔려! 내일부터 학교는 어떻게 다녀! 팔자에도 없는 학교 초유의 유명인사가 되겠네.

발을 동동 구르며 얼굴을 가리고 뛰는 나와는 달리 한참을 뛰어가다 돌아본 이안의 모습은 여유롭기 짝이 없었다. 저걸 그냥…… 확 버리고 가고 싶은 마음은 굴뚝같지만 그래도 사랑이 뭔지 지하철역 앞에서 그가 오길 기다리고 있는데 요란하게 내 휴대폰이 울렸다.

응? 얘가 왜 나한테 전화를 하지?

“여보세요.”

[이리아! 나 좀 도와줘!]

“라일리, 밑도 끝도 없이 그게 무슨 소리예요? 자세히 말을 해야 내가 도와주든 말든 할 거 아니에요.”

[너 어제 나한테 빚진 거 잊었어? 지금 당장 갚아! 당장!]

아니…… 왜 내 주변 사람들은 하나같이 중간이 없어? 왜 이렇게 다들 극단적이야? 극적 삶을 추구해? 그런 거야? 난 그냥 가늘고 길게 사는 게 목표인 사람인데 너희들 때문에 아주 요새 바짝바짝 피가 말라……. 인생이 너무 버라이어티해지는 느낌이야.

“후……알았어요, 내가 뭘 도와주면 돼요?”

[이안이랑 같이 있어?]

“네.”

[일단, 이안을 따돌려!]

이건 또 뭔 소리야. 야! 알아듣게 좀 말해, 알아듣게!

“같이 있는 사람을 무슨 수로 따돌려요?”

[뭐, 배가 아프다든가, 아님 일가친척 중 누구 하나 죽여!]

헉! 얘 봐라! 너 지금 살인 청부하는 거야? 미쳤어? 미친 거야? 가만있자…… 112 전화번호가 몇 번이더라?

[갑자기 가족 중에 누가 크게 아프거나 상당했다고 둘러대라고, 이 답답아!]

“아, 그런 거구나. 난 또…….”

[난 또는 무슨 난 또야! 시끄럽고. 시간 없으니까 빨리 둘러대고 집으로 와!]

"집? 우리 집?"

[나 너희 집 근처에 있으니까 빨리 와야 해, 알았어?]

뚝. 전화가 끊겼다. 뭐가 뭔지 하나도 알 수 없는 소리만 늘어놓더니 제 맘대로 뚝 끊어버리다니…… 이쪽 사정은 전혀 고려하지 않는 거군.

이안이 드디어 내 근처까지 다가오자 나는 아직 하지도 않은 거짓말 때문에 식은땀을 뻐질 흘리고 있었다.

"리아, 어디 아파? 안색이 안 좋은데."

그래? 나 아파 보여? 그럼 그걸로 밀고 가자!

"음, 이안…… 나 아무래도 집에 가야 할 것 같아요."

"왜?"

"배가 갑자기 너무……."

"화장실 가."

야! 너 사람이 왜 그래! 그거 아니야, 아니라고!

"그게 아니고……."

"생리주기는 1주일 정도 남았잖아."

헉! 너 그거 어떻게 아니? 어떻게 아는 거냐고!

"음…… 피곤할 때는 좀 주기가 바뀔 때도 있는데…… 아니, 내가 이런 거까지 이안에게 설명해야 해요? 좀 모른 척 넘어가 주면 안 되는 거예요?"

이안이 피식 웃으며 내 머리를 헝클어뜨렸다.

"알았어, 알았어. 발끈하기는……. 가자, 데려다줄게."

"됐어요!! 나도 기분 상해서 혼자 갈 거예요!"

그래, 좋았어! 이 정도면 충분히 사건의 개연성도 있고 자연스러워!

"아프다면서 혼자 가려고?"

"오늘은 이안 얼굴 그만 보고 싶어요."

"그럴 리가…… 내 얼굴이 그렇게 쉽게 질리는 얼굴이 아닌데."

"이안, 나 농담할 기분 아니니까 오늘은 진경이한테나 가서 예쁜 가방이나 하나 안겨주고 놀아요. 난 혼자 있고 싶어요."

"큭큭, 알았어. 그걸 또 마음에 담아둔 거야? 리아는 날 가졌으면서 뭐 그리 욕심이 많아?"

"이안! 아…… 됐어요. 내 가방이나 줘요."

옳지, 잘하고 있어, 이리아! 의심하지 않는 것 같아! 더 자연스럽게…… 자연스럽게.

"하여간, 따라오지 말아요. 나 진짜 화낼 거예요."

"알았어. 대신 도착하면 전화해."

"네, 그렇게 할게요. 그럼 내일 봐요."

나는 서둘러 계단을 내려갔다.

안 들켰지? 거짓말한 거 티 안 났겠지? 우후후…… 나도 하면 한다 이거야. 연기대상 감 아니야? 후훗! 그런데 라일리는 대체 무슨 일로 나를 급하게 찾는 거지? 사실 도움을 얻으려면 나보다는 이안이 훨씬 더 나을 텐데. 걘 천하무적 우주최강 외계인이니까. 모르겠다. 일단 가보자! 무슨 사정이 있는지 일단 들어나 보고 할 수 있을지 없을지 판단하는 건 그다음에. 그나저나 이안 불안한데 어디서 또 훅 튀어나오는 거 아니겠지?

"누구 찾는 거야?"

헉!

여우를 피했더니 호랑이를 만난다고 했던가. 간신히 이안을 떼어놓고 들어온 플랫폼에서 현수 선배를 만났다.

"선…… 배는 왜 여기에?"

"나? 난 지금부터 세 시간 공강이야. 복학하고 왔더니 아는 사람도 별로 없고 시간 때우기가 애매해서 교보문고나 다녀올까 하고. 넌?"

"아…… 잠깐 집에 볼일이……."

"그렇구나, 참! 너 전화번호 바뀌었더라."

그래서 지금 내 전화번호 알려달라는 거야? 사람이 예의도 없고 염치도 없네. 내가 그럼 넙죽 네~ 여기 있어요, 할 줄 알아? 이거 왜 이래. 나 이제 예전의 숙맥 같던 이리아 아니야! 내가 이렇게 비뚤어진 인간이 된 것도 따지고 보면 다 선배 탓이라고!

"서현수 선배님."

"어이쿠! 풀 네임으로 '님' 자까지 붙이니까 좀 무섭네. 왜?"

"앞으로 저한테 말 걸지 마세요. 부담스럽고 싫어요."

어디서 이런 용기가 나왔는지는 몰라도 난 내 의지를 단호하게 표명했다. 현수 선배는 잠깐 당황하는 듯 보이다가 다시 내게 말을 걸었다.

"어…… 네가 충분히 오해하고 화가 났을 거라는 거 알아. 하지만 나도 그때는 사정이……."

"무슨 사정이었는지 알고 싶지도 않지만, 우리가 헤어진 지 3년이에요. 해명을 하고 싶었다면 시간은 차고 넘치게 있었다고 생각하지 않나요? 이제 와서 이러는 게 좀 이해가 안 되네요."

"그래서 내가 변명할 기회를 달라고 하는 거잖아."

"필요 없어요. 그걸 듣든 안 듣든 달라지는 건 아무것도 없어요. 학교에서는 어쩔 수 없어도 사적으로는 우연이라도 마주치고 싶지 않으니까 제발 저 좀 내버려 두세요."

마침 지하철이 승강장으로 들어온다는 안내 방송이 들려왔다.

"제가 좀 바빠서요. 선배는 한가하니까 다음 거 타세요. 같은 전철 타고 싶지도 않아요."

난 먼저 전철을 타고 나서 문이 닫히는 걸 똑바로 바라보았다. 현수 선배는 내 말 때문인지 아니면 내 말에 충격을 받아서인지 그 내로 서 있있다.

그래, 잘한 거야. 원래 첫사랑은 이루어지지 않는다고 하잖아. 아름다운 추억이 아닌 것이 안타깝긴 하지만 이걸로 된 거야. 이제 내가 사랑하는 사람은 현수 선배가 아니라 이안이니까. 그 말도 안 되는 캔커피 외계인을 사랑하게 되었으니까, 다른 사람에게 신경 쓸 필요 없어.

"……이안, 지금 뭐 하고 있을까."

"리아 따라다니지."

"꺅!"

생각지도 못한 곳에서 이안이 툭 튀어나오자 난 내 심장이 뚝 떨어지는 것처럼 느낄 정도로 놀라 비명을 질렀다.

"누가 보면 내가 치한인 줄 알겠다. 왜 그렇게 놀라?"

"이, 이, 이안? 아니, 언제부터?"

"처음부터."

"내가 따라오지 말라고 했잖아요!"

"그래도 따라가고 싶은 걸 어떡해. 나 아무래도 리아한테 중독됐나 봐. 책임져."

앤 또 왜 이렇게 느끼한 멘트를 사정없이 날리는 건데? 날이 갈수록 입에 버터를 물고 있네…… 잠깐, 잠깐! 그럼 아까 현수 선배랑 같이 있는 것도 봤다는 얘긴가?

"저기, 이안……."

"왜?"

"아까…… 봤어요?"

"봤지."

으윽…… 역시 봤구나.

"나 따돌리고 딴 놈 만나나 싶어서 순간 울컥했었는데 아닌 거 알았으니 됐어."

"내가 이안을 두고 누굴 만나요."

"그렇지? 미치지 않고서야 그럴 리가 없지?"

이안은 하얀 이를 드러내며 찬란하게 웃었다.

아니, 그런데 뭘 미치지 않고서야라고 할 것까지는…….

"나도 내가 소유욕이 이렇게 강한지 몰랐거든? 지금까지는 그다지 가지고 싶은 게 없었으니까. 처음이야, 내가 이렇게 집착하는 상대는."

"그…… 뭐, 좀 무섭지만 아무튼 고마워요. 아까 이안이 보고만 있지 않고 나서서 끼어들었으면 분위기 험악해졌을 거예요."

"열받아서 나갈까 했었는데 알아서 잘하던 걸, 뭐. 차암 잘했어요~"

이안은 내 머리를 쓰다듬으며 환하게 미소 지었다. 그 미소가 어찌나 찬란하게 빛이 나는지 난 눈을 감을 수밖에 없었다. 이안은 눈이 멀 정도로 빛이 나는 사람이다.

그런데 퍼뜩 내가 이안을 떼어놓으려 했던 이유가 머릿속을 채워갔다.

아차차…… 내가 이럴 때가 아니지. 이안을 또 어떻게 떼어놓지?

"음…… 이안?"

"왜?"

"어디까지 따라올 거예요?"

"집에 간다며. 같이 가."

"혼자 갈 수 있어요."

이안은 날 물끄러미 바라보면서 한쪽 눈썹을 치켜 올렸다.

"왜 자꾸 날 떨어뜨려 놓으려고 하지?"

"네? 아니, 그게…… 그냥 혼자 있고 싶은 기분이랄까?"

"……수상한데."

"수, 수상하긴 뭐가요! 원래 여자는 숨기고 싶은 게 있는 법이에요."

"그게 뭘까?"

이안은 장난스럽게 입꼬리를 올리고 나를 쳐다보았다.

"그…… 그걸 가르쳐 주면 비밀이 아니잖아요."

"그렇단 말이지? 그럼 나도 리아한테 비밀 좀 만들어야겠네. 아주 은밀하게."

쳇! 치사하게 나오시겠다? 나도 뭐 이러고 싶어서 이러는 건 아닌데 네가 그렇게 나온다면 좋아, 어디 해보자고!

"그래요, 그럼. 우리 각자 아주 은밀한 비밀을 가득 만들어보자고요."

"리아."

"왜요!"

"많이 컸네, 반항을 다 하고."

이거 왜 이래? 키는 예전에 다 컸거든? 후후…… 이안 맥스웰 캔 커피…… 너 모르지? 이제 네가 날 얼마나 좋아하는지 다 알고 있으니까 그런 협박은 안 먹힌다는 걸.

"아무튼 난 오늘은 혼자 있고 싶은 날이니까 그런 줄 알고 이안은 다음 역에서 내려요. 알았죠?"

"리아가 그럴수록 내가 더 의심할 거란 생각은 안 해?"

"이안이 선택한 사람인데 좀 믿어주면 어디가 덧나요?"

사실 이안에게 솔직히 다 얘기하고 라일리를 만나러 가도 상관은 없었지만 늘 나만 이안에게 당하는 입장이니 오늘 하루만큼은 그가 좀 약 올라 해도 괜찮지 않을까 싶었다. 매일도 아니고 딱 오늘 하루 만이잖아? 그리고 좀…… 재미있기도 하고. 후훗.

"날 그렇게 못 믿어요? 그런 거예요? 난 이안에 대한 절대적 믿음이 있는데 이안은 아닌가 봐요. 좀 실망이에요."

어떠냐, 나의 공격이! 이렇게까지 말했는데 설마 따라오진 않겠지?

"리아."

"네."

"난 죽을 때까지 리아 못 믿어."

뭣이라? 너 그거 무슨 뜻이야! 무슨 뜻이냐고! 은근히 기분 나쁘네.

"할 수만 있다면 지금 당장에라도 혼인신고하고 집 밖으로 한 발자국도 못 나가게 하고 싶은 거 참고 있는 거야. 이게 현실로 이루어지는 걸 보고 싶지 않으면 적당히 까불어, 리아."

저…… 저렇게 무시무시한 말을…… 저렇게 찬란하게 웃으면서 하다니. 이안은 눈꼬리까지 곱게 접어 웃으며 날 바라보고 있었다.

"음…… 저기, 이안?"

"왜?"

"진짜로 그러겠다는 건 아니죠?"

제발 그냥 농담이라고 해줘. 넌 진짜로 할 것 같아.

"궁금하면 계속 까불어보던가."

……이 자식…… 진짜로 할 셈이구나.

"잘못했어요."

"자, 그럼 어디 들어볼까? 아까부터 리아가 이상하게 군 이유를."

미안, 라일리…… 난 도저히 이 외계인을 당할 수가 없다.

난 어쩔 수 없이 이안에게 라일리의 일을 이실직고할 수밖에 없었다. 자세한 내용은 모르지만 빨리 집으로 가야 한다는 내용을 듣고 난 이안은 별일 아니라는 듯 코웃음을 쳤다.

"왜요? 엄청 다급해 보이던데."

"그 녀석 틈만 나면 도망치는 녀석이라 아주머니가 잡으러 다니는 데는 도가 튼 사람이야. 아마 나 보러 한국 간다고 일주일 정도만 달라고 떼를 썼겠지. 그런데 우리가 피지에 가 있는 바람에 생각지도 않게 시간을 잡아먹은 거고. 간만에 좀 놀아볼까 했는데 시간이 다 지나가 버렸으니 억울해서라도 더 버티는 중일 거야. 아주머니는 그걸 또 못 보고 잡으러 다니는 걸 테고 말이야."

"스무 살이면 성인인데 왜 그렇게 잡으러 다녀요?"

"그 녀석이 없으면 회사가 안 돌아가니까."

"네?"

회사? 무슨 회사? 그리고 스무 살짜리가 뭘 한다고 회사가 안 돌아가?

"그 녀석 어머니는 미국에서 유명한 속옷 브랜드 회사 대표야."

"그럼 라일리는요?"

"그 회사 수석 디자이너."

"말도 안 돼! 스무 살인데? 낙하산 아니에요?"

"그건 아니야. 다른 건 몰라도 속옷에 관한 한 라일리를 따라갈 사람이 없어. 어떤 면으로 보면 천재라고 할 수 있겠지만 내 생각은 좀 달라. 그 녀석 어릴 때부터 속옷에 이것저것 가져다 붙이고 떼고 하면서 놀았거든. 아마도 주변 환경이 그래서였겠지. 지금은 아예 자기가 입어보고 기능성과 활동성을 결합한 상품이 연이어

히트 치는 바람에 회사에서 그 녀석의 위치는 오히려 아주머니보다도 견고해."

나같이 평범한 사람은 대체 어떻게 살라고 주변에 이렇게 천재들이 흔한 거야. 이런, 젠장! 나 뭐 잘하는 거 없나? 없어? 없군…… 흑…….

"그러니까 이안 말은 지금 라일리가 일하기 싫어서 도망 다니는 거라는 거죠?"

"일 좋아하는 녀석이긴 한데, 워낙 그동안 바쁘게 일만 했으니 잠깐 쉬고 싶은 거겠지. 뭐, 이해 못 하는 건 아니지만."

이안은 주머니에서 휴대폰을 꺼내더니 주소록을 뒤지기 시작했다.

"뭐 해요?"

"아주머니한테 알려 드리려고."

"라일리가 어디 있는지 이르려고요?"

"응."

"일단 라일리 얘기나 좀 들어보고 해요. 지금 이러면 내가 신용 없는 사람이 되잖아요."

"리아랑 데이트해야 하는데 자꾸 거치적거려. 치워야지."

아…… 이 외계인은 정말 머릿속에 나밖에 없구나. 고맙긴 한데, 그래도 이건 아니지. 고작 스무 살짜리가 남들처럼 놀아보겠다고 자유 시간 좀 더 달라는데 치사하잖아.

"이안, 그래도 일단 라일리 말 좀 들어보고 하는 게 좋겠어요. 사실 내가 도움받은 것도 있고 해서 할 수만 있다면 도와주고 싶어요."

"도움? 무슨 도움?"

"그…… 런 게 있어요."

아이고, 이 바보가! 난 왜 이렇게 멍청……! 하긴, 언제 걸려도 걸릴 건데 뭘 또 굳이 숨겨. 원래부터 거짓말에는 소질이 없지만 캔커피 외계인한테는 더더욱 안 통하는 거 이젠 알잖아.

이안에게 현수 선배와 라일리가 얽힌 일까지 전부 털어놓은 후 난 그의 처분을 기다렸다.

"그런 일이 다 있었어? 웬일로 그 녀석이 기특한 짓을 다 했네."

"그러니까 우리 며칠 만이라도 더 놀다가 가게 도와주자고요."

"내 허락도 없이 리아를 불러낸 것까지 괜찮다는 말은 아닌데."

컥…… 뭘 그냥 넘어가는 법이 없구나.

"그런데 왜 아까부터 자꾸 라일리 편을 들어? 수상하게."

넌 이제 하다하다 같은 여자한테까지 질투를 하냐. 이 정도면 이젠 병으로 쳐야 하지 않나? 아…… 정상이 아닌 건 아주 예전부터이긴 하지. 저 정상이 아닌 외계인을 좋아하게 돼버렸으니 제일 미친 건…… 나야…….

때마침 내려야 할 역에 도착한 터라 난 이안과 함께 서둘러 내렸다. 그리고 일단 라일리가 어떤 상황인지 모르니 내가 먼저 만나보고 딱 10분만 있다가 우리 집으로 올라오는 걸로 이안과 합의 본 후 헤어졌다. 난 재빨리 집으로 들어간 후 라일리에게 전화했다.

"라일리? 어디예요? 우리 집 알면 올라와요. 나 집에 있어요."

[알았어, 문 열어놔.]

진짜 근처에 있었는지 라일리는 전화를 끊은 지 3분도 안 돼서 집으로 찾아왔다.

"와…… 나 이렇게 후진 집 처음 봐."

너, 너무 솔직한 거 아니야? 아…… 얘가 내 화를 돋우는 특별한 재주가 있다는 걸 왜 까먹고 있었지?

"그거 참 미안하게 됐네요. 누추한데 찾아줘서 송구하지만 먼저 도움 청한 건 그쪽 아니에요?"

"하긴 내가 지금 찬밥, 더운밥 가릴 때가 아니지. 일단 좀 씻자! 계속 도망 다녔더니 온몸이 땀이야. 욕실은 어디야?"

"여기."

라일리는 욕실을 들어가더니 바로 소리를 질렀다.

"으악! 이게 뭐야! 욕조도 없어? 대체 이 집에 있는 게 뭐야? 아니지, 이걸 집으로 쳐야 되는 거야?"

아아…… 도와주고 싶은 마음이 싹 사라진다.

"그냥 대충 씻고 나와요! 뭘 더 바라는 건데요! 확 내쫓아 버릴까 보다."

"와, 진짜…… 내가 별 희한한 경험을 다 해보네. 무슨 오지 체험하는 것 같아."

난 당장에라도 욕실 문을 열고 그렇게 불만이면 나가라고 하고 싶은 마음을 참느라 주먹을 들고 부들부들 떨고 있었다.

똑똑. 현관문을 두드리는 소리가 들렸다. 이안이 왔나 보다.

"리아, 들어가도 돼?"

"문 열렸으니 그냥 들어와요."

정확히 시간 맞춰서 들어온 이안은 두리번거리며 라일리를 찾았다.

"안 왔어?"

"안 오긴요, 지금 욕실에서 불평하면서 샤워하는 중이에요."

"뭐? 이 자식이!"

이안은 갑자기 흥분하며 욕실 문을 두드렸다.

"야! 너 안 나와? 너 여기가 어디라고 와서 샤워까지 해! 당장 나와! 너 나오기만 해! 죽었어!"

난 도무지 이안의 행동을 이해할 수가 없었다.

왜 저러지? 늦더위가 기승이라 더운 것도 사실이고, 우리 집은 에어컨도 없고, 남의 집에서 함부로 씻는 건 아니라지만 주인이 허락했는데 굳이 저럴 필요가 있나?

아니야, 아니야. 이해하려 들지 말자. 이안이 이상한 게 어디 한두 가지여야지. 그냥 그러려니…… 괜히 머리 복잡하게 생각하지 말자.

이안이 바락바락 소리 지르는 것이 들렸는지 욕실 안쪽에서 라일리도지지 않고 응수했다.

"이리와! 넌 이안 하나 떼어놓는 거 못 하고 일을 이 지경으로 만들어? 넌 도대체 할 줄 아는 게 뭐야?"

헐…… 왜 또 날 가지고 저래. 적반하장이야? 그게 도와주려고 하는 사람에 대한 태도야? 이걸 그냥 확! 으…… 참자…… 참아. 잠재적 시누이다.

문 하나를 사이에 두고 이안과 라일리의 설전이 벌어지고 있었다. 좀 제대로 씻고 나온 다음에나 싸울 것이지, 저게 뭔 짓이래?

결국 욕실 문이 벌컥 열리고 라일리가 소리치며 나왔다.

"아오! 진짜 연애하는 거 맞나 보네! 20년 우정을 개차반 취급하다니! 이안, 너무하는 거 아니야?"

"너무하긴 누가 너무해! 감히 나 모르게 리아를 만나려 드는 네가 문제지!"

"좀 보면 닳아? 없어져?"

"그래! 닳는다! 내 거야! 리아는 내가 먼저 발견했어! 눈독 들이지 마!"

"별소릴 다 듣겠네, 줘도 안 가져!"

고성이 오가는 두 사람 사이에서 난 꼼짝도 할 수가 없었다. 그 자리 그대로 서서 이 장면이 꿈인지 생시인지조차 가늠할 수가 없었다. 샤워를 마치고 나온 라일리가 달랑 허리에 수건 하나만 걸치고 나왔기 때문이었다.

그리고…… 가슴 부분에 있어야 할 것이…… 없었다!

이게, 이게 어떻게 된 거지? 라일 리가 남…… 자야? 그래? 그런 거야?

"잠깐! 잠깐만! 두 사람 다 STOP!"

두 사람이 고성방가 수준으로 떠드는 것을 듣다 못한 난 결국 끼어들 수밖에 없었다. 안 그래도 머릿속이 복잡해 죽겠는데 꽥꽥거리는 소리 때문에 도무지 생각이 정리되질 않았다.

"내가 지금 헛것을 보고 있는 게 아니라면 라일리, 당신 남자예요?"

"응, 몰랐어?"

당연히 몰랐지! 그걸 내가 어떻게, 무슨 수로 알아? 아니, 남자면 남자답게 굴기나 하던가! 오늘로 달랑 세 번째 보는 거긴 하지만 볼 때마다 치마 입고 있었잖아! 게다가 머리도 길고…… 응? 그긴 머리는 어디 갔어? 그것도 가발이야?

"이안, 얘기 안 했어? 난 당연히 한 줄 알았는데."

라일리가 오히려 더 의아하다는 듯 이안에게 물었다.

"그건 프라이버시잖아. 아무리 사랑하는 사람이라고 해도 친구의 취향을 일일이 고해바칠 사람으로 본 거야, 나를?"

"이야, 감동적인데? 날 그렇게까지 생각해 주는 줄은 미처 몰랐네."

라일리가 빈정거리며 내 침대에 걸터앉으니 이안의 분노 게이지가 더불어 상승했다.

"야! 너 지금 어딜 앉는 거야! 빨리 안 일어나?"

"나 참…… 이젠 하다하다 앉지도 못하게 하는 거야? 사람이 변해도 어떻게 이렇게 변할 수가 있어?"

"시끄럽고 빨리 일어나, 끌어내기 전에."

"알았어, 알았어. 더럽고 치사해서 안 앉는다, 됐냐?"

아…… 머리 아파…… 이것들의 유치한 싸움을 어디까지 봐줘야 되는 거야. 지금 내가 궁금한 건 그딴 게 아니란 말이다!

"나 얘기 좀 할게요!"

"뭔데, 리아?"

"얘기해. 누가 못 하게 했어?"

후우…… 침착해, 침착하자. 하나하나 차근차근 물어보는 거야.

"일단, 라일리. 성별이 남자예요?"

"보시다시피."

"그럼 왜 여장을 하고 다녀요?"

"난 여자보다 아름다우니까."

커헉! 그…… 래, 맞긴 맞는데. 그게 이유가 된다고 생각해? 어? 너 제정신이야? 내가 저 말도 안 되는 라일리의 대답에 정신이 혼미해져 갈 즈음 이안이 부연 설명을 해주었다.

"이 녀석은 어릴 때부터 저 예쁘장한 얼굴 때문에 오해도 많이 받았지만 크면서 점점 여자들이 달라붙으니까 어느 날부터인가 본격적으로 여장을 하고 다니더라고. 귀찮은 건 딱 질색이라나. 뭐, 효과는 확실했지. 그 후로 여자들이 얼씬도 안 하니까. 더구나 여자 속옷 전문 디자이너라서 직접 입어보고 기능을 개선시키니까 일에도 도움도 됐고 말이야."

"당연하지. 어디서 나보다 못생긴 것들이 감히 날 넘봐? 적어도 이안 정도는 되어야 하는 거 아니야?"

난 다시 제정신을 차리고 라일리에게 질문을 계속했다.

"그럼 라일리는 남자를 좋아하는 취향이에요?"

"아니, 난 그저 아름다운 것들을 사랑할 뿐이야. 내가 본 사람 중에 이안이 가장 아름다우니까 그를 선택한 거지. 이안이 여자였으면 더 좋았겠지만 아니어도 상관없어."

오 마이 갓! 내가 이걸 어떻게 받아들여야 하는 거지? 음…… 그러니까 너는 남자도 좋고 여자도 좋다…… 이거야?

"그럼 결혼은……? 이안과 결혼하고 싶다고……."

"너 바보야? 미국에서는 법적으로 동성결혼이 합법화된 주(州)가 많지는 않지만 몇 군데 있어. 점점 늘어가는 추세이기도 하고 말이야. 서로 좋으면 아무 문제 될 게 없어."

"그럼…… 부모님도 아시는 건가요?"

"엄만 모르지. 알면 날 가만뒀겠어? 지금이야 국적도 미국인이지만 우리 엄마는 뼛속 깊이 한국인이야. 그것도 아주 고리타분한. 그러니까 저 교활한 이안이 저번에 그걸 가지고 날 협박한 거잖아!"

난 라일리를 처음 만났을 때를 떠올려보았다. 맞아, 그때 분명 이안이 뭔가를 가지고 네 어머니에게 다 불어버리기 전에 나가라고 했었지? 그게 이거였구나.

연달아 이어지는 내 기억 속에서 그동안 이안이 라일리를 표현할 때 단 한 번도 그녀라는 표현을 쓰지 않았다는 것을 깨달았다. 언제나, 그 녀석 아니면 저 녀석. 난 나이가 어려서 그렇게 부르는 줄로만 알았는데 그게 아닌 거였구나. 또 라일리도 이안과 결혼을 한다면 좋긴 하겠지만 서로가 많이 힘들 거라는 알 수 없는 말을 하기도 했었지…….

그동안 아귀가 안 맞던 퍼즐 조각들이 한순간에 제대로 끼워 맞춰지고 있었다.

"잠깐, 잠깐! 그럼 그 볼륨감 넘치는 웅얼웅얼…… 은? 그건 어떻게 된 거예요?"

"아~ 그거? 실리콘 패드인데 크기별로 다 있어. 너도 좀 줄까?

너 좀 필요하겠더라, 워낙 빈약해서.”

야! 네가 봤어? 봤어? 봤냐고! 이거 왜 이래! 내가 말라서 그렇지 적어도 A컵은 아니야! 나름 B컵이란 말이야!

“맞아, 리아 하나도 안 빈약해.”

끄악! 이안! 그렇다고 거기다 대고 그렇게 말을 하면 어쩌란 거야!

“얼씨구? 둘이 벌써 할 거 다 한 거야?”

“응.”

“아니거든요!”

라일리의 질문에 이안과 나는 서로 상반된 대답이 튀어나갔다.

“뭐예요? 우리가 뭘 할 거 다 했다고 이래요?”

“그 정도면 볼 거 다 보고 할 거 다 한 거지, 꼭 관계를 해야만 다 했다고 하는 거야? 나 리아 몸에 점이 어디어디 있는지 다 아는데?”

“꺄아아아! 이안!”

저게…… 저게…… 미쳤나? 미친 건가? 아니, 어떻게 저렇게 표정 하나 안 바꾸고 그런 말을 서슴없이 할 수 있지?

“아, 됐어! 두 사람의 잠자리 얘기까지 듣고 싶지는 않아.”

“진짜 아니거든요!”

강하게 부정하는 나에게 이안이 빠르게 다가오더니 조용히 속삭였다.

“……지금이라도 진짜로 만들기 전에 입 다물어, 리아.”

헉!

얘가, 얘가…… 네, 알았어요. 암요, 그래야죠. 우린 할 거 다 한 사이랍니다.

"크흠, 흠! 뭐, 어쨌든 각설하고. 지금 라일리가 왜 여기서 나에게 도움을 청한 건지 들어나 볼까요? 사실 그게 제일 문제였는데 난데없이 성별 혼란이 오는 바람에 이제까지 못 물어봤어요."

난 얼른 화제도 돌릴 겸 라일리에게 질문을 던졌다. 사실 이 일이 있기 전까진 제일 궁금한 문제였으니까.

"엄마가 사람을 붙였나 봐."

"보디가드?"

"아니, 굳이 말하자면 파파라치에 가깝지."

"그럼 라일리가 여장하고 다니는 거 들킨 거예요?"

"그런가 봐. 지금 나 찾느라고 난리 났어. 이안의 집은 나를 찾기 위한 0순위니까 당연히 그리로는 못 가고, 숙박업소도 체크인하자마자 찾아낼 테니 그런 데도 못 가고, 아는 사람도 없고. 그러니 어떡해? 리아밖에 없잖아."

난 좀 이해할 수 없는 부분이 있었다. 아니, 성적 취향이 꼭 남자로만 국한된 것도 아니고, 게다가 여자보다 아름다워서 자기의 미를 뽐내고 다니겠다는데 그게 무슨 문제가 되나? 부모로서 좀 화가 나고 당황스러울 수는 있지만, 그렇다고 사람을 풀어서 잡아오랄 것까지야. 아직 스무 살이니 성 정체성이 혼란스러울 수도 있고, 게다가 일은 끝내주게 잘한다며? 나 같으면 별문제 안 될 것 같은데? 더구나 미국이잖아.

"리아, 라일리 어머니는 일에 관한 한 좀 결벽증이 있으셔. 언제

나 완벽함을 추구하시는데 일이 아닌 사생활로 가십거리가 되는 걸 엄청나게 싫어하시거든. 이혼 소송할 때도 소송 비용보다 기사 못 나가게 막는 비용이 더 들었을걸?"

"라일리네 어머니 회사가 그 정도로 유명한 회사예요? 막 사생활이 기사로 나갈 만큼?"

"내가 얘기 안 했나? W사야."

"진짜요?"

W사. 전 세계 여자들이 다 입어보지는 못했어도 이름은 다 알고 있다는 그 속옷 브랜드! 거기에 수석 디자이너라고? 쟤가? 아…….

젠장…… 또 내 처지를 비관하게 만드는구나. 한 놈은 스무 살에 세계에서 제일 유명한 속옷 회사 수석 디자이너이고, 또 한 놈은 스물다섯에 통장 잔고를 확인할 필요도 없는 재벌이라니…… 넌 그동안 뭐 했지? 나도 나름 열심히 살았는데…….

아니야, 너희들이 이상한 거야! 내가 정상이야, 내가 정상이라고! 이 외계인들아! 너희 별로 돌아가! 나같이 평범한 사람 썩 죽이지 말고!

10화

외계인 길들이기

    이 외계인들 사이에 있으려니 머리가 어지럽고 다리에 힘이 풀려서 더 이상 서 있기가 힘들어졌다. 난 힘없이 손짓으로 휙휙 두 외계인을 치워 버리고 터덜터덜 침대로 기어들어 가 조용히 누웠다.

    "왜 그래, 리아?"

    이안이 내가 걱정스러웠는지 침대에 걸터앉아 내 이마에 손을 얹으며 물었다.

    "그냥 기운이 좀 빠져서요. 나같이 평범한 사람은 감히 엄두도 못 낼 생활을 하고 있잖아요, 당신들 둘 말이에요. 아등바등 사는 내가 우습기도 하고 난 여태 뭐 했나 싶기도 하고 기분이 좀 그러네요. 혼자 있고 싶으니까 두 사람 다 나가요. 난 잠이라도 자야겠어요."

    "무슨 소리야, 리아가 얼마나 매력적인데. 리아는 자기 자신을 몰라도 너무 몰라."

"위로해 주려는 거라면 됐어요."

"위로하는 거 아니야. 리아는 그 누구도 범접할 수 없는 매력이 있어."

……그래? 그렇단 말이야? 나도 몰랐는데. 그게 뭘까? 하긴, 너처럼 우주최강 외계인이 스토커가 될 정도니까 내가 뭐가 있긴 한 거였어, 그치? 뭐야, 뭐야, 이안! 빨리 말해줘! 나도 삶의 의미를 되찾고 싶어! 뭐야? 나도 모르는 내 매력이?

내 매력이 궁금한 건 나뿐만이 아니었는지 라일리도 한마디 거들었다.

"대체 뭐야? 저 얼빠진 여자의 매력이? 그거 내가 더 궁금하다."

얼…… 빠지…… 야! 이게 진짜! 너 자꾸 그러면 내가 W 본사로 전화해서 너 여기 있다고 다 이를 거야!

이안은 내 긴 머리카락을 쓰다듬으며 다정한 목소리로 대답했다.

"웃겨, 세상 그 어떤 누구보다."

우…… 웃겨? 그게 내 매력이야? 그것도 아무도 범접할 수 없는? 그걸 지금 위로라고 하고 앉아 있는 거야? 야! 나가! 당장 나가! 이 써먹을 데라고는 한 군데도 없는 외계인들아!

내가 어이없어 말도 못 하고 있는 사이에 라일리는 빵 터져서 바닥을 구르고 있었다.

"푸하하하! 킬킬킬…… 웃겨서 좋아한대. 와, 나 미치겠다. 큭큭큭."

난 도저히 더 이상은 참아줄 수가 없어서 일어나 크게 소리를 질 렀다.

"나가요! 당장! 둘 다!"

"리아, 화났어? 기분 좋아지라고 한 말인데."

뭣이라? 넌 그게 기분 좋니? 그럼 나도 한번 해볼까?

넌 세상에서 제일 이상한 캔커피 반딧불이 변태 뱀파이어 설탕 별 미친 외계인이야!

"이봐, 이리아. 나가라고 해도 나갈 데 없어. 지금 나가면 딱 잡 혀서 미국으로 끌려간다니까?"

라일리가 웃음을 멈추고 정색하며 내게 말했다.

"내가 알게 뭐예요, 미국을 가든 아프리카를 가든."

"와, 너 그렇게 안 봤는데 되게 냉정하다. 우리 엄마가 얼마나 독종인데! 하나밖에 없는 아들을 아주 못 잡아먹어 난리야. 휴가도 안 주고 일만 시킨단 말이야."

"글쎄, 그게 나랑 무슨 상관이냐고요!"

"따지고 보면 너 때문에 이안이 여행 가느라 난 계속 시간만 잡 아먹고 있었잖아. 그러니 네가 책임져야지."

뭐, 이런…… 참 나, 내가 이상한 거야? 아니지? 저게 이상한 거 지? 아, 이제는 뭐가 맞는 건지도 모르겠다. 주변에 이상한 것들 천지라.

"하여간 난 못 나가니까, 밥이나 줘. 배고파."

"돈 많으니 나가서 사 먹어요."

"이럴 줄 모르고 돈 안 찾아났단 말이야. 난 현금 안 들고 다녀,

괜히 무겁고 거치적거려서. 그리고 카드 쓰면 바로 추적당할 테니까 안 돼.”

그러셔? 그럼 지금 빈털터리나 마찬가지네? 돈 많으면 뭐 해, 쓰지도 못하는 거.

“아무튼 나 여기서 며칠 지낼 테니까 그런 줄 알아. 좀 지저분하고 좁아터지긴 하지만 뭐, 오지 체험 한다 생각하지 뭐.”

뭐? 어디서 뭘 한다고? 이게 진짜!

난 당장에라도 내쫓을 기세로 씩씩거리며 일어났지만 나보다 이안이 한발 먼저 라일리에게 쏘아붙였다.

“네가 지금 여기가 어디라고 그런 소리를 해? 내가 두 눈 똑바로 뜨고 있는데 뭐가 어쩌고 어째? 안 돼! 정 그렇게 가기 싫으면 우리 집으로 와.”

“미쳤어? 거기는 아마 잠복 중일걸? 내가 거길 왜 가? 나 안 가, 못 가!”

“그렇다고 여기 있겠다고 하는 게 말이 돼? 넌 어떻게 나이를 먹을수록 점점 애가 되냐?”

“내가 여기 있는 게 싫으면 이안도 같이 짐 싸들고 오든가.”

이것들이, 집 주인 허락도 없이 지들끼리 아주 계획을 짜고 난리가 났네. 누가 허락한대? 누구 맘대로 여기서 지내라 마라 하는 거야?

“잠깐, 거기 외계인 둘!”

이안과 라일리가 말다툼을 멈추고 나를 바라보았다.

“이안도 안 되고 라일리도 안 돼요. 무조건 안 돼! 그런 줄 알고 얼른 나가요. 난 이제 외계인들의 일에는 관여하지 않겠어요. 세계

정복을 하든 우주의 평화를 지키든 알아서 하고 당장 나가요."

"뭔 소린지……. 뭐, 그건 됐고. 그럼 더도 말고 딱 3일만 있게 해줘. 진짜 하고 싶은 거 하나도 못 했단 말이야."

"뭔데요, 그게?"

"사실은 이안을 만나면 일본으로 가서 노천온천 다녀오려고 했거든. 뭐, 그건 이미 물 건너갔으니까 어쩔 수 없고…… 지금이라도 가고 싶지만 공항에서 잡힐 거 아니야. 하다못해 한국 온천이라도 다녀와야지."

"나이도 어린 사람이 무슨 온천 타령을 그렇게 해요? 게다가 아직 덥잖아요."

"온천이 피부에 얼마나 좋은데! 너 이 도자기 같은 피부가 어디거저 생기는 건 줄 알아? 내가 얼마나 공을 들이는데. 넌 무슨 여자애가 관리도 안 하고 기본 상식도 모르냐?"

사는 게 빠듯해서 그럴 여유가 없었다, 이 자식아! 팔자 좋으니 별짓을 다 하고 사는구나!

"후우…… 좋아요, 그럼 라일리는 물 좋은 온천수에 몸도 담그고 편안한 잠자리만 제공되면 아무 문제 없다는 거네요? 3일도 필요 없어요, 딱 하루면 끝나겠네. 갑시다!"

"어디를?"

"어디를?"

이안과 라일리가 동시에 내게 물어왔다. 난 뭘 그런 당연한 걸 묻느냐는 듯 눈을 동그랗게 뜨고 대답했다.

"찜질방."

"뭐? 찜질방?"

"찜질방이 뭐야, 리아?"

아…… 이 촌스러운 것들…… 찜질방을 모르다니. 따라와라, 목욕의 신세계를 보여주마.

"라일리, 지금 돈 얼마나 있어요?"

"없는데?"

"하나도?"

"하나도."

아…… 나 이런 거지새끼를 봤나.

"그럼 이안은?"

"나? 현금만?"

"네."

"찾아야 하는데. 나도 현금 많이 안 들고 다녀서."

아…… 이 외계인 거지들…….

"알았어요. 오늘은 특별히 내가 쏠 테니까 다들 따라와요."

난 이 두 거지 외계인들을 데리고 새로 생긴 동네 찜질방으로 갔다. 오픈하면서부터 온천수를 사용한다고 대대적인 홍보를 했으니 라일리가 원하는 대로 온천수에 몸 담그는 것도 맞고, 밤을 새거나 잘 수도 있으니 모든 조건은 충족되는 거 아닌가? 이제 군소리 없이 미국 가겠지? 하나라도 치워 버려야지, 외계인 둘을 상대하는 건 나에게 너무 무리야.

"남자 둘, 여자 하나요. 찜질복도 주세요."

분홍색 옷과 파란색 옷 두 벌과 수건을 받아 든 나는 이안과 라일리에게 나눠주었다.

"뭐야, 이 패션 테러인 옷은?"

라일리가 기겁을 하며 내게 물었다.

"남녀 혼탕은 아니지만 찜질하는 곳은 남녀가 함께 있기 때문에 벗으면 안 돼요. 이거 입어요."

"미쳤어? 이런 걸 돈을 주고 입게?"

"원래 다들 그런 거예요. 군소리 말고 입어요. 당장 어머님께 내가 전화할 수도 있으니까."

투덜거리며 받아 든 라일리는 이안을 쳐다보며 너도 어서 받으라는 눈빛을 보냈다. 같이 죽자는 거겠지.

"리아, 난 더운 거 싫은데."

"안에 들어가면 시원해요. 찜질하는 곳은 따로 있고 휴게 공간은 에어컨 틀어져 있을 거예요."

"그래? 그럼 다행이고."

난 지갑에서 만 원짜리 몇 장을 더 꺼내서 이안에게 쥐어주었다.

"이건 뭐야?"

"라일리 때 좀 밀어주라고요. 아, 이안이 하라는 게 아니라 돈 주면 때 밀어주는 사람 있어요."

"무슨 소리야! 이 백옥 같은 피부에 무슨 때가 있다고 그래?"

라일리가 또 버럭 내게 소리 질렀다.

"피부 생각 끔찍하게 한다면서요? 라일리가 더럽다는 게 아니라 묵은 각질 없애는 거예요. 한 번 해봐요, 아마 파리도 미끄러질 정도로 뽀득뽀득해질 테니."

"아픈 거 아니야?"

"이것도 나름 전문가가 하는 거니까 믿고 맡겨봐요. 유난 좀 떨지 말고. 그럼 한 시간 후에 휴게 공간으로 나와요."

난 그 둘을 남탕으로 밀어 넣고 나도 여탕으로 들어갔다. 탕으로 들어가기 전 주인아줌마에게 태어나서 단 한 번도 때를 밀어보지 못한 사람이니 아주 박박 세게 밀어달라는 당부도 잊지 않았다.

후후후…… 너 죽었어, 라일리.

한 시간 후, 간만에 뜨거운 물에 푹 담그고 노곤노곤해진 몸을 이끌고 휴게 공간으로 가서 매트 몇 장을 깔고 누워 그들을 기다렸다. 어리바리한 외계인들이 또 내가 안 보이면 뭐가 뭔지 몰라 멍하니 서 있을 테니 불 한증막에 들어가고 싶은 것도 꾹 참고 그냥 기다리고 있었다. 이따가 한 사람이라도 오면 들어가야지. 이게 얼마 만에 오는 찜질방인데 본전은 뽑고 가야 하지 않겠어? 그것도 거지들 동반하느라 내가 쓴 돈이 얼만데!

책꽂이에서 볼 만한 책이 있나 뒤적이고 있는데 이안이 혼자서 걸어 나왔다.

"어? 왜 혼자 와요? 라일리는요?"

"때 밀어."

"좀 기다렸다 같이 나오지 그랬어요? 오래 걸리는 것도 아닌데."

"얼마나 소리를 질러대는지 창피해서 모르는 사람인 척하고 그냥 나왔어."

제대로 걸렸나 보군. 내가 힘센 사람으로 특별히 부탁하길 잘했지.

"근데 원래 때 미는 게 그렇게 하는 거 맞아? 때가 아니라 아예 피부를 벗겨낼 기세던데? 막 사포질하는 소리가 났어."

"원래 다들 그렇게 하는 거예요. 그래도 하고 나면 얼마나 시원한데요. 한국 사람은 역시 때를 밀어야 목욕한 것 같다니까요."

"그래? 리아도 밀었어?"

"난 라일리 챙겨주느라 나 혼자 밀었어요. 그거 은근히 비싸단 말이에요. 나까지 돈 주고 때 밀면 우리 오늘 밥 못 먹어요."

"그렇구나, 미안. 나중에 내가 오늘 쓴 거 다 줄게."

"됐어요, 나도 인심 한 번 쓰는 건데 뭐 어때요."

이안이랑 내가 한참을 즐겁게 대화하고 있는데 라일리가 핏기 없는 얼굴로 휘청거리며 우리를 향해 다가오고 있었다. 티셔츠 밑으로 보이는 팔과 다리가 모두 뻘겋게 색이 변해 있는 걸 보니 아주 제대로 때를 밀었나 보다. 난 터져 나오는 웃음을 참느라 아주 진땀을 빼고 있었다.

"야! 이리아! 너 이리 와! 너 일부러 이런 거지, 그치?"

"내가 뭘요, 난 그저 한국 문화 체험을 하게 해준 죄밖에 없어요."

"너 이거 안 보여? 아주 온몸이 다 시뻘겋게 변했어! 군데군데 피도 나고, 와…… 나 진짜 젖꼭지 떨어져 나가는 줄 알았다니까!"

"풉! 푸하하!"

난 결국 웃음을 참지 못하고 바닥에 뒹굴면서 배를 잡고 웃었다. 아이고, 때밀이 아저씨…… 제대로 한 건 하셨네, 굿 잡!

"너 웃겨? 웃겨? 이게 웃겨? 내 피부 어쩔 거야!"

"아하하…… 아, 죽겠네. 유난 떨지 좀 말아요, 피부는 금방 원래 대로 돌아오니까. 묵은 각질 벗겨내니 시원하고 좋지 뭘 그래요."

구석에서 잠을 청하는 사람들이 시끄럽다며 눈치를 주자 라일리 는 하는 수 없이 자리에 앉아 씩씩거리며 화를 식히고 있었다.

"너 두고 보자."

"그만하고 여기 이거나 해요. 자, 이안도."

나는 수건으로 양머리를 만들어 이안과 라일리에게 씌워주고 나 도 같이 양머리를 만들어 썼다.

"뭐야, 이건 또?"

"이게 바로 찜질방 패션의 완성이에요. 화룡점정이라고나 할까?"

"화룡점정 같은 소리 하고 앉아 있네. 치워!"

가발을 쓰지 않고 화장도 하지 않은 라일리는 이제야 좀 남자 같 아 보이긴 했지만 그것도 내가 남자라는 걸 알고 봐서 그런 거지 사실 누가 봐도 웬만한 여자들보다 선이 가늘고 예쁜 얼굴이었다.

"뭘 그렇게 보고 있어? 너 혹시 나한테 반했냐?"

아…… 저 입만 안 열면 딱인데. 넌 굳이 여장할 필요도 없어. 그 입만 열면 여자들 다 떨어져 나갈 테니 걱정하지도 마! 가만있자, 어디…… 우리 이안은……? 우오옷! 눈부셔, 눈부셔, 지나치게 눈 부셔! 빛나는 양이다! 세상에나…… 양머리를 하고서 이렇게 멋진 남자가 있을 수 있다니……. 잘생긴 사람은 뭘 해도 멋지구나. 이 안은 내가 자기를 넋 놓고 바라보고 있는 것을 보면서 라일리에게 말했다.

"봤지? 저게 바로 반한 눈빛이야. 너랑 나랑은 차원이 달라."

"좋겠다! 이상한 여자애 하나 달고 다니면서 뭐가 그렇게 좋은 지, 원."

뭐? 이상한 여자애? 야! 이게 누가 누구더러 이상하대? 물론 이 안만큼은 아니지만 너도 충분히 이상하거든? 이거 왜 이러셔? 아…… 나 아무래도 굿해야 할 것 같아. 내 주변에 자꾸 이상하게 외계인들이 꼬여…….

"야, 이리아. 배고파. 껍질 벗겨놨으니 책임지고 배는 채워놔."

"나한테 뭘 맡겨놨어요? 부탁하는 사람의 태도가 뭐 그래요?"

"아, 몰라. 나 지금 완전히 열받았어."

그래, 그래. 알았다, 알았어. 누나가 넓은 마음으로 참아줄게. 어쨌든 소기의 목적은 달성했으니까. 너 오늘 화끈거려서 잠도 못 잘 거다.

난 매점에서 컵라면과 맥반석 계란을 사 들고 쟁반에 받쳐 자리로 돌아왔다.

"먹어요."

"이게 다야?"

"뭘 더 바라요, 내가 오늘 쓴 돈이 얼만데. 나도 이제 돈 없으니까 불평할 거면 먹지 말아요. 내가 다 먹을 테니까."

"알았어, 먹으면 될 거 아니야! 먹으면."

그래도 배가 꽤 고팠는지 라일리가 제일 먼저 계란에 손을 댔다.

"잠깐!"

"왜, 또!"

"이거 그냥 먹는 거 아니에요. 다 먹는 방법이 있어요."

"그냥 까서 먹으면 되는 거지, 무슨 또 방법을 찾아?"

"노노노, 모르시는 말씀! 자고로 찜질방 계란은 이렇게……."

난 계란 하나를 집어 라일리 머리에 딱! 하는 소리가 날 정도로 세게 부딪쳐 깼다.

"아악! 이게 진짜! 뭐 하는 거야?"

"원래 이렇게 먹는 거라니까요?"

"웃기시네! 너 일부러 이러는 거 다 알아! 이리 와! 내가 아주 남은 계란 너한테 다 깨버리고 말 거야!"

때아닌 라일리와 나의 쫓고 쫓기는 추격전이 찜질방 안에서 펼쳐졌다. 몇 번을 그렇게 찜질방 안을 빙빙 돌다가 이안이 손짓하는 걸 보고 자리에 돌아가 앉은 나는 왜 부른 거냐며 이안에게 물었다.

"왜요, 이안?"

"이리 와."

"여기서? 미쳤어요? 공공장소잖아요."

"아니, 그냥 이리 와서 옆에 앉아 있으라고."

"응, 알았어요."

이안은 내 손을 꼭 붙잡은 채 계란 하나를 집어 자기 머리에 깨고는 웃음 지었다.

"이렇게 하는 거라고?"

"네, 맞아요. 그렇게 해야 더 맛있어요."

"리아."

"왜요?"

"라일리랑 놀지 마."

엥? 이건 뭔 소리야. 아, 진짜 좀! 앞하고 뒤를 붙여서 얘기하라니까! 가운데 토막만 댕강 잘라 말하지 말고!

"질투 나."

아, 그런 거였어? 안 놀아줘서 삐진 거야? 이런 귀여운 외계인을 봤나.

"알았어요, 이안하고도 놀아줄게요."

나와 이안이 서로를 마주 보며 방긋 웃는 걸 보고 있던 라일리가 불어터진 라면을 먹다 말고 그대로 뱉어내었다.

"으윽! 뭐예요, 더럽게!"

"비위 상해서 도저히 못 먹겠어. 이안, 진짜 많이 변한 거 알아?"

이안이 라일리를 쳐다보지도 않고 시선은 내게 그대로 고정시킨 채 입만 열어 대답했다.

"알아."

"이안 지금 되게 말 잘 듣는 강아지 같은 거 아냐고!"

"안다니까."

"에이 씨! 내가 아는 이안이 아니란 말이야! 내가 아는 이안은 이것보다 훨씬 멋지고 대단하고 엄청나게 멋진 사람이란 말이야! 내 우상이라고!"

라일리가 이안을 향해 열변을 토하고 있었지만 이안은 어깨를 슬쩍 들어 올릴 뿐이었다.

"누구야, 그게? 난 그런 사람 몰라."

"이안 맥스웰!"

난 라일리와 이안의 사이에서 어쩔 줄 몰라 하며 어색한 미소만 짓고 있다가 화장실 핑계를 대고 슬그머니 빠져나왔다.

잘난 남자친구 거느리기 참 힘들구나.

다음 날 아침, 찜질방에서 나온 우리는 미리 대기하고 있던 사람들에게 라일리가 그대로 끌려가는 걸 볼 수 있었다. 끝까지 안 가겠다고 몸부림치던 라일리는 결국 속수무책으로 공항으로 직행할 수밖에 없었다.

"이게 어떻게 된 거예요?"

"내가 일렀어."

"치사하다."

"알게 뭐야. 리아랑 같이 있을 시간이 줄어들어서 내가 얼마나 짜증 났었는데."

응…… 사실은 나도…….

한차례 폭풍 같은 라일리 사건이 끝나고 이안과 나는 간만에 평화로운 나날을 보내고 있었다. 걱정했었던 것과는 달리 현수 선배도 더 이상 나에게 접근하지 않았다. 하지만 시간이 지날수록 나는 불안한 마음이 커져 갔다.

이렇게 한가하게 연애를 할 때가 아닌데. 졸업이 얼마 남지 않았는데, 나는 이안이 아니니까 뭐라도 하나 더 배워야 하는데 이안은 날 어디도 못 가게 붙들어놓았다.

"이안, 나 할 말 있어요."

"해."

"나는요, 이안이 정말 좋아요."

"나도 내가 좋아."

너 그 대답이 지금 맞는 대답이라고 하는 거니? 하여간 특이해, 특이해, 너무 특이해.

"아무튼, 그게 문제가 아니고. 나요, 이대로는 안 되겠어요."

"뭐가?"

"이제 취업 준비해야 해요."

"해."

"이안이 도통 시간을 안 주잖아요!"

이안은 일관성 있게 관심 없다는 태도로 시큰둥하게 대답했다.

그래, 네 일 아니라 이거지?

너 이러다 나 백수 되면 책임질 거야?

"리아 취직 못 하면 내가 책임지지."

이젠 뭐 놀랍지도 않아. 제대로 알아들으니 편하기는 하네.

"뭘 어떻게 책임질 건데요?"

"평생 일 안 하고 놀고먹게 해줄게, 나랑 결혼하면."

"지금 그걸 프러포즈라고 하는 거예요?"

"아니, 프러포즈는 나중에 리아가 나랑 결혼할 마음이 생기면 그때 해야지. 지금 뭐 하러 해? 보나 마나 싫다고 할 텐데."

빙고. 아는구나. 나도 너랑 비교해서 뭐라도 하나 내세울 게 있을 때 해야지, 지금 하면 꽃뱀 소리밖에 더 듣겠니?

"리아는 아무 걱정 하지 마. 정 뭐가 그렇게 배우고 싶으면, 음…… 요리를 배우는 건 어때? 지난번 리아가 해준 음식은 정말 형이하학적인 맛이었어."

"아니, 나는 취직에 도움이 되는 걸 배우고 싶다니까요!"

"그러니까 리아 말은 궁극적으로 얘기하자면 돈을 벌고 싶다는 거 아니야? 그거에 대해서라면 내가 가르쳐 주고 있잖아."

"그것도 종잣돈이 있어야 하는 거지, 맨손으로 뭘 해요? 취직해서 월급을 좀 모아야 나도 뭘 투자를 하든 말든 할 거 아니에요."

"내가 준 돈 있잖아."

"그건 이안 돈이지 내 돈이 아니잖아요."

"내가 버는 건 다 리아 거야."

아…… 진짜, 얘 왜 이렇게 말이 안 통해? 너의 그 텔레파시 능력은 왜 됐다 안 됐다 하는 거야? 아니면 듣고 싶은 말만 골라 듣나? 참…… 신기한 재주네.

"이안, 있잖아요. 나 사랑해요?"

"당연하지."

"그럼 내가 혼자 설 수 있게 도와줘야죠. 이안이 끼고 돈다고 될 일이 아니에요. 물론 이안이 있으면 아주 편하게 살 수 있다는 거 알아요. 하지만 난 내 자존감을 위해서라도 내 힘으로 적은 돈이라도 벌고 싶어요."

"뭐 하러 그렇게 힘들게 살아. 그냥 나한테 오면 된다니까."

넌 내가 한 말을 어디로 들었니. 안 들었니, 못 들었니. 너 자꾸 이러면 나 정말 어디로 확 도망가 버린다!

"지금 생각하는 거 꿈도 꾸지 마."

이안의 손이 내 목을 끌어당기더니 깊숙하게 입을 맞췄다.

"이안! 여기 학교! 흐읍!"

"알게 뭐야, 부러우면 연애하라고 해."

지나가는 사람들이 보든 말든 상관 않고 이안은 열심히 내 입술을 맛보는 데에만 열중했다.

아…… 이 자식…… 갈수록 키스를 더 잘해…….

"크흠! 흠! 흠! 연애하는 것도 좋지만 공공장소에서 이러지 좀 맙시다."

화들짝 놀라 이안에게서 떨어지고 나서 옆을 보니 진경이가 서 있었다.

"으응, 왔어?"

"너, 아주 팔자 좋다? 누군 지금 학점 메우느라 정신이 없는데."

"나야 미리미리 학점 많이 따놨으니 그런 거고 넌 학사경고받은 거 재수강하느라 그런 거잖아."

"조용히 해! 이게 아주 광고를 해라, 광고를!"

진경이는 일부러 나와 이안 사이에 비집고 앉아 양쪽을 찌릿 노려보았다.

"리아, 너. 그러는 거 아니야."

"내가 뭘?"

"우리가 알고 지낸 지가 얼만데 넌 이렇게 킹왕짱 멋진 남자친구 생겼으면 새끼도 치고 좀 그래야 하는 거 아니야? 네가 이안하고만 붙어 다니는 동안 난 쓸쓸히 홀로 외로이 독수공방하고 있다는 생각은 안 해봤어? 매정한 것! 이래서 여자들의 우정은 다 소용없다는 거야!"

아하, 그런 거였어? 그런데 이안 친구라면…… 라일리밖에 모르는데. 너 혹시 연하 외계인 괜찮니? 아, 그런데 걘 인물을 너무 밝혀서 안 되겠다. 지보다 못생긴 여자들은 사람 취급도 안 하니까. 크흑! 미안해, 진경아…….

"이안도 그러는 거 아니에요!"

"왜 그래요, 진경 씨?"

"내가 두 사람을 얼마나 밀어줬는데!"

그래? 언제? 뭐…… 말리지는 않았던 것 같긴 하다만, 그렇다고 딱히 밀어줬다고 할 것까지야.

"너 원하는 게 정확히 뭐야?"

난 진경이가 이러는 이유를 도무지 알 수가 없어 단도직입적으로 물었다. 진경이는 드디어 원하는 질문을 들었는지 기다렸다는 듯 대답했다.

"나도 고수의 투자 비법 좀 알려줘요, 리아만 가르쳐 주지 말고. 그간의 정을 생각해서 공짜로, 오케이?"

이안이 웃으며 흔쾌히 그러마 하고 약속했다. 하긴, 진경이는 성적이 그다지 좋지도 않고 그렇다고 유학을 다녀온 것도 아니고 나보다 취업하기는 더 악조건이겠구나.

"말로만 하지 말고 매주 2회씩 시간 정해서 강습해 준다고 약속해요, 플리즈~"

진경이는 아예 대놓고 이안에게 들이대고 있었다. 이안은 잠시 생각을 하다가 진경이에게 원하는 대답을 들려주었다.

"좋아요, 매주 2회씩 우리 집에서 한 시간씩 강의."

"진짜? 고마워요!"

"대신, 조건이 있는데."

"뭔데요, 뭔데? 말만 해요."

"강의가 끝나면 묻지도 따지지도 말고 그대로 나갈 것. 리아는 놔두고. 그리고 그날 이외에 리아를 따로 불러낸다거나 특히! 웨딩 알바 같은 거 시키는 일 없도록 사전 차단할 것. 오케이?"

허…… 이 자식 봐라. 아예 날 사회에서 고립을 시키려고 드네…….

"어머! 당연하죠! 제가 그렇게 눈치도 없어 보여요? 좋은 시간 보내라고 전화도 문자도 안 할 테니 걱정하지 마세요. 쇠뿔도 단김에 빼랬다고, 오늘부터 할까요?"

"그러죠."

진경이는 가방을 챙겨 나온다면서 신나게 건물 안으로 들어갔다. 난 오늘 이안에게 내 시간을 좀 달라고 하려고 했는데 진경이 때문에 내 시간이 생기기는커녕 아예 더 줄어버렸다.

"이안…… 음…… 저기…….”

"꿈도 꾸지 마."

"아니, 나 무슨 말도 안 했는데 대답부터 하면 어떡해요?"

"안 들어도 뻔해. 혼자 공부할 시간을 달라거나 혼자 뭘 배우는 시간을 달라거나 혼자 뭘 알아볼 시간을 달라는 거겠지."

"안 돼요?"

"안 돼."

이런…… 칼 같은 놈…….

"우리 집에서 공부하고, 우리 집에서 배우고, 우리 집에서 알아 봐."

헉! 그럼 난 집에 언제 가?

"아예 이사를 오든가."

그냥 말을 말자. 말을 할수록 자꾸 더 꼬인다. 그런데 이 자식, 설마! 내가 취업하려고 드는 곳마다 떨어뜨리라고 입김을 넣는다 거나 그런 건 아니겠지? 아, 그건 불가능한가? 그치? 이건 좀 너무 비약한 거지? 설마 그럴 일도 없고 그렇게까지 할 일도 없겠지?

"못 할 건 없지만 그건 리아를 존중하는 게 아니니까, 그렇게까 진 안 해."

생각은 했었다는 거구만…… 무서운 놈.

"이안, 그럼 이렇게 해요."

"어떻게?"

"미행도 없이, 잠복도 없이 온전히 내 시간 하루에 딱 한 시간만 줘요."

"대가는?"

"그럼 이안이 원하는 거 한 시간 동안 묻지도 따지지도 않고 들 어줄게요. 단! 사회적, 도덕적으로 문제가 없는 한도 내에서."

이안은 또 뭔가를 생각하는가 싶더니 이내 웃으며 내게 대답해 주었다.

"리아 자유 시간 한 시간에 내 시간 두 시간."

"그런 게 어디 있어요! 공평하게 한 시간으로 해요."

"싫어? 그럼 말고."

"으으…… 그럼 한 시간 30분! 더는 안 돼요!"

"Deal!"

이안이 이를 드러내 보이며 화사하게 웃었다.

이거 어째 또 당한 것 같은데……착각이겠지?

일단 이안에게 허락을 받았으니 나는 바로 다음 날 발 빠르게 실행에 옮겼다. 대학을 다니던 내내 성적은 올 A였으니 그거 하나만큼은 자신 있었지만 남들 다 가는 어학연수 한 번 가보지도 못하고 알바 인생을 불태웠던지라 난 내가 가장 취약한 외국어 영역을 집중 단련하기로 했다. 요즘엔 면접 볼 때 영어로 대답하라는 곳도 많다고 하니 지금 내게 필요한 건 혀에 기름칠을 하는 것!

문법은 그런대로 괜찮은데 발음이 후져, 후져도 너무 후져! 이 대책 없는 식민지 발음을 어떻게 해보려고 이안에게 도움을 요청해 보았지만 결과는 매일같이 알러뷰 유럽미만 반복시키는데 뭔 놈의 진도가 나가겠냐고! 하여간 그 캔커피 외계인을 믿는 게 아니었는데!

내일은 다른 거 하겠지, 모레는 좀 다른 거 하겠지 했지만 결과는 역시나. 덕분에 알러뷰 유럽미만큼은 네이티브 스피커 수준이 됐다. 하지만 면접관한테 알러뷰 유럽미 할 수는 없는 거잖아. 그랬다간 취업 면접이 개그맨 면접장으로 바뀌겠지. 뭐, 상관없어! 일단 그 외계인 떼어놓는 건 성공했고! 나만 잘하면 되는 거야!

종로에 유명한 어학원에 수강 신청을 하고 오늘이 회화 수업을 듣는 첫날.

후후, 좋았어. 오늘부로 식민지 발음을 때려치우는 거야. 팝송을 부를 때는 노래를 듣고 따라 해서 그런가 아무 문제가 없는데 막상 말로 하려면 여지없이 발음이 딱딱해지는 건 왜 그러는 걸까? 누가 좀 속 시원히 원인을 밝혀줬으면 좋겠네. 원인을 알아야 고치든 말든 할 거 아니냐고.

부푼 기대를 안고 들어간 강의실에는 먼저 온 수강생들이 여기저기 자리를 잡고 앉아 있었다. 회화를 위주로 하는 수업이라 선생도 외국인이라고 하니 난 벌써부터 긴장이 돼서 손바닥이 끈적끈적해졌다.

뭐 물어보면 어떻게 하지? 첫 수업이니까 자기소개 같은 거 하라고 하는 거 아닐까? 가만있자, 그럼 아이 엠…… 아니지, 마이 네임 이즈 이리아. 응? 원래 이런 데선 영어 이름 만들어서 쓰던데…… 내 이름을 뭐라고 만드는 게 좋을까? 쟈스민? 음…… 차 이름 같아서 패쓰. 켈리? 캐서린? 엘리자베스? 릴리?

한참을 그렇게 내 이름을 뭐로 할 것인지 고민에 빠져 있는 동안 강의실 빈자리는 점점 채워져 갔고 내 옆자리에도 다른 사람이 와서 앉는 것 같았다. 어차피 자주 볼 얼굴이니 인사나 하자고 고개를 돌리고 보니 통성명이 따로 필요 없을 정도로 아주 잘 아는 사람이었다.

"……현수 선배?"

"인연이 있으니까 이렇게 또 만나네."

악연이겠지, 어디 찍어다 붙이려고 그래.

"이 수업 들어요?"

"지난달부터 들었어. 넌 오늘이 처음이지? 안 그랬으면 못 봤을 리가 없는데."

아…… 하필…… 골라도 여길 골랐을까. 난 다른 빈자리가 있는지 두리번거리며 찾아보았다. 한 시간 동안 이 사람이랑 딱 붙어 앉아 있어야 하다니, 정말 사양하고 싶었다.

"다른 자리 없을걸? 이 학원에서 여기가 제일 인기 많은 수업이야. 너도 그래서 다니는 거 아니야?"

이런 젠장…… 학원을 옮기든가 해야지, 무슨 다른 방법을 찾아야겠다.

현수 선배 덕에 첫 수업을 무슨 정신으로 들었는지도 모를 정도로 멍해진 나는 수업이 끝나자마자 학원 측에 강의 변경을 할 수 있는지 물었지만 이미 모든 강의가 만원이라 변경할 수 없다는 대답이었고, 그럼 환불을 할 수 있느냐 물었더니 이미 첫 수업을 들었기 때문에 전액 환불이 어렵다는 답이 돌아왔다.

뭐? 이게 얼마짜린데! 내 피 같은 돈을 이대로 버릴 수는 없으니 참고 들어야 하나, 아니면 손해를 보고서라도 환불을 받고 다른 학원을 알아보아야 하나. 내가 이러지도 저러지도 못 하고 뭐 마려운 강아지마냥 왔다 갔다 하고 있는데 내 앞으로 긴 그림자가 드리워졌다.

"리아야, 얘기 좀 하자."

"전 별로 할 얘기가 없는데요, 선배님."

"내가 할 얘기가 있어서 그래. 듣기만 해."

"싫어요."

"리아야……."

"글쎄, 그렇게 친한 척 다정하게 부르지 마시라니까요!"

어디서 그런 용기가 나왔는지 난 다른 사람들의 시선에도 아랑곳하지 않고 내 팔을 잡는 선배의 손을 매몰차게 쳐내었다. 그 바람에 선배가 들고 있던 책과 프린트물들이 바닥으로 우수수 떨어져 내렸다.

아…… 이런…… 이건 내 탓이 아니야, 선배가 잡아서 그런 거라고! 내 탓이 아니란 말이야! 현수 선배는 말없이 바닥에 떨어진 종이들을 하나씩 주워담기 시작했다. 예전 같았으면 내가 먼저 달려들어 먼지 한 톨까지 다 털어내며 안겨줬겠지만 이제 아니야, 지금은 아니야. 난 절대 그러지 않을 거야. 바보같이 할 말도 못 하고 돌아서서 제대로 울지도 못하는 그런 병신 짓은 다시 하지 않을 거라고!

난 바닥에 쭈그리고 앉아 있는 현수 선배를 과감히 무시하고 학원 밖으로 나갔다. 그 장면을 본 몇몇 사람이 지들끼리 뭐라고 수군대는 게 들렸지만 개의치 않았다. 알게 뭐야. 내가 알게 뭐야. 너희들은 저 사람이 나에게 무슨 짓을 했는지 모르잖아. 그러니 신경 꺼, 남의 일에 신경 끄란 말이야.

전철역으로 향하는 발걸음을 한 발 한 발 뗄 때마다 천 근씩 무거워지는 것 같았다.

왜 이래. 너 왜 내 말을 안 들어. 네 주인은 나잖아. 말 좀 들으라고, 이 멍청한 다리야!

"……에이…… 씨."

난 다시 학원으로 되돌아갔다. 그래, 어디 한번 들어나 보자. 그걸로 끝이야, 달라지는 건 아무것도 없어. 오히려 그걸로 인해 저 선배와 내 관계가 더 깨끗해질 수도 있어. 지저분하게 질질 끌지 말고 오늘로 확실히 끝내는 거야. 다른 뜻 전혀 없어, 그것뿐이야.

학원을 굳이 들어갈 필요도 없이 뒤돌아서 몇 걸음 가기도 전에 이쪽으로 걸어오는 현수 선배와 마주쳤다. 내가 다시 되돌아올 것을 몰랐었는지 현수 선배의 얼굴에 약간의 당혹감과 반가움이 서려 있었다.

"나 걱정돼서 다시 와준 거야?"

"아니요, 그런 거 아니니까 착각하지 마세요. 난 그냥 선배가 그렇게 하고 싶다는 말 들어주려고 온 것뿐이에요. 이번이 마지막이니까 깨끗하게 끝내요, 우리."

"그래, 그럼 일단 어디 좀 들어가자. 조용하게 얘기하고 싶어."

어디 멀리 가고 싶은 생각도 없으니 종로 피맛골에서 간단한 파전 하나와 막걸리를 시켜놓고 현수 선배와 마주 앉았다. 이른 시간이라 손님도 우리 외에 한 테이블밖에 없어서 조용하게 이야기를 나누는 데 부족함이 없었다.

"하세요, 이제."

"뭐가 그렇게 급해. 한 잔 받아."

현수 선배는 내가 끝까지 잔을 들지 않으니 그냥 내 앞에 있는 잔을 가져다 술을 부어 다시 내밀고 자신의 잔에도 따른 뒤 혼자서 술을 마시기 시작했다.

"리아야……."

"……."

"난 네가 좋았다."

"……."

"눈만 마주쳐도 부끄러워하는 네가 좋았고, 손만 잡아도 얼굴이 붉게 물드는 순수한 네가 정말 좋았어. 친구들이 무슨 소꿉장난하냐며 얼른 진도 나가라고 할 때도 난 그러고 싶지가 않았어. 널 있는 그대로 지켜주고 오랫동안 보고 싶었으니까."

그래? 난 키스 한 번을 안 하기에 내가 그렇게 매력이 없나 비관까지 했었는데?

"그런데 네가 휴학하고 나니까 정말 외롭더라. 늘 같이 다니던 사람이 없는데 왜 안 그렇겠어? 넌 늘 아르바이트한다고 바쁘고 시간도 잘 안 내줬잖아."

응? 내 기억에 무슨 문제가 있나? 아니면 선배의 기억에 무슨 문제가 있나? 연락이 잘 안 됐던 건 내가 아니라 선배였다고!

"신입생들 인솔자 명목으로 신입생 O.T를 따라갔었는데 그때부터 여자애 하나가 끈질기게 달라붙었었어. 여자친구가 있다고 해도 막무가내더라고. 어려서 그런가 보다 했지. 하지만 아니더라. 정말로 나 아니면 죽겠다고 사정사정하면서 매달리는데……."

"……넘어갔군요."

"진짜 술이 너무 취해서 한 실수였어. 딱 한 번! 나도 남자란 동물이라 어쩔 수 없었는지 깨어나고 나서 자기 모멸감과 후회가 밀려왔지만 이미 지난 일을 어떻게 하겠어."

"나도 지난 일을 탓하려고 선배 애길 듣겠다는 건 아니에요. 내가 궁금한 건 그때 왜 선배가 내게 헤어지자는 말을 하지 않았냐는 거죠. 차라리 그때 그 말을 했더라면 난 미련 없이 선배를 보내줬을 거예요."

"난 너랑 헤어질 마음이 없었으니까!"

"그게 말이 된다고 생각해요? 그럼 왜 끝까지 날 잡지 않았어요?"

"……애를 가졌다고 하잖아…… 그 여자애가."

하하하…… 이걸 믿어야 하나, 말아야 하나. 별 개뼈다귀 같은 소릴 다 듣겠네.

"알아, 내가 우유부단했던 거. 너를 잃고 싶지도 않았고, 그렇다고 그 애를 외면할 수도 없었어. 차라리 너에게 헤어지자고 말해야 했었는데 그러질 못했어. 아니, 할 수가 없었어!"

"그럼 내가 찾아갔을 때 왜 한마디도 안 하고 지나 보냈어요? 그리고 그때 분명히 선배의 표정은 경멸에 가까웠어요! 난 어제 일같이 생생하게 기억한단 말이에요!"

"그건 너에 대한 경멸이 아니라 나에 대한 경멸이었어! 그 애가 나를 잡고 놔주질 않는데 내가 어떻게 널 아는 척을 할 수 있었겠어? 두 여자 옆에 끼고 싸움이라도 붙였어야 해?"

난 분노와 상실감이 뒤엉켜 복잡하게 들끓어 오르는 마음을 진정시키려고 내 앞에 놓인 막걸리를 단숨에 들이켰다.

"……그래요, 그랬다고 치죠. 그럼 그 애는 어떻게 됐어요? 애는 낳았어요?"

선배는 긴 한숨을 내쉬더니 술 한 잔을 더 따라 마시고 힘겹게 말을 이어갔다.

"……그것조차 거짓말이었더라고. 난 감쪽같이 속았었어. 내 앞에서 입덧까지 해댔으니까. 집안에선 그것도 모르고 책임질 거냐 아니냐, 나를 잡고 닦달하고 그 애는 그 애대로 빨리 결혼하자며 닦달하고, 알고 보니 처음부터 끝까지 다 거짓말이었어. 나중에 전해 들은 얘기로는 내 전화기를 뒤져서 너에게 온 문자메시지도 싹 다 지웠었다나 봐."

하하, 나 참. 그래…… 선배도 참…… 힘들었겠구나. 하지만 달라지는 건 아무것도 없어, 아무것도. 그러니까 그냥 답답했던 궁금증만 해결하는 걸로 끝내는 거야. 동정하지 마. 이미 다 끝난 일이야.

"결국 우리가 헤어진 건 네 탓도 내 탓도 아니었던 거야. 너에게 다시 연락했을 땐 이미 넌 이사도 가고 전화번호까지 전부 바꿔 버리고…… 머리가 너무 복잡해서 군대를 간다고 하니까 기다린다고 했던 그 애는 내가 상병 달 때쯤 다른 남자랑 결혼했다고 들었어."

"……그렇군요."

"사실은 복학 신청하러 갔을 때 네 이름을 봤어. 다시 만날 수 있다고 생각하니까 가슴이 뛰고 잠도 안 오더라. 길에서 우연히 만났을 때도 아무렇지 않게 널 대했던 건 우리가 다시 예전처럼 아무 일 없던 때로 돌아가고 싶은 마음이 더 커서 그랬었어. 불편했었다면 미안해."

"네, 알겠어요."

"……그리고 난 지금도 널 좋아해."

"그건 못 들은 걸로 할게요. 아시잖아요, 저 사귀는 사람 있어요."

"알아……."

못났다, 정말 못났다. 하나하나 다 챙겨주는 자상한 모습이 좋았고, 부드럽게 쓰다듬어 주는 손길이 좋았고, 햇살처럼 환하게 웃는 미소가 좋았고, 잡은 손에서 느껴지는 두근거림을 좋아했었는데 이젠 정말 끝이구나. 잘 가, 내 첫사랑아.

"그래도 궁금증은 풀렸으니 그걸로 됐어요. 선배도 오해가 풀렸으니 이걸로 된 거죠? 이제 더 이상 우리 서로 아는 척하지 말아요."

"리아야."

"미안해요. 전 이제 선배를 좋아하지 않아요."

"리아야……."

"그렇게 부르지 말아요. 약속 있어서 그만 가봐야겠어요."

그대로 자리에서 일어서려는데 나를 붙드는 선배의 손이 느껴졌다.

"놔주세요."

"리아야, 한 번만…… 나한테 기회를 줘."

"기회라면 그동안 차고 넘치게 있었어요. 마음만 먹으면 얼마든지 나를 찾을 수 있었을 거라고요. 내가 무슨 바다 건너 외국으로 간 것도 아니고, 두메산골에 숨어 지낸 것도 아니고. 결국 기회를 놓친 건 선배예요. 다 끝난 일 가지고 이러지 말아요, 추억이라도 간직할 수 있게."

현수 선배는 결국 나를 잡은 손에서 힘을 빼고 천천히 술병을 들어 잔을 채웠다.

"……적당히 마시고 가세요. 그리고…… 저도 그때는 정말……
좋아했었어요. 그냥 그걸로 만족해요. 우린 인연이 아니었나 봐요.
잘 지내요, 선배."

고개를 숙이고 있는 선배의 어깨가 흔들렸다. 나는 나도 모르게
아주 잠깐 현수 선배의 등에 손을 뻗을 뻔했다.

아니야, 아니야, 이러지 마, 이러면 안 돼.

난 입술을 꽉 깨물고 도망치듯 그 자리를 빠져나왔다.

잘했어, 잘한 거야. 나를 위해서도 선배를 위해서도 더 이상 할
수 있는 건 없어. 이야기를 들어준 것만으로도 내 할 도리는 다 한
거야. 그래, 그걸로 된 거야.

습관적으로 집으로 향하는 지하철에 올라탄 나는 학원이 끝나면
바로 자기 집으로 오라는 이안의 말을 떠올리곤 황급히 내려 다시
갈아탔다. 시계를 보니 시간이 벌써 저녁 8시.

으…… 난리 났다. 그 외계인이 보나 마나 또 왜 이렇게 늦었냐
며 갖은 고문을 할 텐데. 뭐라고 하지? 왜 늦었다고 하지? 아니, 왜
시간이 벌써 이렇게 된 거지? 얘기 몇 마디 들은 거밖에 없는데?
이거 고장 난 거 아니야? 맞아! 고장 난 걸 거야, 시간이 벌써 이렇
게 됐을 리가 없어!

그러나 그러한 나의 생각을 비웃듯 옆자리에 앉은 사람에게 시
간을 물어보니 역시나…… 내 시계는 정확했다. 적당한 핑계를 생
각해 내지 못한 나는 이안의 집에 다 와서도 들어가지 못하고 문
앞에서 안절부절못하고 있었다.

어떡하지? 어떡하지? 그냥 솔직하게 다 말할까? 아니지, 아니지,

그랬다간 그 외계인이 다시는 나한테 자유 시간 안 줄 거야. 한 달도 아니고 일주일도 아니고 오늘이 첫날인데! 첫날부터 약속을 어겼다고 길길이 뛸 텐데 거기다 대고 내가 어떻게 이실직고를 해……. 으음…… 생각을 해보자, 생각…… 생각…… 으아아아! 생각이 안 나!

이안의 집 문 앞에서 머리를 쥐어뜯고 있는데 갑자기 문이 벌컥 열렸다.

"안 들어오고 뭐 해?"

"어……? 나 온 거 어떻게 알았어요?"

"인기척이 들리니까 비디오폰으로 봤지. 왜 이렇게 늦었어?"

윽! 보자마자 공격 개시냐.

"음…… 첫날이라서 학생들끼리 인사 좀 하느라……."

"수업이 6시라며?"

"맞아요."

"한 시간짜리 수업이고?"

"으응……."

"7시에 끝나서 인사하는 데 15분. 지하철역까지 걸어가는 데 5분. 거기서 여기까지 오는 데 환승 구간까지 합쳐서 48분. 배차시간을 놓쳤을 걸 감안해서 플러스 10분. 총 1시간 18분이면 우리 집에 도착했어야 해. 엘리베이터를 타는 시간까지 생각하면 8시 20분이면 충분히 도착하고도 남을 시간인데 지금 시각은 9시 37분. 자, 그럼 여기서 비는 1시간 17분에 대해서 우리 얘기해 볼까?"

컥! 이 자식…… 쓸데없이 예리한데?

"으음…… 그러니까 아무 생각 없이 우리 집으로 가는 지하철을

탔다가 중간에 생각이 나서 다시 갈아타는 바람에……."

"내 존재감이 리아한테 그렇게 없었나? 아무 생각 없이 약속을
잊을 정도로?"

"아니! 아니! 아니, 절대로 아니! 금방 다시 생각나서 얼른 갈아
탔어요."

"몇 정거장?"

"그러니까…… 두…… 정거장?"

이안은 점점 내게 가까이 다가오고 있었다.

그의 걸음에 맞추어 나도 슬슬 거리를 유지하려 뒤로 밀려났다.

"두 정거장이면 잘 봐줘서 왔다 갔다 17분 빼주지. 그럼 나머지
한 시간은?"

"음…… 잠깐 전화 통화를 하느라…… 알잖아요, 여자들 수다
필 받으면 한 시간은 후딱 지나가는 거."

"누구랑?"

"진경이! 진경이가 이안의 수업에 대해서 궁금한 게 참 많은가
보더라고요!"

"그래?"

이제 난 더 이상 물러설 곳이 없는데 이안은 계속해서 나를 향해
직진하고 있었다.

"그럼요! 정말이에요! 내가 왜 거짓말을 하겠어요? 들킬 게 뻔한
데."

"그러게 말이야. 들킬게 뻔한데, 리아는 왜 거짓말을 하는 걸
까?"

"……네?"

"진경 씨가 나한테 궁금한 게 많은 건 나도 알아. 방금 전까지 통화했거든."

헉! 그…… 그러냐. 그럼 난 이제…… 죽었구나.

이안의 얼굴이 내 코앞까지 다가왔다.

훗. 이안이 짧은 웃음을 흘려보내더니 몸을 일으킨다.

"술까지 마셨겠다."

응? 내가? 아…… 아까 하도 열불이 나서 물처럼 들이마셨지. 생각도 못 했네.

"저기…… 저기…… 이안, 있잖아요."

"왜."

"잘못했어요!"

"뭐를."

"그냥 다……."

"언제, 어디서, 무엇을, 누구와, 어떻게, 왜 했는지 육하원칙에 따라서 설명해 봐. 잘못의 경중을 따져서 벌칙을 정하도록 하지."

끄아악! 흑…… 아주 제대로 작정을 했구나.

이안의 얼굴은 미소가 띄워져 있었지만 목소리만큼은 서늘한 냉기가 뚝뚝 떨어졌다.

무서운 자식…… 웃는 낯으로 사람을 죽이려고 드는구나.

"음, 음…… 그러니까 설명을 하자면…… 일부러 그런 건 절대 아닌데 종로에서 제일 유명한 수업을 들으러 갔더니 거기에 현수 선배가……."

"그래서?"

윽! 눈썹이 올라갔어! 눈썹이 올라갔다고! 저거, 저러면 좀 위험한데…….

"그래서 난! 과감히 수업을 바꾸려고 했지만 다른 수업도 전부 마감이라고 하지, 환불해 달라고 했더니 이미 수업을 한 번 들었기 때문에 전액 환불은 안 된다고 하지……."

"계속해 봐."

"그래서 어떻게 하나 고민하고 있던 찰나에 현수 선배가 얘기 좀 하자고……."

이안의 눈이 약 2초간 감겼다 떠졌다.

싸…… 쌍꺼풀이 두 겹이 됐어! 어…… 어…… 저거 진짜 화난 건데, 어쩌지? 어쩌지? 어쩌지? 여기서 계속해? 나 죽을 것 같은데? 그럼 좀 각색을…….

"머리 굴리지 말고 똑바로 얘기해."

킥! 으응…… 알았어.

"내 첫사랑에 관해서 이안에게 일일이 다 얘기하는 건 좀 그래서 말하지 않았지만, 사실 예전에 현수 선배와 내가 좀 어이없게 헤어지긴 했었거든요. 헤어져야 하는 이유도 모르고 왜 그렇게 됐는지도 모르고 아무튼 그 충격이 좀 컸었는데, 그때 왜 그랬는지 오해라도 풀고 싶다고 얘기만이라도 들어달라고 하도 사정을 하니까, 나도 그냥 궁금했던 거 풀어버리고 깨끗하게 정리하자는 마음에서……."

"그래서 정리는 잘한 건가, 아가씨?"

아…… 가씨……. 이안, 왜 그래. 너 왜 그러니…… 나 무서워, 그러지 마. 그러지 마. 그냥 하던 대로 해줘.

"으응…… 했어요. 서로 다시는 아는 척하지 말자고. 그냥 잘살 라고 했어요."

"……."

이안이 말이 없다. 말이 없다. 저기…… 이안아? 무슨 말이라도 좀…… 아무 말 안 하니까 더 무서워…….

"술은 왜 마셨지? 겁도 없이. 그 남자가 언제 돌변할지 알고."

"아! 그건, 그건! 얘기 듣다 보니 막 속에서 천불이 나고 그래서 그냥 물인지 술인지 구분도 못 하고 그렇게 된 건데."

"어쨌든 같이 마셨다는 거네."

"아니지! 아니, 그건 정말 아니죠! 같이 사이좋게 주거니 받거니 마신 게 아니라 난 그냥 홧김에 훅! 들이마신 건데?"

이안은 나를 한 번 뚫어지게 바라보더니 일어나서 주방 쪽으로 걸어갔다.

이안아? 너 어디 가니? 설마 칼 들고 오는 거 아니지? 날 진짜 죽이거나 하지는 않는 거지? 그치?

이안이 손가락을 뻗어서 나를 향해 까딱거렸다.

응? 오라고? 응, 갈게! 얼른 갈게! 그러니까 흥분하지 마. 우리 말로 하자.

말없이 손가락을 까딱거리며 식탁에 앉으라는 의사 표시를 한 이안은 다시 몸을 돌려 주방을 뒤졌고, 난 식탁에 얌전히 앉아 그 의 처분을 기다렸다. 잠시 후 이안은 식탁 위에 종류별로 술병을 하나씩 꺼내어 늘어놓았다.

가만있자, 이게 다 뭐냐. 발렌타인, 로얄 살루트, 레미 마틴, 헤네시…… 참, 종류별로 가지가지다. 하나같이 다 비싼 거네.

이안은 술잔 두 개를 들고 와 한 잔은 내 앞에, 나머지 한 잔은 자기 앞에 놓고 내게 물었다.

"골라."

"뭘요?"

"어떤 거부터 마실지 고르라고."

지금 어떤 거부터라고 했지? 어떤 거를 마실 거냐고 물은 게 아니라. 저기, 설마 너 이거 다 마시려는 거 아니지? 그치? 아…… 니야?

"이안, 이거 오늘 다 마시게요?"

"응."

"우리 둘이서요?"

"응."

"나 술 그렇게 많이 못 마시는데?"

"그래? 난 또 겁도 없이 아무 남자 하고 술 마시기에 잘 마시는 줄 알았지."

윽! 거기서 또 그렇게 공격이 훅 들어오는 거냐.

"음, 음…… 그러니까 우리 요거 하나만 마실까요? 나 꼬냑은 안 마셔봤는데."

난 이안에게 헤네시를 들어 보였다.

"그럼 그거부터 시작하지."

"아니…… 저기, 그거부터가 아니라 이것만!"

내가 그의 말에 토를 달자 순간 나를 쳐다보는 눈빛에서 광선이 발사되는 것 같았다.

"네! 이거부터 마시죠! 그럼요! 아우, 오늘 나 비싼 술 종류별로 다 마셔보게 생겼네."

허둥지둥 병을 내려놓고 이안의 눈치를 보고 있자니 그가 내게서 시선을 거두고 헤네시 뚜껑을 열어 내게 먼저 따라주었다.

"마셔."

"안주는……."

나의 말에 이안의 혀가 쯧, 하고 작게 차는 소리가 들렸다.

"아니에요! 그냥 마셔야죠, 암요! 고급술인데 음미하면서 마셔야죠! 안주는 무슨 안주야."

오늘 속 제대로 버리게 생겼네.

덜덜 떨리는 손으로 꼬냑을 한 모금 들이켜 보았다. 독하긴 하지만 특유의 향이 입안 가득 퍼지고 목 넘김이 부드러운 게 확실히 비싼 술은 다르긴 다른 것 같았다. 한 모금 마시고 다시 잔을 내려놓으려는데 이안의 눈빛이 찌릿하고 다가왔다.

"다 마셔요?"

"원 샷."

하이고, 한국 사람 다 됐네. 원 샷이라는 말도 쓰고. 그래, 알았다, 알았어. 마시면 될 거 아니야!

쓰디쓴 꼬냑을 한 번에 쭉 들이켜고 나니 이안이 다시 잔을 채워주었다.

"이안은 안 마셔요?"

"자작하면 3년이 재수 없대."

뭐야, 저런 말은 또 어디서 배웠어. 그냥 따라달라고 하면 되지, 참 너도 가지가지 한다.

내가 이안의 잔에 술을 채워주자 이안도 한 번에 쭉 들이켰다.

"이제 리아 차례. 마셔."

그러니까 지금 우리 술 마시기 대결하는 분위기야? 뭐…… 이걸로 그냥 넘어가 주면 나야 좋지.

그렇게 주거니 받거니 서로의 잔을 채워주다 보니 어느새 헤네시 한 병이 바닥을 드러내고 있었다.

"이건 다 마셨네. 그럼 다음. 어떤 거?"

"음…… 이안, 나 이제 더 못 마셔요."

"마셔."

"진짜 못 마셔요. 빈속에 급하게 마셔서 그런가 취기가……."

처음엔 잔뜩 긴장하고 마셔서 그랬는지 잘 몰랐는데 점점 취기가 올라오고 있었다. 눈앞에 있는 이안의 얼굴이 빙글빙글 돌고 내 앞에 놓여 있는 술잔도 두 개로 보이기 시작했다.

"겨우 이거 마시고 뻗을 정도면서 감히 나 말고 다른 남자랑 술을 마셨겠다?"

"으음…… 그게 아니라고…… 했잖…… 아요."

난 앉아 있는 것도 겨우일 정도로 한 번에 취기가 올라오는 중이었다. 나도 느낄 정도로 몸이 심하게 좌우로 흔들렸다.

"술은 알코올 도수에 따라서 취하는 게 아니야, 분위기에 취하는 거지. 남자가 여자랑 술을 마시자고 할 때는 다 이유가 있는 거야. 진짜 몰라서 그래?"

"아니, 아는데, 아까는 진짜 그런 게 아니라……."

아, 어떡해. 이안이 둘로 보여…… 아니, 셋인가? 빛나는 외계인이 한 번에 셋이나 보이니 눈부셔…… 눈 좀 감고 싶다.

갑자기 식탁이 눈앞으로 가까워지는가 싶더니 그대로 고꾸라졌다.

"이…… 안, 나 이제…… 끝…… 진짜 끝……."

소리는 들리지만 내 몸이 내 몸이 아니게 되어버렸다. 태어나서 이렇게 많이 마신 건 처음인 것 같다. 양주는 두세 잔이 고작이었는데, 한 병을 둘이서……. 음…… 아, 몰라몰라. 이제 죽이든 살리든 맘대로 하라고 해. 일단 난 좀 쉴래. 난 스르르 눈을 감았다. 드르륵 하고 의자가 밀리는 소리가 들린다. 이안이 일어나는 건가? 점점 가까워지는 발자국 소리 나한테 오는 거구나. 이안이 나를 안아드는 것이 느껴졌다. 지금 어디로 가는 거야? 흔들지 마. 속 울렁거려……. 이안은 나를 침대에 조심스럽게 내려놓더니 방을 나갔다. 아…… 이걸로 끝이구나. 속은 좀 버렸지만 그래도 무사히…… 응? 왜 다시 오지?

이안은 집 안의 불을 하나하나 끄고 나서 다시 방 안으로 들어왔다. 캄캄한 방 안에서도 이안이 어디 있는지는 충분히 알 수 있었다. 또 반딧불이 기능이 발동되었으니까.

이안이 천천히 셔츠의 단추를 풀어 내리고 있었다. 눈 깜짝할 사이에 상반신이 노출된 이안은 그대로 내게 다가와 속삭였다.

"……술에 취하고 분위기에 취한 남자는 이성은 날아가고 본능만 남는 법이야."

오 마이 갓…… 어둠 속에서 이안이 빛을 뿜으며 내게 다가왔다. 평소의 이안과 분위기가 사뭇 달라서 머릿속에서 위험을 알리는 경고등이 요란하게 돌아가고 있었지만 나는 꼼짝도 할 수가 없었다.

어쩌지…… 어쩌지…… 몸이 안 움직여.

알코올의 위력이란 실로 대단한 것이었다. 이안이 내게 속삭인 말로 인해 순간 정신은 말똥말똥해졌지만 그에 반해 내 몸은 나의 지시를 받기보다는 알코올에 잠식되어 있는 상태였다. 난 힘겹게 입을 떼어 이안에게 무언가를 말하려고 했지만 그마저도 내 입술을 짓누르는 이안에 의해 무산되어 버렸다. 알싸한 꼬냑의 향기가 입안 가득 들어왔다. 이안은 처음부터 봐줄 생각은 전혀 없었는지 전투적으로 내 입속을 헤집어놓았다.

숨이 막힌다. 숨 쉴 틈은 좀 주고 해야지, 이 외계인아! 간신히 고개를 옆으로 돌리고 가쁜 숨을 몰아쉬는데 이번엔 그가 내 목덜미를 물어뜯을 기세로 달려들었다. 어…… 어…… 이러면 또 지난번처럼 자국 남는데…….

"이안, 이안…… 좀 살살 해요…… 아파요…….."

그러나 내 말을 듣는지 마는지 이안은 정신없이 내 목을 힘차게 흡입하는 중이었다.

"아흑!"

움찔하며 짧은 신음이 터져 나왔다. 내 신음 소리를 들은 이안의 행동이 더더욱 급해지는 걸 느꼈다. 목덜미에 있던 이안의 입술이 잠깐 내 귓불에 머무는가 싶더니 어느새 미끄러지듯 쇄골로 내려와 뼈를 따라 혀끝으로 쭉 핥으며 자잘한 입맞춤을 퍼부었다.

"으음…… 이안……."

나도 모르게 내 몸이 들썩이고 이안이 그 틈을 타 내 옷자락 속으로 손을 집어넣더니 눈 깜짝할 새에 속옷을 풀어버렸다. 내 옷 속을 마음대로 누비고 다니는 이안의 손길이 느껴졌지만 지금 내가 할 수 있는 건 아무것도 없었다. 이안은 도무지 멈출 생각이 없어 보였다. 내가 아무런 반항도, 제지도 가하지 못하는 상태라는 것을 잘 알고 있는 듯, 마음대로 내 몸을 구석구석 탐하더니 순식간에 나를 실오라기 하나 걸치지 않은 상태로 만들어 버렸다.

이안이 일어나서 내 몸을 천천히 훑어보고 있다. 너무 부끄러워 몸을 작게 움츠리고 싶었지만 지금 내 상태는 발가락 하나도 움직일 수 있는 상태가 아니었다. 취기가 사라지기는커녕 점점 더 오르는지 침대 밑으로 가라앉는 것처럼 느껴졌다.

어…… 이거…… 진짜 위험한데.

난 내 눈이 이렇게 커질 수 있는지 몰랐다. 이안은 내 눈앞에서 천천히 바지를 내리더니 마지막 한 장 남은 속옷마저 벗어 던지고 있었다. 눈부신 이안의 나신이 달빛을 받아 더 아름답게 빛이 났다.

아! 진짜 이안 몸은 예술이야…… 아니지! 내가 지금 이딴 생각을 할 때가 아닌데!! 무슨 석고상 감상하니? 지금 비상사태야, 비상사태! 이안이 지금 제정신이 아니란 말이야!

피지에서부터 몇 번이고 이런 상황이 있었지만 이안은 처음부터 끝까지 나를 배려해 주었다.

내 반응을 보아가며, 내 기분을 살펴가며 천천히 조금씩 진도를 나가고 있는 상황이었는데 오늘만큼은 그에게서 그 어떤 배려도 찾아볼 길이 없었다.

정말로 본능에 먹혀 버린 거야, 이안? 그런 거야? 이제 우리 진짜…… 하는 거야?

이안과 사랑을 나눈다는 데 거부감은 전혀 없었다. 내가 그를 사랑하고 그도 나를 사랑하고 있다는 것을 잘 알고 있으니까. 하지만 이런 식은 싫었다. 서로의 체온을 느끼고 온기를 나누고 사랑의 밀어를 속삭이며 그렇게 온전히 하나가 되고 싶었지, 이렇게 술에 취해 내 정신도 네 정신도 아닌 상태에서 허무하게 첫 경험을 치르고 싶은 마음은 추호도 없었다.

이건 아니잖아, 이안…… 내가 어쩌질 못하니 너라도 정신을 차려야지! 너까지 정신을 놓으면 어떡해!

이안이 내 몸 위로 올라와 나를 강하게 짓눌렀다. 맨살끼리 닿는 감촉이 매우 부드러웠지만 감상에 빠질 여유 따윈 없었다. 그가 다시 정신없이 내 몸 구석구석 마음껏 매만지며 손끝 발끝까지 다 먹어치울 기세로 온몸에 키스를 퍼부었다. 머리카락 끝까지 경련을 일으킬 정도로 짜릿한 쾌감에 젖어들었다.

"아…… 아아……."

쉴 새 없이 내 입에서 야한 신음 소리가 새어 나왔다. 내가 내는 소리인데도 내 귀로 흘러들어 오자 점점 더 흥분이 가시지 않았다. 내가 이럴 정도니 이안은 그 정도가 더 심했는지 날 만지는 그의 손길이 점점 빨라지고 호흡도 상당히 거칠어져 있었다. 언제나 이성을 잃지 않고 웃는 낯이었던 이안의 얼굴엔 웃음기 하나 남아 있지 않았다.

내가 아는 그가 아닌 것 같았다. 평소 같으면 수없이 사랑한다고 속삭였을 그가 단 한 마디도 하지 않고 오직 내 벗은 몸에만 집중하고 있었다.

"이…… 이안…… 나…… 무서워요……."

이미 그에게 내 말은 들리지 않는 걸까. 아니면 들리는데도 무시하는 것일까.

"이안, 내 말 들려요? 나 있잖아요, 이안 사랑해요…… 정말이에요. 그러니까 불안해하지 말고 천천히 해요, 우리……."

역시 안 들리나 보다. 난 이내 체념 상태에 빠졌다.

그래, 어차피 할 건데 지금 하나 나중 하나 무슨 차이가 있어. 사실 피지에서 했어도 몇 번을 했을 텐데 이안이 그동안 많이 참은 거지. 나 같은 걸 뭐가 예쁘다고 저렇게 매달리는데 이깟 게 뭐 대수라고. 해, 해, 네 마음대로 해. 하고 싶은 거 다 해……. 내일 일어날 수나 있으려나.

그냥 눈을 감고 이안이 하는 대로 내버려 둔 채 그가 다음엔 어디를 공략해 올지 상상하고 있는 찰나, 이안의 모든 행동이 멈췄다.

뜨거운 숨소리가 귀에 들려오는 것을 보니 방 안을 나선 것은 아닌데 나를 매만지던 손길도 끈적끈적하게 달라붙던 그의 입술도 아무것도 느껴지질 않았다. 슬며시 눈을 뜨고 이안을 쳐다보았다. 이안은 어느새 내 옆에 누워 나를 잡아먹을 듯한 눈빛으로 바라보고 있었다.

"이안? 왜…… 그래요?"

"술 좀 깼어?"

"으응…… 정신은 깼는데…… 몸은 아직…….."

"리아의 의지로 날 거부할 수 있겠어?"

"……아니요."

"리아가 힘으로라도 날 제압할 수 있겠어?"

"그것도…… 아니요."

이안은 다시 평소의 모습으로 돌아와 있었다. 이안은 부드럽게 내 얼굴을 쓰다듬으며 정수리에 깊게 입 맞췄다.

"지금 해도 괜찮겠어?"

"응…… 사실은…… 아니, 안 했으면 좋겠어요. 사랑을 나누는 것 같지가 않잖아…….."

"그렇지? 이제 알겠어? 남자는 언제든지 짐승으로 변할 수 있어. 리아의 감정이나 사정 따위는 신경도 안 쓰고 욕구만 충족시키려 드는 짐승으로 말이야. 내가 리아에게 그런 짓을 한다면 리아가 날 용서한다 해도 내가 나를 용서 못 해, 알아?"

"으응……."

"겨우 참고 있는 거야. 내가 리아를 얼마나 봐주고 있는지 상상도 못 하면서 까불긴 왜 까불어."

"미안해요…… 잘못했어요."

이안은 길게 한숨을 내쉬었다. 하긴, 아무리 외계인이라고 해도 남자잖아. 여기까지 와서 그만두는 게 보통 힘든 일이겠어. 그냥 눈 딱 감고 하자고 할까? 지금이라면 해도 상관없는데. 지금은 다시 다정한 이안으로 돌아왔으니까.

이런저런 생각으로 눈동자를 굴리고 있는데 이안이 손가락으로 내 이마를 튕겨내었다.

"이런 식은 싫다고 했잖아, 첫 경험은 도저히 잊으려야 잊을 수 없을 정도로 로맨틱하게 치를 거야. 리아, 움직일 수 있어?"

"음…… 해볼게요."

난 몸을 일으키려고 팔에 힘을 주려 했지만 힘이 하나도 들어가지를 않았다. 급하게 마신 술은 뒤늦게 취기가 오르나 보다.

"……미안, 안 되겠어요."

이안은 피식 웃더니 나를 한 번에 안아 올렸다.

"왜요…… 뭐 하려고요?"

"씻자."

음? 씻자고? 같이? 너랑 나랑? 한 욕조에서?

그러나 내가 무슨 말을 하기도 전에 우리는 욕조 안에 들어가 있었다. 뒤에서 나를 안고 있는 이안의 다리가 내 다리 옆으로 보이고 찰랑찰랑 욕조의 물이 점점 차오른다. 따뜻한 물이 점점 차오르면서 내 몸도 점점 붉게 물들어가고 있었다. 아니, 처음부터 벌겋게 불타고 있었으니 물 때문은 아니겠구나, 술 때문이지.

"리아, 몸이 점점 빨개지고 있어."

"알아요."

"이러다 터지는 거 아니야?"

이게 다 누구 때문인데! 너 때문이잖아, 너! 이안이 샤워볼에 바디샴푸를 묻히고 거품을 내더니 내 팔에 부드럽게 문질렀다. 라벤더 향이 코끝을 스치니 한결 마음도 편해지는 느낌이었다. 등을 문지르고 나서 그의 손이 내 앞으로 넘어오려 하는 순간, 내가 그의 손에서 샤워볼을 뺏어 들었다.

"아, 앞은 내가 할게요! 이제 어느 정도 술 깼어요!"

"쳇……."

응? 쳇…… 쳇이라고? 너 뭘 기대한 거야! 아까 실컷 만졌잖아! 너 내가 모를 줄 알아? 몸을 못 움직여서 그렇지 감각은 다 살아 있었다고!

이안은 고개를 숙이고 내 귀에 바람을 불어넣으며 속삭였다.

"내가 다 해줄 수 있는데……."

아니야! 아니야! 절대로 사양할래! 내가 해, 내가 한다고! 할 수 있어! 왜 이래! 나 술 다 깼거든? 봐봐! 때도 밀 수 있어!

내가 허둥대며 재빠르게 거품을 온몸에 묻히는 게 우스웠는지 이안이 낮은 웃음을 계속 흘리고 있었다.

그래…… 웃어라. 내가 웃겨서 좋아한다는 애한테 무슨 말이 필요하겠어. 실컷 웃어.

난 이안이 또 자기가 한다고 나서기 전에 얼른 꼼꼼하게 비누칠을 하고 물로 씻어내었다. 그런데…… 가만히 생각해 보니 나만 당할 순 없잖아?

"이안, 뒤돌아봐요."

"왜?"

"내가 닦아주게요."

"진짜?"

"응. 얼른 뒤돌아요."

이안이 물을 출렁이며 내게서 등을 돌렸다. 탄탄한 그의 등이 시야에 가득 들어왔다.

이 자식…… 운동이라곤 하는 꼴을 못 봤는데 등짝도 예술이네. 와…… 이 잔 근육 좀 봐. 설탕에 잔 근육을 만드는 성분이 있나? ……그럴 리가 없지, 무슨 생각을 하는 거야.

이안의 등을 문지르고 그의 가슴 쪽을 향하는데도 이안은 그냥 내가 하는 대로 내버려 두었다. 하긴, 남자는 여자랑 달리 등이나 앞이나 뭐 그게 그거지. 풍성한 거품이 이안의 몸을 뒤덮고 나니 나도 그에게 무언가를 해주었다는 만족감에 스스로 뿌듯한 기분이 들었다. 샤워기에 물을 틀어 깨끗하게 이안에게 묻은 거품을 씻어 내니 등줄기에 흘러내리는 물방울들이 너무도 아름답게 빛이 났다. 그래서 나도 모르게 이안의 등줄기에 떨어지는 물방울에 혀끝을 대어 살짝 맛보았다.

움찔.

응? 이안의 등이 순간 눈에 보일 정도로 움직였다. 가만…… 혹시?

난 시험 삼아 몇 군데 더 입을 대어보았다. 뒷목, 양어깨, 날개뼈, 척추를 따라 조금씩 혀끝으로 살살 간질이며 입 맞춰주었더니 이안은 번번이 잔 근육들을 움찔거리며 낮은 신음을 토해내었다.

오호라! 이거였구나! 후후후…… 외계인은 등 쪽이 약한 거군. 그럼 어디, 시작해 볼까나.

난 이안이 등을 돌리지 못하게 양팔로 단단히 옭아매고 그가 내게 한 것처럼 자잘한 입맞춤을 퍼부었다. 살살 간질이다가 입술로 함박 머금었다가 혀끝으로 살짝살짝 물기를 빨아들이니 이안은 흠칫 놀라는 듯하다가 이내 짧고 낮은 신음들을 계속해서 토해내었다.

"으음…… 리아……."

"왜요?"

"그만해."

"싫은데?"

나는 왠지 장난기가 발동해 그가 고개도 돌리지 못하게 손으로 막아놓고 열심히 그의 등을 공략했다. 내가 입을 대는 곳마다 움찔거리는 모양새를 보아하니 꽤나 많이 느끼는 것 같아 내 입가에 배시시 미소가 떠올랐다.

어쩌냐, 외계인! 푸하하! 나도 이제 네가 약한 곳을 알아냈어! 까불지 말란 말이야! 아주 숨넘어가게 만드는 수가 있어!

기회는 이때다, 생각하고 나는 이안이 어디를 특히 많이 느끼는지 알아내기 위해 안간힘을 쓰고 있었다. 늘 이안이 먼저 내게 손을 댔었기 때문에 나는 이안의 몸은 제대로 만져 보지도 못하고 정신줄을 놓아버려서 그가 이런 반응을 보일 거라곤 상상도 하지 못했었다. 내가 만지는 곳마다, 내 입술이 가는 곳마다 크고 작은 반응을 보이는 이안이 내 눈에 너무도 사랑스러웠다.

아…… 이안도 이런 기분이었겠구나.

난 더 열심히 그를 탐험하는 데 총력을 기울였다.

잘만하면 외계인 길들이기에 성공할 수도 있어! 이걸 무기로 삼아 이안을 공략해야지! 후후후…….

"리아…… 이제 진짜 그만……."

"왜요?"

"……힘들어."

"참는 게?"

"응."

품…… 그래, 그렇겠지. 너도 남자니까.

하지만 이 기회를 놓치면 두 번 다시 기회는 내게 오지 않을 것 같았다.

내가 주도권을 잡는 날이 오다니, 우하하하! 이안 캔커피 외계인아, 너 오늘 잘 걸렸다. 어디, 누님의 조련에 익숙해져 보지 않으련?

"이안."

"왜."

"안 참아도 되는데."

"응?"

"참기 힘들면 안 참아도 된다고요, 나도 이안 사랑하니까."

이안의 눈이 휘둥그레 커졌다. 내 입에서 이런 말이 나올 거라고 생각도 하지 못했나 보다.

"정말이야?"

"응, 대신 앞으로 이안도 내 말 좀 잘 들어준다고 약속해요."

"당연하지!"

"진짜?"

"진짜!"

크하하하하! 옳거니! 걸렸구나! 후후후! 호호호! 이래서 여자들의 방중술이 중요하다는 거였어! 베갯머리송사가 이렇게 이루어지는 거였구나! 나는 내가 몰랐던 여자들이 가진 힘의 신세계를 알게 되었다. 아, 진즉에 이 방법을 쓸걸! 이렇게 말을 잘 들을 수가! 내가 가진 무기라고는 이거 하나뿐인데 최대한 잘 써먹어야지, 후훗!

"이안, 나 사랑해요?"

"당연하지. 몰라서 물어?"

"그럼 앞으로 숨 막힐 정도로 구속하는 것 좀 그만해 줄 수 있어요? 그러지 않아도 나 잘할 수 있어요. 이안이 생각하는 것처럼 나 바보도 아니고 이안 없이도 그동안 잘살아왔단 말이에요. 이안이 나타나서 하나하나 다 챙기면 난 점점 바보가 돼요."

"……."

어라? 대답이 없네? 그럼 일단 다시 공격!

난 이안의 목덜미를 함박 머금고 등줄기를 쭉 핥아 내렸다. 아까보다 이안이 움찔거리는 정도가 더 심해지고 있었다.

"이안, 부탁해요. 응?"

"……알았어."

우하하! 이렇게 쉬운 방법이 있었다니. 아니, 왜 여태 몰랐지? 외계인 길들이기 성공!

"리아."

"네."

"많이 컸네."

"네?"

"나하고 교섭을 다 하려 들고."

응? 으응? 그런데 어째…… 분위기가…….

이안이 갑자기 몸을 돌려 내 앞에 얼굴을 들이밀었다.

"좋아, 원하는 대로 일절 간섭 따위 안 해주도록 하지."

"……정말…… 이요?"

"대신 이 집 밖으로 한 발자국도 못 나가."

에에엥?

"이 집 안에서라면 리아 마음대로 다 해도 돼. 집을 태워 먹든 물바다를 만들든 한겨울에 에어컨을 틀든 한여름에 보일러를 틀든 리아 마음대로 다 해."

에에에엥?

이안은 내 턱을 치켜 올리고 깊숙이 입을 맞춘 후 내게 속삭였다.

"……감히 날 길들이려 하다니, 시도는 좋았다고 칭찬해 주지. 앞으로 필요한 거 있으면 말해, 사식 넣듯 넣어줄게."

오 마이 갓…… 외계인 길들이기…… 실패…….

〈2권에서 계속〉